Vincent **Hauuy**
LE BRASIER

COLLECTION HUGO THRILLER

© 2018, Hugo Thriller, département de Hugo Publishing
34-36, rue La Pérouse
75116 Paris

Collection Hugo Thriller dirigée par Bertrand Pirel
Graphisme de couverture : © R. Pepin
Visuel de couverture : © Getty Images/appletat
Conception graphique Hugo Thriller et mise en page : Emmanuel Pinchon

ISBN : 9782755637120
Dépôt légal : mars 2018
Imprimé en France

Vincent **Hauuy**
LE BRASIER

Hugo ❖ Thriller

LE BATELEUR

PROLOGUE

Stroud, Cinquième Avenue, Oklahoma, 11 juillet 2017, 15 heures

Jasper Menfrey écoute à peine le poste radio CD posé sur la table de la cuisine. Et tant pis si ce morceau de musique country est celui sur lequel il doit danser ce soir avec Wendy.

Sa Wendy. L'amour de sa vie.

Pourtant, en ce moment, il ne pense pas à la jolie rousse espiègle et rieuse, à ses petites fossettes qui naissent sur ses joues à chacun de ses sourires ni à cette manie qu'elle a d'entortiller ses mèches de cheveux bouclées autour de ses doigts.

Les mains plongées dans le bac de vaisselle brûlant, il frotte sans relâche un plat en céramique propre depuis plusieurs minutes déjà. Son regard porte au-delà de la fenêtre de la cuisine qui donne sur l'entrée de sa maison.

Ses yeux sont fixes autant que son esprit est vide.

Dehors, il remarque à peine le chat écaille de tortue qui escalade le vieil orme trônant au centre de la pelouse jaunie. Il ignore également le vieux Derek, son voisin septuagénaire, aussi sec et brun qu'un morceau de viande séchée. Ce retraité qui, avec la régularité d'un métronome, sort de sa maison, torse nu sous sa salopette marron, la cigarette coincée à la commissure des lèvres et la casquette bleue vissée sur le haut de son crâne échevelé.

Jasper a la bouche ouverte, le cerveau au point mort. Son esprit est envahi de sons diffus, une fanfare mal accordée joue dans ses oreilles.

Il cligne des paupières, ferme la bouche et lâche le plat en céramique.

Une petite étincelle vient de s'allumer dans son amas de matière grise morte. La fanfare s'est tue, remplacée par la petite voix désormais familière.

Et Jasper est bien d'accord avec ce qu'elle lui raconte.

Il sort ses mains du bac à vaisselle et essuie l'eau mousseuse sur son jeans. D'un pas rapide, il franchit le salon et frôle le fauteuil dans lequel sa mère s'est avachie. À cette heure-ci, la marâtre regarde Fox News d'un œil mi-clos, une bouteille de Four Roses presque vide à portée de main. Parvenu à sa chambre, il ouvre le placard, écarte d'un revers de main les blousons en cuir et jeans pendus aux cintres pour atteindre son Remington 870.

L'arme bien en main, il place une à une les cartouches calibre 12 et actionne la pompe de son fusil.

Lorsqu'il sort de sa chambre, sa mère est debout, une main posée sur l'accoudoir du fauteuil.

Elle le dévisage, les yeux dans le vague, dans sa robe de chambre bleu clair, campée dans ses pantoufles en laine.

— Jasper ? Mon poussin, qu'est-ce qui se passe ?

Le poussin ne répond pas, il arme la pompe du Remington et expédie une salve de plomb dans l'énorme ventre de madame Menfrey. La femme de presque deux cents kilos recule de deux pas et s'écroule, sa tête collée à l'écran de télévision.

Un trait rouge zèbre le visage du présentateur qui, toutes dents dehors, commente la météo.

Jasper est heureux. La voix est presque satisfaite. Il ne reste qu'une toute petite chose à finir pour la combler.

Il sourit et place le canon du fusil en dessous de son menton. Et en regardant les yeux vitreux de sa mère une dernière fois…

… il appuie sur la détente.

Tacoma, Yikima Avenue, État de Washington, 11 juillet 2017, 19h30

Cela fait plus d'une minute déjà que la théière siffle sur la gazinière. Kim Lien Phan l'entend très bien, mais il ne bouge pas de son vieux fauteuil, face au poste de télévision éteint.

Il se contente d'attendre, les avant-bras reposant sur les accoudoirs.

Dans son esprit, un trou noir grandit et absorbe le peu de lumière qui lui restait.

Le sourire éclatant de son fils de vingt ans, abattu lors d'un vol à main armée, dont la chambre laissée intacte est encore décorée de posters et trophées des Seahawks de Seattle.

La gentillesse et la douceur de sa femme, dont il a continué la collection de poupées en porcelaine des années après qu'un cancer du sein l'a emportée.

Il ne restera bientôt plus rien de ces moments de bonheur. Et il est temps pour lui de tirer sa révérence.

Kim s'extirpe du fauteuil, ferme le dernier bouton de sa chemise à carreaux et prend la direction de la cuisine.

Martha, la voisine de palier, martèle la porte d'entrée.

— Monsieur Phan, tout va bien ? Il y a une drôle d'odeur dans le couloir. Je vais appeler les pompiers.

Kim Lien n'a pas besoin de renifler pour savoir que le gaz de ville sature l'appartement.

Les yeux irrités, il tousse puis avance comme un automate vers le tiroir où il a rangé les boîtes d'allumettes.

Les coups frappés à la porte se font plus forts.

— Monsieur Phan ! Ouvrez !

Kim Lien reconnaît la voix de Gregory, le concierge.

Ils veulent intervenir, bien sûr, mais cela n'a aucune importance désormais.

Il fixe la tête de l'allumette.

La porte de l'entrée cède dans un grand bruit de fracas.

Mais ni Martha ni Gregory n'ont le temps d'atteindre la cuisine.

Tous deux emportés par la déflagration lorsque Kim fait craquer l'allumette.

Burlington, College Street, Vermont, 11 juillet 2017, 23 heures

Les draps rabattus au niveau de ses chevilles, le ventilateur au plafond tournant à pleine vitesse, Noah Wallace passe encore une nuit agitée.

Il tourne sur lui-même, grimace, se recroqueville.

Comme tous les soirs et depuis une semaine, il rêve d'un enfant sans visage et d'un immense brasier d'où s'échappent des cris de terreur.

1. CAPTIVITÉ

Karl Engelberg ajuste la Rolex à son poignet, resserre le nœud de sa cravate d'un geste précis et s'éclaircit la gorge.

Il ferme ses paupières et entrouvre la porte. Il reste immobile dans l'embrasure. La fille est là, comme prévu, attachée à la chaise qui fait face à l'immense baie vitrée donnant sur la chaîne de montagnes. Elle paraît si petite au milieu de ce grand salon moderne perché dans ces hauteurs vertigineuses.

Il soupire.

À la fin de toute cette histoire, elle devra mourir. C'est inévitable.

Il ne lui réserve pas le même sort qu'aux autres filles. Non, son plan est différent. Mais elle sera sacrifiée, elle aussi.

Karl referme la porte et avance d'un pas assuré vers la jeune femme. Ses talonnettes claquent et résonnent sur le parquet ciré.

Il se place à ses côtés et hoche la tête en direction de la baie vitrée. La fille ne le regarde pas et se contente de fixer les cimes blanchies par les neiges éternelles. Il peut sentir la rage irradier de son petit corps fatigué, perler à l'orée de ses paupières sous la forme de larmes de colère qui roulent sur ses joues.

Elle pourrait le tuer, constate-t-il, un sourire aux lèvres.

— Belle vue, n'est-ce pas?

La fille ne cherche même pas à marmonner une réponse à travers le bâillon en plastique et se crispe davantage sur sa chaise, comme si la voix de Karl était venimeuse.

— Ne vous inquiétez pas, tout ce dispositif est temporaire, et vous serez bientôt libérée de vos entraves. Mais je voulais avoir un peu de temps pour vous parler avant de débuter nos tête-à-tête. Car d'ici quelques heures, nous aurons une conversation tout à fait différente. Vous savez qui je suis, non?

La fille tourne la tête vers lui et darde un regard mauvais.

— Bien, je vois à votre mine que oui. Tant mieux, cela évitera de trop longues et ennuyeuses présentations. Et puis, vous en saurez bientôt plus sur moi. C'est bien ce que vous vouliez, non? Qui sait, peut-être comprendrez-vous que je ne suis ni mauvais, ni fou.

Karl marque une pause et place son index sur ses lèvres.

— Nous sommes tous le fou de quelqu'un. La normalité, tout comme la notion de bien ou de mal, est avant tout une question de perspective. Si vous aviez eu le même parcours que moi, la même enfance, il y a fort à parier que vous comprendriez ma position actuelle, ainsi que la vôtre. Pour un djihadiste, le mal est incarné par l'Occidental lambda et tout ce qu'il représente. Pourtant, ce dernier n'a pas l'impression d'être nuisible. Il n'a pas forcément conscience que son mode de vie repose en grande partie sur l'exploitation des minorités et des pauvres de ce monde. À vrai dire, il s'en tape tant qu'il peut jouir de son quotidien de consommateur aveugle et frénétique. Je vous dis cela, car il est très important que vous le compreniez pour la suite des événements. Il en va de votre santé.

Une brève lueur d'inquiétude traverse les yeux de la jeune femme, qu'elle chasse en fronçant les sourcils de défi. Puis, elle l'interroge du regard.

Karl pointe du doigt la caméra qui trône au-dessus de l'âtre de la cheminée bordant la baie vitrée.

— Dans peu de temps, vous serez libérée et vous pourrez vous promener dans le salon à votre guise en tant que mon invitée. Bien sûr, vous serez surveillée et je vous conseille de bien vous tenir. Dans le cas contraire, je serais contraint de vous éliminer sans pour autant vous garantir une fin rapide.

Karl durcit son regard et dévisage la jeune femme qui le scrute désormais comme s'il était la seule chose importante au monde.

— À chaque fois que je vous rendrai visite dans cette salle, vous devrez vous diriger vers cette table.

Il désigne le meuble du doigt.

— Je vous raconterai une partie de mon histoire. Ensuite, je vous poserai quelques questions. L'intégrité physique de votre joli petit corps dépendra de vos réponses, alors je vous conseille d'être très attentive.

Karl sort un iPhone de la poche intérieure de sa veste et se rapproche de la jeune fille qui tente de faire bouger sa chaise pour lui échapper, comme s'il était une coulée de magma. Il lui désigne l'écran.

— Vous voyez, c'est une application que j'ai programmée spécialement pour l'occasion. Allez-y, appuyez sur le bouton vert.

La fille refusant d'obtempérer, il lui saisit l'index et pose la pulpe de son doigt sur l'écran.

Un feu d'artifice et de particules colorées explose et un texte indique «Succeed».

— Voilà ce qui se passe en cas de bonne réponse. Rien. Pas de mutilations.

Karl reprend le téléphone, tape sur l'écran et le lui tend à nouveau.

Le bouton est rouge cette fois-ci.

D'un hochement de la tête, il l'incite à appuyer. Son regard autoritaire ne souffre aucune contestation. La jeune fille déploie son index et appuie sur le bouton.

Une roulette virtuelle apparaît dans une pluie de particules et se met à tourner. Plusieurs symboles défilent. Des images inquiétantes. Doigt, œil, oreille…

La fille émet un grognement apeuré. La roulette s'arrête sur le doigt.

Karl reprend l'appareil et reste songeur un moment, puis il s'adresse de nouveau à elle.

— Savez-vous que le pouce est le doigt le plus important de la main ? Sans lui, pas de pinces. Et sans pinces, elle est aussi utile qu'un pied. Si jamais vous deviez me donner une mauvaise réponse et que vous tombiez sur ce symbole, je vous conseille de ne pas le choisir. L'auriculaire serait un choix bien plus judicieux. De toute façon, je doute qu'une femme de votre classe se cure l'oreille autrement qu'avec un bâtonnet ouaté, n'est-ce pas ?

La fille lui répond par un regard chargé d'éclairs.

— Vous savez, le plus important en toute chose, c'est l'anticipation. Cela vaut pour les voyages par exemple. Ce moment excitant où vous vous imaginez déjà les palmiers, le sable chaud et les vagues qui vous lèchent les orteils. La peur fonctionne de la même façon. Je me suis souvent trouvé dans une situation où le simple fait de jouer avec une perceuse ou de m'amuser avec des pinces plongeait mon « invitée » dans une panique proche de l'évanouissement, alors que je n'avais encore rien fait. Les langues se délient souvent avant même que j'aie besoin d'intervenir, ce qui me convient très bien, car je ne suis pas un sadique. Ce que je veux vous faire comprendre, c'est que vous aurez intérêt à bien m'écouter. Mais je suis sûr que vous le ferez, parce que quand je vous parlerai, il y aura dans un coin de votre tête cette petite roulette qui tournera. Et vous ne pourrez pas vous empêcher d'imaginer la petite flèche virtuelle s'arrêter sur un œil.

Karl réajuste son nœud de cravate et repart vers la porte.

Arrivé à mi-parcours, il s'arrête, faisant taire l'écho de ses talons.

— Nous nous revoyons dans quelques heures, soyez prête, mademoiselle Lavallée.

2. PRÉSAGES

Madame Winsley lève son index vers le plafond, faisant tinter le lourd bracelet de perles qui pend à son poignet. Son large sourire s'étire et dévoile une impeccable dentition, étonnamment blanche pour cette vieille femme couturée de rides.

Elle retourne deux des quatre cartes posées devant elle.

— Ha, c'est une association intéressante que nous avons là. Le Bateleur et la Roue de fortune.

Noah écarte la fumée qui s'échappe de l'encensoir posé sur la table d'un revers de la main afin de mieux dévisager celle qui se trouve en face de lui.

La cartomancienne le fixe en retour, ses yeux d'un bleu laiteux braqués sur les siens.

— Et cela signifie quoi, au juste?

— Le changement, monsieur Wallace. Il va bientôt s'offrir à vous une opportunité que vous allez saisir. Une nouvelle bifurcation dans votre vie. L'occasion de partir un peu à l'aventure et de rompre la monotonie du quotidien, si vous voulez.

Elle rit. Un son rauque et grumeleux, stigmates d'un abus d'alcool et de tabac.

Noah esquisse un sourire amer.

De l'aventure ? Rompre la monotonie du quotidien ? Si elle savait.

Pourtant, elle paraît bien gentille, cette vieille femme. Mais comme les autres, elle n'a pas ce qu'il recherche. Pas plus que la voyante, soi-disant une sommité dans son domaine, qui lui avait promis un gain d'argent imminent... qu'il attend toujours. Ou pire encore, ce sémillant médium en costume sur mesure et au visage tartiné de fond de teint qui lui avait assuré que son esprit gardien veillait sur lui. C'était juste avant qu'il ne chute dans l'escalator et passe trois semaines sur un lit d'hôpital. Non, cette exploration du monde du paranormal, à travers les cartes cette fois-ci, n'a rien révélé de probant. Cette brave dame ne lui procurera rien d'autre que de la compagnie et une tasse de thé. Tant pis, ce n'est pas la raison première de sa visite, après tout.

— Avez-vous déjà ressenti... des choses, madame Winsley, je veux dire, en dehors de ce que vous faites avec votre jeu de cartes ?

La vieille dame secoue la tête lentement – c'est au tour du collier, réplique exacte du bracelet, de faire tinter ses grelots – et agite son index en signe de dénégation.

— Non, non, non ! Je ne suis qu'un simple vecteur, monsieur Wallace. Je ne fais que dévoiler ici-bas les messages que l'on m'envoie. Et s'il m'arrive de ressentir des... vibrations chez les gens que je rencontre, je mets plus cela sur le compte de mon empathie que de mes dons.

Noah hoche la tête et porte la tasse de thé à ses lèvres. Les fragrances de jasmin envahissent ses narines.

Non, il n'aura pas plus de réponses aujourd'hui. La cartomancienne, comme les autres avant elle, est incapable de l'aider. Son chemin est-il tracé ? Peut-il échapper, sinon à ses démons, au moins à son fantôme? Peut-il se délester de son passé ou est-il condamné à suivre un chemin que l'on a choisi pour lui? Aucun des charlatans rencontrés n'a donné de réponses, alors il est grand temps de la payer et de passer aux choses sérieuses.

Noah glisse la main dans la poche intérieure de sa veste et s'apprête à sortir son portefeuille, mais la vieille dame l'interpelle d'un mouvement du poignet.

— Que voulez-vous savoir exactement, monsieur Wallace? Je n'ai pas besoin de tirer d'autres cartes pour deviner que vous n'êtes pas du tout intéressé par votre avenir. Non, vous n'êtes pas un client classique, vous cherchez quelque chose… (elle marque une pause) de plus profond.

— Ne sommes-nous pas tous à la recherche de plus de sens dans notre vie? répond Noah, un sourire énigmatique aux lèvres.

La vieille dame frappe dans ses mains et s'esclaffe.

— Oh, si vous saviez! La plupart des gens qui s'assoient à votre place viennent uniquement pour savoir s'ils vont trouver l'amour ou la richesse. L'introspection ou la recherche de sens n'est jamais au menu. Cela tombe bien, car je serais bien embarrassée et bien incapable de leur servir ce plat si exotique.

Noah prend une rasade de thé et repose la tasse en grimaçant.

— Eh bien, vous avez au moins l'honnêteté de le reconnaître.

Les yeux de la cartomancienne étincellent et les fines ridules autour de ses paupières se plissent comme un petit accordéon.

— Vous doutez de moi, n'est-ce pas? Je risque de vous surprendre. Ce que j'ai devant les yeux ne ment pas. N'êtes-vous pas curieux de savoir ce qui se cache derrière les deux dernières cartes, au moins ?

Noah lui répond par un sourire sans joie.

— Je dois vous avouer quelque chose. Je ne suis pas venu chez vous par hasard. Et cartes ou non, vous avez raison sur un point, mon avenir ne m'intéresse pas. En fait, c'est le vôtre qui m'intéresse.

Le visage de la femme se rembrunit et elle recule dans son dossier. L'étincelle dans ses yeux cède la place à la méfiance.

— Cela vous paraîtra peut-être étrange, mais je voudrais que vous m'écoutiez attentivement. Cela ne vous dérange pas ? Ce ne sera pas très long.

La vieille dame hoche la tête, à présent bien calée dans le dossier.

Noah pose ses coudes sur la table et joint ses deux mains.

— Je vais vous raconter une petite histoire. Mon récit se passe il y a bien longtemps à Morrisonville, en Louisiane. À cette époque, à la bordure de la ville, il y avait un bar assez populaire qui bordait le Mississippi, le Shrimp's. C'était un lieu de rencontres privilégié par les ouvriers de l'usine chimique implantée par la Dow Chemical Company, qu'on accusera trente ans plus tard d'avoir empoisonné l'eau. Mais là n'est pas le propos. Je vais vous parler de deux petites filles. Marie-Lou et Rose, des amies inséparables, presque des sœurs. Bien que n'étant pas à proprement parler des clientes de ce bar, elles avaient pour habitude de s'y rendre en bicyclette presque tous les jours. Elles déposaient leurs vélos sur le côté de l'établissement, empruntaient le petit chemin à l'arrière qui menait jusqu'aux berges du fleuve, franchissaient les hautes herbes et se frayaient un passage parmi les longs roseaux plumeux. Au bout de ce court périple, elles pouvaient enfin gagner leur havre de paix, une jolie plage de cailloux sur laquelle elles avaient construit un petit abri fait de branches. Assises dans leur cabane ou sur les pierres humides bordant le Mississippi, elles y parlaient d'aventure, y partageaient leurs rêves, et rien, pas même les moustiques qui s'agglutinaient et sifflaient à leurs oreilles, n'aurait pu briser le monde qu'elles se construisaient. La petite Marie-Lou rêvait de devenir médecin, dans le noble but de venir en aide à tous ceux qui souffrent. Rose n'avait qu'un seul objectif, bien plus modeste : suivre la voie de son père et devenir chef pour cuisiner, elle aussi, les meilleurs gombos de la ville.

Noah marque une pause et vide le restant de sa tasse de thé.

En face de lui, la cartomancienne place sa paume devant sa bouche grande ouverte. Ses yeux sont rougis par les larmes naissantes.

— Une belle histoire d'amitié, jusqu'à cette journée de juin. Ce jour-là, la pluie tombait sans discontinuer depuis une semaine. Ce climat anormalement humide pour cette période de l'année s'était depuis trop longtemps mis en travers des deux filles. Alors Rose, la plus impétueuse des deux, se rendit chez son amie malgré les trombes. Elle voulait absolument passer la journée avec elle, dans leur cabane. À ce moment-là, la petite Marie-Lou ignorait que sa copine avait quitté la maison en désobéissant à son père. Elle-même hésita, sa maman travaillait comme serveuse au Fry & Dry, un restaurant du centre-ville, et elle devait bientôt partir faire son service. Son père, rendu paraplégique par un éclat d'obus dans le bas du dos – un cadeau reçu en Normandie pour ses bons et loyaux services –, avait besoin de son aide pour les soins quotidiens. Mais Rose insista, car le lendemain, elle devait partir chez sa grand-mère à Bâton Rouge pour deux semaines de vacances. Une éternité pour les deux filles, une attente insupportable. Alors Marie-Lou accepta de l'accompagner. Juste pour une demi-heure, promit Rose. Croix de bois, croix de fer, jura-t-elle, une main sur la poitrine et les yeux rieurs.

Noah marque une nouvelle pause.

La cartomancienne est désormais recroquevillée dans sa chaise. Les larmes ont creusé une rivière sur ses vieilles joues parcheminées.

— Les deux filles pédalaient, malgré le rideau de pluie qui s'abattait de biais et les vents violents qui entravaient leurs courses effrénées. Elles étaient les reines du monde, et rien ne pouvait les arrêter, certainement pas les éléments déchaînés. Arrivées au Shrimp's, les filles posèrent leurs vélos et coururent sous la pluie, leurs petites robes détrempées collaient à leurs jambes, leurs souliers s'enfonçaient dans la boue. Mais hors de question de s'arrêter, elles continuèrent leur chemin dans les herbes qui dansaient dans le vent et frôlèrent les roseaux gorgés d'humidité. Leur petit havre n'était plus, hélas. Le Mississippi, déchaîné, avait dévoré leur plage et détruit leur abri. Des branches arrachées aux arbres flottaient à sa surface, emportées par le courant torrentiel. Et soudain, Rose l'aperçut. Le petit chien avec lequel elles adoraient jouer, le jeune dalmatien du propriétaire du Shrimp's. Il gémissait sur un petit rocher qui affleurait, entouré par les eaux boueuses et menaçantes. Rose ne réfléchit pas et fonça vers l'animal. Marie-Lou, plus raisonnable, lui hurla de ne pas y aller. Mais elle ne l'écouta pas, et se rua vers le chiot gémissant. Elle avait de l'eau jusqu'aux mollets et luttait pour ne pas tomber tant le courant était fort. Elle était presque arrivée au rocher lorsqu'elle chuta. Marie-Lou, paniquée, se rua vers elle. Mais elle fut moins prudente que son amie et arrivée à mi-chemin, le courant la faucha. Rose avait réussi à reprendre appui sur la pierre et tenait de nouveau debout. Elle hurla en voyant son amie emportée et rebroussa chemin pour tenter de la rattraper. Mais rien n'y fit. La petite fille fut entraînée par le courant et avalée par le fleuve. Et longtemps l'image de cette main tendue, tentant de s'agripper à un filin invisible pour sortir de sa prison aquatique, hantera les nuits de la jeune Rose. Marie-Lou ne devint jamais médecin et son corps fut retrouvé le lendemain. Quant à notre Rose, elle aurait pu devenir chef, mais depuis ce jour-là, quelque chose était mort en elle et poursuivre son rêve n'aurait été que le reflet de celui de son amie. La culpabilité ne la quittera jamais, comme un écho fantôme résonnant dans chacun de ses pas. Alors, elle consacrera sa vie à trouver un sens, à comprendre ce qui peut bien pousser un Dieu qu'on lui avait pourtant promis aimant à faire disparaître une petite fille pleine de joie. Rose ne se mariera pas, ne réussira pas à combler le vide dans son cœur. Ne trouvera pas la réponse à sa question ni la force de se pardonner.

Noah se lève et s'approche de la cartomancienne bouleversée. Il lui pose la main sur l'épaule.

— Mais aujourd'hui, Rose Winsley, je viens vous délivrer de ce fardeau. Marie-Lou voudrait vous dire qu'elle vous pardonne, que ce n'était pas de votre faute. Elle a même un message pour vous. Elle aimerait que vous cuisiniez un gombo, rien que pour elle.

La vieille dame émet un râle étranglé et essuie ses larmes du dos de sa main.

— Vous… Vous la voyez? Elle est ici? demande-t-elle.

Noah hoche la tête.

— Elle porte une petite robe à carreaux bleu ciel et blanc.

— La même… c'est…

— Celle qu'elle portait ce jour-là, complète-t-il.

Il extirpe un carnet de sa poche intérieure et saisit un stylo.

Rose se redresse lentement et tend une main vers lui. L'expression sur ses traits oscille entre la crainte et l'incompréhension.

— Qui êtes-vous ? Comment faites-vous cela ?

— Vous voyez ce carnet ? Il fut une époque où je noircissais ses pages de mots dans le vain espoir de m'accrocher à une réalité qui m'échappait. Aujourd'hui, je barre des noms pour donner un sens à ma vie. Voilà qui je suis. Quant à votre autre question, j'avais l'espoir, en vous rencontrant, d'en apprendre plus à ce sujet. Mais il semblerait que moi aussi, je doive vivre avec ces points d'interrogation flottant au-dessus de ma tête.

Le téléphone vibre dans la poche arrière de Noah. Il le consulte avant de décrocher.

Un numéro canadien. Il appuie sur le bouton vert et coince le combiné entre son oreille et son épaule.

Après avoir écouté son interlocuteur sans l'interrompre, il se contente de répondre :

— Je me dirige vers l'aéroport au plus vite. Je vous tiens au courant pour le vol.

Puis il se lève, sort une pile de billets de son portefeuille, les dépose sur la table et prend la canne posée contre le mur derrière lui.

— Je dois partir. Une urgence. Gardez la monnaie. Ah, aussi. Je vous dois des excuses, il semblerait bien que votre prédiction se réalise, madame Winsley.

La vieille dame, hagarde, lui lance un regard interrogateur.

— Le Bateleur et la Roue, madame. Le Bateleur et la Roue.

Rose Winsley hoche la tête en souriant.

— Vous ne voulez pas voir les deux dernières cartes ?

Noah hésite, pris d'une peur irrationnelle, mais tente de conserver sa contenance et dit :

— Si, bien sûr.

Les mains de la cartomancienne dévoilent un homme pendu par les pieds et son visage s'assombrit.

— Le Pendu, commente-t-elle.

Elle prend son temps pour retourner la dernière carte, comme si elle redoutait de le faire.

L'illustration montre un squelette muni d'une faux. Elle se pince la lèvre inférieure avec ses dents.

— L'Arcane sans nom, monsieur Wallace.

— C'est si mauvais que ça ? ironise-t-il.

— L'Arcane sans nom est l'expression du changement, le Pendu est associé à la fatalité. Cela n'est pas forcément négatif, tout est question de contexte. La combinaison des deux pourrait signifier que vous allez vous aventurer sur un chemin dont la destination sera synonyme d'un changement radical.

— Je vois, déclare Noah.

Et soudainement, son ventre se liquéfie de peur.

Tout va aller de mal en pis.

3. APPARITIONS

Noah patiente dans le divan en cuir faisant face à la cheminée en pierre taillée, un large verre de cognac prisonnier de ses mains crispées par l'inquiétude.

Il se sent mal à l'aise dans ce grand espace aseptisé. On a voulu effacer les traces du passé de cet immense volume sans vie, mais il perçoit les souvenirs qui affleurent, et des bribes de la joie de vivre qui emplissait ces lieux jadis. Ni la décoration inexistante, ni les murs blancs, ni l'absence de photographies ne peuvent en faire taire les échos. Le rire des enfants qui jouent sur un vieux tapis aujourd'hui remplacé par une table basse en verre et inox. Les notes qui s'échappent du grand piano à queue Steinway, désormais statufié dans le silence. L'âtre crépitant qui n'a pas dû voir la couleur d'une bûche depuis des années.

Noah plisse ses paupières, frappé par un rayon de soleil qui a transpercé le feuillage touffu des arbres bordant la grande terrasse en bois.

Il se renfonce davantage dans le cuir souple et darde un regard à sa droite en direction du molosse en costume noir qui l'a escorté. En bon gardien, il est posté devant la porte en bois à double battant, les jambes écartées, aussi droit qu'une barre de fer, son regard de bœuf endormi braqué sur le néant.

Attendre, c'est tout ce qu'il peut faire. Depuis ce coup de fil urgent, il n'a reçu aucune explication. On s'est contenté de le mener jusqu'à cette demeure isolée dans les hauteurs, enclavée dans une forêt d'érables qui surplombe le lac Tremblant. Le chauffeur de la Lexus noire qui l'a acheminé depuis l'aéroport Pierre-Elliott Trudeau jusqu'à la villa isolée n'a pas prononcé un mot, pas plus que le type à la mâchoire proéminente qui a pris le relais et lui a fait arpenter le grand couloir vide en direction du salon. Malgré leur mutisme, il pressent ce qu'on va lui annoncer, et ce, sans même avoir recours à ses dons.

Le molosse au crâne rasé se déraidit enfin, ajuste la veste dont les boutons risquent d'exploser à chacun de ses mouvements et lorgne vers lui. Il hoche la tête, le visage toujours aussi inerte.

Noah comprend que son hôte est en chemin. Il porte le verre à ses narines, puis à ses lèvres. Il en boit une lampée pour se donner du courage, et réprime une grimace lorsque le brasier de l'alcool envahit son palais.

Plus que quelques secondes avant que son impression soit confirmée et il n'a jamais autant souhaité se tromper.

La porte s'ouvre en grinçant et des pas rapides martèlent le carrelage, résonnant dans le salon dépouillé. La démarche est sèche, déterminée.

Il est pressé. Normal, qui ne le serait pas à sa place.

Noah s'extirpe du confortable divan et prend appui sur la canne qui repose sur l'accoudoir pour se mettre debout. Il tend sa main pour saluer l'homme qui est désormais planté devant lui.

Son hôte, simplement vêtu d'un jeans et d'une chemise à carreaux rouge et noir, lui donne l'impression d'un géant brisé.

Il a tous les traits distinctifs d'un homme puissant et sûr de lui. Grand, la mâchoire carrée, un regard autoritaire, une stature altière, la coupe militaire. Mais sa force n'est plus qu'une façade. Ses traits durs et son air spartiate peinent à dissimuler la douleur qui le ronge. Derrière ses yeux d'un bleu acier rougis par le chagrin, il perçoit les vestiges d'une volonté de fer, une citadelle de certitudes tombée en ruine.

Après quelques secondes passées à le jauger de la tête aux pieds, l'homme empoigne avec vigueur la main tendue de Noah et plante son regard dans le sien.

— Je vous remercie d'être venu si vite, monsieur Wallace.

— C'est bien normal, général Lavallée.

— Pas de général avec moi, s'il vous plaît. Bien, j'imagine que vous savez pourquoi vous êtes ici.

Les yeux du général se sont plissés, laissant apparaître quelques rides sur son front dégarni.

C'est une question piège, réalise Noah. Il veut le tester.

— Bien sûr, répond-il. Vous voulez que je retrouve votre fille. Elle a disparu, n'est-ce pas ?

Une lueur de surprise fugace passe dans le regard du vieil homme. Comme s'il avait dévoilé un moment de faiblesse, il durcit ses traits et reprend son aplomb.

— Pouvons-nous jouer cartes sur table, monsieur Wallace ?

— Je ne connais aucune autre façon de jouer, monsieur.

Le général ignore la remarque et poursuit.

— Je suis une personne pragmatique. Je crois très peu… Non, en fait je ne crois pas du tout au surnaturel. Je ne crois pas aux fantômes, aux extra-terrestres, ni même à Dieu.

Il marque une pause puis se reprend.

— Je vous ai convoqué ici en désespoir de cause et contre ce que me dictent mes convictions. Je l'ai fait car je sais que ma Sophie avait une haute estime de vous. Ma petite princesse m'a parlé de vos soi-disant capacités, vos… dons.

Il serre les poings et désigne le divan de la main.

— S'il vous plaît. Ne restez pas debout, et prenez place. Je dois vous montrer quelque chose, mais avant, j'aurais bien besoin d'un remontant, moi aussi.

Il est en lutte contre lui-même, constate Noah. Cet homme voudrait croire, s'arrimer à un quelconque espoir, mais il en est incapable. Pour qu'il soit aussi secoué, la situation doit être plus grave qu'il ne le pense.

Ma Sophie avait…

Il en parle déjà au passé. Ce n'est pas bon.

Louis-Philippe Lavallée fait quelques pas vers le bar qui borde la cheminée et empoigne une flasque de cognac par le goulot, une bouteille en cristal ouvragé. Il se tourne vers lui et la lui présente, paume ouverte, sans grand enthousiasme.

— Un de mes meilleurs Cognac, un Louis XIII de Rémy Martin, mais aujourd'hui, je pourrais boire de la pisse de chat que je n'y verrais pas de différence, commente-t-il.

Puis il se verse un verre qu'il remplit à moitié. Il le descend d'une seule rasade.

Le général repose la bouteille, puis il sort un téléphone portable, un iPhone 7 noir sans coque de protection, et prend place aux côtés de Noah.

Il secoue lentement la tête et esquisse un sourire amer.

— Vous savez, j'ai presque toujours été en charge et en contrôle durant ma carrière. Pourtant j'aurais eu maintes fois l'occasion de faire des erreurs. Je ne sais pas si vous êtes au courant, mais depuis les années 90 le Canada n'a jamais vraiment cessé d'être en guerre. Pas ouvertement bien sûr, mais cela ne change rien au fait que des soldats canadiens ont été déployés aux quatre coins du globe pour livrer des combats ou venir en soutien à la population dans les zones sinistrées pendant ces trente dernières années. On ne l'ébruite pas tant que ça. Les médias en font tout au plus un relais timide. L'information est contingentée et c'est tant mieux. De cette façon, nos bienheureux concitoyens peuvent manger, boire, aller se défouler devant leur équipe de hockey, partir en randonnée ou faire de la motoneige en hiver sans savoir qu'il existe une autre réalité. Une réalité qu'on leur cache pour ne pas arrêter la machine. Les gens intelligents savent que l'avenir de notre pays se joue ailleurs, monsieur Wallace. À l'étranger, là où il y a des ressources précieuses ou des positionnements stratégiques. Guerre du Golfe, guerre civile au Rwanda, Somalie, Bosnie, Kosovo, Afghanistan, Libye, notre armée a été de tous les combats et j'ai participé à tout cela. J'ai pris des décisions, j'ai donné des ordres, j'ai mis des vies en jeu... pour le bien de notre pays. L'échiquier géopolitique ne m'a jamais paru obscur, j'en comprenais les règles, les enjeux. J'étais un bon joueur. Niveau famille en revanche, c'est une autre histoire. Vous savez que j'ai perdu mon fils, David. Ma femme a fini par me quitter puis par sombrer... Et maintenant, Sophie. Je n'ai rien vu venir. J'ai été aveugle et sourd. Je me suis trompé sur toute la ligne, je n'ai rien compris à la vie, la vraie, pas celle qui se passe derrière le voile, pas celle où je m'épanouissais au détriment de mes proches. Et je me dis que j'en paie le prix.

Le général observe un long silence, la tête baissée :

— Pensez-vous qu'il y a un prix à payer pour nos actions, monsieur Wallace ?

Noah inspire et dévisage le faciès creusé du général qui le fixe, presque implorant. Ses zygomatiques tressautent, un tic nerveux qui trahit sa tension.

— Vous me demandez donc si je crois au karma, monsieur Lavallée, c'est bien ce que je dois comprendre ?

Le général ne répond pas, appuie sur l'écran de l'iPhone et le tend à Noah en détournant le regard de l'objet. Puis il se lève et se dirige lentement vers la terrasse. Il colle son visage à quelques centimètres des persiennes et joint ses mains derrière son dos.

Noah a les yeux rivés sur l'écran qui reste noir quelques secondes avant de s'allumer et d'afficher une vidéo.

Un plan fixe pris d'une caméra en surplomb dévoile une fille attachée à une chaise, face à une table. L'angle plongeant empêche de bien distinguer le visage baissé, seul l'arrière du crâne est visible, enfoui sous une longue chevelure châtain-roux dont les mèches s'étalent sur la table comme les filaments d'une méduse échouée. Elle a l'air endormie.

La vidéo reste statique près d'une minute, une éternité. Noah déglutit avec difficulté. Sa gorge est soudainement serrée et sèche.

Un homme apparaît dans le champ, vêtu d'un costume gris parfaitement ajusté. Il se place devant la caméra.

Malheureusement, il est impossible d'apercevoir son visage, caché derrière un masque blanc à moustache désormais célèbre : celui porté par les Anonymous.

— Non, non, non… murmure Noah, pris d'un mauvais pressentiment.

Et malgré lui, les poils se hérissent sur ses avant-bras. Son corps anticipe déjà ce qui va se passer.

L'homme désigne la fille de l'index, se place derrière elle, puis il saisit ses cheveux et lui redresse lentement la tête. Il a procédé avec une lenteur exagérée, comme s'il voulait que le spectateur comprenne et n'en manque pas une miette.

À mesure que la fille se dévoile, Noah remarque une succession de détails angoissants. D'abord le bandage plaqué sur son œil droit, puis un autre appliqué sur son oreille gauche, ensuite le haut de son t-shirt, maculé de taches brunes, et enfin les mots inscrits au niveau de sa poitrine.

« *No Meat. No Dairy. No Kidding.* »

— Sophie... souffle Noah entre ses dents.

Ses doigts devenus moites glissent sur le téléphone.

Mon Dieu, qu'est-ce que ce type lui a fait ?

Elle paraît droguée, sonnée. C'est un pantin aux membres flasques et lourds, presque sans vie. L'homme saisit ensuite les bras qui pendent le long du corps et plaque ses mains sur la table, bien en évidence.

Noah serre les dents. Il remarque que des doigts sont manquants. Les deux auriculaires ont été tranchés ainsi que l'annulaire de la main gauche.

Une sueur froide perle sur son front. Il a envie de lancer l'appareil au loin, de le fracasser contre le mur.

L'homme, toujours avec une grande lenteur et une extrême méticulosité, passe en revue les différentes blessures infligées, exposant chacune d'elles à l'objectif : l'œil, l'oreille, les doigts.

Enfin, il laisse choir Sophie, qui reprend sa position initiale, et sort un pistolet. Il expose l'arme à la caméra, place le canon sur le front de Sophie, fixe son regard en direction de l'objectif et attend cinq secondes...

La poitrine de Noah est sur le point d'exploser.

... et tire.

La tête bascule sous l'impact. Le sang éclabousse le mur. Sophie reste figée, la tête en arrière, les bras ballants.

— Non ! hurle Noah.

L'homme salue la caméra, disparaît du champ et la vidéo tourne encore une bonne minute avant de s'éteindre.

VINCENT HAUUY

Noah lâche le téléphone, comme si c'était du métal chauffé à blanc. L'appareil finit sa course sous la table en verre.

Et soudain, alors que sa poitrine se compresse, la douleur sourde depuis des semaines explose dans sa jambe et sa main droite se met à trembler.

C'est à ce moment que le général reprend la parole.

— Je l'ai fait analyser. Les experts sont formels. Ce n'est pas un montage. Ma fille a été torturée et abattue. Ma princesse…

Noah entend à peine les paroles prononcées. Les mots s'entrechoquent dans sa tête, les questions explosent en feu d'artifice.

Est-elle morte ? Est-ce vraiment elle sur cette vidéo ? Cela ne se peut pas. Disparue. En danger. Mais pas morte, pas comme ça…

Il refuse d'admettre cette réalité. Il ne s'était pas attendu à ça. Il avait ressenti autre chose en venant ici.

Le général fait volte-face, les traits déformés par la colère. Ses yeux bleu acier acérés pourraient le transpercer.

— Vous vous êtes trompé, monsieur Wallace. Non, je ne veux pas que vous retrouviez ma fille disparue. Je veux que vous traquiez ceux qui ont fait ça. Je veux coincer ces salopards et leur faire payer. Je me fous de savoir si vous avez des dons extralucides ou bien si vous êtes un détective talentueux. Je m'en remets à la foi qu'avait ma fille en vous et à vos récents succès. Je réclame justice !

L'esprit de Noah ne réagit toujours pas, prisonnier d'un tumulte de questions. Comment le général est-il rentré en possession de ce message ? Pourquoi quelqu'un lui aurait-il envoyé cette vidéo ? Y avait-il eu une demande de rançon ?

34

L'intérieur de sa boîte crânienne, pour la première fois depuis presque un an, recommence à bouillir au point d'exploser et il sent la tension monter en flèche. Les fourmillements, la contraction des muscles de la poitrine, les tremblements... l'acouphène.

— Bien sûr, vous aurez de l'aide...

Noah sent son esprit se dissocier de son corps, les sons qui sortent de la bouche du général paraissent surgir d'une pièce insonorisée sur les murs de laquelle il aurait collé son oreille. Il grimace et incline la tête vers le piano, attiré par une mélodie qui semble en provenir.

— ... J'ai des moyens, monsieur Wallace...

Pas de doute. Les touches ne s'enfoncent pas, pourtant des notes s'en échappent. Un morceau qu'il reconnaît, bien qu'étant rarement joué au piano.

— ... Vous ne serez pas seul. J'ai quelques hommes qui me sont fidèles...

Götterdämmerung. Richard Wagner.

— ... Vous m'écoutez, monsieur Wallace?

Et puis il le voit. À côté du Steinway, lui tournant le dos. Le petit garçon aux cheveux châtain. Il en avait rêvé, puis l'avait déjà aperçu chez lui, sans pouvoir voir son visage. Il paraît plus tangible cette fois, il...

— Monsieur Wallace?

Le ton durci du général fait voler en éclats la bulle de Noah. Il secoue la tête et désigne le Steinway.

— Elle jouait souvent du piano?

Le général reste interdit, frappé par la question insolite.

— Sophie? Pourquoi cette question? Quel est le rapport avec tout ce que je viens de vous dire?

— Je pense que c'est important, répond Noah. Je pense que cela peut m'aider. Je pense même que c'est une clé.

Le visage du général se rembrunit et il regarde Noah comme s'il portait une camisole de force. Il répond néanmoins.

— Lorsqu'elle était petite, oui. J'avais des projets pour elle. Très tôt je l'ai mise au piano. Je lui ai fait étudier les grands classiques. Elle était douée, on est rapidement monté en difficulté. Chopin, Rachmaninov. Mais à un moment elle a tout lâché et a préféré s'investir dans le tennis. Je n'ai pas cherché à insister. J'étais déçu, mais…

— Richard Wagner ? coupe Noah.

Le général tique puis répond :

— Peut-être bien… C'est vraiment une question étrange que vous posez, monsieur Wallace.

— Je sais, mais comme je vous l'ai dit et bien que vous me preniez certainement pour un fou, j'ai le sentiment que cette mélodie a un rôle à jouer et que cela va m'aider à comprendre ce qui s'est passé avec votre fille.

— Dois-je en conclure que vous acceptez ? Que vous allez m'aider ?

Noah hoche la tête.

— Oui. Mais j'ai des conditions. La première concerne une personne qui m'est chère. Une fille brillante. Elle a des problèmes, mais je pense qu'avec vos relations vous pouvez faire quelque chose pour elle. Je suis sûr que vous savez de qui je parle, général Lavallée.

4. ZWISCHENZUG

L'air soufflé par les pales du ventilateur est aussi brûlant qu'un sirocco et les quatre-vingts pour cent d'humidité dans l'air combinés aux quarante degrés ont transformé le petit bar de Wynwood en véritable hammam.

Clémence réalise qu'elle ne tiendra pas bien longtemps sous cette chaleur.

Elle voudrait retirer le grand t-shirt noir échancré soudé à sa peau, mais vu l'endroit, elle risquerait de se faire sauter dessus par la faune locale. Elle n'a pas le choix, il faut qu'elle en finisse au plus vite, qu'elle empoche le fric et qu'elle mette les voiles.

Clémence cligne des yeux pour chasser une goutte qui perle sur sa paupière, puis se concentre sur l'échiquier comme si c'était la seule chose qui comptait au monde. Elle ne fait pas attention aux observateurs dégoulinants qui s'agglutinent autour de la table, à l'odeur incommodante de sueur et de friture qui sature l'espace, pas plus qu'à son adversaire, qui a empoigné le bas de son marcel mauve pour s'éponger le front.

Clémence prend une rasade du Perrier citron qui repose à côté de sa main, retourne le sablier, et déplace son cavalier.

Elle imagine l'air réprobateur qu'aurait eu son oncle face à un tel mouvement et un sourire s'étire sur son visage ruisselant.

Le bord de l'échiquier, Clémence ? Tu es sûre de toi ? La dernière fois que tu m'as fait le coup, je t'ai mis une raclée.

La toute dernière fois même, réalise-t-elle avec un pincement au cœur.

En face d'elle, le garçon renifle, saisit la bouteille de Corona que le serveur vient de lui déposer et la fait rouler sur son visage en fermant les yeux. Il en boit la moitié d'une seule goulée bruyante puis il la fixe d'un air moqueur.

— Un gambit, hein ? Tu me prends pour un imbécile ? J'ai un Elo[1] de 1900, ma petite. Faudrait pas me prendre pour un amateur.

Il ponctue sa phrase d'un rot tonitruant et sa main droite part à la recherche du crucifix pendant à son cou, qu'il compresse entre le pouce et l'index.

— Ça t'arrive de jouer, *hombre* ? Ou tu ne sais que parler ?

Le garçon retourne sa casquette «Miami Heats», frotte le haut de son index sous ses narines et se penche sur l'échiquier pour déplacer son fou. Il retourne le sablier à son tour, un sourire satisfait dévoilant une parfaite dentition blanche à l'exception d'un implant en or au niveau de l'incisive gauche.

Clémence hoche la tête en gardant son air concentré, tentant de cacher le piège qu'elle lui tend sous un masque impassible.

La petite va bien le calmer, le macho. Fais-moi confiance, tonton. Ce petit arrogant va devoir cracher l'oseille… comme les autres.

---

1 Le classement Elo sert à comparer le niveau des joueurs aux échecs.

Elle sait qu'il s'attend à ce que sa reine prenne son fou. Mais elle décide de faire autrement. Elle bouge sa tour, lui fait traverser l'échiquier et se pose en C1 à deux cases de son roi.

— Échec, monsieur Elo 1900, déclare-t-elle en retournant le sablier.

Le regard assuré du garçon change, déstabilisé par le coup. Il cligne des yeux, se redresse sur sa chaise et se frotte les joues d'un air pensif.

Elle sourit. Il n'a pas le choix, son roi est obligé de battre en retraite en F2.

Le front tartiné d'une sueur provoquée par l'étuve autant que par les efforts qu'il déploie pour réfléchir, il attend que le sablier soit presque écoulé pour bouger son roi. Il secoue la tête, dépité.

Clémence prend son cavalier et fait tomber le fou de son adversaire.

— Et là… c'est seulement à ce moment que je prends la pièce que tu m'as gentiment offerte, Elo 1900.

La partie est presque gagnée et cinq coups plus tard elle déclare en levant les bras au ciel :

— Échec et mat !

La foule applaudit timidement, plus habituée aux bras de fer qu'aux parties d'échecs, puis se disperse. Son adversaire reste assis et silencieux, les yeux rivés sur l'échiquier, tentant encore de comprendre ce qui lui est arrivé. Puis il se lève et tape dans ses mains.

— Bordel, c'était bien joué. Le moment où j'ai pensé que tu allais prendre mon fou et que tu as joué autre chose… tu venais de prendre l'avantage, j'étais foutu !

Clémence repositionne les pièces sur l'échiquier et rejoue la séquence.

— Cela s'appelle un *Zwischenzug*, monsieur Elo 1900, ou encore *intermezzo* si l'allemand t'écorche les oreilles. Cela consiste à jouer un coup intermédiaire plutôt que de se précipiter sur la pièce offerte en pâture. On force un mouvement supplémentaire chez l'adversaire mis en difficulté et c'est seulement au tour d'après qu'on prend la pièce.

Elle s'essuie les mains sur ses cuisses et ventile son t-shirt en le tirant par le col.

— Allez hop, fin de la leçon, je crois que tu as quelques dollars à me donner, non? dit-elle en tendant sa main.

Le garçon termine sa bière d'un trait et fouille dans ses poches pour en ressortir quelques billets froissés qu'il balance sur l'échiquier.

— Allez, sans rancune, tu l'as bien mérité, tu m'as botté le cul en bonne et due forme. Tu as un Elo de combien?

Sans lever les yeux vers lui, Clémence pose sa main sur l'argent et commence à compter.

— Je ne suis pas dans les circuits officiels, répond-elle.

Il la dévisage comme si elle était une extra-terrestre.

— T'es sérieuse? Tu devrais faire de la compétition, t'as un niveau de malade!

— Et encore, là j'étais loin d'être à fond, répond-elle en ponctuant d'un clin d'œil.

— Le pire, c'est que je te crois. Dis-moi, une chance que tu m'accompagnes après, tu sais on pourrait sortir... ou bien...

— Désolée, coupe-t-elle, mais les types en marcel mauve atteints d'aérophagie, ce n'est pas trop mon truc, surtout les perdants. C'est dommage, t'es presque mignon... Elo 1900.

Le garçon la fixe, immobile, ahuri, puis lâche un petit rire en la pointant de l'index.

— T'es une marrante, toi. Je t'aime bien. Je peux au moins avoir ton nom?

— Oui, bien sûr, pour cent dollars de plus.

Il soupire, réajuste sa casquette et prend la direction de la sortie en haussant les épaules.

Clémence finit le Perrier en grimaçant.

Trois cents dollars. Pas mal. Et obtenus facilement. Mais pas de remords à avoir. Après tout, ce garçon était un gosse de riches venu chercher un peu de frisson dans un bar sordide dans ce qu'il pense être une banlieue mal famée de Miami, bien loin de son cocon. Un ignorant de plus, Wynwood n'a plus rien du quartier coupe-gorge qu'il était et est devenu une figure emblématique du street art. Elle divise l'argent en deux liasses inégales. Deux cent cinquante pour elle et cinquante pour les « protecteurs » qui lui permettent d'organiser ses petits tournois. Déjà quelques milliers de dollars accumulés en une semaine, mais il reste encore du chemin à parcourir pour mettre son plan à exécution. Il lui faut plus d'adversaires à plumer. Peut-être que si elle baisse ses pourcentages, ses amis italiens pourraient l'aider à organiser quelque chose de plus gros ? Avec des paris peut-être ? Il faudrait qu'elle en parle à Luciano, ce rapace n'est jamais contre une bonne occasion de s'en foutre plein les poches. Elle passera le voir au club tout à l'heure.

Avant cela, il faut qu'elle prenne une douche, pas question qu'elle reste dans cet état. Il n'y a plus qu'à espérer que Carlos ait bien pensé à laisser la clé sous le paillasson. À cette heure, il doit certainement aider Beverly à ramener le colis à la maison. Elle a tellement hâte.

Clémence se fraie un chemin à travers la foule compacte qui se trémousse au rythme de la salsa. Parvenue au comptoir, elle lève le bras pour interpeller le barman puis recule légèrement la tête, l'odeur de frites grasses mêlée à celle des bananes plantains trempées dans l'huile sature ses narines.

Une main se pose sur son épaule. Ferme.

Par réflexe, elle saisit le poignet et tente de le tordre d'une clé. Elle stoppe son mouvement lorsqu'elle sent la pointe d'un canon de pistolet posée contre sa colonne vertébrale.

— Clémence Leduc, fait une voix à son oreille. Sérieusement, une Québécoise en Floride, t'es un vrai cliché ambulant.

— Rapha, lâche-t-elle. T'en as mis du temps à me retrouver. Ça fait presque un an, je pensais que t'étais meilleur que ça…

L'homme appuie un peu plus fort et rapproche davantage sa bouche de son oreille, suffisamment pour qu'elle sente l'odeur de son chewing-gum à l'eucalyptus dont il accentue la mastication.

— Je ne voudrais pas casser tes rêves ma jolie, mais on ne t'a pas trop cherchée. On a d'autres priorités, tu vois. Et ça va peut-être te surprendre, mais je ne suis pas ici pour te coffrer.

— Alors, pourquoi venir me faire chier? Et tu comptes rester collé à moi longtemps? Juste pour info, j'ai une lame de cutter prête à ouvrir le sac à valseuses qui abrite tes raisins de Corinthe.

Il souffle dans son oreille, lui arrachant un frisson de dégoût.

— Tu penses être plus rapide qu'une balle, Clémence? Et sérieux, depuis quand es-tu devenue si vulgaire? C'est à force de traîner avec tes copains mafieux?

— OK… Assez perdu de temps. Si tu n'es pas venu pour m'arrêter, explique-moi ce que tu fous à Miami.

L'homme retire le pistolet et l'invite à se retourner d'une pression sur l'épaule.

Raphaël Lavoie, son ancien supérieur du CSIS, le Service canadien du renseignement de sécurité, la toise de son mètre quatre-vingt-dix. Ses yeux gris surmontés d'énormes sourcils noirs broussailleux la fixent avec amusement. Il dénote avec la faune locale, habillé d'un costume noir et d'une chemise blanche sans plis. À se demander comment il ne sue pas, par cette chaleur.

— J'ai un oncle qui vit ici, réplique-t-il, dans ce magnifique quartier de Wynwood, sur la 5ᵉ. Un vrai salopard qui prenait ma tante et ma cousine pour punching-balls. Un jour, sa femme a fini par se rebeller et lui a crevé un œil avec une fourchette à dessert. Mais je ne suis pas là pour lui rendre visite. Je suis là pour te dire que le CSIS en a fini avec toi. T'es libre, enfin presque…

Clémence secoue la tête.

— Cela n'a aucun sens. Et pourquoi ils t'auraient envoyé ?

Raphaël hausse les épaules.

— Tu sais comment ça fonctionne. Ce n'est pas moi qui donne les ordres. Mais cela doit venir de haut pour qu'ils puisent dans les caisses remplies par les contribuables juste pour ramener une traîtresse dans ton genre.

— Au moins, tu sers à quelque chose, ça doit te changer, réplique-t-elle.

— Bon allez, j'en ai marre de jouer au chaperon. Il y a quelqu'un qui veut te parler, je ne suis là que pour faire le transfert, on se voit bientôt ma jolie.

Raphaël Lavoie s'écarte d'elle et laisse apparaître une silhouette familière qui lui sourit.

— Bonjour Clémence. Content de te revoir.

— Noah ?

5. RÉSISTANCE

— N'insistez pas, je ne peux pas partir, monsieur Wallace.
Pas maintenant. Désolée, mais j'ai des choses à régler ici.
Trouvez-vous quelqu'un d'autre. Pourquoi pas Raphaël ?
Il était mon instructeur, il est bon.

Clémence s'agenouille et récupère une clé scotchée au tronc
du palmier massif qui émerge des herbes folles et ombre
l'entrée de la maisonnette de plain-pied.

— Clémence. Tu n'as pas écouté ce que je t'ai dit ? On
parle de Sophie, là !

Elle ne répond pas et bataille avec la serrure pendant
quelques secondes avant que la porte ne s'ouvre en couinant
et ne laisse échapper une odeur de marijuana froide.

— Vous pouvez entrer. Vous n'avez qu'à m'attendre,
je vais prendre une douche.

Elle avance sans se retourner et Noah lui emboîte le pas.
La porte d'entrée débouche directement sur le salon, vaste
dépotoir insalubre digne d'un squat de junkie. Boîtes de
pizzas qui s'empilent sur une table basse, cendriers pleins,
canettes de bière jetées à terre. Et la pièce maîtresse :
un divan en tissu criblé de trous de cigarettes accoté à un
tréteau maculé de taches de peinture.

45

— Désolée pour le foutoir, c'est l'œuvre de Carlos, moi je ne fais que squatter chez lui quand je ne peux pas dormir chez Luciano.

Noah se fraie un passage parmi les détritus, écarte du pied une boîte de conserve – pâtes bolognaises Chef Boyardee – et s'installe sur une chaise de camping, préférant se tenir à distance du canapé miteux et du linge suspect empilé dessus.

Clémence prend la direction de la salle de bain, retire son t-shirt noir et le roule en boule, dévoilant à Noah des omoplates saillantes avant d'entrer, puis ferme la porte. Au-delà de sa maigreur, il remarque une cicatrice deux centimètres en dessous de sa clavicule droite.

Elle ressort quelques minutes plus tard, une serviette nouée autour de sa chevelure encore humide, habillée d'une chemise rose bien trop grande pour son petit gabarit. Les manches sont retournées à hauteur de ses coudes et ses jambes squelettiques visibles à mi-cuisse renvoient à Noah l'image d'un petit flamand.

— Je suis surpris par ta réaction. J'aurais pensé que tu voudrais m'aider. J'ai obtenu que tu puisses regagner le Canada, sans soucis. Tu es libre désormais.

Clémence se frotte les cheveux d'un geste vigoureux et lui adresse un sourire amer.

— C'est dingue, vous êtes toujours aussi naïf, Noah. Personne n'est libre, vous me l'avez dit vous-même, lorsqu'on s'est rencontrés. Vous aviez raison : on a tous une prison. J'ai découvert la mienne, les larges barreaux sont bien visibles désormais. Et il n'y a aucun jour qui passe sans que je me cogne dessus. Alors, vivre ici ou ailleurs n'y changera rien. Je la transporte avec moi cette foutue cage, et je ne suis pas prête d'en sortir.

Elle a changé, observe Noah. Une fêlure, non… une fracture. La noirceur s'est infiltrée au plus profond d'elle et l'a rongée de l'intérieur. Il s'est passé quelque chose ici, suffisamment grave pour éteindre la lumière et museler la petite fille qu'il voyait encore gambader un téléphone à la main, le sourire aux lèvres. La jeune femme espiègle et arrogante qui jouait avec ses trombones pour en faire des créatures est aux abonnés absents. L'éclat d'intelligence est toujours là, brillant dans ses yeux qui ne dorment jamais, mais elle ne pétille plus de malice… elle brûle d'un feu noir et intense.

Noah se perd un instant dans ses pensées, il ressent une présence autour d'elle. À moins que ce halo sombre ne soit dû qu'à la colère de la jeune femme.

Clémence ôte la serviette et secoue ses cheveux, beaucoup plus abondants, remarque-t-il.

— Et puis, vous débarquez au bout d'un an. *Un an…* Noah Wallace ! Sans prendre de nouvelles, sans venir me voir. Quelques *news* au début, par l'intermédiaire de Sophie, et puis plus rien. Alors vous vous attendiez à quoi ? Que je vous saute dans les bras ? Si j'avais compté pour vous, vous seriez venu me rendre visite. Bordel, je pensais que…

Noah avance d'un pas vers elle puis se rétracte, en proie à un sentiment d'impuissance. Elle lui en veut, son regard est chargé de colère.

— Je ne m'attendais à rien de précis, avoue Noah. Je pensais juste que tu pourrais m'aider à traquer les salopards qui ont tué Sophie. Si tu ne veux pas le faire pour moi, fais-le pour elle.

— Si Sophie avait eu le cran de tirer sur le type qui a tué mon oncle plutôt que de faire voler votre fenêtre en éclats… il serait toujours en vie. Au final, j'ai plus de raisons de lui

en vouloir. Et puis de toute façon, toute cette histoire ne
sert à rien si elle est morte.

Noah ignore la remarque. Pas la peine de lui rappeler que
son oncle Bernard Tremblay était condamné par un cancer
incurable. Il reste silencieux et l'observe attacher ses cheveux
et en faire une queue de cheval.

— Je n'ai pas besoin d'être médium pour savoir que tu
ne le penses pas. Je sens ta rage, et je sais que c'est vers moi
qu'elle est dirigée.

Clémence fait deux pas vers lui et plante son index sur
son sternum.

— Navrée de vous dire que votre radar à émotions est en
panne. Ma colère est… ce serait trop long à expliquer. Mais
vous avez quand même raison, je vous en veux.

— Désolé, Clémence…

— Je me fous de vos excuses et je ne veux pas de vos :
«Désolé, Clémence». Bon sang, assumez un peu et arrêtez
avec votre numéro de torturé. OK, vous avez eu une enfance
de merde, mais au moins vous avez eu la chance d'avoir
quelques accidents pour effacer une partie de vos souvenirs.
Ce n'est pas le cas de tout le monde.

Noah reste silencieux. Les mains de Clémence tremblent.
Elle tente de contenir ses émotions. Elle lui cache quelque
chose. Il reste un moment à l'observer, tentant de lire sur
ses traits, de la sonder.

Un prénom jaillit dans son esprit et l'espace d'une seconde,
l'image d'un jeune homme au sourire franc s'imprime en
filigrane dans son champ de vision.

Jonas.

— Vous ne dites rien? Vous ne répliquez pas? Je vous
envoie des piques et vous restez aussi apathique qu'un moine
zen.

— Je ne suis pas venu pour me battre, lâche Noah dans un soupir. Je veux juste…

— Oui je sais, coupe-t-elle. Bien, alors on va arrêter de tourner autour du pot, je vous propose un *deal*. J'ai une chose importante à finir ici. Soit vous m'aidez, soit vous attendez tranquillement dans un hôtel et vous faites comme tous les retraités ici. Vous profitez du climat. Vous n'aurez pas de mal à vous fondre dans le paysage. Avec votre canne et votre claudication, vous faites couleur locale.

— Et après, tu m'aideras, affirme-t-il.

Les traits de Clémence se déraidissent enfin, comme si elle s'était soulagé le cœur, et il entrevoit un sourire de connivence sur ses lèvres.

— Bien sûr. Je ne dis jamais non à un bon puzzle. Car je suis sûre que si vous êtes impliqué, cela présage un beau casse-tête.

Elle a raison, réalise Noah. Il a déjà pressenti que rien n'est simple derrière cette histoire de mise à mort filmée.

Il s'apprête à répondre lorsqu'un vibreur retentit. Clémence se précipite vers son sac et prend le téléphone mobile.

Son visage se rembrunit au bout de quelques secondes passées à faire les cent pas dans le fatras du salon, l'appareil collé aux oreilles.

— Attends, Bev, parle plus lentement. Comment ça, Carlos s'est fait avoir ? Il n'était pas avec toi ?

Elle se dirige vers la fenêtre et peste lorsque son pied écrase un paquet de chips éventré. Puis elle écarte les persiennes qui filtrent la lumière de l'extérieur et passe quelques secondes à observer la rue.

— Non, non, non, tu t'en tiens au plan. Tu restes où tu es, et tu préviens Luciano. C'est évident que Carlos finira par parler, il n'y a plus qu'à espérer qu'il tienne suffisamment longtemps.

Clémence raccroche et reste un moment à fixer un mur. Elle n'a pas d'élastique, mais les doigts de ses mains bougent comme si elle en faisait passer un entre ses phalanges.

Sur ce point, elle n'a pas changé, se rassure Noah. Elle cogite toujours autant.

La jeune femme fonce vers le mur et retire une plinthe. Elle en sort un sac qu'elle ouvre d'un geste sec. Elle en extirpe un couteau et un Beretta. Elle vérifie le nombre de balles dans le chargeur et en prend une poignée dans le sac.

— Un problème? demande-t-il.

— Il faut qu'on se tire d'ici au plus vite.

— C'est en rapport avec ton affaire à régler? Ça doit être grave, j'imagine.

Clémence hoche la tête.

— Disons que s'en prendre à la mafia russe a forcément des conséquences. La bonne nouvelle, c'est que je risque d'être libre plus vite que prévu. Par contre, j'espère que vous êtes venu armé. Ça risque de chauffer dans pas longtemps.

6. RÉSILIENCE

Le serveur soulève le couvercle du plat et Karl Engelberg sourit. Sophie tente de cacher sa grimace de dégoût, mais il remarque le subtil changement sur ses traits et le court moment d'arrêt lorsqu'elle découvre le filet mignon de porc baignant dans sa sauce, entouré de quelques carottes caramélisées et d'une purée de panais.

Pourquoi livrer ce combat intérieur alors qu'elle est aux portes de la mort ? Malgré la faim, elle s'accroche à ses principes et tente de conserver un semblant de dignité. Mais tôt ou tard, le naturel refera surface et les carcans imposés par la civilisation et son éducation voleront en éclats.

— Désolé, je n'ai pas informé le cuisinier de vos préférences culinaires. Néanmoins, je vous conseille de faire fi de vos principes et de manger afin de prendre des forces. Vous allez en avoir besoin.

La fille reste silencieuse et garde ses yeux fixés sur l'assiette. Puis, elle saisit le couteau et éprouve sa lame de la pulpe de son pouce.

— Plastique, commente Karl. Je ne voudrais pas que quelqu'un soit blessé. Et par là, je parle surtout de vous. Je veux que vous preniez votre temps pour manger, je vais bientôt commencer la session, mais je parlerai plus lentement pour que vous puissiez aller à votre rythme. Cependant, je vous conseille de garder une oreille attentive. Et souriez, vous êtes filmée.

Karl se lève et adresse un signe de tête au garde. La baie vitrée se teinte progressivement et filtre la luminosité aveuglante du soleil qui se réverbère sur les cimes floquées de neige. Il s'installe face à elle, puis il sort son téléphone.

Avant de commencer, d'une pression de l'index sur l'application, il consulte sa salle de contrôle virtuelle afin de vérifier que les angles de caméra sont corrects.

Il tient à ce que les enregistrements soient parfaits.

Combien de temps va-t-elle tenir? Il se pourrait bien qu'elle batte le record de la précédente. Elle est belle, bien plus que toutes celles qu'il a invitées jusque-là. Et surtout elle *lui* ressemble davantage.

Il retourne le téléphone, écran face à la table, bien en évidence pour qu'elle se rappelle ce qu'il représente, puis il réajuste la montre à son poignet.

— Bien, je vais commencer à vous raconter ma petite histoire. Et après, je vous poserai mes questions.

Comme prévu, le regard de Sophie dévie machinalement vers son iPhone. Karl hoche la tête, un sourire satisfait au visage. Il sait que son petit numéro de la roulette a fait son effet.

— Être né dans une famille aisée ne garantit pas une enfance heureuse, loin de là. Surtout lorsqu'on est élevé par un père qui a érigé ses principes en dogmes à respecter à la lettre, sous peine de graves sanctions. Imaginez donc un gentil papa qui teste son enfant chaque jour afin de s'assurer que son éducation ne dévie pas d'un pouce du chemin qu'il a tracé pour lui. Un enfant qui est sa créature, son outil...

son projet. Dès mon plus jeune âge, j'ai compris que je n'étais que de la terre glaise placée dans les mains d'un artiste halluciné. Hansel Engelberg, mon père. Un homme aveuglé, enivré par la certitude qu'il était le détenteur d'une vérité absolue. Il n'avait qu'un seul objectif : faire de moi un homme fort, un prédateur, un Alpha. Le digne successeur de la famille, qui transmettra à son tour ses gènes de prédateur à la génération suivante. Et croyez-moi, dans ce contexte, le coton et l'amour n'ont jamais été de bons ingrédients pour créer des loups. Si on veut dresser un chien à attaquer, on ne le caresse pas avec bienveillance, on attise sa rage en le battant jusqu'au sang. Bien sûr, mon père n'était pas seulement un fanatique. C'était aussi un sadique. Son éducation laissait régulièrement dans mon dos quelques boursouflures rosées imputables aux coups de cravache cinglants administrés d'une main leste et précise. Il avait ses manies. Avant chaque correction, il enfilait une paire de gants en cuir noir qu'il tenait de son père. Une relique venue d'Allemagne. Vous saviez certainement déjà que mon grand-père était un nazi, non ?

Sophie acquiesce d'un geste de la tête.

Karl observe que toutes les carottes sont mangées. Sophie pique la fourchette en plastique dans l'assiette en traçant des sillons dans la purée de panais.

Il reprend.

— Je me rappelle particulièrement de notre grand jardin à la pelouse rase. Non pas en raison de ses haies parfaitement taillées, de ses roses blanches magnifiques, de ses nombreuses fontaines ou encore des bassins aux eaux claires. Non, je m'en souviens parce qu'il était un lieu de prédilection pour les leçons qu'inculquait mon père. Nous nous y retrouvions tous les matins, sans exception : qu'il pleuve, qu'il vente, qu'il grêle. La régularité faisait partie des notions qu'il m'enseignait. Je ne sais plus quel âge j'avais lorsqu'il me présenta pour la première fois un chaton, cinq ou six ans, peu importe. L'animal avait un superbe pelage gris et des yeux démesurément grands. Mon père m'avait fait asseoir sur l'herbe mouillée par la rosée du matin et avait déposé cette petite boule de poils devant moi. Mon premier geste, une attitude naturelle pour un enfant, fut de tendre ma main vers lui pour le caresser. La cravache est partie sans prévenir et s'est abattue sur mes doigts dans un claquement sec, zébrant le haut de ma main d'un sillon écarlate. Puis il m'a poussé de son pied, et frappé dans le dos à plusieurs reprises. Ensuite, il m'a regardé de ses yeux d'un bleu glacial, a saisi le chat qui avait posé ses pattes sur mon genou, et lui a tordu le cou d'un geste sec. Un sort que je lui ai envié. L'animal n'a pas eu le temps de souffrir, ce qui ne fut pas mon cas. Devant son geste, j'ai hurlé. Non pas de douleur, mais en raison de l'horreur et de l'injustice que je ressentais. Cette protestation fut interprétée comme une déviance rebelle qui devait être matée avant qu'elle ne se développe comme une mauvaise herbe. Mon père a lâché la cravache et m'a roué de coups, son poing ganté s'est abattu sur mon visage à plusieurs reprises. J'ai tenté de me protéger avec mes petits bras d'enfant, mais je ne pouvais rien faire. Puis ses pieds ont remplacé ses poings et il me hurlait dessus, écumant de rage, tout en m'écrasant les talons sur le corps. « *Wann wirst du es lernen? Dummkopf!* » À ses yeux, je ne progressais pas, j'étais un désastre, un parfait imbécile. À la fin de ce calvaire qui me sembla durer une éternité – j'avais cru perdre un œil tant il avait gonflé au point d'obstruer ma vision –, mon père m'a craché dessus et a pointé le chat. « *Begrab die Katze. Es ist deine Schwäche, die du begraben wirst.* » En enterrant le chat, j'enterrerais ma faiblesse. Pendant que je sanglotais en position fœtale sur l'herbe froide et humide, il s'est absenté pour revenir quelques minutes plus tard avec une pelle bien trop grande pour moi. Le ciel devait être triste ce jour-là. Au moment où mon père rentrait dans notre grand manoir et m'abandonnait dans le jardin, les gros nuages gris ont fait tomber la pluie. Passé un court moment d'hébétude, j'ai fait ce qu'on m'avait ordonné, je n'avais pas le choix. J'ai enterré le chaton.

Karl tapote son index sur sa tempe.

— Je me rappelle de ce petit coin de verdure comme si c'était hier. Près d'un grand saule pleureur, juste à côté du bassin où j'allais donner à manger aux carpes lorsque j'y étais autorisé. Cela m'a pris plus de deux heures, mais je l'ai fait. Les larmes aux yeux, les côtes en feu, avec un champ de vision réduit, j'ai retourné la terre et creusé. La pluie s'était intensifiée et la terre se gorgeait d'eau. La boue s'écoulait dans le trou. Une fois cette besogne finie, je ne suis pas rentré tout de suite. Je suis resté avec le goût de la terre dans la bouche et l'image du chat incrustée dans mon esprit. C'est à ce moment-là que Damien, le fils du jardinier qui était de deux ans mon aîné, est venu vers moi. Il était vêtu d'un petit ciré jaune. Son père avait dû l'envoyer faire une course et il m'avait aperçu, assis près d'un tas de terre retourné, recroquevillé. Il a posé la main sur mon épaule et cela m'a fait un bien fou. J'aurais dû repousser l'enfant. Mais à ce moment-là, je le sais, j'avais un besoin impérieux d'être réconforté. Je pense que vous pouvez le comprendre. J'aurais aimé que mon père n'assistât pas à la scène. J'ai su plus tard qu'il n'avait pas cessé de m'observer, à l'abri derrière la fenêtre du grand salon, une tasse de thé fumant à la main et ses yeux bleus braqués sur moi comme des phares de glace. Quoi qu'il en soit, il a voulu savoir si la leçon était apprise. Le lendemain, il m'a ramené un chaton et a placé un couteau entre mes mains. Pas la peine de vous dire ce qu'il attendait de moi...

Karl jette un coup d'œil à sa montre. Le temps est presque écoulé et le moment d'en finir avec cette session est arrivé.

— Bien, comme vous l'avez deviné, voici venu le temps des questions. La première concerne l'avenir de notre petit Damien. Que pensez-vous qu'il lui soit arrivé?

Sophie repousse l'assiette, elle a laissé le porc intact, et le défie du regard.

Il prend le téléphone et le fait passer d'une main à l'autre puis le pose au milieu de la table, la roulette bien en évidence.

— Ne pas répondre à la question équivaut à une mauvaise réponse.

— Votre père... il... vous a forcé à le tuer, affirme-t-elle.

— Eh bien, vous parlez! Je finissais par en douter. En revanche, malheureusement pour vous, vous avez faux. Même si, réflexion faite, peut-être aurait-il mieux valu qu'il meure...

Karl tend son doigt vers l'appareil et le laisse en suspension au-dessus de l'écran.

— Je suis désolé, mais c'est le jeu. Je vais devoir m'en remettre au hasard. Si cela peut vous rassurer, à la première mauvaise réponse, la chance de s'en sortir sans dégâts est plus élevée.

Il presse le bouton et la roulette tourne. Les yeux de Sophie sont fixés sur l'écran, sa respiration s'accélère au point de soulever sa poitrine. Les symboles défilent à toute vitesse. Doigt, œil, doigt, oreille.

Karl n'en perd pas une miette. Il la voit se figer d'horreur lorsque la flèche freine sa course sur l'œil, avant de glisser vers une zone vide.

Elle se décrispe et retombe dans sa chaise comme un pantin désarticulé.

— Félicitations, la roulette a décidé de vous épargner. Mais si j'étais à votre place, je ne pousserais pas trop ma chance.

Il marque une pause et plante son regard dans le sien.

— Je vous demande de bien réfléchir à ce qui va suivre. Voici ma prochaine question. Qu'avez-vous appris lors de votre rencontre avec Andrew Clayton ? Vous pouvez me répondre, ou bien…

D'un geste de la main il fait tourner l'iPhone sur lui-même, comme une toupie, sur la table.

– … vous pouvez tenter la roulette à nouveau. Ce sont mes règles, mais c'est votre décision.

7. FÊLURE

Cela ne fait que quelques minutes qu'ils ont quitté le bus climatisé. Noah est de nouveau trempé : sa chemise hawaïenne auréolée de sueur lui colle à la poitrine. Il éponge son front d'un revers de main, puis retire les trois boutons du haut. Son visage est pivoine, déformé par l'effort, et ses yeux clairs plissés par le soleil de midi qui écrase l'asphalte gondolent la ligne d'horizon de la 47ᵉ Terrace. Devant lui, Clémence impose une cadence rapide qu'il a du mal à suivre en claudiquant.

Depuis qu'elle a quitté la maison de son ami Carlos, elle n'a cessé d'être à l'affût, sur ses gardes, scrutant le moindre attroupement, tentant de déceler la moindre anomalie. Il n'aurait pas pensé la trouver dans cette situation de stress et d'urgence, et il ne peut s'empêcher de se sentir responsable.

C'est à cause de son affaire qu'elle s'est retrouvée seule à Miami. Exilée.

Leur balade dans ce Little Haïti caniculaire ne prend fin que lorsque Clémence stoppe sa course près d'un grillage gris et rouillé, qui clôture une modeste maison préfabriquée. Un coin sordide, constate Noah. Un quartier pauvre et très peu entretenu. Au pied de la poubelle ouverte qui jouxte l'enclos, des gravats et morceaux de béton brisés jonchent le sol. La boîte aux lettres éventrée repose sur un pied en métal tordu. Et pour parfaire le tableau, le chien des voisins – un berger allemand écumant de bave – tire sur la chaîne attachée à l'essieu d'une caravane sans roues. Il grogne, aboie, et montre les crocs. L'air saturé d'humidité et de poussière exhale une odeur d'asphalte et de suie. Clémence ouvre la porte grillagée et emprunte l'allée en briques rouges défoncée par les herbes rebelles qui envahissent une pelouse échevelée et roussâtre.

Noah lui emboîte le pas et l'interpelle avant qu'elle ne rentre dans la maison.

— Désolé, j'ai vraiment l'impression d'avoir débarqué à un mauvais moment.

Elle hausse les épaules sans le regarder. Son attention est captée par le voisin, un vieil homme à la peau burinée, coiffé d'une casquette rouge et qui, alerté par les aboiements de son chien, les observe depuis le perron, comme s'ils étaient des voleurs ou des étrangers.

— Il y a eu vraiment pire, croyez-moi. Cette dernière année n'a pas été de tout repos.

— Et je peux savoir ce que tu as fait pour te mettre la mafia russe à dos ?

Elle marque une pause avant de répondre.

— Disparaître des radars a un prix. Disons que j'ai dû prendre certaines dispositions et avoir recours à certains services. Et ce n'est pas le genre d'achat que l'on peut faire sur Amazon. J'ai donc été amenée à croiser des personnes pas forcément recommandables et j'ai découvert qu'une fois que l'on plongeait dans ce monde d'ombre... on n'en ressort pas.

Il remarque la tension dans sa voix et ses zygomatiques qui tressautent. Elle a fait un effort pour lui parler, comme si ça lui arrachait la gorge.

Que s'est-il passé ? se demande Noah. Clémence s'est fermée et s'est hérissée de piques. Elle a érigé une barrière autour d'elle, comme si elle voulait le tenir à l'écart, le repousser. Pourtant, il peut l'aider. Il pourrait retirer la pelote de ténèbres qui l'étrangle ou au moins tenter de le faire.

Elle doit craindre que mes dons ne la percent à jour.

Clémence toque trois coups à la porte.

Une voix légèrement étouffée, celle d'un homme qui aurait beaucoup fumé, demande :

— C'est qui ?

— Ce n'est pas une livraison de pizza. Dépêche-toi Dylan, on doit faire vite.

L'homme qui ouvre la porte a la quarantaine environ, son visage oblong et émacié est pourvu d'une large bouche aux lèvres fines, dévoilant une dentition chevaline. Ses longs cheveux gris tombent sur une petite chemise en lin écru. Il dévisage Noah de ses larges yeux globuleux surmontant d'énormes valises.

— C'est qui ce type ? demande-t-il en le désignant d'un geste de la tête.

— Dylan, voici Noah, je t'en ai déjà parlé. Noah, voici Dylan, un gourou dans son genre. Dis-moi que Bev' est avec toi ?

Il secoue la tête.

— Nan, elle s'est occupée de notre invité, puis elle est partie chercher le fourgon. Mais réjouis-toi, ton cadeau attend dans la pièce qu'on a préparée. Bordel, pourquoi t'as ramené ce type ici ? Ce n'est vraiment pas le moment !

Clémence jette un dernier coup d'œil dehors et verrouille la porte. La première chose que Noah remarque, ce sont les six moniteurs alignés sur un tréteau collé au mur à sa gauche, seule source de lumière dans cette maison plongée dans la pénombre.

Il distingue également deux unités centrales et un amas de fils reliés à des baies de disques durs.

Ce Dylan doit être un hacker, conclut-il.

Il continue de balayer la pièce du regard. Aucun meuble, pas de décoration. C'est encore une sorte de repaire. Une odeur de graillon flotte dans l'air, émanant de la cuisine attenante.

— Bon, c'est quoi le programme ? demande Dylan. Si Carlos s'est fait choper, les Russkofs ne vont pas tarder à débarquer. Si c'est le cas, on n'a pas beaucoup de temps. Tu crois pouvoir le faire cracher ? Enfin… tu m'as compris.

— Non. Tant pis pour Dimitri. Je n'aurai pas le temps d'obtenir des aveux…

Elle prend une pause, comme si elle mesurait l'impact de ses mots.

— Je vais m'occuper de lui.

Noah dévisage Clémence comme si elle était une totale étrangère. Elle a parlé sans énervement, mais sur un ton glacial, sans appel.

— Putain, Clémence, Luciano va être furax, ce n'était pas le deal. Il nous a aidés uniquement pour atteindre Dimitri. Oh putain, ça va péter, je ne le sens pas. Sérieux, réfléchis, tu es folle ? Tu ne peux pas te permettre d'avoir les Siciliens et les Russes aux fesses. Et merde, on fait comment pour la suite ? T'as l'argent pour acheter nos papiers ?

Clémence secoue la tête et se tourne vers Noah.

— Il va nous falloir des changements d'identité. C'est un prix que j'ajoute à ma participation. Des papiers pour trois personnes, des passeports canadiens.

— Je n'y crois pas! C'est ça, ton plan? Tu veux qu'on file se les geler dans ton pays de merde?

— Écoute. Carlos s'est fait avoir. On doit agir vite, on ne peut pas relâcher Anton, alors on s'en occupe. Tu sais qu'il doit payer, non?

Noah ne prononce aucun mot et se contente de jouer les spectateurs. Il s'est perdu dans leur discussion, mais arrive à combler les blancs.

Une vengeance. Voilà d'où provient son amertume. Clémence a un compte à régler.

Dylan grimace, dévoilant toute sa dentition, et se lisse les cheveux en arrière.

— Bordel de putain de merde! OK. OK. Fais ce que t'as à faire.

Le sang de Noah se glace.

— Tu pourrais m'expliquer? dit-il en s'approchant d'elle.

Clémence feint de ne pas avoir entendu et recule en direction de la porte qui mène à la cave.

— Autre chose, Dylan. Tu détruis tout le matériel. On fait flamber la maison. Il ne doit rester aucune trace. Prends tes dispositions, une fois que j'en ai fini avec Anton, tu fous le feu.

Elle est sur le point de tuer. Noah peut sentir son aura meurtrière.

Le visage de Dylan se décompose et sa mâchoire reste ouverte quelques secondes comme si les rouages de son cerveau étaient grippés.

— Tu... plaisantes, dis-moi que tu rigoles! hurle-t-il. Cette baraque, tu sais à qui elle est? Et mon matos, je l'ai payé une fortune, putain de merde!

63

Clémence ne sourcille pas.

— Je n'ai jamais été aussi sérieuse. Mais tu préfères peut-être que les Russes te mettent la main dessus ? On n'a pas le choix. On te rachètera ton matériel.

Dylan se tourne vers Noah et le fustige du regard, comme s'il était responsable, puis il grogne et prend la direction de la cuisine, résigné.

Clémence s'adresse à Noah qui l'observe en silence, le visage grave.

— Je préfèrerais que vous restiez ici. Pas besoin d'assister à ce qui va se passer en bas, dit-elle d'un ton dénué d'émotions.

— Avec tout ce que j'ai vécu, tu penses sincèrement que je peux être encore impressionné par quelque chose ? Et puis je ne pense pas que ton ami m'apprécie beaucoup, ironise-t-il avec une pointe d'humour pour déglacer l'atmosphère.

Elle hausse les épaules et pose sa main sur la poignée de la porte.

— Alors suivez-moi. Mais surtout, n'intervenez pas. C'est personnel.

8. FRACTURE

Noah tente de cacher les tremblements qui agitent sa jambe. Il ressent la même angoisse qui l'avait gagné chez le général. La sensation de plonger dans un bain glacé.

C'est la cave, réalise-t-il. Le fait de se retrouver dans un tel endroit ravive des souvenirs douloureux. Elle n'a pourtant rien de comparable avec celles qu'il a connues par le passé. C'est une pièce lumineuse, éclairée par deux néons. Elle est complètement insonorisée – les murs sont couverts d'une mousse grise alvéolée. Le sol est protégé par une bâche en plastique et quelques outils reposent à terre. Un pistolet à clous, un tournevis, une scie à métaux.

Et debout, attaché à une poutre, les pieds et les mains liés, se tient un homme bâillonné, complètement nu.

Ce doit être Anton.

Le Russe est conforme à l'image que Noah se fait d'un homme de main de la mafia russe, la Bratva : une bête, un monstre sous stéroïdes. Chauve, le visage anguleux, la mâchoire large et carrée. Et des tatouages sur le corps, véritable cartographie de sa vie de criminel et de prisonnier : une Vierge Marie et son enfant sur le torse, une dague qui lui transperce le cou, un svastika sur le biceps, une main tenant une poupée sur l'abdomen, une étoile noire sur chaque genou.

Le molosse grogne et balbutie, à moitié endormi, certainement en raison de la quantité de drogue administrée pour calmer un tel monstre.

Sans sourciller, Clémence s'avance vers le fauve et lui balance une gifle cinglante, puis une autre.

Au terme de quelques allers-retours de plus en plus violents, les yeux d'Anton s'entrouvrent enfin.

Hagard, il cligne des paupières et tente de comprendre ce qui lui arrive et où il se trouve. Puis, appréhendant la situation, il se redresse sur la poutre et tire sur ses liens comme une bête enragée. Son visage s'empourpre, et il tente de déchiqueter avec ses dents le bâillon qui lui serre la bouche. Avec son regard halluciné et la colère qui déforme ses traits, il évoque un requin, prisonnier d'une cage.

Clémence retire le bâillon d'un coup sec, arrachant à l'homme un cri de rage, plus que de douleur.

— *Suka.. shlyukha ty mertvaya… ty mertvaya*, hurle-t-il.

Les dents sont sorties et la bave écume au bord de ses lèvres épaisses. Les veines saillent de son cou, sur le point d'exploser.

— Salope, pute, tu vas crever, tu vas crever, traduit Noah machinalement, étonné de comprendre les propos proférés par le prisonnier.

— Vous parlez le russe ? fait Clémence, esquissant un sourire.

Puis elle ajoute :

— Ne vous donnez pas la peine de traduire, je le parle également.

— Je viens de le découvrir, répond-il.

C'était même certainement une des premières langues que les savants du Raven Institute avaient dû lui faire entrer de force dans le cerveau lorsqu'il était aux mains de la CIA.

Le regard d'Anton oblique vers Noah. Ses yeux sont ceux d'un tueur qui a pris de nombreuses vies. Ceux d'un prédateur.

Clémence pose son pied sur le plexus du Russe et appuie pour en éprouver la résistance.

— Pas la peine de te débattre, tu es solidement sanglé.

L'homme se cabre et fait saillir ses muscles pour tenter une ultime fois de rompre ses liens. Mais il abandonne assez vite, haletant, impuissant. Une fois calmé, il ricane et fixe Clémence, le défi dans le regard, un filet de salive coulant sur le menton.

— Je me souviens de toi, tu sais. T'es la salope de Jonas. Tu n'as pas aimé la façon dont je t'ai refait le cul, petite pute ? C'est quoi le plan, tu veux venger ton voleur et sale traître de petit copain ?

Sans se départir de son regard glacé, Clémence assène d'une voix dénuée d'émotion :

— Dans les grandes lignes, c'est à peu près ça.

— Pauvre conne. Si tu me touches, t'es morte.

Clémence se dirige d'un pas déterminé vers les outils posés à terre et s'agenouille. Elle les saisit un à un, et arrête son choix sur le pistolet à clous. Elle le brandit et l'agite au-dessus de sa tête, puis se retourne.

— Je suis toujours effarée par ce manque d'imagination… Ce n'est pas terrible, comme ligne de défense. *Si tu touches à un seul de mes cheveux*, ou encore *Tu vas le payer cher*, *tu ne sais pas à qui tu as affaire*… bla-bla… Franchement, on n'en est plus là, non ? On sait tous les deux comment cela va finir. Mon avenir est le dernier de tes problèmes.

Et crois-moi, tu n'es vivant que parce que Dimitri n'a jamais rien su de tes actions.

Clémence revient vers le Russe, s'arrête à un mètre de lui, vise avec le pistolet, et tire.

Le clou part dans un claquement sec et vient se planter à trois centimètres au-dessus de la tête d'Anton.

Noah déglutit avec peine, sa gorge est serrée et la pression ressentie en descendant l'escalier pèse davantage sur sa poitrine, compressant son cœur en un poing. Pris de vertiges, sa main se crispe sur le pommeau de sa canne, et il manque de tituber.

Clémence continue de parler, mais le volume de sa voix baisse jusqu'à se résumer à un bourdonnement quasi inaudible.

Son ouïe ne capte plus que le son de sa propre circulation et le martèlement rapide des battements de son cœur.

Une perle de sueur froide coule sur son front et longe l'arête de son nez. Sa vision se brouille, puis se voile de noir.

Il entend alors un hurlement. Non, deux. D'abord le cri d'un homme, puis la voix déchirée d'une femme qu'il reconnaît. Clémence.

Il capte des bribes entrecoupées. Des images s'impriment par flashes. Le faciès d'Anton déformé par un mélange de rage et de plaisir alors qu'il s'agite derrière Clémence. Les cris étouffés et les sanglots de la jeune femme, la lame d'un couteau de chasse qui s'enfonce au niveau de l'omoplate.

Lorsqu'il revient à lui, Clémence s'est déplacée et a posé le pistolet sur le genou du mafieux.

— Tu sais pourquoi les statues grecques ont toujours de petits pénis, Anton?

Le regard du mastodonte oscille entre Clémence et le pistolet posé sur sa jambe. Il étincelle d'une lueur de démence, mais se trouble d'inquiétude.

Nouveaux chuchotements. Noah déploie des efforts surhumains pour ne pas sombrer et s'agrippe à sa canne comme si elle seule pouvait l'ancrer dans la réalité. Mais les ténèbres ont formé un brouillard devant ses yeux. Les images et les sons refusent de disparaître. Il capte de nouvelles bribes d'images.

Le poing massif du Russe qui s'abat sur la mâchoire d'un jeune homme. Anton est à califourchon sur lui et assène les coups à répétition. Il peut entendre le craquement des os, les gargouillis, il voit les gerbes de sang voler. Clémence hurle et tente de le frapper. Le revers de main part et la fait valser contre le mur.

— C'est parce que les hommes pourvus de gros sexes étaient jugés stupides. Tu vois Anton, plus un homme en avait entre les jambes, moins il était capable de réfléchir. Peut-être une question de circulation sanguine, qui sait…

Elle appuie sur la détente.

Tchok. Le clou s'enfonce dans son genou avec un bruit mat.

Anton hurle et tressaute. L'arrière de sa tête percute la poutre.

— *Suka, suka…*

Clémence recule d'un pas et observe l'homme se débattre. Il grimace, en proie à la douleur et à la rage. Le visage de la jeune femme reste impassible, ses yeux semblent plonger loin derrière le Russe, dans un monde secret où elle doit revivre l'horreur qu'il lui a fait subir.

— Laisse-moi te dire une chose. Les Grecs avaient tout faux…

Noah rebascule derrière le voile. Il voit Anton saisir Clémence à la gorge, la soulever comme un fétu de paille et la coller contre un mur de brique. Le monstre enserre ses doigts et appuie en la plaquant. La fille étouffe, agite ses jambes, sa langue gonflée tente de se frayer un chemin hors de la bouche.

Le poing du colosse s'abat sur elle, lui fend la lèvre et lui arrache une dent. Puis il la bascule et plaque son visage contre la tête sanguinolente de son ami mort qui gît sur l'asphalte.

Retour à la réalité. Clémence a déplacé le pistolet sur l'autre genou…

— Prenons ton cas, par exemple. T'es con comme un balai à chiotte, et pourtant t'es équipé d'un macaroni. Ce n'est pas normal, aucune logique. Par contre, cela en dit beaucoup sur toi.

… et appuie sur la gâchette.

Tchok.

Un nouveau hurlement que le Russe tente de museler en serrant sa mâchoire s'écrase sur les alvéoles des murs insonorisés. Son visage pivoine ruisselle de sueur.

— Devoir vivre avec un vermicelle trop cuit, greffé sur un tas de muscles, ça crée un problème d'équilibre. Alors tu défoules autrement, pour évacuer ta frustration. Et ça, tu vois, je peux vraiment le comprendre.

Trois clous partent en rafale. Un dans la cuisse, un dans la joue, un dernier dans l'avant-bras.

Cette fois-ci, le molosse ne peut empêcher les larmes de couler.

Clémence commence à perdre son calme, elle tremble.

— Quand tu m'as violée, sale porc, je veux que tu saches que j'ai à peine senti ton petit truc me forcer. Mais le contact de ton corps de bœuf, tes rires d'imbécile, ton souffle chaud dans ma nuque, empuanti d'alcool… c'était juste insupportable. Et puis surtout, je m'en suis voulu. D'avoir cédé à la panique, d'avoir perdu le contrôle.

Elle place le pistolet au niveau de l'entrejambe, appuie au niveau des testicules et plante son regard dans le sien.

– Tu sais, je pense sincèrement que les personnes qui n'éprouvent aucune émotion sont utiles, elles ont un rôle important à jouer dans la société. Ce n'est pas une anomalie de manquer d'empathie. Prenons le cas d'un chirurgien, par exemple, il ne voit pas le patient comme une personne lorsqu'il a le scalpel en main, mais comme un organisme qui a besoin de réparation. Tout comme moi, je ne te vois pas comme un être humain, mais comme un nuisible à exterminer. Et puis, l'absence d'émotion a ses avantages, non ? Ne pas ressentir la peur, le dégoût, le doute même.

Le regard de défiance du Russe a disparu. Ses traits sont ceux d'un supplicié qui demande grâce.

Elle sourit, puis elle appuie. Encore et encore. Un long râle plaintif ininterrompu sort de la gorge d'Anton et explose en cri de douleur. Lorsqu'elle a fini de s'acharner sur le sexe et les testicules, elle place le pistolet sur le front et tire une dernière fois. Les yeux du Russe se révulsent, sa tête bascule et retombe sur sa poitrine.

Clémence lâche le pistolet qui tombe à ses pieds dans la mare rouge s'écoulant du corps sans vie, puis se tourne vers Noah.

Elle est couverte d'éclaboussures de sang, mais son visage reste étrangement calme et serein.

— Vous n'êtes pas intervenu, vous m'avez laissé faire ?

Le ton est empreint d'autant d'étonnement que de reproche.

Aurait-elle voulu qu'il la retienne ? Qu'il l'empêche de plonger ? Elle lui a pourtant dit de ne pas intervenir, mais peut-être qu'une partie d'elle voulait se préserver ? Trop tard, désormais.

— Je sais ce qui t'est arrivé, Clémence. Je...

Il manque de dire « Je suis désolé », mais se reprend. Il sait que ces trois mots lui feraient encore plus mal. Un aveu de son impuissance, de son échec.

— Vous êtes blanc comme un linceul, vous n'allez pas bien ? demande-t-elle.

Non, il ne va pas bien, des spasmes agitent l'ensemble de son corps, et ni les chuchotements ni la sensation d'être entre deux mondes ne l'ont quitté.

L'espace d'un battement de paupière, le corps désarticulé d'Anton, le plastique rougi par le sang poisseux, le pistolet à clous, Clémence, tout disparaît pour ne laisser qu'un noir opaque et des sanglots d'enfant.

Une seconde de vide. Une immersion fulgurante dans les ténèbres.

Il rouvre les yeux et constate qu'il n'est pas revenu seul.

Sous la lumière des néons, derrière Clémence qui le regarde avec inquiétude, il aperçoit l'enfant.

De dos toujours, dans un coin de la pièce, il l'entend sangloter.

— Je ne suis pas habitué à tant de violence, Clémence, répond-il sans y croire.

Et alors que, malgré ses clignements de paupières répétés, l'enfant reste cloîtré dans un coin de la cave, il sait qu'ils s'apprêtent à traverser des épreuves difficiles et qu'il sera impossible d'empêcher Clémence de s'enfoncer plus loin dans les ténèbres.

— Venez, on remonte, il n'y a plus rien à faire ici. Dans peu de temps, tout ne sera plus qu'un amas de cendres.

Elle sourit et l'espace d'un instant il entrevoit la Clémence qu'il connaît. Une lueur d'espièglerie éclaire son visage et la curiosité pétille dans ses iris.

— Je suis prête à vous aider. Racontez-moi tout… et n'oubliez aucun détail.

9. DISPARITIONS

Noah plaque sa main contre le mur du couloir pour calmer ses tremblements. Depuis qu'ils sont entrés dans l'immeuble familier du sud de Harlem, sa nervosité est montée d'un cran. Les vieux démons qu'il avait réussi à museler se sont manifestés avec tant de force dans la cave de Miami qu'aujourd'hui ils rôdent encore à la surface. Il inspire, puis sort le trousseau de clés de sa poche et s'empare de celle qui ouvre la porte de l'appartement de Sophie.

Clémence l'observe en silence, braquant sur lui ce même regard perçant que possédait son oncle, capable de sonder votre esprit et d'y déceler vos secrets les plus profondément enfouis.

— Je suis quand même surprise que vous ayez un double. J'ai manqué un épisode? Il s'est passé quelque chose entre vous deux? demande-t-elle. Je croyais pourtant qu'elle était avec son Californien.

La pointe de jalousie perçue dans le ton de sa remarque le fait sourire, même s'il la trouve peu à propos au vu des circonstances. Malgré l'accueil plutôt froid qu'elle lui a réservé en Floride et cette distance qu'elle maintient entre eux, elle tient à lui. Peut-être y a-t-il de l'espoir? Peut-être reste-t-il une lueur dans sa poitrine ? Peut-être que les ténèbres ne l'ont pas engloutie ?

— Comme je te l'ai expliqué, j'ai passé un peu de temps à New York, il y a quelques mois. Nous avions commencé à travailler ensemble sur l'affaire Michael Briggs, le journaliste d'investigation abattu en plein Québec, sauf qu'à un moment elle a mis le dossier sur pause ; une voie sans issue, selon elle. Elle m'a dit devoir partir pour la Floride pour te voir, sauf que ce n'était pas vrai.

Clémence ne se départit pas de son sourire en coin.

— Eh oui, elle vous a menti, cela fait des mois que je ne l'ai pas vue. Elle a juste pris des nouvelles de temps en temps. Elle n'a pas changé d'un poil, c'est une petite garce manipulatrice.

Noah soupire.

— C'était, corrige-t-il. Je ne comprends pas la raison de ce mensonge… pas encore, du moins.

Clémence s'adosse au mur et place son index sur ses lèvres, les écrasant jusqu'à les faire blanchir.

— Vous utilisez le passé, mais j'ai l'impression que vous ne croyez pas à sa mort, je me trompe ? Votre ton le suggère, ainsi que vos expressions faciales. Vos rictus, vos manies ; ce sont comme les pages d'un livre ouvert pour moi. De plus, je suis certaine que vous auriez refusé de travailler pour le général s'il s'agissait juste de traquer les coupables. Ce n'est pas votre genre, les croisades vengeresses ou les chasses à l'homme. Ce serait plutôt le mien, en fait, lâche-t-elle avec amertume.

Elle n'a pas tort sur un point, admet Noah. Son instinct s'oppose à l'idée de la mort de Sophie, tout autant que son cœur la réfute. Qu'elle soit en danger, il n'a aucun doute là-dessus. Cette fille se drogue à la prise de risques et plonge dans les emmerdes comme un chiot dans une flaque d'eau. Là où Clémence se trompe, c'est sur la requête du général. Il aurait accepté. Pas par vengeance, non. Mais par besoin. Malgré tous les efforts qu'il fait pour se distancer de sa personnalité de profileur, cet *alter ego* qu'il appelait « l'Autre », il ressent l'appel du jeu. Que le profileur Noah Wallace soit une création ou non des services secrets n'y change rien. C'est sa réalité désormais, et il doit composer avec.

— Sophie est dans la merde jusqu'au cou, répond-il, mais je suis persuadé qu'elle peut encore respirer et je compte sur toi pour m'aider à la sortir de là avant qu'elle ne se noie dedans. Tu te sens toujours à la hauteur ?

Clémence ne répond pas. Son regard, d'habitude si affûté, est fixé sur un point invisible. La repartie reste coincée dans un coin de sa tête également.

Noah place la clé dans la serrure, tente de déverrouiller la porte, mais se fige dans son mouvement.

Il se tourne vers elle, le regard chargé d'inquiétude.

— Un problème ?

— L'appartement n'est pas fermé.

Le visage de Clémence s'assombrit et elle sort le Beretta coincé entre le bas de son dos et son jeans. D'un geste de la main, elle intime à Noah de faire silence. Puis elle le devance et pousse de l'épaule la porte qui s'entrebâille en grinçant. Avec la grâce d'une chatte, elle se glisse sans un bruit dans l'interstice en indiquant à Noah de rester sur le palier.

Elle revient une minute plus tard, le haut de son t-shirt relevé et couvrant son nez et sa bouche pour en faire un masque de fortune.

— Personne ici. Par contre, ça pue la charogne, dit-elle d'une voix étouffée par le tissu. Il y a de la viande avariée qui empeste les lieux. C'est dégueulasse. Dans l'entrée ça passe encore. Mais vers la cuisine, c'est une horreur, à vomir.

Grumpy, réalise Noah avec un pincement au cœur. Le pauvre chat a dû rester enfermé, sans nourriture et sans eau. La bête doit être morte de faim et de soif.

Noah entre puis verrouille la porte derrière lui. Il soupire devant le chantier qui s'étale sous ses yeux.

L'appartement n'a plus rien à voir avec l'endroit coquet et douillet qu'il avait visité à plusieurs reprises les mois précédents. Il en gardait un souvenir agréable : petit, avec beaucoup de cachet, peu de meubles mais bien agencés, des odeurs d'épices et des bougies aux senteurs exotiques. Des repas frugaux mais savoureux à base de légumineuses servis par une fille qui pétillait de joie et d'enthousiasme.

Que s'est-il passé ici ? Qu'est devenue ton amie ?

Noah se fraie un chemin parmi le fatras, il écarte quelques babioles renversées du bout de sa canne puis il observe la pièce principale et tente de reconstituer mentalement la scène.

C'est le lit qui borde la fenêtre qu'il remarque en premier. Le matelas est éventré, ouvert sur toute la longueur, les plumes s'étalent sur le sol et se mélangent aux vêtements éparpillés et tiroirs jetés à terre. Il peut visualiser l'intrus sortir un couteau et découper le tissu à la recherche… de quoi, justement ?

Que cachais-tu ici, Sophie ?

Son regard oblique ensuite vers le bureau accoté au mur de brique rouge. L'intrus a tout retourné et balayé du bras ce qui se trouvait dessus. Cadres, tasses. Tout s'est retrouvé sur le sol. Et il a emporté l'ordinateur…

Noah s'agenouille, sa main droite crispée sur le pommeau de sa canne pour garder l'équilibre, et ramasse une photographie écornée parmi les bouts de verre. L'image est un instantané de bonheur : Sophie avec toute sa famille, devant la maison du général.

Il sourit, se relève et dirige son regard vers Clémence qui a troqué son pistolet contre un iPhone et commence à mitrailler les lieux avec la pétulance qu'il lui connaissait. Ses yeux scrutateurs sont braqués sur chaque détail, son esprit affûté tourne à plein régime.

Il ne peut s'empêcher de la fixer, il voudrait déceler dans ses mouvements, dans sa concentration, une preuve supplémentaire que les ombres ne l'ont pas totalement consumée, qu'elle peut encore s'en sortir.

La jeune femme a dû sentir son regard insistant.

— Vous ne prenez plus de notes ? Et que sont devenus vos mots complexes, Noah ?

Noah sourit.

— Ce n'est plus systématique, je recommence à faire confiance à ma mémoire. Quant aux mots, j'ai longtemps cru qu'ils étaient une béquille, alors qu'ils n'étaient que les cicatrices de souvenirs douloureux.

Ce n'est pas tout à fait vrai, mais c'est tout ce qu'elle a besoin de savoir pour l'instant. Pas la peine de mentionner non plus ces visions récurrentes du petit garçon. Un phénomène en rapport avec son passé, il en est convaincu.

Clémence n'insiste pas et pointe les posters de films en partie arrachés. La tête du jeune Tom Cruise a été tranchée et seuls les trois avions sur fond de soleil sont visibles. Celui d'*E.T.* est déchiré en deux pile au niveau où les doigts se touchent.

— Je ne lui connaissais pas ce côté rétro ; il n'y a que des films des années quatre-vingt. Bon, j'ai photographié ce que je voulais dans cette pièce. Je ne sais pas pour vous, mais j'ai déjà une hypothèse.

Clémence range son téléphone et se dirige vers lui.

Elle fait glisser son index sur le bureau pour y prélever de la poussière et étire un sourire satisfait.

— Voilà ce que je pense. Au départ, j'avais deux scénarios. L'un implique que Sophie s'est fait kidnapper ici et qu'une autre personne, pour une raison inconnue, est venue rechercher une chose qu'elle aurait cachée. Je l'ai vite écarté. L'autre est qu'elle a fui en urgence et qu'une personne est venue la chercher. Et faute de la trouver, elle s'est mise à fouiller pour récupérer un objet que Sophie était censée détenir.

Noah acquiesce d'un signe de tête.

— Par contre, je ne voudrais pas jouer les pessimistes, mais on ne trouvera rien ici. Les personnes qui sont passées ont tout ratissé, jusqu'à en éventrer les matelas…

Noah se relève doucement.

— Elle nous a peut-être laissé quelque chose, un indice que nous seuls pourrions comprendre, se hasarde-t-il.

— Non, cela me paraît peu probable. D'abord, elle vous écarte de son investigation, pour ensuite vous mettre sur sa piste ? Cela n'aurait aucun sens.

Il continue de secouer la tête.

— La connaissant, les choses ont dû mal tourner… Elle a dû tomber sur quelque chose d'énorme lors de son investigation… une preuve accablante, un dossier à charge, que sais-je. Elle a dû agir vite, et peut-être qu'à ce moment-là, elle n'était pas en mesure de nous contacter et a été contrainte de s'enfuir en nous laissant un signe.

Clémence le dévisage avec suspicion.

— Soit vous êtes têtu, soit vous êtes d'un optimisme pathétique. Ou alors vous me cachez des choses… une vision, un fantôme peut-être ?

— Oui, bien sûr, j'ai mon conseiller personnel directement en liaison avec l'au-delà, très pratique et pas besoin de relais satellite. Plus sérieusement, Clémence, cela ne se fait pas à la demande.

— Je sais, je vous taquinais.

Sauf que le cœur n'y était pas, remarque Noah. Elle n'a pas souri et ses yeux sont restés éteints.

— Vous m'avez dit que la dernière fois que vous avez eu de ses nouvelles, c'était il y a un mois environ, c'est bien ça ?

Noah esquisse quelques pas vers la cuisine et acquiesce d'un hochement de tête. Il grimace, l'odeur pestilentielle l'assaille.

Clémence passe à nouveau son doigt sur la poussière, cette fois sur le haut d'une commode blanche.

— À en juger par la poussière accumulée, en supposant bien sûr que Sophie la faisait régulièrement, et si on prend en compte l'état de décomposition de la viande… je dirais que ça pourrait correspondre. En revanche, sur le bureau, la poussière était moins épaisse. La fouille est plus récente que son départ présumé.

— Je vais inspecter la cuisine, je pense que son chat est mort, répond Noah.

Clémence continue son monologue, réfléchissant à haute voix.

— Plus j'y réfléchis, plus je suis persuadée qu'il y a plusieurs acteurs impliqués. Que plusieurs personnes sont venues ici à différents moments. Mais il est trop tôt pour tirer des conclusions. Quant à la cuisine, j'y suis passée en coup de vent, mais si vous voulez vous vider les boyaux, je ne vous retiens pas. Je n'ai pas vu de cadavre de chat, par contre.

Noah plonge son nez dans le creux de son bras et pénètre dans la cuisine. Il remarque immédiatement la gamelle au pied du plan de travail, à moitié recouverte par les couteaux et fourchettes vidés des tiroirs. Quelques asticots se mêlent à la pâtée collée au plastique bleu.

La porte du réfrigérateur est entrouverte et son contenu éparpillé à ses pieds. Il identifie immédiatement la véritable source de la puanteur : des paquets de viande hachée sous cellophane. Des mouches dansent autour, prises de frénésie.

Il réprime un haut-le-cœur et appelle Clémence.

— Tu devrais venir voir… j'ai trouvé quelque chose.

La jeune femme rapplique, passe sa tête dans l'embrasure, mais la détourne immédiatement avec dégoût.

— Qu'y a-t-il ? Vous avez eu une vision, finalement ?

Noah secoue la tête.

— Non… simplement que…

Il pointe la viande étalée à terre.

— … Sophie était végétalienne.

Une lueur traverse les yeux de Clémence. Elle a compris. Puis ses traits se durcissent et il décèle autre chose dans ses yeux verts. La déception. Le sentiment d'échec, d'être passée à côté de cette déduction facile.

— Bon sang ! Vous aviez raison, Noah. Elle a laissé un signe…

Noah étire ses lèvres en un sourire dénué de joie. Oui, la Clémence qu'il connaissait n'était pas le genre de personne à faire l'impasse sur ce type de « détail ». Son esprit et sa capacité d'observation ne fonctionnent pas à plein régime, certainement engourdis par des pensées cauchemardesques. Il préfère garder cela pour lui.

— Ceux qui en avaient après elle ont vidé le congélateur et le frigo, mais ont omis de chercher à l'intérieur, continue-t-elle. Malin, quoique risqué.

Puis elle ajoute, un sourire en coin :

— On dirait qu'il est temps pour vous de vous salir les mains. La galanterie n'est pas morte, à ce qu'il paraît, vous ne m'en voudrez pas de tenir mes mains délicates à l'écart de cette boucherie?

Noah soupire, déchire la cellophane sur laquelle est étiqueté «Harlem Shambles» et plonge ses mains dans l'amas de chair brune aux teintes verdâtres. Les relents lui arrachent un hoquet et il réprime un haut-le-cœur. La fouille du premier tas de viande hachée ne révèle rien. Il enchaîne avec le suivant, du bœuf maigre 5 % de matière grasse, selon l'étiquette. Clémence, finalement gagnée par la curiosité, s'est rapprochée de lui et l'observe par-dessus son épaule.

Les doigts de Noah continuent de fouiller, puis se figent.

— Quelque chose?

Il hoche la tête puis extirpe une clé USB contenue dans un sac étanche. Il la brandit devant les yeux de Clémence et se relève aussitôt pour s'éloigner du réfrigérateur.

La jeune femme s'en empare et balaie les quelques morceaux de chair restés collés.

— La clé est tachée. Il y a du sang séché dessus, constate-t-elle.

Noah se passe les mains sous l'eau. Clémence continue d'observer le sac en plastique, mais son regard s'est perdu à nouveau.

Elle n'est plus ici, constate Noah. Elle doit revivre une scène traumatisante. Elle est fragile, presque sur le point de se briser.

Lorsqu'elle abaisse le paquet, elle croise son regard et Noah comprend qu'elle a lu encore une fois dans ses pensées.

— Jonas était un type bien, dit-elle d'une voix étranglée. Je ne regrette pas ce que j'ai fait à ce fumier.

Noah ne répond pas. Elle a besoin d'une oreille, pas d'un conseiller.

— Vous savez, on pense que la douleur va partir. On l'espère en tout cas. Je sais que justice a été faite, mais le pire, je crois, c'est la perte de contrôle. J'ai toujours pensé pouvoir gérer le moindre paramètre de mon existence. J'avais une confiance absolue en moi, dans mes capacités intellectuelles, dans mes certitudes. Il a suffi d'une nuit pour que tout vole en éclats. J'ai perdu une partie de moi dans cette ruelle nauséabonde de Miami. La mort de Jonas, le viol… j'ai peur de ne pas la retrouver.

— Clémence, s'il y a bien une personne pour te comprendre, c'est moi. Je ne vais pas te mentir : oui, tu as perdu quelque chose et non, tu ne la retrouveras pas, pas sans avoir à la reprendre en tout cas, et cela ne sera pas facile. La bonne nouvelle, c'est que je suis là, et dans le genre cabossé par la vie, tu ne risques pas de trouver pire.

— Merci pour votre franchise, Noah. Pour l'instant, concentrons-nous sur Sophie, et rejoignons les autres.

Noah verrouille la porte de l'appartement avec le double des clés.

Lorsqu'il se retourne, Clémence est au seuil de la porte de Becky, la voisine.

— On dirait qu'un fauve veut s'échapper, le chat est furieux.

Noah se rapproche et entend les miaulements et les griffures.

— Grumpy ! Je pense que c'est le chat de Sophie.

— C'est normal qu'il soit chez la voisine ? Si c'est le cas, cela vient étayer la théorie de la fuite.

Noah sent un frisson glacé remonter le long de sa colonne.

Oui, Clémence a raison, Sophie a dû confier l'animal à sa voisine avant de partir.

La question est de savoir pourquoi Grumpy veut sortir.
Il pose sa main sur la poignée de la porte.
Verrouillée.
— Clémence, tu penses pouvoir ouvrir ?

10. HÉSITATIONS

Karl aurait préféré que Sophie répondît à sa question. En général, le sort de celles qui passent entre ses mains l'indiffère. Mais pas cette fois. Cette fille lui plaît plus qu'il ne voudrait l'admettre. Il admire son courage, sa pugnacité, son intégrité. Mais il y a plus. Bien que cette pensée soit irrationnelle, il est persuadé qu'elle pourrait le comprendre. Qu'elle serait capable de le percer à jour. Qu'elle pourrait même déceler en lui ce que son père n'a jamais su voir.

Mais rien de tout cela ne doit le détourner de son objectif. La vengeance est à portée de main.

Il plaque ses paumes contre ses joues pour adoucir le feu du rasoir.

Face à son miroir, il contemple un instant ce visage qu'il hait. Ce masque de chair, ces traits sans vie.

Puis il passe ses mains sous l'eau.

Peut-être au prochain entretien ? Peut-être serait-il possible qu'il suggère une piste, qu'il lui tende une main invisible, qu'il…

À quoi bon, se raisonne-t-il. Son sort est scellé, elle est déjà morte. Une fois que tout cela sera fini, elle aura rejoint une longue liste.

Sauf qu'il ne l'oubliera pas, au contraire des autres filles. Sa fin aura plus de panache.

Karl quitte la salle de bain et prend la direction du dressing, puis il traverse la chambre sans s'arrêter devant la baie vitrée offrant une vue imprenable sur les cimes blanches qui percent le voile nuageux et les déchirent en fines écharpes cotonneuses.

Avant de rentrer dans le dressing, il énonce à voix haute :

— *Götterdämmerung*!

Et aussitôt, les premières notes de l'opéra de Richard Wagner, de légers coups de maillet sur les timbales, se diffusent à travers les enceintes placées avec soin et précision dans la grande chambre.

Sous les notes sombres et crépusculaires de l'œuvre du compositeur allemand, Karl fait glisser sa main sur l'alignement de costumes gris et noirs qui ondulent et se déploient tel un gigantesque accordéon. Son choix s'arrête sur une création de la maison Arnys qu'il décide d'accorder avec une paire de Meccariello.

Le passage au dressing est un rituel auquel il accorde une grande importance, une extension naturelle de sa quête de perfection. Chaque détail est crucial dans sa recherche perpétuelle d'harmonie.

Une fois habillé, il ouvre un tiroir et choisit parmi toutes les montres une Chopard Mille Miglia et une paire de boutons de manchette assortie. Satisfait, il quitte la pièce et fait taire le grondement des cuivres puissants d'un claquement de main.

Il est grand temps d'aller prendre des nouvelles de la fille Lavallée. Sur le mur qui fait face à son lit, les six écrans reliés aux caméras placées dans le salon la montrent assise sur le divan. Face à elle, sur la table basse, une assiette restée intacte.

Il faut qu'elle mange, c'est impératif pour la suite des événements. Surtout que cette fois-ci, il a demandé au cuisinier de lui préparer un repas végétalien.

Karl sait qu'il doit prendre une décision. Dans moins de deux heures, la deuxième session va commencer, mais il craint qu'elle ne soit trop faible.

Peut-être pourrait-il la reporter ? Après tout, c'est déjà arrivé, pas plus tard qu'il y a un mois, quand la fille aux faux airs de Gwyneth Paltrow – il a oublié son nom – avait perdu un œil à la roulette. La blessure s'était infectée et il avait fallu décaler son entretien de deux jours.

Ses pensées reviennent vers Sophie. Quel gâchis. Quel dommage d'en arriver à de telles mesures pour cette fille. Si la tournure des événements avait été différente…

Karl s'apprête à repousser l'entretien mais sur les écrans, Sophie a pris les couverts et commence à manger.

Il attend qu'elle avale plusieurs fourchetées puis il hoche la tête d'un air satisfait.

Elle sera capable d'endurer le prochain, conclut-il. Pas la peine d'ajourner la session.

Il est temps d'aller lui rendre une petite visite avant que la séance ne commence.

Karl ajuste le nœud de sa cravate, fait craquer les articulations de son cou, puis se lève et prend la direction du salon.

Lorsqu'il pénètre dans la grande pièce, Sophie se tient face à la baie vitrée et semble contempler le déclin du soleil qui s'immerge dans un océan de nuages gris, baignant l'horizon d'un panache de lueurs roses et mauves.

Il se place à côté d'elle sans la regarder et dit :

— J'aurais préféré faire votre connaissance dans d'autres circonstances que celles-ci, Sophie.

La jeune femme, les yeux rougis d'avoir pleuré, n'a pas perdu sa force de caractère. Ni sa détermination. Elle le toise avec une froide colère.

— Je vais vous inviter à continuer et je vous prie de vous installer. Je pense que vous connaissez le chemin.

La jeune femme se tourne vers la table et s'assied sans prononcer un mot.

Karl s'installe en face d'elle et pose le téléphone sur la table.

— Je vais vous laisser quelques instants. Je vous conseille de bien écouter et de choisir soigneusement votre réponse cette fois-ci. Et ne vous inquiétez pas pour votre doigt, la douleur est passagère.

Il se tourne vers la caméra, puis la fixe.

— Bien, êtes-vous prête pour la suite ?

LA ROUE DE FORTUNE

Ferme des McBride, Richfield, Idaho,
13 juillet 2017, 16h30

Hank McBride astique le canon de son calibre 12 Winchester avec énergie. À cette heure de la journée, Harvey l'attend pour nettoyer la grange, mais le petit devra se passer de son aide. Il a d'autres plans. D'ici quelques minutes, John Harris, ce foutu prêtre de l'Église méthodiste unie, sera à sa porte pour évoquer sa prétendue mauvaise attitude envers sa femme.

Cela fait déjà plusieurs semaines qu'il le serine avec son supposé tempérament violent.

Eh bien, il risque d'avoir une belle surprise, le John, lorsqu'il franchira le seuil de la porte en brandissant sa bible à deux mains. Il va lui montrer à quel point il peut être violent, à cet hypocrite aux dents blanches.

Hank repose le fusil sur la table de cuisine sur laquelle s'entassent déjà une dizaine d'épis de maïs, quelques oignons terreux et une batterie de couteaux.

Il l'a posé si fort qu'il fait sortir Brutus de sa torpeur. Le vieux dogue allemand endormi sous la table émet un jappement et repose sa tête sur le carrelage.

Hank prend ensuite la direction du salon plongé dans l'obscurité par des rideaux opaques.

Afin d'accéder à la fenêtre qui donne sur la cour, il enjambe Janis, sa femme, qui gît sur le tapis la tête fracassée par un coup de marteau. Par réflexe, il évite de plonger ses semelles dans le sang répandu sur le parquet et qui a formé une grande flaque brunâtre s'étendant presque jusqu'au vestibule.

Il écarte ensuite un pan de rideau d'un revers de main, laissant entrer un mince filet de lumière qui vient fendre la pénombre en deux.

D'un œil, il scrute la route en terre qui sépare les deux immenses champs de maïs s'étendant à l'horizon. Le nuage de poussière qu'il aperçoit lui indique qu'un véhicule se dirige vers la ferme.

Cela doit être lui. John Harris. Ce fumier sera bientôt sur le perron, bible en main, prêt à faire tinter la cloche du beffroi.

Hank renifle et s'éponge le front avec un mouchoir en tissu qu'il enfourne dans la poche de son jeans. Revenu dans la cuisine, il reprend le fusil et tire une chaise qu'il place dans le couloir, face à la porte.

Il s'installe et fait reposer son menton sur l'embout du canon de son fusil.

Dans son esprit habité par les brumes rouges de la colère, il voit le scénario se dérouler une dizaine de fois, comme autant de répétitions avant la représentation finale.

La scène est à chaque fois identique : le prêtre fait tinter la cloche, Hank l'invite à rentrer. John se fige sous la surprise et il jouit de la seconde de terreur qui marque le visage du pasteur avant qu'il n'appuie sur la gâchette pour l'expédier *ad patres*. Ensuite, il place le canon du fusil dans sa bouche et peut enfin faire taire cette voix rageuse qui lui vrille le cerveau depuis des jours.

Lorsque la cloche tinte, Hank sourit pour la première fois de la journée.

11. RITOURNELLE

Clémence sort une paire de trombones d'un sachet en plastique logé dans la poche arrière de son jeans, puis s'agenouille face à la serrure.

Derrière la porte close, les miaulements s'intensifient et le chat gratte comme un diablotin qui voudrait s'échapper d'un bénitier.

Elle déploie les deux trombones et enfonce la pointe de l'un des deux dans la serrure.

En l'observant se démener ainsi, Noah ne peut s'empêcher de lâcher un petit rire sec.

— Quoi ? demande-t-elle sans se retourner. Il y a quelque chose de drôle ?

— Non, rien, surtout continue, je t'en prie, répond-il sans se départir de son air amusé.

Un sourire se dessine sur ses lèvres.

— Je sais très bien ce que vous pensez. Disons que quelqu'un m'a montré que je pouvais en faire autre chose que des animaux. C'est moins artistique, mais un peu plus... Bordel... peste-t-elle alors qu'un bout de métal lui échappe des mains.

Elle le reprend et continue de triturer les goupilles de la serrure.

— … pratique, continue-t-elle. Enfin, à condition d'avoir pris le pli. Ce qui n'est pas encore mon cas. Et j'avoue que les cris de la bestiole me stressent un peu.

Clémence bataille contre la serrure, les plis de son front et la perle de sueur à ses tempes marquent sa concentration.

— J'espère ne pas faire cela pour rien…

Noah entend le déclic et ferme les yeux.

Clémence, toujours agenouillée, pousse la porte, et sans qu'elle ait le temps de se relever, un chat persan au pelage beige jaillit de l'entrebâillement et se précipite vers la porte de l'appartement de Sophie.

— C'est bien Grumpy, c'est le chat de Sophie, confirme Noah.

Clémence se relève.

— Il est affamé, on dirait. Ce n'est pas bon signe. Restez ici, je vais lui donner à manger.

Noah patiente en silence, sans pouvoir se décider à entrer. Il sent la température baisser de quelques degrés et ses poils se hérissent sur ses avant-bras. Cette sensation si familière, cette couche de ténèbres froides qui l'enveloppe, cette impression d'être traversé par un spectre ; il sait ce qui les attend derrière la porte entrouverte.

C'est l'Arcane sans nom, monsieur Wallace.

— Voilà, dit Clémence, la bête s'est jetée sur ses croquettes, on entre ?

La voix de la jeune femme a fait exploser la bulle et Noah retrouve une respiration régulière. La pellicule de ténèbres poisseuse reste malgré tout collée à sa peau.

Il déglutit et hoche la tête. Clémence est la première à franchir le seuil, elle se retourne vers Noah.

— Pas d'odeur de décomposition ici, commente-t-elle, c'est déjà ça.

Même si le ton est léger, les traits tirés de son visage trahissent son inquiétude.

L'entrée de l'appartement débouche sur un espace salon-cuisine ouverte plongé dans la pénombre.

L'obscurité est due aux rideaux qui ne laissent filtrer qu'un mince rai de lumière illuminant une boîte de céréales Kellog's posée sur la table de la cuisine, ainsi qu'un magazine people montrant une Julia Roberts au sourire éclatant. Près du bar, des assiettes sont empilées dans l'évier, qu'une goutte vient frapper à intervalles réguliers.

C'est le seul son perceptible, en dehors de la circulation new-yorkaise que le double vitrage ne parvient pas à faire taire.

Noah avance de quelques pas en direction de la pile de vaisselle. Il voudrait pouvoir fermer le robinet.

— Non, ne touchez à rien. Pas la peine de laisser des empreintes.

Il sourit en pensant qu'elle a dû deviner son intention.

— La vaisselle n'est pas lavée, et pourtant il n'y a pas d'odeurs désagréables... elle est récente.

— Oui, si ça se trouve elle a juste oublié de nourrir le chat et elle est simplement au travail.

Noah hoche la tête, mais n'est pas convaincu. Il a senti *autre chose.*

Il aperçoit les gamelles vides près de la poubelle et grimace.

Plus de nourriture, plus d'eau... Soit elle a oublié de le nourrir, soit elle s'est absentée plusieurs jours, soit...

Il jette un rapide coup d'œil au salon et repère une belle collection de CD, principalement des classiques de jazz. Miles Davis, John Coltrane, Keith Jarrett... Sur un autre mur, un véritable troupeau d'éléphants en porcelaine, de tailles et de provenances diverses, s'étale sur plusieurs étagères.

Et enfin, son regard s'arrête sur le cadre rouge d'une ardoise aimantée à la porte du réfrigérateur. Une liste de courses y est écrite au marqueur bleu : œufs, Nutella, croquettes pour le chat.

Il ferme les yeux et mobilise mentalement son atelier intérieur, cette chambre secrète de son imaginaire où il donne vie à ses scénarios.

Que puis-je apprendre sur toi, Becky ?

Noah retourne dans l'entrée. Dans son esprit, il imagine Sophie, qui frappe à la porte et explique en panique qu'elle n'a pas d'autre choix que de lui donner le chat avant de fuir. Pendant quelques jours, rien ne change dans la vie de Becky. Il la visualise souriante, se trémoussant en écoutant Aretha Franklin, époussetant et lustrant sa collection de pachydermes. Une vie tranquille, banale. Et puis plus tard, alors que l'appartement de la journaliste est fouillé de fond en comble, Becky ne remarque toujours rien et vaque à ses occupations. Un peu de travail, quelques épisodes de *The Killing* sur Netflix, ces magazines people dont elle semble une lectrice assidue…

Jusqu'à ce que quelque chose change récemment et que…

Noah se tétanise d'effroi. L'image de la jeune femme vient frapper sur sa rétine dans un flash. Il la voit, la bouche ouverte, les yeux affolés qui cherchent désespérément à comprendre, et ses traits grimaçant de douleur qui finissent par se figer.

— Venez là, crie la voix de Clémence depuis une autre pièce de l'appartement.

Noah essuie de sa main les gouttes de sueur froide qui perlent à son front et se dirige dans sa direction.

La jeune fille se tient devant l'embrasure d'une porte et a sorti son appareil.

— J'ai trouvé Becky, dit-elle lorsqu'il arrive à ses côtés. Enfin je crois. Disons qu'elle correspond à la description que vous m'en avez faite.

Noah tourne son regard vers la femme allongée sur le lit. Elle gît sur le dos, les yeux vitreux grands ouverts, nue dans une robe de chambre en coton blanc maculée de taches brunâtres. Les pans ouverts dévoilent une poitrine transpercée en son milieu. Des taches de sang séché auréolent la blessure.

Il y a quelque chose de surréaliste à la voir ainsi, dans sa chambre rose bonbon surchargée de peluches.

— C'est bien elle, constate Noah. Je ne l'ai vue qu'une seule fois, chez Sophie, mais impossible de se tromper.

Clémence désigne le cadavre de l'index.

— Je ne suis pas légiste, mais je dirais que le décès est récent. Trois jours, quatre tout au plus.

Puis elle s'approche pour prendre des clichés et déclare :

— Elle a été frappée en plein cœur. Un couteau de chasse ou de cuisine. Une lame large. Celui ou celle qui l'a tuée savait où frapper. Aucune chance d'en réchapper.

Clémence continue son inspection et fixe son attention sur les murs et la collection de peluches.

— Dommage que nous n'ayons pas de luminol, déclare Noah. Ou une lampe à lumière noire. C'est évident qu'elle n'a pas été tuée dans sa chambre. Son assassin l'a déplacée ici. Reste à savoir pourquoi.

— Il y a plus d'une question à se poser. Pourquoi l'avoir tuée ? Pourquoi l'avoir déplacée dans sa chambre ? Pourquoi avait-elle cette horrible collection de peluches et d'éléphants…

— Elle devait savoir quelque chose, ou être dans la connivence, et quelqu'un l'a découvert, dit Noah.

99

VINCENT HAUUY

— Ou alors c'est le fruit du hasard et c'est totalement déconnecté de notre affaire. Un braquage qui tourne mal...

— Et le braqueur l'aurait déplacée et il aurait ensuite quitté l'appartement... en le verrouillant ? Sans oublier le coup « parfait » à la poitrine. Cela fait beaucoup d'incongruités, non ?

— Quoi qu'il en soit, Sophie est encore pire que moi pour se faire des ennemis, on dirait, et une fois de plus c'est son entourage qui en pâtit.

Noah ignore la remarque et se focalise sur son environnement en fermant les yeux.

La robe de chambre suggère que l'agression a eu lieu dans la soirée ou tôt le matin. Le soir semble plus plausible. L'homme devait être un professionnel. Il n'était pas forcément là pour tuer, mais pour trouver quelque chose, peut-être ce même objet qu'il cherchait chez Sophie. Peut-être s'est-il fait surprendre. Sauf que... il l'aurait torturée pour la faire parler. Le cadavre n'en porte pas les traces. La frappe est précise, destinée à tuer.

Noah quitte la chambre pour faire une dernière fois le tour de l'appartement, afin de repérer un indice qui lui aurait échappé.

Lorsqu'il franchit le seuil de la porte, Clémence entame un monologue tout en faisant glisser sa main sur les nombreuses peluches entassées sur une commode.

— Résumons. Sophie est partie il y a un mois environ. Quelqu'un s'introduit chez elle...

Noah ne prête plus attention à ses paroles, occupé à suivre un chemin invisible qu'il trace.

Où as-tu été agressée, Becky ? As-tu entendu un bruit ? Grumpy, peut-être ? Si l'homme était un pro, la discrétion était de mise. La cuisine... ou bien...

100

Noah s'arrête. Serait-ce de la musique qu'il entend?

Oui, pas de doute. Le volume est faible, mais il perçoit des notes métalliques, échappées d'une boîte à musique. Difficile d'en reconnaître l'air à cette distance. D'où cette mélodie provient-elle?

Noah se déplace en direction de la cuisine, l'oreille dressée.

La musique semble venir d'une petite pièce. Un placard, le genre d'endroit qui abrite une machine à laver et une sécheuse.

Il reconnaît l'air, désormais.

Noah pose sa main sur la poignée et prend une profonde inspiration.

Il entrouvre la porte... et recule d'un pas.

Le garçon est là, silencieux. Il fait face à une fenêtre. Quelque chose est différent cette fois-ci. Une odeur se dégage de la vision.

De la chair brûlée...

Noah hésite à avancer, de peur de le faire disparaître. Pourquoi cette vision? Pourquoi maintenant? Et pourquoi le garçon est-il associé à cet air de musique?

Peut-être attend-il que je le touche?

Noah tend sa main vers lui, fébrile.

Il bloque sa respiration, ses doigts sont proches de toucher la chevelure brune.

— Noah! Il faut que je vous parle, Noah!

La vision et la musique disparaissent en même temps.

Il se tourne lentement vers elle, le regard vide. Clémence agite sa main devant ses yeux.

— Noah? Vous m'entendez?

Il hoche la tête pour lui signifier qu'il est bien à l'écoute.

— Noah, j'ai remarqué une peluche dans la chambre, différente des autres. Je pense que... non, en fait je suis sûre.

C'est un modèle de caméra-espion. Le tueur sait sûrement que nous sommes venus ici et…

— Quoi ?

— Regardez la fenêtre, vous voyez ce que je vois ?

Noah fixe son attention à l'endroit précis où se tenait le garçon. Et il remarque la petite tache brune.

Une empreinte laissée dans le sang.

Clémence la prend en photo à l'aide de son téléphone.

— Le minimum aurait été d'apporter un kit pour les empreintes.

Puis elle soulève la fenêtre et penche sa tête.

— Il y en a une autre ici. Je pense que quelqu'un s'est échappé et qu'il était blessé. Je pense qu'il y avait trois personnes et que l'une a pris la fuite.

Sophie ? S'était-elle réfugiée chez sa voisine ? Non, cela ne concorde pas.

— Voilà, je ne sais pas si cela peut être utile, mais j'ai repris une photo. Nous devons sortir d'ici et appeler la police. Un appel anonyme. On prend juste la peluche et on l'apporte à Dylan.

Noah acquiesce, puis reste quelques secondes à contempler la pièce où se trouvait le petit garçon.

Pourquoi a-t-il entendu cette musique chez le père de Sophie ?

Il quitte l'appartement avec l'impression qu'encore une fois, son passé et cette affaire sont entremêlés.

12. OBSERVATION

Depuis qu'il a rejoint les amis de Clémence, Noah n'a pas prononcé un mot. Il est encore hanté par la vision de l'enfant aperçu chez Becky. Comme la première fois qu'il lui était apparu, chez lui, l'enfant était de dos et sanglotait. Et puis, il y avait eu l'épisode dans la cave.

À chaque manifestation, le garçon lui apparaît plus tangible, plus réel.

Quel en est le sens ? Y a-t-il un rapport avec ce qui arrive à Sophie ? Un lien qui lui échapperait ? Et que se passera-t-il la prochaine fois ?

Un miaulement l'arrache à ses pensées. Grumpy est venu se frotter à ses pieds et implore pitance.

Passées les quelques secondes d'hébétude, Noah sourit malgré lui. Ce qui n'est pas le cas de tous. L'humeur n'est pas au beau fixe dans le refuge de Brooklyn prêté temporairement par Raphaël Lavoie et son équipe. Cette planque utilisée par le CSIS est loin d'être le grand luxe et l'inconfort mêlé à la situation précaire de ses occupants échauffe les esprits. Spartiate, l'appartement de quatre pièces compte un seul lit double, une cuisine non équipée et beaucoup de place perdue. Le sol est entièrement recouvert d'un linoléum à carreaux blanc et noir tachés de terre et le salon semble à l'abandon, chichement meublé de trois chaises en plastique dépareillées, d'un canapé en cuir beige craquelé et éventré au niveau des accoudoirs, ainsi que d'une table en bois massif couverte de gravures faites à la pointe d'un couteau.

Mais le pire, c'est l'obscurité. Malgré un ciel d'été sans nuages et un soleil éclatant, les pièces sont plongées dans la pénombre.

— On doit rester combien de temps ici ? peste Dylan.

Le hacker à la silhouette dégingandée est installé dans le canapé. Il a ramené les genoux de ses grandes jambes sèches au niveau de sa poitrine et ses pieds reposent sur le cuir. Noah remarque que ses chaussettes grises sont trouées au niveau des gros orteils.

— Les persiennes sont pétées, continue-t-il dans une plainte éraillée, et on est obligés de subir ce néon de merde. Ce n'est pas un demi-sous-sol, ça. Le demi est en trop ! Putain, j'ai beau être un programmeur troglodyte, j'aime quand même bien avoir un peu de lumière naturelle. Merde, on n'est pas des chiens.

Dylan fait rouler ses yeux globuleux vers Noah et lui darde un regard accusateur, comme s'il était le responsable de cette situation. Clémence, dont l'attention n'a pas dévié de la peluche posée sur la table depuis qu'ils sont arrivés, fait un pas vers lui et tend sa main pour l'apaiser.

— Du calme, c'est juste le temps de rester à New York. C'est transitoire, ajoute-t-elle en jetant à Noah un clin d'œil complice. On sera bientôt tous au Canada. Et puis on a des cadeaux pour vous, de quoi vous occuper en attendant.

Dylan peste et grommelle, mais Noah perçoit une lueur de curiosité au fond de ses yeux. Le hacker détache lentement son dos du canapé et se prépare à se lever.

Clémence sort la clé USB encore sous scellé et l'agite comme s'il s'agissait d'un sachet d'herbe qu'elle exhiberait devant un hippie.

Il se lève alors en ahanant et dit :

— OK, OK, vas-y, crache le morceau plutôt que de m'aguicher comme si j'étais un gamin en manque de sucre devant une barbe à papa.

Clémence pose le sachet sur la table.

— On a une clé USB et une caméra. Pour la clé, je te demanderai de la manipuler avec soin. Il y a du sang et des empreintes…

— Arrête de me prendre pour un *noob*, tu veux, coupe-t-il.

Dylan s'est rapproché et tend sa main vers l'objet posé sur la table. Noah remarque que ses doigts crochus évoquent les serres d'un rapace.

Une fois en possession de la clé, il saisit l'ordinateur portable resté à terre, puis il tire une chaise et s'installe sur la table.

Noah fixe son attention sur lui, tentant de décrypter cet énergumène qui n'a cessé de manifester son animosité envers lui depuis leur première rencontre. Dylan a beaucoup de tics nerveux, clignements de paupières, reniflements, étirements des zygomatiques, et une tendance marquée à se frotter l'arête du nez avec son index, comme s'il était urticant. Mais son regard cille à peine, comme s'il était happé dans une autre dimension que lui seul pourrait voir, hypnotisé par les lumières projetées par l'écran qui dansent devant ses yeux.

Il pianote sur son clavier et joue avec la souris, mais son manège ne dure pas longtemps. Il grimace, repousse l'ordinateur et frappe du poing contre la table.

— Bordel, il va me falloir plus de puissance que ce portable. Je ne peux rien faire avec cette merde ! C'est encrypté et pas à peu près. À moins que vous ne connaissiez le mot de passe, on est foutus !

Clémence lui pose la main sur l'épaule.

— À ton avis, pourquoi je te l'ai filée ? Je me doutais bien qu'elle poserait un problème. Il n'y a pas un truc que tu peux faire pour casser la protection ?

Dylan se tourne vers elle et la dévisage, le regard empli de mépris.

— Non, et tu sais pourquoi ? Car je ne suis pas magicien. Merci le cinéma et les séries à la con de faire croire qu'il suffit de taper des lignes de codes avec Halle Barry entre les genoux pour pirater n'importe quoi. Au pire, on peut toujours tenter sa chance avec une bonne puissance pour tester des millions de combinaisons, on pourrait utiliser la puissance de calcul de milliers de processeurs connectés… mais même là, cela prendrait du temps… des mois.

Au même moment, Beverly sort de la cuisine, et avec elle une odeur de poulet rôti flottant dans l'air.

— Quelqu'un peut apporter les assiettes et les couverts ? Et toi Dylan, surveille un peu ton langage, intervient-elle. Et pense à ta tension, ce n'est pas bon que tu t'énerves, surtout pour si peu.

— Ma tension, sérieux ? À mon avis la mafia m'aura buté bien avant que mon 19/100 n'attaque mes reins ou ne fasse péter une veine dans mon crâne, enfin bon…

Bien qu'il l'ait déjà vue plusieurs fois depuis son séjour à Miami, Beverly impressionne toujours autant Noah.

Cette ex-championne de MMA est plus grande que lui et fait au moins une fois et demie sa largeur. La graisse a remplacé en grande partie la masse musculaire et sa silhouette piriforme n'a plus rien d'athlétique – Clémence lui a expliqué qu'une blessure à la jambe lors d'un combat l'avait forcée à abandonner la compétition et à lever le pied sur les entraînements –, mais cette combattante d'origine congolaise demeure impressionnante. Autant par sa stature que par son air de guerrière, son regard noir, son crâne rasé et le débardeur kaki qui laisse apparaître d'imposants bras tatoués aux motifs tribaux.

— En parlant de mafia, j'ai eu des nouvelles. Luciano est furieux, les Russes ont tué deux de leurs hommes, ajoute à ça l'échec de l'opération Dimitri, la planque qui a flambé... Bref, tu vois le topo. Ça ne sent pas bon.

Dylan éclate d'un rire forcé.

— Tu vois, pas de quoi s'inquiéter pour mon hypertension. Ni toi d'ailleurs pour ton cholestérol ou tes maladies imaginaires, pas plus que pour les poils du chat que notre beau petit couple vient de ramener pour nous tenir compagnie.

À la mention de Grumpy, Noah remarque le regard de Beverly obliquer vers le félin et la peur s'imprimer un court instant sur ses traits durs.

Elle pose le poulet sur la table.

— Bev, intervient Clémence. Je voudrais te montrer quelque chose. On a pris des clichés dans l'appartement de la voisine de Sophie. La femme est morte, un coup de couteau en plein cœur, j'ai déjà mon idée, mais je voulais avoir ton avis d'experte.

Clémence lui tend l'appareil, le téléphone semble minuscule entre les larges mains de Beverly. Elle fait défiler les photos lentement, se mordant la lèvre inférieure.

— C'est sûr que si j'étais allée sur place, j'aurais pu vous en dire un peu plus, mais là, je vais faire ce que je peux. Visiblement, c'est une frappe directe dans le cœur. La plaie est uniforme et régulière, ce qui atteste du côté tranchant. Vu la largeur, c'est un couteau de chasse. L'inclinaison suggère… une frappe droite. On ne voit pas bien, mais je suis à peu près sûre que le tueur l'a saisie par la nuque. Une seule plaie… un coup très précis qui dénote une bonne connaissance de l'anatomie. Il faut en savoir un minimum pour ne pas que la pointe tombe sur un os de la cage thoracique. Ce qui m'étonne, c'est le manque de sang.

— Elle n'a pas été tuée sur place, intervient Noah. Il a nettoyé le sang, puis a déplacé le corps.

Bev hoche la tête et passe sa langue sur ses dents.

— La chambre était loin de la porte? À mon avis, c'est à cause de l'odeur, pour retarder le moment où la pestilence alerterait les voisins.

— Bien vu. Autre chose, on a trouvé des traces de sang sur la fenêtre, j'ai fait un prélèvement ainsi qu'une photo des empreintes.

Bev grimace et reprend.

— Pour le sang, je pourrais faire une analyse si j'avais accès à un labo. Mais à part vous faire un bilan et vous dire si la personne a du cholestérol ou fait de l'anémie…

— Oui, je sais, dit Clémence. Pareil pour les empreintes. On est coincés, il nous faut un accès aux bases de données de la police.

— Je pourrais toujours demander au général ce qu'il peut faire, intervient Noah. Et voir quels fils il peut tirer… en espérant que son influence s'étende au-delà de la frontière.

Le hacker lève la main, un sourire empreint de sarcasme vissé à ses lèvres.

— Ou vous pouvez toujours demander à ce bon vieux Dylan de pirater les différents services de police, puisque c'est si facile.

Noah pose sa main sur l'épaule de Clémence.

— J'aimerais te parler seul à seule.

Elle reste un moment immobile, puis le suit dans une chambre sans meuble.

— Tu penses vraiment que tes amis peuvent nous aider ? Je comprends que tu veuilles les protéger, mais ce n'est peut-être pas la peine de les impliquer, si ? demande Noah. Vu la tournure des événements, je me sens déjà coupable de t'avoir embarquée, j'aimerais ne pas avoir des morts sur la conscience.

— Écoutez, ils sont déjà dans une situation précaire. Alors, autant profiter de leurs compétences. Dylan est un expert dans son domaine. Râler fait partie de sa nature, mais les résultats qu'il obtient dépassent toujours mes espérances. Quand il parle de pirater les services de police, je suis à peu près sûre qu'il pourrait le faire. Beverly pourra nous assister. Malgré une raideur au niveau des jambes, elle reste une combattante hors pair, sans compter qu'elle a un solide background médical.

— Prions pour que ce soit assez, alors.

— Depuis quand êtes-vous devenu croyant ?

— Clémence, quand vas-tu laisser tomber les « monsieur Wallace » et le vouvoiement ?

Elle ignore la remarque.

— Et puis il y a autre chose, je n'ai aucune confiance en Raphaël et encore moins dans le général. Pour le vouvoiement… on verra plus tard. On peut retourner là-bas, le poulet rôti a l'air succulent et j'avoue que j'ai une faim de loup.

Lorsqu'ils reviennent dans le salon, Bev est aux prises avec Dylan qui refuse de débarrasser le PC pour qu'elle puisse installer la table.

— Bordel, pour la clé, rien à faire ! Il nous faut vraiment ce foutu mot de passe. Autant la jeter à la poubelle !

Le ton est surjoué, remarque immédiatement Noah.

L'informaticien ponctue sa phrase d'un clin d'œil appuyé, puis il lève une feuille de papier où il est inscrit dans une écriture à la limite du lisible :

« J'ai des infos sur la caméra, restez à distance et je vous texte depuis Messenger »

Noah expédie un clin d'œil complice à Clémence et s'adresse à Dylan :

— On va acheter des condiments, on est de retour d'ici cinq à dix minutes.

À peine sont-ils sortis, exposés à la lumière vive du soleil, qu'une sonnerie les prévient de l'arrivée d'un message sur le téléphone de la jeune femme.

« Bon, je vais la faire courte pour que vos esprits lents de néophytes puissent bien comprendre »

Les doigts de Clémence s'activent sur le clavier.

« Court s'applique aussi aux sarcasmes, accouche »

« OK, l'horrible ourson bien flippant est donc une caméra-espion IP dotée d'une connexion 3G et d'un détecteur de mouvement. Ce qui veut dire qu'au moment où vous êtes entrés dans la chambre, l'appli sur le smartphone de notre tueur l'a alerté de votre présence. Ajoutons à cela qu'il y a un micro, c'est pour cela que je vous ai demandé de sortir. On a été filmés et écoutés depuis que vous êtes rentrés ici. La bonne nouvelle c'est que je traque le signal, et dans pas long j'aurai réussi à trianguler le récepteur »

Quelques secondes d'inactivité précèdent le message suivant.

« Voilà, j'ai une adresse. 702 E 134th, Port Morris, dans le Bronx »

Clémence interroge Noah du regard.

— On a l'avantage de la surprise, donc il faut agir au plus vite. Il va falloir être sur nos gardes. Ceux qui ont placé cette caméra sont au courant que nous avons la clé USB. Bien sûr, cela peut aussi être un piège.

— Je n'ai pas de craintes à avoir, vu que je suis en compagnie de Noah Wallace, anciennement tueur d'élite de la CIA. On y va ?

— Ce n'est pas si drôle que ça, Clémence. Et puis, la planque est aussi compromise, je pense.

— C'est possible. Je propose que Bev reste ici avec Dylan pendant que nous allons à l'adresse. On va aussi prévenir Raphaël qu'on est potentiellement grillés et qu'on a besoin de son soutien.

Sans attendre, Noah s'empare de son téléphone et compose le numéro d'urgence laissé par l'homme du CSIS.

Après un exposé de la situation, il revient vers Clémence et lui tend un bout de papier.

— Raphaël est prévenu. Il m'a aussi dit qu'il a pu obtenir la liste des numéros appelés par Sophie. Il y en a un qui se démarque des autres : c'est son seul appel dans un laps de deux semaines, et il a duré pas loin d'une heure.

Clémence écarquille les yeux de surprise.

— C'est le numéro de mon oncle, Bernard Tremblay, au Canada. Pourquoi l'aurait-elle appelé, et surtout aussi longtemps ? Bernard est mort, alors à part parler à ma tante Josée ou à Étienne, mon cousin…

— Je sais, c'est étrange, mais on s'en occupera plus tard. Plus on attend et plus on prend le risque que la personne qui a posé la peluche-espionne nous échappe.

— OK… Noah, répond-elle avec un clin d'œil. Allons faire un tour dans le Bronx et voyons qui se cache derrière la caméra.

13. DÉTERMINISME

Karl désigne de son index tendu la main bandée de Sophie et prend une grande inspiration.

— Non, mademoiselle. Mon père n'a pas fait exécuter Damien. Et croyez-moi, cette décision n'était en rien due à un accès de compassion. J'imagine que lorsqu'il a assisté à la scène en cette matinée pluvieuse, l'idée a dû maintes fois traverser son esprit retors, et que la tentation a été grande d'en faire un exemple, pour me punir de m'être laissé aller, d'avoir été faible après la démonstration qu'il venait de m'infliger. Mais son cerveau reptilien dont j'avais sous-estimé l'étendue du spectre émotionnel a penché en faveur d'une autre décision. Sans que je comprenne comment, ce serpent a décelé le lien invisible que le garçon venait de tisser entre nous au moment où il avait posé sa main sur mon épaule. Ce simple geste de compassion a scellé nos deux destins. La famille de Damien est décédée quelques jours plus tard dans un tragique accident de la route alors que le père emmenait sa femme et ses deux petites filles au Six Flags. La veille, mon père lui avait offert plusieurs billets pour le parc d'attractions, en remerciement de ses services. En échange, Damien devait passer la journée à la maison.

Il avait prétexté que je tenais absolument à sa compagnie. Évidemment, c'était un mensonge et l'accident, un assassinat camouflé. Cette virée mortelle pour la famille n'était que les prémisses d'un plan élaboré par ses méninges malades. La deuxième étape consistait à prendre en charge l'éducation de Damien, sans que personne ne lui oppose résistance. À vrai dire, cela ne fut pas bien compliqué : la seule famille qui restait à l'enfant était un oncle qui vivait à Boston. Un pauvre diable qui passait ses journées sur le chantier et ses nuits dans les bars, le genre de type qui avait bien du mal à joindre les deux bouts. La perspective d'avoir la charge d'un neveu qu'il ne voyait jamais était loin de l'enchanter. Alors, il suffit de quelques dollars pour que le gentil oncle alcoolique signe un papier et pour que mon charmant papa devienne son tuteur légal. C'est ainsi que Damien a pu rejoindre la famille Engelberg…

Karl prend une longue inspiration et lève les yeux au plafond en caressant son menton rasé de près. Puis il fixe son regard sur Sophie qui soulève machinalement le bandage lui enserrant la main.

Il reprend.

— L'épisode que je vais vous raconter s'est déroulé le 22 octobre 1991. J'avais dix ans et Damien, onze. À cette époque, nous habitions à Will Braham dans le Massachusetts. Le lotissement dans lequel nous vivions était un havre pour riches, un paradis bien tranquille. Dès que nous avions un moment de libre, en vacances, le week-end ou bien parfois après l'école, nous avions pour habitude de rôder dans la partie de Woodland Park qui borde le cimetière de Hill Crest Park. Nous pédalions depuis notre maison de Shirley Street et traversions les lotissements qui bordaient la forêt pour rallier une petite zone dont nous avions fait notre fief. Cabanes, champ de tir improvisé sur boîtes de conserve, cachettes pour nos magazines pour adultes. Sur nos vélos, nous étions les maîtres du monde, nous nous sentions invulnérables. C'était également l'époque où, malgré une éducation stricte et douloureuse, nous avions développé un côté rebelle qui se révélait dans la musique. Pour nous, écouter l'album *Nevermind* de Nirvana, les casques en mousse reliés à nos Discman, avait un parfum de liberté. Évidemment, vous vous doutez que mon père ne cautionnait pas ce genre de musique, lui qui nous incitait à n'écouter que du classique, avec une préférence marquée pour Richard Wagner. Ce jour-là, nous étions partis avec chacun un lance-pierre et une carabine à plomb. Mon père nous avait encouragés à tirer sur les animaux pour nous exercer et asseoir, selon lui, notre rôle de dominants dans la chaîne alimentaire. Il ne cessait de nous répéter : « Vous êtes des chasseurs, pas des proies. » Nous n'avions qu'une seule consigne, celle de ne pas nous faire prendre. Une règle simple, mais à laquelle tout manquement pouvait avoir de désastreuses conséquences. Ce jour d'automne gris et pluvieux qui faisait remonter les odeurs d'humus et de feuilles mortes mouillées, j'ai pris la mesure de l'influence qu'avait exercée mon père sur Damien. Avec le recul, je me dis que la mort soudaine de sa famille avait créé un abîme qu'il lui fut facile d'exploiter…

Karl interrompt son récit, boit une rasade d'eau fraîche et déglutit, l'air pensif.

— On dit souvent que les enfants sont cruels…

Il s'arrête dans sa lancée et désigne la caméra.

— J'ai remarqué vos regards insistants vers l'objectif. Vous vous demandez certainement pourquoi cet entretien est filmé, non ? C'est très simple. J'archive tout. C'est ma collection personnelle, en quelque sorte. En revanche, je coupe le son. J'aime me remémorer les conversations.

Karl s'éclaircit la gorge.

— La cruauté des enfants, disais-je. Pour bien des gens, ce n'est qu'une expression. Le genre de phrase qu'on lâche par habitude pour désigner ces petites têtes blondes qui se moquent de leurs camarades parce qu'ils ont un appareil dentaire apparent, que leurs habits ne sont pas à la mode, ou encore parce qu'ils sont trop timides. Dans certains cas, le harcèlement peut aller loin, j'en conviens, et peut même endommager psychologiquement ceux qui en sont les victimes. Mais cette cruauté peut prendre des aspects bien plus sombres. Pour en revenir à mon histoire, nous étions armés de nos fusils et traquions des cibles pour vider nos munitions. Nous avions passé nos nerfs sur quelques boîtes de conserve en aluminium et des troncs d'arbre. Aux alentours de 17h30, j'ai enfin pu trouver un raton laveur qui rôdait près d'un sac poubelle abandonné par des fêtards. Au moment où je l'ai désigné du doigt, j'ai vu un sourire mauvais naître sur les traits de Damien. Il m'a fait un clin d'œil, s'est approché à petits pas et a épaulé le fusil à air comprimé une fois à portée de tir. Il s'est agenouillé, puis il a tranquillement visé la bête. Je me rappelle encore le cri que l'animal a poussé et le rire sadique de Damien lorsque le plomb l'a atteint au flanc. Le raton a détalé et il s'est mis à le poursuivre, ayant en tête d'achever sa proie. Je lui ai emboîté le pas et nous avons couru dans les feuilles mortes, sans pouvoir rattraper l'animal. Au terme d'une course effrénée, sa frustration était manifeste, des spasmes de rage déformaient son visage rougi par l'effort. Ses yeux verts brûlaient derrière les longues mèches de cheveux châtains plaquées contre son front. Par dépit, nous sommes revenus vers nos vélos que nous avions déposés à la lisière de la forêt qui bordait le cimetière. C'est là que nous sommes tombés sur le petit garçon en K-Way bleu. Il était aussi surpris que nous de cette rencontre et je me souviens de son expression apeurée. Il a reculé de quelques pas. «Je... je... je...», a-t-il balbutié. « Tiens, on a un bègue », s'est moqué Damien. Le petit a crié : «Non, c'est pas vrai» en crispant ses mains sur la poignée du sac plastique qu'il transportait. Damien lui a demandé quel était donc ce bien précieux qu'il tenait entre ses mains. Il avait utilisé un ton amical et mielleux. Le garçon, inconscient de la duplicité, s'est détendu. «C'est un jeu que m'a prêté mon ami», a-t-il dit d'une voix légèrement chevrotante. Damien a pris un air surpris et a répliqué : « Wow, t'as une Super Nintendo, tu en as de la chance.» Le garçon a hoché la tête et, enjoué, a déclaré : «Oui, je joue à Super Mario Kart avec mon grand frère.» Damien m'a alors fait un clin d'œil. Le même qu'il m'avait adressé quelques minutes plus tôt. Il y avait cet éclat de férocité dans son œil émeraude, qui m'a glacé le sang. J'ai su immédiatement quelles étaient ses intentions. J'ai secoué lentement la tête et froncé les sourcils pour signifier mon désaccord. Mais il m'a ignoré et demandé au garçon comment il s'appelait. Un prénom que je ne suis pas près d'oublier. «Jeremy, j'ai un super jeu à te proposer. Ça t'intéresse de jouer avec nous ? Tu as l'air d'aimer ça, non ?» Le garçon a hoché la tête puis Damien l'a entraîné vers le cimetière. Une fois sur place, il a pointé une allée puis lui a expliqué en quoi consistait le «jeu». «Alors, Jay, imagine que tu es poursuivi par des monstres et que tu dois courir, d'accord ? Ton objectif, c'est de survivre. Tu vois le gros mausolée là-bas, la petite maison avec l'ange sur le toit ? Si jamais tu l'atteins, tu as gagné et je te donne mon lance-pierre. C'est facile, c'est comme dans un jeu vidéo. Et surtout, ne te retourne pas, sinon tu as perdu, d'accord?» Le garçon n'a pas cherché à en savoir plus et mon frère a donné le signal. Le petit Jeremy est parti en courant. Damien a épaulé le fusil et pris son temps pendant que le jeune garçon sprintait dans l'allée qui séparait deux rangées de tombes. Il n'était pas très véloce et se déplaçait en boitillant, je pense qu'il devait avoir une malformation à la cheville, car son pied gauche avait tendance à s'incliner vers l'intérieur. À vrai dire, je m'étais attendu à le voir chuter et se ratatiner sur le gravier. Si j'avais été à sa place, je me serais méfié et j'aurais zigzagué, ou bien utilisé les pierres tombales pour gêner la visée, mais le pauvre n'avait aucune idée de ce que mon frère tramait derrière son dos. Une rafale glacée a balayé la couche de feuilles mortes qui tapissait les abords du cimetière. Elles se sont envolées et ont spiralé dans les airs, juste au moment où Damien a pressé la pulpe de son index sur la gâchette. Un rictus mauvais dévoilant une incisive s'est dessiné sur son visage concentré et l'espace d'un instant, j'ai vu l'expression de mon père s'imprimer sur ses traits. En y repensant, je peux dire que si c'est Damien qui a tiré, c'est Hansel Engelberg qui a appuyé sur la détente ce jour-là. Damien a manqué sa cible et grogné de frustration. Mais sans se départir de son air déterminé, il a ajusté et fait feu à nouveau. La deuxième fois, le plomb a atteint le petit juste à l'arrière du crâne. Jeremy a crié, plus de surprise que de douleur je pense, après tout ce n'était qu'un plomb expédié à vingt-six joules, et a stoppé net. Puis il s'est retourné, grimaçant et inquiet, et s'est passé la main derrière la tête. Il a contemplé une main poisseuse de sang et s'est mis soudainement à pousser un cri déchirant. Damien était hilare. La situation était insensée. D'un côté, j'avais un enfant de onze ans qui riait aux éclats, et de l'autre, un garçon qui devait avoir sept ans qui gémissait, pétrifié sur place. La suite s'est passée très rapidement et je n'ai rien vu venir, trop occupé à fixer le petit Jeremy. J'ai entendu le claquement sec du gaz à air comprimé et vu la main du garçon recouvrir son visage. Le hurlement qu'il a poussé m'a hérissé les poils. Damien avait tiré à nouveau. Sauf que cette fois-ci, le gamin a fait un pas en arrière et a chuté. Sa tête a heurté l'arête d'une pierre tombale. Mon cœur s'est arrêté. Trois longues secondes se sont écoulées, durant lesquelles il n'y avait plus un son, sauf celui du vent et du bruissement des branchages. Puis Jeremy s'est mis à hurler de plus belle. Le visage de Damien était grave, mais je savais qu'il était moins inquiet pour le sort de l'enfant que pour les représailles à venir. Son visage s'est rembruni et son regard s'est acéré. « Il faut qu'on fasse quelque chose », m'a-t-il dit. Je savais très bien ce qu'il entendait par là, et la détermination dans sa voix m'a fait frissonner. Il n'y avait pas une once d'hésitation ou de panique. Juste un froid pragmatisme. C'est fini, ai-je pensé. Mon père avait gagné, il en avait fait sa créature, son outil. Il ne restait rien d'humain chez Damien, rien à sauver. Mais pire, ce n'est pas tant l'outil qu'il était devenu que le message que me transmettait le vieil Hansel qui avait de l'importance. Damien avait tout pour avoir une enfance normale. Un père aimant, une famille stable. Mon père lui avait enlevé ce noyau et modelé sa tristesse comme il l'aurait fait avec de la glaise. Hansel Engelberg n'était pas présent ce jour-là, mais s'il l'avait été, il m'aurait toisé de son regard autoritaire et aurait hoché la tête pour me dire : « Tu vois Karl, j'ai raison. » Je n'étais pas comme Damien, j'étais pris entre deux sentiments contradictoires et pendant que je tergiversais, les hurlements continuaient. En revanche,

Damien avait raison sur une chose, il fallait agir et vite, avant que quelqu'un ne rapplique. Oui, ce jour-là, j'ai eu envie de frapper mon frère de toutes mes forces et de le réduire au silence. Son attitude m'avait dégoûté, autant par son sadisme que parce qu'il incarnait le triomphe de mon père. Vous savez, mademoiselle Lavallée, je pense que la guerre, et particulièrement la Seconde Guerre mondiale, continue de faire des victimes. Sans même parler des groupuscules néo-nazis, mais simplement de notre relation à la haine. Jamais dans l'histoire un homme, un dictateur n'avait soufflé si fort sur le brasier de la haine au point d'incendier le monde et de soulever des peuples entiers. Et quand la guerre a pris fin, pensez-vous que ce grand foyer s'est éteint pour autant ? Non, il y a des gens comme mon grand-père, mon père et moi dans une moindre mesure, qui ont continué à l'entretenir pour que jamais il ne meure.

Karl prend une lente inspiration.

En face de lui, Sophie est décomposée. Les rides de son front sont plissées comme si elle contemplait une scène d'horreur.

— Bien, notre séance est finie, mademoiselle Lavallée.

Karl tapote sur le téléphone posé face à lui.

— Il est temps de passer à la suite… Les questions.

— Attendez !

Le ton autoritaire de sa voix le cloue à la chaise.

— Je voudrais vous dire quelque chose, quelque chose… d'important. Cela concerne Noah Wallace…

Karl la dévisage en silence.

Intéressant. Chercherait-elle à éviter la sentence avec une diversion ? Aucune chance. Pourtant, il doit bien l'avouer, il est intrigué.

— Bien. Nous aurons une petite discussion… après la roulette. Pour l'instant, voici mes deux questions. Que pensez-vous qu'il soit arrivé à notre petit Jeremy et plus important, dites-moi ce que sait exactement Pavel Bukowski.

14. CONNAISSANCE

Clémence vérifie une dernière fois l'adresse sur le GPS.

— Ça n'a pas l'air d'être un quatre étoiles, commente-t-elle.

Noah ne l'écoute pas, absorbé par la contemplation de cet immeuble de trois étages en briques sombres dans un état de délabrement avancé : les vitres des fenêtres sont brisées, quelques-unes sont même condamnées par des planches en bois.

La façade est recouverte de graffitis. Il réprime un frisson. Les vibrations qui émanent de ce lieu sont glaçantes. S'il pouvait donner un nom à la sensation qui le gagne, ce serait : désespoir. La porte d'entrée fendue en son milieu et ne tenant plus que par le gond du haut lui semble être un trou noir, aspirant la vie.

— Bon, je ne sais pas pour vous, mais je n'ai pas l'intention de m'éterniser dans le quartier, déclare Clémence en s'engageant sur la chaussée.

— Allons-y, répond Noah en hochant la tête.

Ils traversent la route sous le regard suspicieux d'un homme qui ouvre la portière de sa voiture. Noah pousse la porte branlante du bout de sa canne et Clémence s'engouffre la première.

Une forte odeur d'urine sature leurs narines dès leurs premiers pas dans le couloir. C'est une véritable pissotière. Les murs décharnés sont zébrés de traits et de grandes taches jaunâtres maculent le plâtre apparent.

Devant lui, Clémence avance avec prudence dans la semi-obscurité, tandis qu'il s'évertue à ne pas plonger le bout de sa canne dans les détritus – morceaux de verre, tessons de bouteilles, canettes, cartons humides et autres bouts de tissus jonchent le sol.

Malgré ses efforts pour s'en tenir à l'écart, le sol craque sous ses pieds.

Clémence se retourne et plaque son index sur ses lèvres pour lui recommander d'être plus silencieux.

Puis, elle progresse à pas feutrés, esquivant les déchets, enjambant les flaques odorantes.

Elle se fige lorsqu'une longue plainte suivie de sanglots s'échappe d'un appartement sur sa gauche, sans porte d'entrée.

Poussée par la curiosité, elle passe sa tête à travers l'embrasure, imitée par Noah.

Une silhouette hirsute et squelettique – les côtes sont apparentes – lutte avec une couverture trop petite sur un matelas souillé. L'homme est juste habillé d'un slip kangourou. Il grogne, gémit et frappe sa tête contre un oreiller.

Parmi le fatras, Noah remarque la bouteille en plastique dans laquelle le corps d'un stylo bille a été enfoncé.

Une pipe à crack artisanale.

— Ce n'est pas un squat, chuchote Clémence, c'est une «crackhouse».

C'est le vide que Noah avait ressenti, cet endroit abrite des spectres, errant quelque part entre la vie et la mort. Lui-même se sent comme un fantôme ici, invisible aux yeux de ces camés perdus dans leurs nébuleuses.

— Méfions-nous, le crack rend violent…

La descente dans les entrailles du cloaque se poursuit. Chaque pièce croisée est plus glauque que la précédente. Les gémissements succèdent aux cris et aux sanglots. Les rires déments se mêlent aux monologues ineptes et aux quintes de toux.

Arrivée au bout du couloir, Clémence laisse échapper un cri.

Elle manque de trébucher et prend appui sur le mur pour ne pas tomber.

Noah comprend en voyant un gros rat lui passer entre les jambes.

Clémence grimace et exhibe la main qu'elle vient de plaquer contre le plâtre poisseux.

Elle essuie la paume sur son jeans.

— J'aurais dû emprunter une solution antiseptique à Bev. Bon, je n'ai rien repéré ici qui puisse ressembler à une installation. On va devoir monter à l'étage.

Noah acquiesce silencieusement et ils rebroussent chemin.

À première vue, le premier étage n'a rien à envier au rez-de-chaussée. Il est tout aussi misérable, et n'a pas été épargné non plus par les squatteurs.

Les murs sont tagués, arrachés ou transformés en toilettes de fortune. Divers objets aussi insolites que des casseroles, fers à repasser ou cartons de pizza jonchent le sol.

La sueur gagne les tempes de Noah et il éprouve une soudaine difficulté à respirer, avec l'impression que le sang n'irrigue plus ses jambes. Il pousse un râle et manque de chuter, il ne parvient à conserver l'équilibre que grâce à Clémence qui le rattrape de peu.

— Tout va bien Noah ? Vous êtes pâle. Une de vos crises ? Vous sentez quelque chose ?

La voix de la jeune femme lui paraît étouffée et pendant un court instant, il ne voit plus que ses lèvres bouger sans qu'aucun son ne sorte. Puis son cœur fait un bond dans sa poitrine.

Derrière elle, dans le couloir, face à l'embrasure d'une porte, se tient une femme nue, de dos, la quarantaine – quoi qu'il soit difficile de déterminer l'âge réel de ces zombies –, aux cheveux blond filasse.

Un détail l'horrifie.

La femme tient un biberon dans sa main droite.

Il reste interdit quelques secondes, toujours dans cette bulle opaque où les sons se distordent.

Un biberon... cette femme est-elle réelle ?

Clémence est toujours devant lui, le secoue par les épaules, son visage contrit par l'inquiétude.

Pourquoi... pourquoi ne la voit-elle pas ?

Il veut parler, lui hurler de se retourner, mais les sons restent coincés dans sa gorge. Alors, mobilisant le peu de force qu'il lui reste, il pointe un index tremblant vers le couloir. Clémence se tourne et reste un moment à fixer l'endroit où se trouve la femme, puis revient à lui comme si elle ne l'avait pas vue. Elle hausse les épaules et fronce les sourcils.

Puis il entend les pleurs. Les gémissements d'un bébé.

Alors, avec une lenteur presque inhumaine, la femme nue se tourne vers lui, et il aperçoit une petite fille dans ses bras.

Stupeur.

L'enfant doit à peine avoir huit mois, il est émacié, son ventre est gonflé, il est nu.

— Chut... chut... Maman est là, trésor, peut-il entendre susurrer la femme à l'oreille du bébé qui crie de plus belle.

Le biberon est vide... il a faim...

Noah porte la main à sa bouche. Les larmes lui montent aux yeux.

Bon sang, il faut appeler les secours! Cette femme est folle, il faut sauver le bébé.

Puisant dans ce qui lui reste d'énergie, il pousse un cri déchirant et tend sa main vers elle.

Une claque vient le frapper avec une force qui lui fait tourner la tête et tout disparaît en un éclair.

Noah sort de son apnée.

Clémence pousse un soupir de soulagement.

— Désolée d'en être arrivée là... je...

— La femme... le bébé... ils..., coupe-t-il.

— De quoi parlez-vous, Noah? Vous avez encore eu une vision? Il va falloir m'en dire plus, cela a l'air pire que l'année dernière.

Elle a raison. Et il sait pourquoi, mais pas la peine de la miner avec ça.

Il regarde une dernière fois l'endroit où se tenaient la femme nue et son enfant, puis secoue la tête lentement.

— Cela m'arrive de plus en plus, confesse-t-il. Je ne peux pas faire la différence entre... entre...

— Je comprends, je comprends, Noah. Mais là, vous êtes avec moi et moi seule. Il y a quelques camés qui végètent dans les chambres, mais c'est tout. Pas de femme, pas de bébé.

— Le bébé, murmure-t-il une dernière fois.

Puis il essuie ses yeux embués de larmes et s'éclaircit la gorge.

Il réalise avec une profonde tristesse que la femme et l'enfant ont dû mourir ici, dans ce cloaque pour junkies.

Noah prend appui sur sa canne pour se relever.

VINCENT HAUUY

Clémence lui tend la main. Noah ne se dérobe pas et accepte son aide.

— Restez bien à côté de moi et prenez appui sur moi si nécessaire. La force de votre «cachectique» préférée pourrait bien vous surprendre.

Ils avancent dans le couloir et jettent un coup d'œil à chaque porte. Invariablement, le même spectacle s'offre à eux. Dépotoirs et drogués avachis. La mort prend son temps ici, elle s'insinue dans les veines, par les pores de la peau, dans les parois nasales et les sinus, mais comme un ver parasite elle trace inexorablement son chemin vers le cœur pour le faire cesser de battre.

La recherche ne donne rien. Aucune trace d'un espion muni d'un téléphone ou d'un ordinateur.

Par acquit de conscience, ils refont le trajet à l'envers dans l'espoir de repérer un détail qui leur aurait échappé.

Clémence prend son appareil et compose le numéro de Dylan.

— Bon, on est sur place et on n'a rien trouvé, tu es sûr de toi?

Malgré la distance, Noah peut entendre le hacker râler à l'autre bout.

— Évidemment, le signal émet encore…

— OK, alors tu ne peux pas, je ne sais pas moi... être plus précis sur sa localisation?

— Clémence, je vais t'épargner mes sarcasmes, car je t'apprécie, mais sérieux, tu te rends compte de ce que tu viens de dire?

— Dylan, ce n'est pas le moment.

— Écoute, peut-être que vous n'avez pas bien cherché… il n'y a pas un sous-sol ou …

Clémence coupe la conversation.

— … un toit, complète-t-elle. On ne devrait pas avoir de problème pour y accéder, vu l'état des lieux. Allez, pas de temps à perdre.

Elle saisit la main de Noah et l'entraîne avec elle, lui imposant un rythme qu'il a du mal à tenir.

La dernière fois qu'il l'avait vue si électrique, c'était l'année dernière, alors qu'ils étaient à la poursuite du Démon du Vermont.

Clémence avait raison. L'accès au toit ne tient qu'au franchissement d'une porte branlante recouverte de tags.

Ils débouchent sur le haut de l'immeuble. Pas de junkie ici, mais quelqu'un s'y est installé, sans l'ombre d'un doute. Un sac de couchage repose à même le sol à côté de cartons de pizzas et de boîtes de conserve. Il y a même un petit réchaud à gaz ainsi qu'un sac de sport noir ouvert.

— S'il y avait quelqu'un ici, il a dû partir dans la précipitation ou alors il risque de revenir sous peu. Ça vous dit de vous planquer et d'attendre ? demande Clémence.

— Je pense surtout qu'il a dû repérer notre petit numéro, mais tu as peut-être raison.

— Je vais fouiller en attendant, de toute façon on l'entendra monter.

Noah fait le tour du toit afin de s'assurer que l'homme n'est pas dans les environs à les surveiller ou se cacher. Mais il n'aperçoit rien en dehors de la circulation et de quelques attroupements dans les rues en contrebas. Lorsqu'il revient, Clémence a sorti une chemise tachée de sang d'un sac à dos, ainsi que des bandages et une bouteille d'alcool médical.

— Définitivement notre homme, ou alors c'est une sacrée coïncidence.

Elle continue de fouiller et secoue la tête de dépit.

— Pas de téléphone… rien d'autre…

Sa main s'immobilise un court instant et elle sort du sac un portefeuille en cuir noir élimé.

— Bingo.

— Attends, le type se serait barré, mais aurait laissé ses papiers, ce n'est pas un peu facile? Et pourquoi n'aurait-il pas pris son sac?

— C'est louche, ou alors nous avons de la chance, pour une fois. Peut-être a-t-il été forcé de partir sans avoir le temps de réfléchir.

— Je me souviens d'une Clémence plus circonspecte.

— Et moi d'un Noah avec un peu moins de brioche, vous devriez faire du sport ou bien manger équilibré, encore quelques kilos et c'est le double menton. Faut faire attention, surtout quand on est encore dans la trentaine, ce serait dommage...

Des sarcasmes. Son moyen de défense. Elle se construit une barrière.

— Mince. Ce n'est pas vrai, lâche-t-elle.

— Un problème?

Clémence exhibe le permis de conduire qu'elle vient de sortir.

— Pavel Bukowksi... Putain, je connais ce type.

En regardant la photo, son cœur manque un battement, sans qu'il sache exactement pourquoi. Il s'apprête à lui demander des explications, mais le portable de Clémence émet un tintement. Elle le sort et consulte l'écran.

— SMS, dit-elle en montrant le téléphone. C'est Dylan.

— Il veut quoi?

Clémence lui tend l'appareil. Sur l'écran, Noah peut lire :

« Désolé je ne peux pas parler, mais il faut rappliquer à la planque, on a un sérieux problème »

15. PISTES

— Tu peux m'en dire un peu plus sur ce Pavel Bukowski ? demande Noah pendant que Clémence retire le flyer jaune – une publicité pour un marabout capable de guérir l'impuissance ou de faire revenir l'amour perdu – coincé entre le pare-brise et les essuie-glaces de la Dodge Dart.

La jeune femme hésite avant de répondre :

— Vous vous rappelez le contact de mon oncle, celui qui lui a entre autres refilé des infos sur votre passé ? Eh bien, c'est lui...

Cela confirme son étrange sentiment, ce frisson lorsqu'elle lui a montré le permis sur le toit de la « crackhouse ». Cet homme a donc un lien avec Bernard Tremblay. Reste à savoir pourquoi il se retrouve mêlé à leur enquête. Étrange.

— Et que vient-il faire dans cette histoire ? Tu as une idée ?

Clémence fixe le sol, son regard semble transpercer une à une les couches épaisses de doutes et de questionnements.

Puis elle ouvre la portière et s'engouffre dans l'habitacle. Noah l'imite et cale sa canne entre ses deux jambes.

— J'ai plusieurs hypothèses, bien sûr, reprend Clémence. La plus probable selon moi, c'est celle-ci : Sophie est entrée en contact avec lui parce qu'elle suivait une piste en relation avec une ancienne enquête de mon oncle. C'est bien cela qu'elle fait, non, reprendre des « cold cases » et tenter de les réchauffer ?

Le journaliste assassiné, pense immédiatement Noah. Exécuté en plein Québec par un pauvre gars sous contrôle, une mort par procuration déclenchée par une simple injonction venue d'un homme qui portait ses traits.

C'est toi qui l'as tué Noah, ce n'était pas de ta faute, tu ne t'en souviens pas, mais le sang est bel et bien sur tes mains.

— Michael Briggs, lâche-t-il. C'est le nom du journaliste mort dans le quartier du Petit Champlain.

— Je sais, j'ai lu le dossier. C'est là que j'ai vu votre visage dans la foule.

— Elle m'avait pourtant assuré qu'elle avait abandonné cette piste, alors pourquoi ?

Clémence laisse échapper un petit rire froid et sec, puis elle commence à manœuvrer la voiture pour sortir de la place étroite où elle s'est garée.

— Et ça vous étonne ? Elle a menti, encore une fois. D'ailleurs, trouver la raison de ces cachotteries est une des clés…

Noah repense alors aux quelques notes entendues chez le général et chez Becky.

— Ça et… la musique, lâche-t-il dans un murmure.

Clémence pile sur le frein sous les invectives d'une clocharde qui pousse un caddie.

— Vous avez dit quelque chose ? Désolée, j'ai failli écraser la dame.

Pas la peine de mentionner cet épisode pour le moment. Elle ne le comprendrait pas. Il préfère enchaîner.

— Et tes autres hypothèses ?

— Bukowski est un ancien du FBI. Peut-être Sophie avait-elle besoin de lui pour une autre de ses enquêtes ? Si l'appel n'avait pas été si long , cela pourrait presque expliquer pourquoi elle a téléphoné au domicile de mon oncle.

— Cela ne répond pas à la question centrale : pourquoi a-t-il placé la caméra ?

— Non, mais cela nous éclaire un peu plus sur le déroulement des événements. Pour une raison connue de lui seul, ou peut-être de Sophie, il a placé la caméra chez Becky. Plus tard, par manque de bol, ou au contraire parce qu'il a voulu intervenir suite à quelque chose qu'il aurait vu, il est tombé sur un tueur professionnel et a pu en réchapper. Après cela, il s'est terré dans le squat pour se refaire une santé. Et maintenant, il a filé, je ne sais où.

— Ou alors, c'est ce qu'il veut nous faire croire, ajoute Noah. Peut-être même qu'il a laissé ce sac à notre attention parce qu'il nous a reconnus lorsque nous sommes entrés dans la chambre. Il est en danger et se doute qu'on remonterait sa piste… Il ne peut pas se montrer, mais nous laisse des signes.

Clémence hoche la tête.

— Manipulation ? Appel à l'aide ? À ce stade, tout est possible. Mais regardons les choses de manière positive. Nous avons une piste, nous avons un nom. Et je suis sûre que nous allons parvenir à percer le secret de cette clé USB.

En raison de la densité de la circulation, il faut presque une heure à Clémence pour rallier Brooklyn.

Une odeur stagnante de graillon mêlée de sueur empuantit la pièce lorsqu'ils rentrent dans l'appartement.

— Quel est le problème ? demande immédiatement Noah.

Dylan, toujours installé au même endroit, lève sa main en l'air.

— Venez voir, je vais vous montrer, c'est en rapport avec la clé USB que vous m'avez donnée. Cette merde est complètement inutilisable, le mieux c'est encore que je vous montre.

Il appuie sa phrase d'un clin d'œil si appuyé qu'il retrousse sa lèvre supérieure.

Clémence arque un sourcil, et Noah sourit.

Tous deux se positionnent derrière lui, bientôt rejoints par Bev, dont les larges lèvres entourent le sommet d'un cône de crème glacée.

— Regardez!

Dylan a ouvert une feuille Notepad devant lui et se met à taper sur le clavier à un rythme frénétique:

«Désolé pour la mise en scène, mais un type est posté en planque dans la rue. Bev l'a remarqué en revenant des courses, il est fort probable que nous soyons observés et qu'il nous écoute via un micro canon ou autre saloperie, notre petit nid d'amour est compromis… non que cela me déplaise si cela signifie qu'on mette les voiles de ce trou.»

Clémence se mord la lèvre inférieure et sort machinalement un élastique de sa poche qu'elle enroule autour de ses doigts.

— Tu es sûr de ton coup, Dylan? Rien à récupérer? La clé est morte?

Dylan répond sur un ton toujours surjoué.

— C'est ce que je tente de faire là, mais bordel, si on perd ce truc, on perd notre seule piste. Je n'ai jamais vu une telle complexité dans le cryptage.

Puis il se remet à frapper sur le clavier:

«Bordel, ce qu'il ne faut pas raconter comme conneries. Avec ces répliques à la con, je suis bon pour me retrouver consultant "hacking et piratage" dans les séries TV… sauf pour *Mr. Robot*. J'adore *Mr. Robot*.»

Clémence appuie sur son épaule un peu trop fermement pour lui signifier qu'il s'égare.

«Alors on fait quoi?»

— Je pense qu'il faut qu'on continue, on n'a pas le choix.

Clémence prend possession du clavier et lui répond en tapant quelques lignes:

«C'est un atout… on va utiliser le fait qu'il nous surveille, on reste ici et on ne change rien. On redouble juste de prudence et on évite de se compromettre. Je pense qu'ils attendent qu'on prenne possession du contenu de la clé.»

Dylan se tourne vers elle, la mâchoire si grande ouverte qu'on y aperçoit sa luette, et le regard chargé d'un mélange de reproche et d'incompréhension. Il murmure, agacé:

— Dis-moi que tu n'es pas sérieuse, putain!

Puis il fixe Noah d'un air mauvais, secoue la tête et écrit, en tapant plus fort sur les touches:

«T'en as quelque chose à foutre de nous? Tu crois qu'on a envie de finir comme Jonas ou Carlos? Marre d'être dans la merde à cause de tes conneries! Jouer les appâts, ce n'est pas mon truc!»

La bouche de Clémence s'entrouvre comme si elle venait d'accuser physiquement le coup, puis ses mâchoires se crispent et son front se plisse. Elle reprend le clavier et martèle les touches à son tour.

«Bien… Je vais m'arranger pour que tu sois pris en charge et que tu quittes le pays au plus vite. Noah va faire le nécessaire auprès de Rapha. Bev? Tu partages son avis ou tu restes avec nous?»

La grande noire la regarde, incrédule, visiblement blessée par sa question.

— Je suis d'accord pour que l'on continue de creuser. Je suis certaine que Dylan va se surpasser et qu'il va réussir malgré son côté rabat-joie ! Je compte sur toi, mon vieux !

Elle abat sa paume sur son dos avec une telle force que la tête de l'informaticien bascule en avant. Il reprend possession de son ordinateur.

« Putain… OK, OK… je reste. Mais bordel, s'il nous arrive quelque chose, tu l'auras sur la conscience. »

Dylan se tasse dans sa chaise et grimace comme s'il avait mastiqué un fruit avarié. Clémence et Beverly échangent un sourire satisfait.

Clémence a raison, estime Noah. C'est une piste à exploiter et leurrer l'espion en gardant un œil sur lui est sûrement le meilleur moyen de le surprendre. Alors pourquoi est-il intimement convaincu que quelque chose cloche, qu'ils font fausse route ? Cette idée ne veut pas le quitter, comme une mouche que de nombreux revers de main ne parviendraient pas à chasser.

Et si le type…

— Cela ne va pas, Noah ? demande Clémence. J'ai l'impression qu'on vous perd.

Noah ignore la remarque et demande à prendre le clavier. Il tape.

« Je ne pense pas que l'homme soit là simplement pour nous observer, tout comme je pense que la clé ne l'intéresse pas plus que cela. Il est là pour tout faire disparaître. Nous y compris. »

16. MENACE

L'homme assis dans la Dodge Caravan reprend une rasade de son chocolat chaud. Il grimace, applique le bout de la serviette en papier sur sa moustache roussâtre pour en ôter le mince duvet de mousse. Puis il réprime un bâillement et se frotte les yeux. Il n'a pas beaucoup dormi depuis qu'il a entamé sa traque, puis sa surveillance. Mais hors de question de se plaindre, c'est entièrement de sa faute. S'il avait été plus méthodique dans sa fouille, c'est lui qui aurait trouvé la clé USB et non pas ce fichu infirme dégénéré accompagné de cette gamine fluette.

C'est peut-être ça, le plus rageant. S'être fait damer le pion par une jeune ex-recrue du CSIS et par une ancienne marionnette de la CIA à moitié timbrée.

Non, plus il y pense, plus il aurait dû foutre le feu pour faire flamber les preuves et indices éventuels laissés sur place. En plus, vu l'état de l'immeuble, il n'aurait pas eu de mal à faire passer l'incendie pour un accident. C'est même étonnant qu'il n'y ait pas déjà eu des morts dans ce quartier miteux.

Mais voilà, il en a décidé autrement. Et il en connaît la raison : c'est l'âge, il ramollit. Quoi d'autre ? Dans sa jeunesse zélée, il n'aurait pas hésité une seconde, il se serait même persuadé d'avoir rendu service à la communauté en transformant cette bâtisse croulante de Harlem en barbecue. C'est vrai, non ? Il n'y a que de la racaille dans le coin, des moins que rien, des zonards, des cloportes. Quelques étudiants aussi, mais entre les fauchés sans avenir destinés à parasiter ou manifester afin « qu'on mange des légumes pour sauver la planète », les esclaves du système et ceux qui s'en échapperont le pif dans la poudre ou une seringue dans les veines, pas de quoi assurer la relève de la nation. Et qu'on ne vienne pas le traiter de facho ou de nazi… ce serait un comble.

Plus vieux, cela signifie surtout plus prudent, se persuade-t-il. Il n'a pas voulu attirer l'attention parce qu'il n'avait aucune garantie qu'elle se trouvait bien chez elle, cette foutue clé USB.

Une personne censée l'aurait d'ailleurs planquée ailleurs. Dans un coffre ou bien dans un trou. Bref, n'importe où, mais pas chez elle… sauf si elle voulait que quelqu'un la récupère.

Mais bon, l'essentiel, c'est qu'il ait pu retrouver la trace de cet objet de malheur.

L'homme prend une bouchée de sa barre protéinée Clif (il a vérifié qu'elle était bio et ne contenait pas d'OGM). Il peste et recrache dans sa main la pâtée de beurre de cacahuète et de chocolat. Trop de glucides. Ils en foutent partout pour rendre les gens accros. Merde, à quoi bon prendre du bio si c'est pour se flinguer avec du putain de sucre ? Il regrette le temps où il pouvait manger sans se soucier de ce qu'il ingérait. D'ailleurs, le Chinois (chez Wong, ou Wing, il ne se souvient plus très bien) qui lui fournissait ses *take-out* lorsqu'il était lui-même en planque dans cet appartement minable prêté par la CIA a dû fermer depuis des lustres.

Pourquoi l'ont-ils mis à disposition du CSIS, d'ailleurs? Pour traquer des séparatistes québécois à New York?

L'homme rit dans l'habitacle, amusé par sa propre blague, puis il chasse les miettes régurgitées, coincées dans sa barbe.

Il fixe à nouveau son attention sur l'entrée de l'immeuble et glisse un CD – sa compilation personnelle du groupe AC/DC – dans l'autoradio, détache deux boutons de sa chemise et fait prendre l'air à sa pilosité pectorale blanche. Le soleil de plomb a transformé la voiture en étuve et les sièges en cuir lui donnent l'impression d'être des charbons ardents et lui un fakir qui tente de dompter la douleur.

Lorsque la voix de Bon Scott entonne «It's a rock and roll damnation», il ne peut s'empêcher de hocher la tête et marteler le rythme sur le volant.

Bordel, que ça fait du bien. Avec un joint ce serait encore meilleur, mais s'en rouler un ici serait prendre un trop gros risque.

Comme à chaque fois qu'il pense à fumer de l'herbe, le souvenir du concert du 5 avril 1976 au Pavillon de Paris revient en force. C'est là qu'il avait croisé le chemin d'Abigaël. Cette magnifique Abigaël, cette salope d'Abigaël.

Machinalement, il sort le portefeuille coincé dans la poche arrière de son pantalon cargo. Il l'ouvre et le portrait de son ex-femme l'accueille avec un sourire. Elle était belle à l'époque, reconnaît-il, avec des formes là où il faut. De la chair sur les os. Pas comme ces fils de fer qui défilent devant des abrutis en costumes de pingouins ou bariolés comme des tantes. Quel monde de merde, sérieusement.

Un sourire, oui. Mais qui deviendrait quelques années après un rictus méprisant surmonté d'yeux braqués sur lui comme s'il était le responsable de tous les maux de la terre.

D'ailleurs, si elle était encore vivante, elle l'accablerait de reproches.

Tu fais toujours la tête, tu n'es pas capable d'être positif, toujours à voir le verre à moitié vide. Cesse donc de jurer, c'est mal les gros mots. Arrête de manger, pense à ton cholestérol.

Pour la bouffe, elle n'avait pas tort. Les gros mots, il paraît que c'est une marque d'intelligence. Le pessimisme, cela vient avec la profession. Et la retraite n'y change rien. Connaître l'envers du décor, avoir une vision lucide des mécanismes qui font tourner le monde, cela marque un homme à vie. Il n'y a pas d'échappatoire à l'horreur quand on l'a côtoyée d'aussi près que lui : les coups politiques, les manipulations, les trahisons. Plus de quarante ans de mensonges, de désinformations médiatiques, d'assassinats, de massacres d'innocents, de jeux de chaises musicales orchestrés pour les chefs de guerre que l'on place comme dictateurs pour mieux les destituer et les désigner comme rebelles ou terroristes. Ou vice-versa. Et tout ça pour quoi ? Pour maintenir un statu quo dans l'ordre mondial, pour que les billets verts circulent... toujours par les mêmes mains pour finir toujours dans les mêmes poches.

Alors, il a bien le droit d'être cynique, bordel de merde ! Combien de gros porcs dégueulasses a-t-il aidés à se goinfrer de dollars à coups de silencieux ou d'explosifs bien placés ? Un industriel un peu zélé qui trouve une alternative intéressante au pétrole, boum un accident d'avion, et tant pis pour les autres passagers.

Il a quand même bien le droit à sa part du gâteau, non ? Quitte à remplir des poches, autant que ce soit les siennes. À soixante et onze ans... Il la mérite sa retraite dorée, et pas qu'un peu.

Et surtout, sa petite-fille a besoin de lui. Plus que jamais.

Sin City a remplacé *Rock'n'roll damnation* et l'homme pose le portefeuille sur ses genoux, la photo bien en évidence.

Dieu qu'il déteste New York. Cette ville pue autant qu'elle grouille de cloportes, c'est incroyable.

Bon, assez tergiversé, il est temps de prendre une décision. C'est vrai qu'il s'est fait doubler par ce couple tout droit sorti d'un cirque. Mais c'est une erreur qu'il ne commettra pas à nouveau. Cette fois-ci, nettoyage par le vide. Pas de quartiers, on la joue à l'ancienne.

D'après ce qu'il sait, toutes les personnes dangereuses et proches de mettre le doigt sur les preuves sont réunies dans l'appartement. Alors c'est le moment d'agir et sans faire dans la dentelle. Après, il sera peut-être trop tard, ou il faudra recommencer. Et pas la peine de le nier, il n'a plus l'énergie de la jeunesse, ni la santé.

Reste que si tout explose, il perd l'occasion de se faire un max de fric. Le contenu de cette clé pourrait être monnayé un paquet. Et puis il y a Wallace, il risque d'avoir des emmerdes s'il y passe.

Son employeur a bien insisté sur sa valeur.

Ouais, ben il fera de son mieux, mais aucune garantie qu'il reste en vie, le boiteux.

Le plan est simple. Si, comme il le pense, la grosse black l'a vu et a alerté ses amis, ils vont passer par l'arrière, car ces couillons pensent qu'il ne connaît pas la planque. Et là, boum! Le petit pain de C4 fera le boulot.

S'ils passent par l'avant... il arrose.

L'homme prend les stylos d'insuline, son kit Accu-Chek, les Uzi, trois chargeurs et une grenade dans le sac de sport. Il sourit et attend le refrain de la nouvelle chanson.

Il n'y a pas à dire, les anciens titres déchirent vraiment. Pourquoi a-t-il fallu que Bon Scott crève... C'est pas que

Johnson soit mauvais, mais bordel… ce n'est pas pareil, il faut aimer son côté gorge râpée à la limaille de fer.

Comme pour coller aux paroles de la chanson, il enfonce le chargeur dans la mitraillette en dodelinant la tête.

«If you want blood, you've got it», reprend-il en chœur, couvrant le timbre du chanteur de sa voix de fausset.

L'homme applique l'autopiqueur sur son annulaire (en essayant d'éviter un ancien hématome) pour faire sortir une goutte de sang, puis approche la bandelette.

L'appareil indique 250 mg/l.

Allez, une piqûre dans les plis du bide pour faire baisser la glycémie et on passe à l'action.

Il s'apprête à prendre le stylo d'insuline mais remarque qu'une voiture se gare à quelques mètres de l'entrée de l'immeuble.

Il l'observe quelques instants et voyant que personne n'en sort, il saisit ses jumelles.

— Bordel, c'est qui encore ce clown ? dit-il à voix haute. Il a vraiment une sale gueule. Et c'est encore un tatoué. Bon, au moins celui-là n'a pas l'air d'être un mutant gavé de stéroïdes.

Sûrement un néonazi. Un fumier de suprémaciste blanc. Encore un putain de bas du front.

À moins que…

La dague dans le cou, l'étoile à huit branches sur l'épaule.

Il sourit. Les choses prennent une tournure surprenante.

Un mafieux. Un Russe.

Qu'est-ce que vient foutre la Bratva ici ? Sauraient-ils quelque chose ?

Et merde, comment ils sont au courant pour la planque ?

Mince, cela change tout.

Dilemme.

Une nouvelle variable dans l'équation, il n'aime pas ça.

Au pire, il le descend. De toute façon, il n'a jamais pu les souffrir, ces sales merdes de la Bratva. Des fiottes en comparaison des agents du KGB.

Comme au bon vieux temps, l'homme sent l'excitation le gagner et il sourit toutes dents dehors.

Il jette un dernier regard à la photo de sa femme. Il peut l'entendre dire, cinglante :

Tu vas encore faire une connerie. Tu vas tout faire foirer.

Oh toi, ta gueule… tu n'avais qu'à pas te barrer avec les mômes. Tu serais peut-être encore en vie, si t'avais été moins conne.

«T.N.T, I'm dynamite», entonne Bon Scott.

Pas de doutes.

Ça va péter.

17. DANGER

Dylan se lève d'un bond, le visage crispé et rouge d'une colère qu'il peine à contenir. Ses yeux profondément cernés sont gonflés au point de s'exorbiter. L'espace d'un instant, Noah aperçoit le spectre de son ancien collègue Steve Raymond se manifester sous les traits de l'informaticien. Pas la même carrure, ni la même force physique, mais le feu qui brûle et le consume de l'intérieur au point de le faire exploser est identique.

Qu'est-ce qui alimente cette fureur ? La frustration ? La peur ? Ou quelque chose de plus profond qu'il voudrait cacher, peut-être ?

Il faudra le surveiller de près, celui-là, se dit-il. Doué dans son domaine ou pas, il est aussi instable qu'une bouteille de nitroglycérine. Un danger pour tous.

— C'est quoi ce cirque ? persifle Dylan, lèvres et mâchoire serrées. Bordel, Clémence, je veux qu'on m'explique dans quel merdier tu viens de nous fourrer. Et puis c'est qui ce type, un médium ?

Il darde un regard mauvais à la jeune femme qui lui répond en lui intimant de baisser le ton d'un geste de la main.

Aussi efficace que si elle avait planté un cure-dents dans le flanc d'un taureau. Car le visage du hacker s'empourpre davantage et dévoile une carotide saillante.

— Non, c'est fini les conneries. Je me barre d'ici, avec ou sans les papiers pour le Canada. Rien à foutre, je me débrouillerai tout seul. Comme si cela ne suffisait pas d'avoir des mafieux aux fesses ! Ton pote Nostradamus nous annonce que le gars dehors s'apprête à nous buter, je dois le croire, merde, je dois vraiment croire à ces fadaises ?

La peur... oui, c'est toujours la peur qui alimente la colère. Il craint, non il sait que j'ai raison. Mais cela n'a rien à voir avec Clémence ou lui-même. Est-ce pour cela qu'il pirate ? Le contrôle et la connaissance seraient ses armes contre l'inconnu ?

Noah voit à peine Dylan le pointer du doigt, un mince filet de bave s'étirant entre ses lèvres.

— Sérieux, mon gars, tu pourrais m'expliquer ce qui se passe ?

Clémence braque sur l'informaticien un regard transperçant et arbore l'expression froide et déterminée qu'il lui a déjà vu afficher face au Russe dans la cave de Miami. Le même rictus déforme son visage. Les ténèbres s'agitent et remontent à la surface à gros bouillons, ce n'est pas bon signe.

Noah estime que c'est le moment d'intervenir pour calmer les esprits. Il s'intercale entre eux deux, se tourne vers Dylan et lui parle d'un ton apaisant, à la limite du chuchotement.

— Je comprends votre réaction, Dylan. Je sais que vous avez entendu des choses sur moi. La plupart sont vraies. Je ne peux pas encore l'expliquer, mais si je vous dis que le danger est réel, vous pouvez me croire. Mais je vous en conjure, ne cédez pas à la panique. Il y a quatre cerveaux dans cette pièce. Je suis sûr que nous allons trouver une solution. Mais céder à la peur est la pire des attitudes à adopter.

La bouche du hacker s'ouvre, prête à vociférer, puis ses traits se détendent peu à peu, et son regard s'éteint et fuit vers le sol.

Il se rassoit et coince son long visage entre ses doigts effilés.

— Voilà, c'est bien. Maintenant, on va réfléchir, dit Noah, toujours à voix basse. On va trouver un moyen, Raphaël m'a parlé d'une sortie et...

Noah réduit le volume de sa voix à un murmure.

— ... on y accède par une trappe dans la chambre vide. On passe par le sous-sol et on sort par derrière.

— Ne vous fatiguez pas, l'interrompt Clémence. J'ai un plan.

Elle sourit, prend une chaise et s'assoit à coté de Dylan.

— Je te l'emprunte, dit-elle en ramenant l'ordinateur portable devant elle.

Puis elle place ses petits doigts sur les touches du clavier et dit, le regard pétillant :

— Je vais vous expliquer.

***

L'homme repose le stylo d'insuline et pousse un soupir. Puis il stoppe l'autoradio.

Le silence est nécessaire désormais. Il doit faire taire les pensées parasites et installer le vide. Comme à chaque fois, le timing est serré et il n'a pas le droit à l'erreur.

Ses yeux noir charbon obliquent malgré lui vers le Uzi posé sur le siège passager.

Sauf qu'il est encore prisonnier d'un dilemme. Ce putain de Noah Wallace. Le kidnapper et exiger une rançon serait peut-être plus judicieux que le truffer de balles de 9 mm. S'il est vivant, si la CIA ne l'a pas occis, c'est qu'il a encore de la valeur. Alors, il pourrait en tirer parti. Il a des contacts… il pourrait…

Sauf que… à quoi bon être riche six pieds sous terre? Sans l'appui de son gouvernement, chaque saut se fait désormais sans parachute. C'est évident que plus jeune il n'aurait pas hésité une seconde, quitte à se brûler les ailes. Mais toutes ces années à côtoyer les requins lui ont appris quand jouer les rémoras et quand ne pas foutre les pieds dans l'eau.

Surtout dans un bouillon de sang.

Crétin! peut-il entendre hurler sa femme. *Et le tuer ne t'amènera pas d'emmerdes, peut-être?*

Non, chérie, au pire cela retombera sur mon employeur. Alors que si je monnaye une rançon…

Tant pis, le plan restera le même. L'homme jette un coup d'œil en direction de la BMW. Le Russe a l'air d'attendre lui aussi et n'a visiblement toujours pas remarqué sa présence.

L'homme bascule la tête en arrière et révise mentalement l'exécution de son plan. S'ils sortent par l'entrée secrète – peut-être que la bleue du CSIS est au courant de sa présence ou, plus probable encore, que le type qui leur a procuré la planque leur en a parlé –, alors ce sera facile. D'une pression sur le bouton, le C4 explose, et avec un peu de chance la déflagration en bute un ou deux. Après, il n'a plus qu'à nettoyer le reste. Il rentre, il envoie la grenade, arrose ceux qui bougent au 9 mm et ressort après son carton avant que la police n'arrive, direction «Flouzeland».

L'image du sable blanc et des palmiers d'une plage de Floride flotte dans son esprit. Une vision du bonheur.

S'ils sortent par l'avant : C4 également. À la fois pour couvrir une éventuelle retraite et pour créer un effet de surprise qui lui donnera l'avantage. Faut pas négliger la petite, c'est une bleue, mais elle a dû recevoir un minimum d'entraînement. Elle sera sa priorité...

... après le Russe bien sûr, qui devra être éliminé immédiatement après la détonation, avant qu'il ne puisse réagir. Une grenade lancée sous la voiture devrait faire l'affaire.

L'homme sourit, satisfait des images qui défilent dans sa tête. Dans son esprit, le scénario se déroule à la manière d'un film d'action américain. À la sortie de l'immeuble, il ne manquerait plus que le cigare coincé au bord des lèvres, les lunettes de soleil et l'Uzi fumant posé sur l'épaule. Le tout sur un fond d'immeuble en feu, et avec l'écran qui se fige pour parfaire la scène.

Il a toujours aimé ce genre de divertissements, même s'ils sont complètement irréalistes. La réalité est à la fois plus crue, plus douloureuse et plus banale.

Après avoir rêvassé les yeux fermés, l'homme hoche la tête et se redresse sur son siège. La peau de son cou se décolle du cuir de l'appuie-tête comme un sparadrap.

Oui, c'est un bon plan. Le risque est minime et l'adrénaline sera au rendez-vous. *What else?* dirait George une tasse de café à la main, le clin d'œil soulevant un sourcil broussailleux.

L'homme s'administre quelques petites claques sur les joues pour se donner de la vigueur.

— Bon, quand faut y aller...

Il glisse deux grenades dans les larges poches de son pantalon cargo et saisit le pistolet-mitrailleur. Il pose la main sur la portière.

Le récepteur CB installé dans la voiture grésille.

«Dispatch à toutes les unités présentes. On signale un 10-31, attention, code 10-32, sur 10-40, je répète, 10-40.»

Le sang de l'homme se fige dans ses veines. Cela ne peut pas être une coïncidence.

Il décode facilement la transmission et le reste des échanges. Y compris la description de sa voiture et l'adresse.

Il reste immobile quelques secondes et écoute les réponses à l'appel émis se succéder en rafales.

Le «10-77, cinq minutes» craché par un officier de police lui fait lâcher un juron.

De rage, il frappe sur le volant et hurle :

— Fumiers ! C'est pas vrai ! Ces petits cons m'ont eu ! OK, vous ne perdez rien pour attendre !

Il sait désormais qu'il ne dispose que de cinq minutes avant que la première patrouille ne se pointe. Ils ont son signalement et son numéro de plaque. Pas le choix, il faut qu'il laisse la voiture et qu'il se barre.

Sauf que c'est bourré d'empreintes, ducon, hurle son ex de cette voix stridente qui le mettait en rage à chaque fois.

Elle n'a pas tort, la garce. Il faut qu'il agisse vite et bien.

— Putain je l'aimais bien cette caisse, soupire-t-il.

L'homme prend son sac, extirpe le CD de l'autoradio, puis sort de la voiture. Dans le même mouvement, il dégoupille une grenade avant de la lancer à l'intérieur de l'habitacle et de se diriger accroupi vers la voiture du Russe.

Il vient de trouver une utilité au tatoué. Le Russkof va l'aider à s'échapper d'ici.

L'explosion assourdissante fait voler en éclats les vitres et sauter la voiture qui s'embrase presque aussitôt. S'ensuit un concert d'alarmes des véhicules garés à côté. Des passants horrifiés hurlent, d'autres saisissent leurs téléphones pour appeler les secours, tandis que d'autres filment l'incendie.

L'homme s'est faufilé derrière une rangée de voitures pour atteindre le véhicule du Russe. Ce dernier, comme les autres badauds, a le regard rivé sur les flammes et la fumée qui s'échappent de la tôle garée face à l'appartement. Il a même ouvert la vitre et sorti la tête. L'homme profite du moment de surprise qui a fait dévier le regard du mafieux pour se coller à la porte du côté passager. Il brise la vitre d'un coup de coude et balance sa deuxième grenade à ses pieds. Puis il siffle pour obtenir l'attention du Russe et balance la goupille.

Le Russe le regarde une fraction de seconde comme s'il venait de croiser un ovni, puis son cerveau s'allume. Il hurle et se précipite sur l'engin de mort qui roule à ses pieds. Le temps qu'il réinsère la goupille, l'homme a déjà ouvert la porte, s'est assis et a braqué le canon de son Uzi sur son ventre.

— *Suka!* hurle le mafieux.

— Eh ben, on dirait que t'as vu un fantôme. Si tu veux vivre, redonne-moi le joujou et tire-toi d'ici.

Le tatoué montre ses dents sans desserrer les mâchoires et persifle un juron inintelligible. L'homme relève son canon et l'appuie contre le cou du mafieux, qui se décide à lui confier la grenade.

— C'est mieux. Allez, démarre, je n'ai pas que ça à foutre.

L'homme souffle et répète, en russe cette fois-ci, pour être sûr que son interlocuteur le comprenne :

— *Zavodi machynou, sobaka!*

Le regard du Russe est noir de haine.

— Tu ne sais pas dans quelle merde tu viens de te mettre, répond-il en anglais, avec une pointe d'accent soviétique.

Et toi, tu n'as aucune idée de ce qui t'attend. Je pense que je vais bien m'amuser avec toi… comme au bon vieux temps, se dit l'homme en souriant.

— Bien, soit tu démarres, soit je te bute et je vole ta voiture. Tu choisis quoi ?

Le Russe pose ses mains sur la clé de contact et fait démarrer la voiture. Dans la rue, les curieux sont de plus en plus nombreux à s'amasser autour du spectacle et il peut entendre le son des sirènes de police et des camions de pompiers se rapprocher.

Son visage se rembrunit. Il a dû abandonner les pains de C4 et ils vont forcément les trouver. Même s'il n'a pas laissé d'empreintes, il ne peut plus cacher ses intentions. Il va falloir qu'il regagne l'effet de surprise, qu'il reprenne de zéro. Et ça le fatigue.

Et voilà, tu as encore sous-estimé ces gens et tu as tout fait foirer, tu te crois toujours le plus malin et on voit le résultat, lui reproche la voix stridente d'Abigaël.

Ça n'arrivera plus, lui promet-il. Ils ne me verront pas venir quand je tomberai sur eux la prochaine fois.

— *Swift, silent, deadly*, murmure-t-il. Rapide, silencieux, fatal.

La BMW à la vitre brisée s'engage sur Clarkson Avenue. L'homme sort son CD du sac de sport et l'insère dans l'autoradio, puis il appuie sur le bouton « Random ».

— Tu vas prendre la 278 en direction de Verrazano Bridge, dit-il sur un ton calme mais sans appel. Il est temps de quitter cette grosse pomme pourrie.

Lorsque les cloches de *Hell's Bells* retentissent dans l'habitacle, le visage assombri de l'homme s'illumine.

— Le meilleur groupe du monde ! hurle-t-il aux oreilles du Russe.

Celui-ci lui répond par un grognement.

Tu fais le malin, mais dans pas longtemps, tu vas couiner à m'en écorcher les oreilles.

Oh oui, il va la cuisiner, cette petite frappe de la Bratva. Et à l'ancienne. Pas de *waterboarding*, seringues ou autres trucs pour tafiottes qui ne veulent pas se salir les mains. Au mieux, il en apprendra plus sur l'implication de la Bratva dans cette affaire, et au pire, cela lui calmera les nerfs.

La journée ne sera peut-être pas si merdique, finalement.

18. TENSIONS

— Puis-je savoir à quoi tu joues, Karl ?

Le regard de son père est resté le même malgré les années, deux lances glacées projetées par une paire d'yeux bleus d'une intensité éclatante. Son visage a traversé le temps avec autant d'aisance qu'un couteau chauffé dans une motte de beurre. Aucune émotion, aucun souci ne sont venus marquer de sillons sa peau au cours de ses soixante-dix années. S'il n'avait pas cette maladie qui le cloue à son fauteuil, ou ses cheveux blancs, il serait à peine différent de l'homme qui assenait des coups de cravache dans une main gantée de cuir. Et sans avoir eu recours à la chirurgie.

Karl s'avance vers lui, sans prêter attention au pan légèrement ouvert de la robe de chambre qui laisse entrevoir son ventre fripé et la couche de protection.

— À ce même jeu que vous tolérez depuis un an. Sûrement parce que vous vous sentez responsable. N'êtes-vous pas fier de votre fils ? Suis-je assez prédateur à votre goût ?

Les minces lèvres blanchies de Hansel Engelberg s'étirent pour dévoiler un sourire carnassier. Bien qu'immobile en position semi-couchée sur son lit, il irradie toujours une force autoritaire écrasante.

— Ne me prends pas pour un imbécile. J'ai passé l'âge des devinettes. Il se passe quelque chose d'autre avec cette fille. Et je n'aime pas ça du tout.

Karl s'apprête à répondre quand l'infirmière fait irruption dans la chambre. Il lui fait signe de laisser le plateau sur la table de nuit qui jouxte le lit. Une fois la jeune femme partie, il s'approche du repas, s'assoit sur le rebord du matelas et s'empare de la fourchette.

Il pioche un morceau de steak saignant et l'approche de la bouche de son père. Ce dernier le toise avec mépris et ouvre la bouche en grand, dévoilant un collier de dents jaunes.

— Il n'y a rien de spécial. Je ne fais que m'amuser, comme d'habitude. Cela fait partie de mon rituel, vous le savez bien…

Hansel le coupe en mastiquant le bout de viande avec ostentation. Il déglutit, fait glisser sa langue entre ses lèvres et la rétracte comme l'aurait fait un serpent.

— Tu n'es pas très bon menteur, tu ne l'as jamais été. Si tu dois hériter de notre empire, tu devras t'améliorer sur ce point, Karl. Le mensonge est une arme nécessaire, qui exige un certain aplomb et de la conviction. Tu as toujours ce petit mouvement à la commissure des lèvres qui te trahit. Malgré tous tes efforts, je doute que tu possèdes ce qu'il faut là où il faut pour prendre les rênes de Genetech et de tout le reste.

Karl ne laisse rien paraître sur son visage du dégoût qu'il ressent, mais un de ses poings se serre.

Quand j'en prendrai le contrôle un jour, bien des choses changeront… papa. Et mon plus grand plaisir sera de te voir assister à sa transformation.

— Une fois que vous serez mort, cela ne sera plus votre problème, assène-t-il sur un ton froid.

Karl pique à nouveau un morceau de viande et le fait glisser dans la purée de panais, puis l'offre à son père qui ouvre la bouche comme un poisson prêt à gober un appât. Hansel grimace et expulse la nourriture comme l'aurait fait un bébé.

— J'ai encore quelques années devant moi, mon garçon, car je ne sais pas si un jour tu trouveras le cran d'obtenir ce qui te revient. S'en prendre à des jeunes filles fait surtout de toi un lâche.

Le regard qu'il lui lance est un gant qui lui cingle les joues.

Le cran d'obtenir ce qui te revient.

Encore une fois, son père le met au défi de venir le tuer de ses propres mains, une ultime étape pour que sa transformation soit complète. Un passage obligé afin d'hériter de la fortune et des affaires familiales. Un geste que le vieux lui-même avait dû exécuter des années auparavant sur son propre père.

Cela serait simple de se débarrasser de son père sur-le-champ. Mais il a d'autres projets.

Le reste du repas se fait en silence, hormis les raclements du métal sur la céramique, la mastication et les crachats.

Karl pose la fourchette sur l'assiette, se saisit de la serviette blanche et la déplie en prenant son temps. D'un geste délicat et appliqué, il essuie la commissure des lèvres et le menton de son père. Hansel n'a cessé de braquer son regard autoritaire sur lui pour maintenir ce fil invisible tendu entre eux deux. Un fil qui menace de rompre à tout moment.

— Est-ce que mon fils daignerait installer son vieux père dans son fauteuil et le pousser jusqu'à la terrasse ? J'ai besoin de prendre un peu d'air frais avant d'aller dormir. Et ce steak était dégueulasse, trop cuit pour moi. Je l'attends bleu la prochaine fois. Avises-en le cuisinier, veux-tu ?

Karl sourit. Avec son équipement automatisé dont la facture s'élève à plusieurs millions, le vieux n'a pas besoin de lui. S'il demande son aide, c'est uniquement l'expression de son besoin maladif de commander et de contrôler. De s'assurer que le brave petit Karl est bien en laisse.

Il hésite à décliner et partir sans un mot, mais il s'exécute et aide son père à s'installer sur le fauteuil roulant. Il actionne ensuite l'interrupteur qui ouvre les volets, puis il guide son père vers le balcon.

La grande baie vitrée dévoile l'immense terrasse en bois d'une centaine de mètres carrés parsemée de fleurs et d'arbustes. Lilas, fuchsias et azalées bordent la barrière et les murs de la villa. La vue donne directement sur les cimes, et malgré les prémices de l'été, l'air est frais et saisissant.

Karl longe la grande table extérieure et le jacuzzi et s'arrête au niveau de la rambarde en verre fumé. En dessous, c'est le vide. Une plongée dans les brumes montagneuses, puis une descente vertigineuse vers une mort assurée.

— Le crépuscule est magnifique, déclare Karl, qui sait que son père, d'où il est, ne peut apprécier le spectacle.

La réaction, prévisible, ne se fait pas attendre.

— Je ne vois pas bien, pourrais-tu me soulever un peu ?

Karl saisit son père sous les aisselles et l'aide à se redresser. Il le plaque contre la rambarde et le maintient en équilibre à l'aide de son propre corps. Son visage est collé au haut de son crâne.

Il sent le vieux. Il sent la mort, pense Karl.

L'espace d'une microseconde, il envisage de le pousser.

C'est vrai que la tentation est grande. Il n'aurait qu'à le soulever davantage et exercer une pression dans son dos pour que le vieux serpent bascule dans le vide. Mais bien qu'exutoire, la satisfaction serait trop brève. Autant le tourmenter davantage, lui laisser croire que son empire n'aura pas d'héritier digne de lui, laisser cette idée le ronger et puis détruire son empire sous ses yeux jusqu'à la fin de ses jours. Une mort lente. Une agonie à la hauteur du calvaire que lui-même a subi.

— Les couleurs mauve et or sur les neiges éternelles sont un spectacle d'une rare beauté, déclare Karl en brisant le silence.

— Ne sois pas ridicule, ce sont juste quelques lumières sur un gros caillou. Un amas de roche résultant d'une collision entre les plaques tectoniques, et des rayons solaires qui traversent l'atmosphère. La seule chose qui devrait t'inspirer, c'est l'élévation ou la science. Je me demande encore comment tu as pu devenir chercheur.

Karl ignore la remarque.

— Vous jouez à l'insensible, mais votre amour de la musique classique dit le contraire.

Hansel peste son mépris, à tel point que quelques postillons viennent asperger les mains de Karl.

— Tu n'as donc rien compris. Je l'aime pour son énergie, sa vitalité, sa force. La beauté n'a rien à voir là-dedans. Cette admiration pathétique pour l'esthétique, c'est l'apanage des faibles, des sensibles... des proies.

Karl appuie avec un peu plus de fermeté sur le dos de son père et remonte ses bras, s'assurant de rendre sa position plus inconfortable. Il sourit en observant la chair de poule qui parcourt les bras du vieillard. Il a froid, simplement vêtu de sa robe de chambre.

— Vous n'y avez jamais pensé, père?

Cinq secondes de silence précèdent la réponse.

— À quoi donc?

— Au fait que sous le Troisième Reich, vous auriez été exécuté.

Karl jubile intérieurement. Il sait qu'il vient de frapper là où cela fait mal : son infirmité. Non parce qu'elle le paralyse et que bientôt il ne pourra même plus parler, mais parce qu'elle le plonge dans le paradoxe de son existence. Une maladie dégénérative que son bien-aimé Führer n'aurait pas laissé se développer. Dans ce monde qu'il vénère, qui prônait l'eugénisme, il aurait été condamné à mort dès l'apparition des premiers symptômes. Le grand Hansel Engelberg, un inutile, une charge pour la société. Son existence est une imposture, et il le sait.

Son père reste sans un mot à fixer la chaîne montagneuse qui les plonge peu à peu dans la pénombre à mesure que le soleil est happé par l'horizon.

Karl n'entend plus que le bruit de sa respiration saccadée, émaillé de quelques raclements. Une colère froide doit bouillir en lui, mais qu'il ne peut laisser exploser.

— Repose-moi dans le fauteuil, répond Hansel. Je suis fatigué, conduis-moi à ma chambre.

Avec ses cheveux blancs épars sur un crâne largement dégarni, son père ne lui a jamais paru si faible qu'en cet instant.

Finalement, ce n'est rien qu'un vieil homme, se dit Karl. Ce monstre qui l'a terrorisé et n'a eu de cesse de vouloir le briser a perdu de sa superbe. Il n'est plus qu'une momie sur le point de se dessécher. Et c'est très bien ainsi.

Sans un mot ni un regard, Karl le dépose dans le fauteuil puis le conduit à son lit. Avant de l'allonger, il tasse les deux oreillers de manière à ce que sa tête fasse presque un angle droit avec son corps. Cette fois-ci, Hansel ne le regarde plus, ses yeux sont mi-clos.

Lorsque Karl s'apprête à ouvrir la porte pour quitter la chambre, son père dit d'une voix surprenante d'énergie :

— Cette fille, ne la prends pas pour une autre, ne t'égare pas et ne te fais pas d'illusions. Et surtout, n'oublie pas de prendre tes pilules, Karl. C'est très important.

Toujours la même rengaine. Les pilules. Comment pourrait-il les oublier ?

— Je sais père, je sais. Tiens, et puisque vous n'êtes pas encore endormi, j'ai une question.

— Je t'écoute.

— Le nom de Noah Wallace vous évoque-t-il quelque chose ?

19. DÉPART

Durant son séjour au Québec, Noah n'avait jamais eu l'occasion de rendre visite à Bernard Tremblay. Et pour cause : l'ancien inspecteur l'avait placé dans son collimateur et en avait fait son principal suspect lors de l'affaire du Démon du Vermont. Et ce, dès leur première rencontre. Il s'en était suivi une coopération conflictuelle qui ne s'était apaisée que peu de temps avant son décès.

Et là, presque un an après son enterrement, le voici devant sa maison. Une coquette bâtisse victorienne aux volets bleus, tranquillement installée dans un écrin de gazon parfaitement tondu et éclairé par un soleil radieux.

Clémence est à ses côtés, presque collée à lui. Elle semble hésiter à franchir la petite allée en pierres qui traverse la cour et mène à la porte. Des miaulements et feulements s'échappent de la boîte beige et bordeaux qu'elle transporte. Grumpy n'a pas apprécié le voyage, pas plus que les douaniers qui ont failli le mettre en quarantaine car ils n'avaient pas son carnet de santé. « C'est un chat "pesan" ? » avait demandé l'un des agents. Sans doute voulait-il dire persan.

— Un problème, Clémence ? interroge Noah.

Elle hoche la tête.

— Cela me fait drôle de revenir ici. Surtout depuis qu'il est mort. Lorsqu'on s'est perdus de vue et que j'ai dû quitter le Canada, je ne savais même pas si je reverrais ma tante et mon cousin un jour. Et puis, je suis un peu nerveuse, je me sens responsable de ce qui lui est arrivé. Je veux dire, il ne savait même pas que je travaillais pour le CSIS.

— Le connaissant, je suis sûr qu'il l'avait deviné, répond Noah, un sourire en coin. C'était un fin limier. Tu peux toujours faire marche arrière. Une conversation téléphonique avec ton cousin aurait sûrement suffi.

Elle lui prend la main. Elle est moite.

— Non, j'ai besoin de venir ici. Et puis (Clémence soulève la boîte) il y a le chat. Allez, venez, l'allée est glissante, je ne voudrais pas que vous dérapiez.

Elle pointe du doigt l'arroseur automatique.

C'est elle qui a besoin de réconfort, se dit Noah. Il n'y a pas que la culpabilité. Elle doit surtout avoir conscience d'être devenue une nouvelle personne, une personne qui lui fait honte. Revoir sa famille, c'est se confronter à son passé. C'est faire renaître, le temps d'une réunion, le fantôme de la jeune femme qu'elle a laissée agoniser dans la ruelle et qu'elle a définitivement tuée dans la cave de Miami. Et ça, Noah peut le comprendre. Alors il joue le jeu et se contente de la suivre, accentuant même légèrement sa claudication pour la conforter dans ses illusions de protection.

De près, la maison semble un peu à l'abandon. Sur la toiture, il manque quelques ardoises grises alors que d'autres sont brisées. La peinture s'écaille sur la façade blanche, et s'il est tondu à ras, le gazon est envahi de pissenlits ou simplement inexistant par endroits.

Clémence désigne le garage attenant à la maison.

— Lorsque j'avais dix ans, j'ai enfermé Étienne, mon cousin, lors d'un repas de famille. C'était vraiment très stupide. Mais à cet âge-là, j'étais une vraie plaie, enfin, c'est ce que raconte ma mère. J'ai inventé une histoire un peu folle pour lui faire peur. Un truc du genre : nous étions menacés par des extra-terrestres cannibales et il fallait nous cacher pour ne pas finir en ragoût galactique. C'est ce que nous avons fait dans le garage, sauf qu'après avoir joué le jeu avec lui, j'ai couru en riant aux éclats et j'ai fermé la porte. Puis, je suis retournée à table, comme si de rien n'était. J'en ai même profité pour finir les fonds de verre alors que les adultes ne regardaient pas. Je voulais aller le chercher, j'avais prévu de le faire, bien sûr, mais je n'y ai plus pensé, trop occupée à me soûler. Une heure plus tard, ils s'en sont rendu compte. Cela aurait pu mal tourner, car Étienne avait renversé les pots de peinture et il en avait respiré les vapeurs. Le pire, c'était les pièces d'un puzzle qu'assemblait mon oncle, et sur lesquelles mon cousin avait renversé un pot jaune. Le père Tremblay était furieux. Sérieux, j'ai cru qu'il allait me gifler. Et pour parfaire le tout, le vin m'avait rendue malade et j'ai vomi dans la pelouse. Bref, une journée mémorable.

— Le pire n'était pas l'enfant coincé dans le garage ? relève Noah avec un sourire.

— Pas pour Bernard Tremblay, non. Travail, Puzzle, Famille. Dans cet ordre.

Clémence frappe et deux secondes plus tard, la porte s'ouvre en grand, laissant apparaître une femme – sûrement Josée Lavoie-Tremblay, d'après le portrait que lui en a fait Clémence – à la longue chevelure bouclée châtain. En apercevant Clémence, ses grands yeux marron cernés s'ouvrent, son visage fatigué s'illumine de joie.

— Oh Clémence... je suis si contente que tu sois venue !

Elle se précipite sur sa nièce et l'embrasse si fort qu'il a l'impression qu'elle va disparaître dans les plis de la large robe à fleurs.

Derrière elle, Noah aperçoit un grand garçon au visage grêlé de boutons d'acné encadré de longs cheveux noir corbeau. Des lunettes rondes lui donnent un faux air de John Lennon et dissimulent un regard mi-curieux, mi-endormi, comme s'il sortait d'un sommeil léthargique et qu'il tentait de comprendre ce qui se passe autour de lui. Ses yeux rougis indiquent qu'il a fumé un joint ou deux.

Noah hoche la tête en souriant.

La même silhouette dégingandée, le même nez aquilin. C'est presque le portrait de son père. C'est l'inspecteur Tremblay en plus jeune, sans les cheveux blancs.

Josée libère sa nièce et se tourne vers lui, la main tendue.

— Vous devez être Noah, mon Bernard m'a parlé de vous. Enfin, pas souvent, j'avoue, il ne parlait pas trop de son travail.

Elle penche la tête sur le côté et affiche un sourire distant, comme si elle invoquait un souvenir lointain. Puis elle revient à la réalité.

— Mais ne restez pas sur le palier. Rentrez, rentrez.

Tremblay Junior lève la main et lâche :

— Hey, salut Clémence, content de te voir. Bonjour m'sieur.

La jeune fille l'enlace, mais le garçon reste les bras en l'air avant de capituler et lui retourner la pareille.

— Installez-vous et ouvrez donc la cage de cette pauvre bête. Vous tombez bien, il y a une brioche au four.

Noah l'a sentie. Difficile de ne pas saliver en respirant le fumet qui s'échappe de la cuisine.

— Volontiers.

— Peut-être plus tard. Je voudrais parler à Étienne, coupe Clémence.

Puis elle se tourne vers son cousin.

— Désolée d'être un peu directe, mais tu pourrais m'en dire plus sur ta conversation avec Sophie Lavallée?

Étienne, encore brumeux, lève un sourcil et hoche la tête.

— Oui, bien sûr. J'ai même mieux, je peux vous montrer, c'est en bas, dans ma tanière.

— Bien, en attendant, je vais préparer le goûter, déclare Josée. J'espère que tu as rangé ton antre, Étienne.

Un antre, le mot est bien choisi. Le sous-sol est le repaire d'un geek.

Plongée dans la pénombre, la petite pièce aux murs en lambris de pin est tapissée de posters de groupes de métal. Elle dégage une odeur d'humidité, de sueur et de cannabis froid. Dans ce capharnaüm, la seule partie présentant un semblant d'ordre est une étagère remplie de figurines – guerriers, magiciens, orques et autres créatures. Le sol, une moquette bleue rase et élimée, est saturé de piles de jeux de société, de tours de Pise de jeux vidéo, de magazines et de comics éparpillés. Étienne les dirige vers un canapé troué où s'échouent deux télécommandes, une couverture vert et rouge à carreaux et quelques boîtes de pizzas. En face, il y a deux écrans plats d'où s'échappent des câbles enchevêtrés comme des tentacules reliés à des consoles rangées sous une table basse en verre.

Étienne s'installe dans le canapé et désigne le jeu d'échecs sur la table basse. Les pièces disposées sur l'échiquier suggèrent qu'une partie est en cours, inachevée.

— C'est très simple, dit-il. Un jour, elle m'a appelé, je dirais il y a un mois. Je ne me rappelle plus comment on en est venu à parler des échecs, mais elle m'a proposé de faire une partie. Je pensais être bon, pas autant que papa bien sûr, mais elle m'a battu.

Noah fixe son attention sur Clémence. La jeune femme se mordille la lèvre inférieure, son regard fixé sur son cousin comme celui d'un faucon sur une souris.

Quelque chose la tracasse dans son récit.

— Bref, après la déculottée, elle m'a proposé de m'apprendre quelques astuces. Elle a commencé une partie avec les blancs, puis m'a expliqué quelle pièce jouer avec les noirs et pourquoi je devais le faire. Elle m'a promis que j'en tirerais une leçon. Regardez, la partie est en cours…

Noah crispe sa main sur le pommeau de sa canne. Il se demande s'ils n'ont pas fait le chemin jusqu'ici pour rien.

— Elle t'a juste contacté par téléphone pour jouer aux échecs? Elle ne t'a jamais parlé de qui que ce soit? Un ami de ton père, Pavel Bukowski, cela ne te dit rien? demande-t-il.

Le garçon secoue la tête et fait glisser ses lunettes sur son nez d'aigle.

— Non, elle ne me parlait que des échecs. Je ne connaissais pas les amis de mon père. Je pensais même qu'il n'en avait pas. Ma mère pourrait vous en dire plus, bien que j'en doute. Sérieux, Clémence, tu sais comment il était, non?

Clémence ignore la question. Son regard est si concentré qu'elle pourrait faire bouger un objet par la pensée.

Le jeu, voilà ce qui pourra la sauver des ténèbres, réalise Noah.

— Tu te souviens des coups joués, de la partie que vous avez faite par téléphone?

Étienne cherche dans le visage de sa cousine une trace d'humour.

— Attends, me souvenir? Tu déconnes j'espère?

Noah affiche une moue sur laquelle se lit : « Oh non, ta cousine est très sérieuse, mon gars. »
Voyant qu'elle ne plaisante pas, le jeune homme se reprend.
— Non, désolé. Par contre, j'ai pris des notes dans un carnet, si tu veux. Mais pourquoi, quel est le rapport ? Je peux savoir ce qui se passe ? Un problème ?
— Je veux bien voir tes notes... et tu aurais une boîte de trombones ?
Ça y est, c'est le signal que Clémence est enfin en piste. Et rien ne fera plus plaisir à Noah que de la voir aligner de petits animaux en métal pendant qu'elle réfléchit.

***

Noah repose l'assiette vide sur le comptoir.
— Cette brioche est délicieuse, madame Tremblay, vous êtes une vraie pro.
Josée laisse échapper un petit rire.
– Merci, mon mari me le disait souvent. Toutes les recettes sont notées à la main dans un vieux carnet qui a au moins cinquante ans. Je le tiens de ma mère. Certaines pages sont un peu jaunies et l'encre a bavé sur d'autres, mais c'est une vraie mine d'or, j'espère bien le passer à Étienne ou à sa femme un jour. En parlant de ça, ils ne viennent pas manger ?
Noah chasse une miette collée à sa joue à l'aide de son index.
— Ils jouent aux échecs et rattrapent le temps perdu.
Clémence a – *été violée, a torturé à mort un mafieux russe et a besoin de reconnecter avec sa famille sous peine de sombrer* – eu un passage difficile, elle est contente d'être ici. Je voulais les laisser un peu tranquilles ensemble.
Et aussi vous poser quelques questions.

169

— Josée, je me disais que peut-être vous pourriez m'aider. Je cherche à localiser un ami de votre... de Bernard. Le nom de Pavel Bukowski, cela vous dit quelque chose?

Elle secoue la tête tout en prenant l'assiette. Elle la dépose dans l'évier et répond :

– Mon Bernard avait quelques amis dans la police que je ne connaissais pas. Il m'avait déjà parlé d'un de ses copains qui vivait aux États-Unis. Un ancien de la CIA, ou du FBI, je ne sais plus.

— Cela doit être lui, confirme Noah. Vous en savez plus à son sujet? Un numéro où le joindre? Peut-être une adresse?

Noah connaît déjà son adresse principale, indiquée sur le permis de conduire retrouvé dans le Bronx, mais qui sait s'il ne possède pas plusieurs résidences?

— Non, je suis désolée de ne pas pouvoir vous aider davantage. Bernard était très secret et je n'ai jamais rencontré cette personne.

Tant pis, cela valait quand même le coup de demander.

Grumpy, désormais libéré de sa cage, saute sur le comptoir et vient se coller à lui en ronronnant. Noah lui gratte machinalement la tête.

– Mais peut-être pourriez-vous trouver ce que vous cherchez dans son bureau. Je... je n'y ai pas mis les pieds depuis qu'il...

Elle ne termine pas sa phrase et enchaîne.

— C'est une mansarde au dernier étage, ça risque de sentir un peu le renfermé.

— C'est parfait, madame Tremblay, c'est vraiment gentil de m'aider.

Noah repose Grumpy sur le carrelage, récupère sa canne et monte les marches d'un pas déterminé.

20. RÉVÉLATIONS

— Tu vois mon gars, ce silence, c'est le son d'une rage étouffée, déclare l'homme presque dans un soupir.

Il éponge son front en sueur d'un revers de manche.

— Pas mal, hein ? Je viens de l'inventer. Je ne sais pas si ça veut dire grand-chose en fait. Mais ça sonne bien, non ?

Il se tourne vers le Russe.

Le mafieux ne répond pas. Et il ne pourra plus jamais répondre. Ses yeux sont grands ouverts et fixent le plafond. Ils se sont éteints peu après que les mains de son bourreau se sont refermées autour de son cou et que la compression des veines jugulaires a empêché le retour du sang de la tête d'alimenter le cœur. La dernière image incrustée sur sa rétine avant de quitter ce monde fut sans doute le visage hilare et ensanglanté d'un type qui aurait pu être son père, son grand-père même. Le Russe a trouvé la force de sourire avant de rendre son dernier souffle, un dernier rictus béat avant le grand voyage.

Enfin, c'est ce que s'imagine l'homme. L'idée est séduisante, bien qu'il soit plus probable que ce rictus, cette parodie de sourire, soit dû à la douleur de la torture infligée avant qu'il ne l'envoie *ad patres*.

Adossé à la poutre, il essuie le sang qui goutte encore sur sa main à l'aide du t-shirt du tatoué. C'est le problème des techniques anciennes, c'est salissant. Cent pour cent fiable, en revanche.

Il n'a quand même pas mal résisté, le mafieux, il faut bien l'avouer. Pas autant qu'un agent du KGB ou du SVR, et certainement pas autant qu'un de ces fanatiques islamistes (qui soit dit en passant finissent tout de même par craquer, comme quoi même une foi aveugle a ses limites). Mais il a fallu lui arracher une paire de quenottes avant qu'il ne crache le morceau. Heureusement, car il n'aurait pas pu en retirer plus, de toute façon. La clé, c'est de trouver l'équilibre. La diction était devenue plus difficile à comprendre à mesure que les dents disparaissaient. Les «v» se transformaient en «f». Les mots deviennent inintelligibles pour une oreille qui ne serait pas habituée à capter les paroles et murmures d'un supplicié. Certes, son ouïe est exercée à force, mais il ne faut pas se faire d'illusions, il est vieux. Et s'il n'a pas encore besoin d'un sonotone, il a perdu quelques décibels.

L'homme se redresse en ahanant. Il y a encore du travail à accomplir ici et il va falloir foutre le feu. En revanche, il ne faut pas que le Russe puisse être découvert. Même réduit à l'état de charbon, il est toujours possible d'analyser les empreintes dentaires. Et vu le pédigrée du lascar, cela va forcément tirer quelques sonnettes d'alarme. L'avantage, c'est que le boulot est à moitié fait. Et puis, plus la peine de prendre la pince à ce stade, un bon marteau suffira. Une chance que le propriétaire des lieux ait été un bricoleur.

Un pauvre type qu'il n'a eu aucun plaisir à éliminer, d'ailleurs. Un retraité tranquille qui était bien loin de s'imaginer qu'un barbu roux grisonnant d'un mètre quatre-vingt-dix armé d'un pistolet-mitrailleur ferait irruption dans sa vie bien rangée. Ça lui a fait une sacrée surprise, lorsque la porte s'est ouverte et qu'il a balancé le Russe ligoté sur le sol.

Le vieux aux cheveux blancs et lunettes à gros foyers s'est précipité vers lui, affolé, s'imaginant qu'il avait affaire à un cambrioleur. « Prenez tout ce que vous voulez et laissez-nous tranquilles. » Et le teckel qui s'est mis à aboyer et la femme qui hurlait, « Remo ! Oh mon dieu, Remo ! » Il n'a pas eu le temps de protester bien longtemps, ni celui de voir venir la paume de sa main s'écraser sous ses narines.

Pauvre dame, il a été obligé de la tuer, elle aussi. Pas un grand challenge non plus, elle était tétanisée devant son mari qui gisait sur le sol. Il lui a brisé les cervicales. Elle n'a pas souffert.

Le chien, c'était autre chose.

Impossible de le tuer. Alors il l'a enfermé dans la salle de bain. Tuer les animaux, ce n'est pas dans sa nature, pas plus que les enfants. Jamais. Par essence, ils sont innocents.

Ah oui, et quand l'avion que tu avais piégé a explosé ? Tu imagines qu'il n'y avait pas d'enfants à bord, ni d'animaux dans la soute à bagages, sale hypocrite ?

Ce n'est pas pareil… c'était indirect. Tu vois, Abigaël, c'est un peu comme ceux qui militent contre la violence animale et bouffent des steaks tartares le sourire aux lèvres, ou ceux qui s'indignent du sort réservé aux enfants dans les usines délocalisées dans les pays pauvres et achètent des Nike par palanquées. Ce genre-là, Abigaël, tu vois ?

Dans son esprit, son ex-femme reste silencieuse. Tout comme la maison, qui après avoir retenti des hurlements du Russe connaît enfin une accalmie.

Même les petits jappements secs du chien dans la salle de bain ont cessé.

Et le plus important dans tout cela, c'est que non seulement il a réussi à se calmer les nerfs, mais il a aussi obtenu les informations qu'il désirait. Et même plus.

L'homme s'empare du bidon d'essence qu'il vient de siphonner dans la voiture du propriétaire et commence à en asperger le sol. Il attaque par la cave et remonte les escaliers.

Déjà, il sait pourquoi la Bratva est à leurs trousses (ce qui le rassure, car cela n'a aucun rapport avec sa propre affaire) et surtout comment ils sont capables de les pister. Ce qui veut dire que lui-même va pouvoir en profiter.

Il débouche un autre bidon et s'occupe désormais du salon et de la cuisine. Un dernier coup d'œil à la décoration le convainc qu'il n'a rien à regretter en faisant cramer cette maison typique d'un couple de retraités américains : photos de famille avec enfants et petits-enfants, étagères qui croulent sous un tas d'objets hétéroclites ramassés lors de nombreux voyages à travers le monde, vieux meubles sans cachet... Et une putain d'odeur de naphtaline dans chaque placard.

Il jette un coup d'œil aux corps restés dans l'entrée.

— Désolé que ce soit tombé sur vous. Mais c'est la vie. Ce genre de choses arrive… et pas qu'aux autres. Croyez-moi, je suis bien placé pour le savoir. Au moins, votre mort sera utile.

L'homme repense à l'information supplémentaire qui change pas mal la donne.

Cette petite Clémence Leduc cache bien son jeu. Pas étonnant qu'il se soit fait rouler dans la farine. Il se demande si ses «amis» sont au courant de ses manigances et de ses intentions. Il parierait que non. D'ailleurs, sa prochaine étape sera de contacter ce Dimitri. Il pourra faire d'une pierre deux coups.

L'homme récupère son sac, le chien sous le bras, et craque une allumette qu'il jette sur la traînée d'essence. Puis il sort de la maison sur le point de s'embraser. À cette heure, le soleil crépusculaire baigne Sun Hollow Road d'une douce lumière jaunâtre. Ce petit quartier résidentiel de Howell dans le New Jersey s'apprête à connaître un drame qu'un encadré du *New Jersey Herald* ne manquera pas de raconter avec autant de *pathos* que d'emphase.

Pourtant, rien ne semble pouvoir troubler la quiétude de cette petite ville. Quelques jeunes aux t-shirts trop larges et aux baskets trop grandes dribblent avec un ballon en riant. En face, sur un rocking-chair, une adolescente habillée comme une poupée trop maquillée menace d'exploser dans sa robe trop courte. Elle sirote un verre de Coca d'au moins un litre, les yeux rivés à une tablette.

Un peu plus loin, l'homme aperçoit un garçon d'environ cinq ans et une fille qui doit en avoir pas loin de huit. Certainement sa sœur, à la façon dont elle lui hurle dessus.

Il marche dans leur direction et lâche le chien.

— Tiens, va voir là-bas, allez, ne reste pas collé à mes basques !

Voyant que la bête ne bouge toujours pas, il lui donne un petit coup de pied dans le flanc.

— Allez, dégage sale bête !

Le chien détale en direction de la cour des voisins.

La fumée s'échappe désormais des fenêtres et il sent la chaleur grandir dans son dos.

Bien, il est temps de partir. Direction le Canada, d'après ce que le tatoué a dévoilé. Il lui faudra faire un tour rapide à la planque pour récupérer un passeport à feuille d'érable.

Avant de partir, l'homme regarde une dernière fois le garçon et sa sœur.

Ils leur ressemblent tellement.

Et il dit dans un murmure :

— Je m'excuse, les enfants, je suis tellement désolé. Je ne voulais pas en arriver là. Je regrette tellement mon geste. Papa est tellement triste…

Puis il essuie les larmes naissantes et tourne la clé de contact.

21. SOUVENIRS

Le bureau de l'inspecteur est conforme à l'idée que Noah s'en faisait.

Certes, ces combles aménagés sont moins ordonnés qu'il ne l'imaginait, et leur occupant n'était pas aussi maniaque que son attitude de bête d'analyse le suggérait. Mais ce qu'il a devant les yeux est une toile au centre de laquelle l'araignée Bernard Tremblay tissait des liens.

Bien en évidence dès qu'on ouvre la porte, le panneau de liège criblé de punaises de différentes couleurs expose sa mosaïque de photographies et d'annotations reliées par des fils colorés.

Face au mur, sous une fenêtre en mansarde, trône un large bureau en acacia massif. Combien d'heures l'esprit analytique de l'inspecteur a-t-il passées devant le moniteur LCD encadré par quatre guirlandes de post-it jaunes et roses? L'unité centrale – un vieux modèle, d'après ses connaissances – est flanquée d'un cactus et de deux cadres : une photo de Josée avec la mer et le sable en fond et une photo d'un enfant d'environ un an dans un pyjama rouge, les joues roses tachées de confiture, deux petites quenottes mises en évidence par un sourire pur et lumineux.

Son regard s'attarde sur une étagère située à l'opposé du bureau. Le même modèle que celle d'Étienne en bas, mais différents styles de casse-tête ont remplacé les figurines.

Noah s'avance vers la grande fresque. Ses yeux sont magnétisés par son nom inscrit au feutre noir sur un post-it et suivi d'un point d'interrogation. *Qui es-tu, Noah Wallace?*

Noah n'était pas le seul à se poser la question. Et la vision de l'inspecteur aux cheveux blancs, la pipe coincée à la commissure des lèvres, debout devant le tableau de liège, s'impose à son esprit.

Celui qu'il appelait le Chenu avait fait de lui sa pièce maîtresse, son obsession.

Noah est le point central de ce rhizome de fils tissés. Toute l'affaire du Démon du Vermont s'articule autour de lui.

Trevor Weinberger, un des psychiatres qui s'étaient occupés de lui lorsqu'il faisait partie du projet MK-Prodigy, le CSIS, la CIA, Michael Briggs le journaliste assassiné et un certain… Jason Wallace.

Noah recule d'un pas, comme s'il venait de recevoir un coup de fouet.

Jason Wallace? Serait-ce son père?

Les événements qui ont suivi son accident d'enfance sont encore flous dans sa mémoire. Cette partie de sa vie est un brouillard de données opaques dans lequel il se perd à chaque visite.

En dessous du nom, écrit en plus petit, il peut lire: « voir dossier Wallace page 12 ».

Étrange, Tremblay n'a jamais mentionné cette facette de son enquête. Était-ce parce qu'il ne l'avait pas trouvée pertinente? Hors sujet?

Que m'avez-vous caché, inspecteur?

Noah se tourne à présent vers le bureau. Certaines réponses se trouvent dans l'ordinateur, il en est convaincu.

Il délaisse le tableau en liège et tire la lourde chaise en cuir à roulettes. Une fois installé, il démarre la station.

Plus qu'à espérer que l'électronique fonctionne encore.

Pendant un moment, alors qu'il entend gratter le disque dur et qu'une légère odeur de chaud se dégage de l'ordinateur, Noah s'en veut de ne pas avoir dépoussiéré les ventilateurs. En attendant que le système se charge en mémoire, il ouvre un tiroir du bureau.

À l'intérieur, il découvre plusieurs dossiers rangés en accordéon. Chacun d'eux est étiqueté. Le «Démon du Vermont» y figure en premier. Noah le sort du tiroir et le pose à côté du clavier. Ses doigts font défiler les onglets en carton à la recherche de son nom. Sans succès. Il se rabat sur celui intitulé «Affaire Michael Briggs» et le pose sur le premier.

L'écran LCD s'illumine enfin et dévoile une forêt d'icônes. Raccourcis, dossiers et fichiers masquent un fond d'écran paradisiaque. Sans pouvoir se l'expliquer, Noah reconnaît cet endroit. C'est une vue de la plage depuis les ruines de Tulum, au Mexique.

Noah parcourt les différentes icônes. Principalement des liens vers des jeux d'échecs, des vidéos, ou des dossiers contenant des photos de famille.

Non, le Chenu n'était définitivement pas un maniaque. Tout est pêle-mêle sur ce bureau. Noah plisse les yeux pour affiner sa concentration et fait glisser le curseur de la souris sur chaque élément. Il finit sa course sur un dossier nommé «Wallace».

Il recule dans le siège, ferme les yeux et prend une grande inspiration pour faire le vide. Il aborde toujours les révélations sur son identité ou son passé avec appréhension.

Il presse deux fois sur le bouton de la souris.

Le dossier dévoile son contenu.

Un seul fichier, nommé « NoahWallace.doc ».

D'un nouveau double-clic, Noah ouvre le document. La première page est le copié-collé du corps d'un mail envoyé par p.bukowski-pi@hotmail.com.

« Salut vieille branche : voici ce que j'ai déjà pu trouver sur ton ami américain. Un véritable fantôme, ce type, mais il a laissé quelques traces. En voici déjà un aperçu. Je t'enverrai d'autres courriels. A+, passe le bonjour à la famille. Dieu te bénisse. »

Pavel Bukowski. Cela confirme donc les dires de Clémence. Ce type avait enquêté sur son passé et fourni des informations sur lui à l'inspecteur Tremblay.

Avec cette révélation vient forcément la question suivante : comment ce type, un ancien agent du FBI reconverti en privé, a-t-il pu réussir à obtenir ces renseignements sensibles ? Connaissant la nature secrète (et protégée) du projet auquel il était lié et de ses liens avec la C.I.A, cela semble suspect.

C'est ce qu'il espère découvrir alors qu'il parcourt les lignes du document. Au final, il constate que la majorité du texte est une compilation de mails reçus. Il saute quelques passages et lit en diagonale – ce qu'il lit relate son passé de profileur, les diplômes obtenus, et ne lui apprend rien de nouveau – jusqu'à la fameuse page 12.

Cette partie-là est bien plus instructive.

Selon Pavel, il aurait donc été adopté par un certain Jason Wallace et sa femme Martha. Le couple, soi-disant infertile, aurait souhaité avoir un enfant. Il est également mentionné que Noah aurait été fils unique. Plus tard, le généreux couple du Vermont aurait décidé de traiter son amnésie. Pavel fournit même des preuves de son passage au

Vermont State Hospital. La signature de Trevor Weinberger, le psychiatre, figure sur les photocopies insérées dans le document. Évidemment, Noah ne se souvient de rien. Ni de sa vie de famille, ni de ses séances de thérapie. Dans sa mémoire, son passage à l'Institut reste la seule période claire.

Un véritable fantôme, ce type, a écrit Pavel. Il partage cet avis.

Dieu te bénisse, a-t-il signé. Un Américain croyant, donc. Comme l'était Steve, comme le sont une grande majorité de ses compatriotes. Mais qu'en est-il de lui ? Doit-il croire également ?

Sur quelles bases la foi se construit-elle ? Peut-elle le faire sur des sables mouvants ?

Sans mémoire, sans aucun souvenir de son identité, que penser ?

Comment se construire un avenir en avançant en aveugle, sans fil d'Ariane, dans un labyrinthe fait de questions sans réponses ?

Son passé ne lui sert à rien. Au mieux, c'est un brouillard, au pire, une ombre qui s'agrippe à lui et raffermit son emprise à chacun de ses mouvements. Sa liberté est illusoire et le restera tant qu'il n'aura pas élucidé les mystères liés à son enfance.

Noah a besoin de réponses, et le « Qui es-tu, Noah Wallace ? » qu'il avait tenté de jeter aux oubliettes est un boomerang qui lui revient en pleine figure.

Il finit de parcourir le document, sans rien apprendre de plus. À la fin de la dernière page, un paragraphe dans une autre police de caractères, Calibri 12, attire son attention.

« Jason Wallace et Martha sont introuvables. Contacter Pavel pour éclaircissements. Établir le rapport avec Michael

Briggs : Noah Wallace est visible sur la photographie le jour de son assassinat, pourquoi ? »

Des notes de Bernard Tremblay. Noah connaît la réponse à la dernière question que l'inspecteur s'est posée. C'est parce qu'il était un des quatre enfants « prodiges » du projet MK-Prodigy, sous-programme de MK-Ultra, le tristement célèbre projet de la CIA portant sur le contrôle mental. Il était une machine humaine manipulée pour être transformée en assassin haut de gamme. Comme Liam, Amy et Richard, les trois autres enfants du projet.

Noah sort son vieux carnet de notes. Il s'est juré de ne plus l'utiliser, mais certaines choses sont trop importantes.

Il griffonne quelques sillons sur le papier pour imprégner la bille d'encre et il écrit :

« Pavel Bukowski, relié à MK-Ultra ? »

Puis il ajoute :

« Faire des recherches sur Jason et Martha Wallace. Leurs noms figurent sur le document légal d'adoption mais ils semblent introuvables d'après l'inspecteur Tremblay. »

Et admettons qu'ils existent. S'ils ont réussi à obtenir sa garde, c'est qu'ils ont un rapport avec la CIA et le projet MK-Prodigy, non ? Peut-être ont-ils été payés comme les Cadwell à l'époque pour éduquer la petite Amy Williams ?

— Hey, alors on s'éclipse pour manger de la brioche puis on fait une partie de solitaire sur le vieux PC de mon oncle ? On était si ennuyeux que ça en bas ? Même pas la quarantaine et on chope des habitudes de vieux.

La voix de Clémence venue du haut de l'escalier l'a fait sursauter sur sa chaise.

Il n'a pas le temps de lui répondre qu'elle est déjà derrière son dos et appuie son menton sur son épaule.

— Oh oh, les dossiers de mon oncle sur le grand Noah Wallace *himself*, vous avez appris quelque chose? On dirait qu'il en savait beaucoup sur vous.

Elle pétille et son ton est enjoué, c'est déjà ça.

Noah confirme d'un hochement de tête.

— J'aimerais les imprimer…

— *Nope*. Vous savez quoi? Envoyez-moi un mail, on consultera ça sur mon téléphone au besoin. Rien sur Pavel?

Noah secoue la tête.

— La prochaine étape du papy fouineur était justement d'aller fouiller la boîte mail de ton oncle à la recherche de ses correspondances avec p.bukowski-pi@hotmail.com.

— Bonne idée. Mais du coup, il va vous falloir son mot de passe gmail pour ça. L'adresse de mon oncle est : bernardtremblay-qc@gmail.com.

— Alors c'est une chance que sa nièce, l'espionne canadienne, soit dans mon dos. Je ne serais pas étonné que tu connaisses déjà son mot de passe, de toute façon.

Les yeux de Clémence s'illuminent et elle esquisse un sourire enjôleur, le genre de ceux qu'elle lui adressait quand elle voulait l'entraîner dans son lit.

Elle lui susurre à l'oreille :

— Vous me laissez la place… papy?

Noah grogne, puis se lève.

Clémence s'installe et lance illico une fenêtre Chrome. Malgré ses vingt-six ans, elle a l'air d'une enfant, si menue dans le large siège.

— Alors, les retrouvailles avec ton cousin, ça donne quoi? demande Noah.

— J'ai une piste pour la partie d'échecs. J'en avais déjà l'intuition, mais je suis désormais certaine que c'est un message codé laissé par Sophie. Le problème étant que mon brave cousin n'a noté que ses propres mouvements. Pas grave, j'ai pris une photo de la partie en cours. Je vais devoir tenter de recomposer le puzzle. Cela risque de prendre du temps, mais je pense qu'une fois obtenu…

— … on pourra décrypter la clé USB, conclut Noah en oscillant la tête.

— Exactement. Voilà, j'ai la liste des mails échangés entre mon oncle et Pavel. Bien, notre but est de trouver des indices qui nous permettraient de le localiser. Je ne pense pas qu'on apprendra quoi que ce soit d'autre sur vous.

Clémence fait défiler les échanges et balaie l'écran de ses yeux à une vitesse surprenante.

La machine de guerre Leduc qu'il a connue et qui faisait jeu égal avec le profileur qu'il était lui-même semble avoir balayé pour un temps le voile ténébreux qui l'entoure.

Tant mieux.

Une sensation d'apaisement de courte durée. Sa peau se hérisse et une main invisible lui tord l'estomac.

Cette soudaine vague d'angoisse qui le submerge lui fait perdre l'équilibre. Il s'affaisse sous son poids et se rattrape de justesse au dossier de la chaise.

Quelque chose de grave est sur le point de se produire.

— Un problème ?

L'Arcane sans nom, monsieur Wallace.

Surgie de nulle part, la voix de la vieille voyante résonne dans sa tête comme un écho distordu, son visage strié de rides flotte comme celui d'un spectre dans son champ de vision et il perçoit les odeurs d'encens.

Clémence ignore son long silence et continue de faire défiler les lignes à une vitesse qu'il lui est impossible de suivre.

La jeune femme s'arrête soudainement et pointe l'écran.

— Ici! Regardez, c'est un mail qui date de deux ans. Juin 2015. C'est une invitation à un week-end dans un chalet. Barbecue… bla bla… pêche sur un lac. Pavel invite mon oncle dans un chalet. Il n'y a pas d'adresse, mais un point de rendez-vous, près d'une station-service à Saint-Félicien. En tout cas, il faut être courageux pour y aller à cette époque, c'est le pire moment pour les maringouins.

— C'est loin d'ici? demande Noah en balayant son front moite de la paume de sa main.

— De Québec? À trois heures de route environ. On traverse le parc des Laurentides et la région du Saguenay. C'est à l'ouest du lac Saint-Jean.

Noah secoue la tête. Il tente de passer outre cette impression funeste qui colle à sa peau et d'analyser les informations fournies par son amie.

— Bien, mais c'est une piste ténue. Un chalet où ils ont passé un week-end il y a deux ans dans l'est du Québec, et nous n'avons même pas l'adresse exacte.

— Je sais, mais c'est aussi ce que nous avons de plus solide. À moins que Dylan soit capable de craquer la clé, ou que je sois en mesure de trouver le code laissé par Sophie, nous sommes dans une impasse. Les chalets ne doivent pas manquer, c'est certain. Mais une fois sur place, on pourra enquêter. Présenter des photos aux habitants et aux commerçants.

Noah acquiesce et sent le poids de la main invisible disparaître peu à peu, comme un acouphène perdant de son intensité.

— On va déjà se renseigner sur les actes de propriété. Est-ce un achat? Une location? Raphaël pourrait nous aider.

— Oui, soit lui, soit le général. Il faut l'appeler au plus vite, répond Clémence.

Le téléphone de Noah vibre dans sa poche.

— Quand on parle du loup…

Noah plaque l'appareil sur son oreille puis, une fois la conversation terminée, le range d'un geste lent.

— Alors ? demande Clémence qui s'est redressée et traque déjà sur son visage des signes d'anxiété.

— Ils ont récupéré des pains de C4 près de la planque à Brooklyn. Le type avait piégé la sortie. Cela signifie qu'il connaissait son existence. On a aussi trouvé son identité : un certain Abraham Eisik, un ancien agent du Mossad qui a aussi collaboré un temps avec la CIA. D'après ce que j'ai pu savoir, il n'est plus actif et serait même recherché. Bref, quelqu'un de dangereux et qui nous veut morts.

En prononçant ce dernier mot, Noah entend le rire rocailleux de la cartomancienne.

L'Arcane sans nom, monsieur Wallace. L'Arcane sans nom.

22. CHOC

Évidemment, aucun acte de propriété n'est enregistré pour un chalet au nom de Bukowski. Noah n'espérait rien de ce côté de toute façon. Trop de flou et de questions auréolent la personne de cet « ancien du FBI ». Malgré tout, Clémence et lui ont décidé de se rendre dans la région du lac Saint-Jean en se rabattant sur leur plan initial : une enquête de voisinage à Saint-Félicien. Sauf qu'en deux ans, les traces du passage d'un homme sec aux cheveux blancs ont eu le temps de s'effacer des mémoires. Et Pavel, mis à part une silhouette enveloppée et un visage rondouillard et rieur, ne possède aucun signe distinctif. Alors la recherche n'a rien donné jusqu'à ce qu'ils aient la bonne idée de faire circuler une photographie de Sophie dans les magasins de la ville. La beauté de la fille et son passage récent dans la région ont fait allumer quelques étincelles dans les yeux des habitants et les langues se sont déliées. Cette intuition de Noah, approuvée sans réserve par Clémence, a été payante. Après tout, Pavel était lié à sa disparition. La caméra de surveillance placée chez sa voisine en était la preuve. La présence de la journaliste n'était donc pas une surprise.

Sa disparition, pas sa mort, se répète-il encore, alors qu'ils crapahutent en direction de la cabane enclavée dans un havre de verdure sauvage.

Noah chasse la grappe de moustiques qui dansent devant ses yeux d'un revers de main. Un geste inutile, quelques insectes affamés s'engouffrent dans sa bouche, d'autres sifflent à ses oreilles et assaillent son cou exposé. La couche d'anti-moustique Watkins qu'il a hésité à s'appliquer sur la peau en raison d'une haute concentration en DEET, soi-disant le seul composant chimique efficace, n'a pas suffi à le protéger des piqûres.

Clémence, peut-être parce qu'elle est canadienne ou plus probablement car il lui sert de « paramoustique », marche sans s'inquiéter des nuages noirs suceurs de sang.

Après une demi-heure passée à s'éloigner par un petit chemin du lac à la truite sur la rive duquel leur véhicule tout terrain est garé, leur destination est enfin en vue. Un chalet en rondins, bordé de conifères et flanqué de hautes fougères qui masquent aux trois quarts les fenêtres. L'entrée donne directement sur les berges du lac Renard.

Clémence pointe une rangée de petits arbustes.

— La plupart des bleuets ont été dévorés sur celui-ci. Soit des campeurs… soit des ours. Je parie sur les ours.

Noah fait le même constat, sauf qu'il base sa déduction sur sa canne qui a manqué de plonger dans les excréments étalés sur le petit chemin de terre qui les sépare de la cabane.

Arrivés devant l'entrée, Noah se gratte le cou et s'éponge le front. Il s'assoit sur un tas de bûches rangées sous le porche. Clémence pose sa main sur la poignée.

— La porte d'entrée est verrouillée, déclare-t-elle.

Noah se relève et se masse la cuisse.

— C'est le moment de sortir les trombones de la poche, répond Noah, essoufflé.

La jeune femme passe sa langue sur ses lèvres et lui décoche un large sourire.

Puis elle sort le Beretta coincé dans son short kaki. Elle l'équipe d'un silencieux.

En plaçant le canon sur la serrure, elle dit :

— Protégez-vous, on ne sait jamais.

Elle détourne la tête et appuie sur la détente. La serrure vole en éclats et la porte s'entrouvre sous l'impact cinétique.

Un plancher grinçant accueille leurs pas alors qu'ils pénètrent dans la cabane de pêcheur.

La décoration est sobre, fonctionnelle. Le centre de l'unique pièce est occupé par un poêle en fonte relié au plafond par un conduit noir. Un lit double recouvert d'une fourrure d'ours est plaqué sous une fenêtre aux volets fermés, une tête d'orignal empaillée surplombe une cheminée dont l'âtre est constitué de pierres de taille.

— Ça ne sent pas le renfermé ou le moisi, c'est déjà ça, déclare Clémence. Bon, c'était prévisible, mais il n'y a pas d'électricité, pas d'eau courante non plus, et plus embêtant... pas de salle de bain, à moins que la petite cabane à côté ne serve de toilettes sèches.

Noah hume l'air et détecte un léger fumet de cendre froide ainsi qu'une autre odeur... du pétrole ?

— Le poêle a servi il y a peu, indique-t-il. Et il y a autre chose...

Clémence se dirige vers la table en bois attenante à la cheminée sur laquelle plusieurs petites bouteilles d'eau en plastique sont entreposées les unes sur les autres. À côté de cet empilement, une lampe à huile de style antique.

— … la lampe également, dit-elle. Il y a des recharges sur la table, la mèche est quasi neuve. Je pense que quelqu'un est venu ici il n'y a pas longtemps.

— Sophie ? se hasarde Noah.

— Peut-être, ou quelqu'un qui est passé plus récemment encore…

— Alors fouillons, propose-t-il.

— Je n'avais pas l'intention de faire du camping, ni d'aller pêcher. Et vu qu'il n'y a qu'une pièce, cela devrait aller vite.

Noah acquiesce sans y croire. Depuis qu'il a posé un pied dans cette cabane, une alarme sourde s'est déclenchée. L'intuition que ce chalet en bois ne cache pas que des indices ou l'amorce d'une nouvelle piste.

Le souvenir d'un drame ?

Alors que Clémence virevolte dans la pièce et traque le moindre détail, Noah, pris de vertiges, se perd en conjectures. Il se demande quel est le rapport entre cette affaire, la vision du petit garçon et la présence de plus en plus forte de la vieille cartomancienne dans son esprit.

Une douleur à la jambe le ramène à la réalité. Il grimace, et s'assoit sur le rebord du lit.

Ces crises sont de plus en plus fréquentes. Et cela fait déjà trois appels du docteur Henry qu'il ignore. Il faudrait peut-être qu'il réponde au quatrième. L'idée de se retrouver devant le visage contrit du neurologue l'enchante autant que de s'enfoncer un clou rouillé dans la voûte plantaire, mais si son organisme continue à lui envoyer des signaux, il faudra bien s'y résoudre.

Il ira, mais plus tard, après avoir réglé cette affaire.

— Vous ne m'aidez pas beaucoup, proteste la jeune femme qui éprouve les plinthes et le plancher de la pointe de son pied.

En guise de réponse, Noah agite la boîte d'antalgiques et avale deux comprimés.

— Je peux vous emprunter votre canne ? Allongez-vous, je fouillerai le lit en dernier. Vous êtes un peu blanc et votre front est si brillant qu'on pourrait presque se passer de lampe.

— Ce n'est pas un jouet, dit-il en la lui tendant par l'extrémité.

Quelques minutes passent durant lesquelles la jeune femme martèle le sol et les murs, traquant les zones creuses pour y déceler une cache.

Elle revient vers lui.

— Tenez, j'en ai fini avec ma petite chasse au trésor, enfin presque, il reste le lit. Vous pouvez m'aider à le déplacer ? Enfin, si vous n'êtes pas...

— Ça va bien, ment Noah en se levant péniblement, je vais t'aider.

La jeune fille agrippe l'extrémité du lit et le tire vers le poêle, tandis que Noah l'aide en poussant.

Depuis sa position, Noah est le premier à apercevoir le secret que renferme cette petite cabane.

Là où se trouvait le lit, le carré grossier d'une trappe se découpe dans le parquet.

Clémence s'agenouille à ses côtés et dit :

— Je me disais bien que cette cabane ne m'était pas étrangère... Vous connaissez *Evil Dead* ?

Noah secoue la tête.

— C'est le film qui a fait connaître Sam Raimi. Une histoire d'horreur bien barrée avec des démons réveillés par une bande de jeunes. Réalisé avec très peu de moyens et une inventivité de malade dans les plans de caméras. Bref, c'est culte et... il y avait une cabane avec ce genre de trappe.

Clémence pose sa main sur la poignée et se tourne vers Noah, un sourire aux lèvres.

— Dans le film, une femme possédée plutôt horrible vivait là-dessous. Voyons voir ce qui se cache sous celle-ci.

Un coup de poignard s'enfonce dans la poitrine de Noah au moment où Clémence soulève la trappe.

Il hurle pour l'avertir, mais le cri qu'il pousse est couvert par la détonation.

23. DÉFIANCE

— Est-ce que le dahl vous convient ? demande Karl. Vous avez bien meilleure mine, en tout cas. Vous voyez, quand vous faites le bon choix, tout va pour le mieux.

Le brasier dans le regard de Sophie s'est réduit à une timide flammèche et son visage d'ordinaire crispé s'est enfin adouci. Pour autant, Karl refuse de croire que la belle s'est laissé dompter.

Que cherche-t-elle ? À l'embrouiller ?

Avec ce qu'elle lui a raconté sur Noah Wallace, cela a bien failli fonctionner. Serait-elle au courant pour lui ?

Quant à son père, il n'a pas voulu s'attarder sur ce sujet, ce qui est révélateur.

« Cela ne me dit rien du tout, cette fille cherche à gagner du temps et tu te laisses distraire. »

Évidemment, ce vieux serpent mentait. Toutes ces années passées à ses côtés lui permettent de déceler la moindre variation dans sa voix, cette légère intonation, ce fléchissement dans les aigus presque imperceptible en fin de phrase. Cela n'a fait que confirmer ses soupçons...

Karl fait tourner la montre autour de son poignet et s'installe devant Sophie.

… et renforcer sa volonté. Son père doit payer.

— Combien de temps allez-vous encore jouer avec moi? demande la fille.

Karl recule la tête, surpris, mais se reprend dans l'instant.

— Je suis celui qui pose les questions ici, mademoiselle Lavallée, assène-t-il sur un ton glacial.

La jeune femme ne cille pas et continue.

— Je serai bientôt morte. Ce dahl, très bien cuisiné par ailleurs, cette vue (elle pointe la baie vitrée) et ces entretiens sur votre enfance… ce sont juste des distractions. Celles que vous recevez ici savent très bien quel sera leur sort, mais elles se mentent et s'accrochent à l'espoir d'en sortir vivantes. Je ne suis pas comme elles.

Karl inspire et laisse s'écouler cinq secondes avant d'expulser l'air de ses poumons par le nez.

— La vérité, c'est qu'elles veulent surtout s'épargner une mort douloureuse. Mais vous avez raison dans les grandes lignes. Personne n'est sorti vivant d'ici, à ce jour. Je ne commettrai pas l'affront de vous prendre pour une imbécile. Pourtant… (Karl marque une pause, prenant la mesure de l'importance des mots qui vont suivre) Et si je vous disais qu'il est possible d'en réchapper?

— Alors cela ferait de moi une imbécile, comme vous dites. Et de vous un menteur. Je n'ai aucune illusion sur l'issue de mon séjour ici, alors pourriez-vous au moins répondre à ma question?

Il élude la remarque d'un balayement de la main, comme s'il chassait une mouche devant ses yeux.

— Vous savez que votre présence ici ne tient qu'à ma volonté, n'est-ce pas? Je pourrais vous relâcher, si tel était mon souhait.

— Vraiment? Mais qu'en penserait votre père… Hansel?

Karl prend sur lui pour ne pas serrer les poings et garder un air calme et serein, malgré la rage qui vient de déferler. *Mon père ? Bientôt mon père ne sera plus qu'un cloporte. Et c'est moi qui aurai le pouvoir.*

— Bien, je vais répondre à votre question. D'ici peu, tout sera bientôt fini. Mais croyez-moi quand je vous dis que l'issue de notre rencontre n'est pas encore écrite.

Sophie hoche la tête.

— Si vous le dites. Vous pouvez commencer votre petite histoire. Je suis prête à l'écouter, répond-elle sans animosité mais avec une pointe de défi dans la voix.

Elle repousse l'assiette vide d'un revers de la main.

Karl ignore la remarque et jette un coup d'œil au téléphone puis à la caméra. Il consent à poursuivre d'un léger hochement de la tête.

— Bien. La dernière fois, vous avez été avisée de répondre à ma question sur Pavel, plutôt que de vous hasarder sur le sort du petit Jeremy. Maintenant, si cela vous intéresse, sachez qu'il est encore vivant à l'heure où je vous parle. À l'époque, il s'en est tiré avec la perte de l'œil gauche et une fragilité psychologique qui l'a freiné dans sa scolarité. Par ailleurs, ce n'est pas le plomb de la carabine qui l'a blessé, mais un caillou pointu lorsqu'il est tombé. Et croyez-moi, toute cette histoire aurait pu avoir un dénouement bien plus dramatique si je n'avais pas empêché Damien d'agir. Il avait été à deux doigts de lui écraser la tête à coups de crosse. Mais plutôt que de nous acharner sur ce pauvre garçon, j'ai soumis l'idée qu'il faudrait aller chercher secours au plus vite, prétextant que se débarrasser de lui serait chose impossible. Cela l'a dissuadé de mettre son plan à exécution. L'histoire a causé quelques remous dans la commune, mais mon père était déjà immensément riche à cette époque.

Alors il n'a pas été difficile d'enterrer l'affaire sous quelques milliers de dollars. Au final, Damien a aussi été une victime indirecte de cet incident. La colère de mon père s'est abattue sur lui avec une force inouïe, ce qui l'a laissé sur le carreau une bonne semaine. Évidemment, il m'en a voulu et m'a reproché d'avoir favorisé ce «petit imbécile de Jeremy» à notre fraternité. Je dois bien avouer que les quelques côtes et dents cassées de Damien m'ont fait culpabiliser. Mais c'était trop tard pour avoir des regrets. Cet épisode mit un terme à notre amitié indéfectible. Les inséparables frangins ne passaient plus de temps ensemble. Finies les virées complices dans les bois à chasser les animaux, envolée la musique rebelle. Avec cette séparation, nos activités ont divergé. Damien s'est intéressé aux sports de combat, au tir à l'arc et à la chasse. Ce qui n'était pas un mal, car il apprenait dans le même temps à canaliser sa violence. Pour ma part, je passais plus de temps dans la lecture, l'écoute des grands compositeurs, et je m'initiais à la peinture. En moins d'un an, nous n'avions plus que l'éducation drastique de notre père en commun. Mais toutes les choses ont une fin, même les querelles de frères.

Karl saisit le verre d'eau en face de lui et fixe son attention sur Sophie dont le regard perdu a obliqué vers la baie vitrée.

Pourquoi est-elle si distraite? Elle connaît pourtant les conséquences. Que lui arrive-t-il? Elle doit absolument se concentrer afin de pouvoir lire entre les lignes de son histoire.

Karl s'apprête à l'interpeller d'un claquement de doigts quand elle tourne la tête dans sa direction et lui confirme son attention d'une inclinaison du front.

— Ce que je vais vous raconter se passe deux ans après l'incident du petit Jeremy. Nous avions déménagé à Charlotte, une petite ville tranquille au sud de Burlington, dans le Vermont. Mon père avait fait l'acquisition d'une magnifique villa victorienne à Wing Points. Pour mieux vous situer, notre jardin donnait directement sur les berges du lac Champlain. Nous avions notre propre ponton et un voilier amarré. Cette fois-ci, nous étions vraiment isolés des autres habitations. J'ai immédiatement détesté cet endroit. La maison était belle, grandiose même, mais nous avions plus de chambres que d'habitants. À mes yeux, nous avions posé nos bagages dans un endroit mort, l'incarnation de l'ennui rural. Le paysage n'offrait aucun relief: des fermes et des champs qui s'étendaient à perte de vue. À cet âge, je rêvais de l'effervescence de la ville, d'une plongée dans un bouillon de culture où je me serais enivré de savoir, d'une vie menée tambour battant, noyé dans la marée humaine. Damien était dans son élément, en revanche. Une âme solitaire qui s'était de plus en plus isolée de ses pairs. À la maison, nos échanges se limitaient aux salutations matinales et à quelques mots creux pendant les repas. Mon père était de moins en moins disponible en raison de ses nouvelles responsabilités chez Genetech, mais son aura autoritaire persistait malgré son absence. Il avait en outre fait appel à un tuteur afin d'assurer la continuité de son éducation militaire. Durant les premiers mois, je me suis comporté comme Damien, vivant en reclus dans ma chambre, me réfugiant dans la lecture et le dessin. Ma retraite a pris fin au mois de juillet. Je ne me souviens plus du jour exact, juste d'une chaleur écrasante, anormale pour cette période. Et aussi de l'actualité. Bill Clinton venait tout juste d'annoncer sa doctrine «*Don't ask, don't tell*» sur l'homosexualité au sein de l'armée. Cela avait déclenché quelques monologues acides de mon père lors des repas, vous vous doutez qu'il avait une opinion bien tranchée sur la question. Surtout que six ans plus tard, cette politique était à nouveau sous le feu des projecteurs. L'affaire du soldat tué dans son sommeil parce qu'il sortait avec un transgenre avait enflammé le pays. Mais je digresse. Bref, plutôt que de rester dans ma chambre, j'étais parti avec un carnet à dessin dans l'espoir de trouver une inspiration ailleurs que dans cette villa qui m'oppressait. J'ai avisé Sven, notre gardien et instructeur. Il m'a juste répondu d'un hochement de tête en tapotant sa belle montre de sport pour m'indiquer de ne pas manquer notre session d'entraînement prévue à quinze heures. Car si mon frère était féru d'arts martiaux, mon père m'avait également obligé à apprendre les rudiments du *close combat*. Je suis parti sur la route avec une gourde et un carnet dans un sac à dos, j'avais l'intention de rallier le vignoble au sud sur Greenbush Road, en m'imaginant que les vignes seraient une bonne source d'inspiration pour des natures mortes. Peut-être était-ce le cas ? Je ne le saurai jamais : je ne suis pas arrivé jusque-là. Je venais juste de passer le Old Lantern Barn and Inn, un lieu bien connu à Charlotte, fréquenté principalement lors de mariages ou de fêtes d'anniversaire, quand j'ai entendu des cris à une quinzaine de mètres environ de la chaussée. Au début, j'ai pensé qu'il s'agissait d'enfants qui s'amusaient dans les champs, surtout qu'ils étaient mêlés à des rires imbéciles et gras. Mais le cri suivant m'a fait dresser les poils sur les bras. Strident et guttural. C'était un hurlement de terreur. Celui d'une fille. Je suis descendu de mon vélo que j'ai dissimulé dans le fossé. Je me suis précipité vers la source de ces cris, m'arrêtant à bonne distance de ce que j'ai immédiatement identifié comme une scène de persécution. Trois jeunes d'environ mon âge avaient coincé une jeune fille contre une meule de foin. Le premier était grand et sec. De longs cheveux gras lui descendaient jusqu'aux épaules, il portait de vieilles baskets blanches boueuses. Le garçon paraissait ridicule, à l'étroit dans un short en jeans qui lui moulait les fesses. À ses côtés, il y avait un petit roux dodu dont les plis du ventre sortaient d'une chemise à carreaux qui s'entrebâillait. De son visage rougi par le soleil, je remarquais surtout son nez porcin et ses dents de devant qu'il exhibait en plissant des yeux mauvais. Ces deux-là tenaient la fille par les poignets. Une belle blonde aux traits fins, typiquement le genre de petit ange que l'on imagine enfant de chœur à l'église, de celles qui captent la lumière dans leurs sourires et leurs regards. Sauf qu'ainsi prisonnière, elle était grimaçante et de longues mèches poisseuses de sueur collaient à son visage. Le troisième larron, une véritable teigne, était un petit brun menu à la coupe rase, ses yeux noirs vicieux étaient surmontés de gros sourcils broussailleux. Il brandissait un bocal à confiture et le secouait devant les yeux de la fille. J'ai appris plus tard qu'il s'agissait des frères Johnson, Terrence et Hunter, et du fils du shérif Brown, Jacob. Ils sévissaient dans les environs, habitués aux larcins et aux intimidations. Leur bande était connue pour des méfaits divers, genre vol de fruits dans les vergers, vandalisme et racket. Jacob était le plus mauvais et sûrement le plus intelligent et le plus pervers des trois. Leur proie du jour était Alice Ravenwood, la fille du pasteur de Charlotte. Lorsque je suis arrivé, Jacob tapait sur le bocal qui contenait une énorme araignée. La pauvre petite était terrorisée, son regard fixé sur la bestiole qui s'agitait dans sa prison de verre. «C'est une *Loxosceles reclusa*, une recluse brune. Tu peux prier ton dieu, ma belle, car si elle te mord, tu vas avoir la chair qui pourrit, a dit Jabob. Tu la veux où ta morsure, hein? Sur tes lèvres ou, mieux, sur ta langue? Ça te dirait qu'on te la mette dans la bouche? Tu feras moins la belle après ça, la sainte nitouche!» Ses amis se sont mis à rire de plus belle. Allez savoir pourquoi, j'ai décidé d'agir. Mais plutôt que de hurler «Laissez-la tranquille», comme le dernier des imbéciles je me suis fait le plus discret possible et me suis approché en position accroupie. Jacob était en train d'ouvrir le couvercle quand je l'ai frappé d'un coup de poing au niveau de l'oreille. Il a poussé un cri de surprise, étonnamment aigu, et a lâché le bocal qui s'est fracassé sur un gros caillou. Le garçon a titubé quelques pas, une paume plaquée sur son oreille, puis s'est mis à genoux en pleurant. Je pensais que la leçon aurait suffi, mais le gros rouquin m'a surpris par sa vivacité. Il a foncé sur moi comme un taureau en poussant un cri de rage. Surpris à mon tour, j'ai encaissé la charge de ce train de graisse comme j'ai pu, mais j'ai basculé en arrière sous l'impact. C'est comme cela que je me suis retrouvé avec un Hunter Johnson enragé à califourchon sur moi. Le soleil m'aveuglait et ce que je voyais en contrejour, les yeux plissés, était une vision de cauchemar. Un visage mafflu et écumant, des cheveux ébouriffés dans lesquels s'emmêlaient des brins de paille. L'odeur de sueur aigre était si épouvantable qu'elle me soulevait le cœur. Hunter a levé ses poings en l'air et les a abattus sur mon sternum en hurlant. Mon diaphragme s'est bloqué et j'ai cru que j'allais suffoquer. J'ai cherché l'air et je devais donner le spectacle d'un poisson jeté à terre. Derrière lui, son frère Terrence l'incitait à me «défoncer», Alice pleurait de plus belle et Jacob se redressait lentement, le corps tremblant de colère. Les poings de Hunter se sont mis à pleuvoir et même si j'avais les avant-bras en croix pour me protéger, je ressentais chacun de leurs impacts. Jacob s'était rapproché de nous et brandissait un morceau de verre qu'il venait de saisir. Je l'ai vu briller sous les rayons du soleil. Il s'est amusé à orienter le faisceau sur mon visage. De mon côté, j'essayais de me dégager de l'emprise du gros Hunter, mais malgré les cours d'autodéfense de Sven, je n'étais parvenu qu'à me faire mal au dos. J'ai cru que j'allais y passer quand Jacob s'est approché de moi et m'a dit sur le ton de la rage contenue : « Je ne sais pas qui tu es, mais je vais te trancher la gorge et tu vas te vider de ton sang. » C'est à ce moment-là que le gros a poussé un cri de douleur. Au début, je n'ai pas compris pourquoi. Ensuite, il a porté les mains à son front et s'est roulé dans l'herbe en couinant. J'ai vu alors un caillou frôler le haut du crâne de Jacob. Le garçon a bondi en arrière si vite qu'il est tombé sur les fesses et s'est blessé à la main avec son morceau de verre. « Si vous en voulez, j'en ai encore à distribuer ! » J'ai reconnu la voix immédiatement. C'était Damien. La dernière personne que je m'attendais à voir ici. Il ne me l'a jamais dit, mais je pense qu'il m'avait suivi parce que Sven le lui avait demandé. Je me suis relevé pour le voir armer un caillou dans son lance-pierre. Terrence a lâché la fille, Hunter et Jacob se sont relevés, et la bande des sales jeunes de Charlotte a détalé. Alice n'avait d'yeux que pour mon frère. Le chevalier en armure blanche. Mais après tout, c'était lui le héros qui venait de mettre la bande en déroute. Il m'a tendu la main et lancé un regard dans lequel je pouvais clairement lire : « Toujours aussi faible, Karl. Tu me fais honte. » Puis il m'a souri, m'a serré dans ses bras et tapé dans le dos. Et alors que les yeux d'Alice se mettaient à briller pour son ténébreux héros, mon cœur s'est contracté et mon estomac s'est serré. Elle était, de loin, la plus belle chose sur laquelle mon regard s'était posé. Cet épisode m'a permis de renouer avec Damien et je suis devenu moi-même plus assidu avec Sven au point de me découvrir un talent inné pour le combat. Mais un mois plus tard, un drame allait à jamais changer la dynamique familiale et faire de moi l'homme que je suis.

Karl ferme les yeux et laisse apparaître un début de sourire connivent.

— Je sais que notre prochaine entrevue va vous intéresser. Malgré les conséquences possibles de nos petites sessions, je suis intimement convaincu que la journaliste en vous brûle de connaître la vérité sur ce qui s'est passé dans le Vermont en août 1993. Après tout, c'est relié à l'enquête que vous meniez.

Il pose ensuite le téléphone sur la table et s'assure que Sophie a toute son attention.

— Bien, vous connaissez les règles désormais. Inutile d'en dire plus. Alors voici ma première question : pouvez-vous deviner ce qui s'est passé en août 1993 ?

24. CONSÉQUENCES

Dans la salle d'attente, la scène défile au ralenti devant les yeux de Noah. Une énième fois, il revoit la trappe s'ouvrir, ressent le cri qu'il pousse lui déchirer la gorge, est assourdi par la détonation, grimace lorsque l'odeur de poudre sature ses narines...

Et surtout, il revoit le sang. Un nuage de particules rouges qui explose, la flaque qui s'étend sur le sol.

Ses mains se crispent sur le cuir synthétique du siège.

Aurait-il pu la prévenir à temps et changer le cours des événements? Pourquoi son instinct ne s'est-il manifesté qu'à la dernière seconde?

Non. Ce n'est pas une question d'instinct ni de prémonitions, mais de prudence. Les deux en ont manqué. Trop enthousiastes et pressés de mettre la main sur des indices, ils sont tombés dans un piège grossier. Une ficelle reliée à la détente d'un fusil de chasse.

Grossier, oui. Mais efficace... et meurtrier.

Il n'a fallu qu'une fraction de seconde pour que tout bascule et que Clémence se retrouve à terre.

Et la seule chose dont il peut se féliciter, c'est de ne pas avoir cédé à la panique. Il a appelé les secours et a pu faire un garrot à l'aide d'un bout de tissu arraché aux draps.

Après, il n'avait plus qu'à attendre.

Vingt longues minutes passées dans l'angoisse... et les gémissements de douleur.

— Monsieur Wallace ?

Perdu dans ses pensées, Noah n'a pas entendu venir le docteur Perez, un quinquagénaire hispanique au teint très mat et au crâne dégarni.

— L'état de mademoiselle Leduc est stable, annonce-t-il, devinant à l'avance la question qu'il allait lui poser. Elle est hors de danger.

Ça, il n'avait pas vraiment de doute, mais qu'en est-il de la blessure ?

Le regard insistant de Noah incite le médecin à poursuivre ses explications.

— Nous avons effectué une anesthésie locorégionale afin de réparer sa main droite. Les quatrième et cinquième doigts ont été sectionnés au-dessous de la première phalange, le troisième au niveau de la troisième phalange. En d'autres termes, l'annulaire et l'auriculaire de sa main droite ont été sectionnés au niveau des métacarpes et le majeur au niveau de la dernière phalange.

Il désigne l'emplacement des parties manquantes sur sa propre main, afin d'illustrer ses propos.

— Pour le reste, les lésions sur le front sont superficielles, principalement des dermabrasions, et elle devrait s'en tirer avec quelques cicatrices. Je comprends que vous ayez pu être impressionné. Le sang est abondant dans cette région.

Le docteur Perez éternue dans le creux de son bras.

— Excusez-moi, je suis sujet à l'allergie au pollen à cette période. Dans tous les cas, votre amie a eu beaucoup de chance. Les blessures par fusil de chasse sont généralement très… sales et les dégâts auraient pu être bien plus graves. Ses réflexes lui ont sauvé la vie. Si elle n'avait pas basculé en arrière…

— Je peux lui parler ? demande Noah, la voix légèrement voilée.

Le médecin hoche la tête.

— Oui, bien sûr. Mais je vous préviens, elle risque d'être somnolente. Les analgésiques administrés sont puissants.

Ne m'en parlez pas, docteur, vous avez affaire à un spécialiste.

Noah remercie le docteur Perez et prend la direction de la chambre qu'on lui a indiquée.

Il pousse la porte 307 et hasarde un regard dans la pièce austère. Il remarque d'abord le poste de télévision suspendu au mur. Il capte brièvement les images d'une émission exposant deux personnes nues dans une forêt.

En face, en position semi-couchée, Clémence a la tête drapée de blanc. Seuls son nez, ses yeux, sa bouche et une partie de ses joues sont visibles sous les bandages. Sa main droite cerclée de gazes est maintenue contre son cœur à l'aide d'une écharpe.

Elle semble captivée par le programme et ne remarque Noah qu'au moment où il s'approche de son lit.

Elle n'a rien d'un zombie somnolent, constate-t-il.

Clémence le dévisage avec une légère inquiétude.

— Vous faites peur, vous avez l'air d'avoir passé la nuit sous un pont, mais c'est sympa d'avoir attendu.

Elle tente un sourire qui finit en rictus grimaçant.

— L'opération n'a duré que trois heures… et elle peut parler, la momie, réplique-t-il sans joie.

— Alors on fait une sacrée paire de morts-vivants. Tenez, ça vous fait penser à quelqu'un ?

Clémence fait semblant d'avoir des cachets dans sa paume qu'elle plaque contre sa bouche pour les avaler.

— J'aurai peut-être une canne moi aussi, mais un peu plus sobre que la vôtre j'espère. J'ai toujours trouvé le pommeau un peu «*too much*».

Noah sait qu'elle cherche à dédramatiser la situation par l'humour et les sarcasmes; mais il doit se forcer pour rentrer dans son jeu car le cœur n'y est pas. L'amertume prédomine. Encore une fois, c'est de sa faute si elle se retrouve dans cet état.

— Écoute Clémence, je m'en veux de t'avoir…

Les yeux de la fille s'assombrissent et un voile noir passe sur son visage contrit.

— Je vous préviens, si vous prononcez les mots «Je suis désolé de t'avoir embarquée dans cette histoire» ou toute autre manifestation dégoulinante de mièvrerie y ressemblant, je vous congédie de ma chambre sur-le-champ. Je le répète, je ne veux pas de votre pitié mais de votre soutien. Et n'essayez pas de m'écarter de l'enquête. Hors de question d'arrêter… je… j'en ai besoin.

Clémence se radoucit et ses traits se déraidissent:

— Bon, maintenant que la phase mélo est finie, passons aux choses sérieuses: le temps que les secours arrivent, avez-vous fouillé la cache? Qu'avez-vous trouvé?

— Sans vouloir t'écarter de quoi que ce soit, tu sais que tu en as au moins pour une semaine avant de sortir de l'hôpital. Sans compter qu'après cela…

— Ça va peut-être vous sembler dingue, mais je suis au courant de ma situation, coupe-t-elle. Et je n'ai peut-être plus l'usage d'une main, mais ma tête fonctionne très bien. On peut communiquer par téléphone. Les kits sans fil, cela vous dit quelque chose? La solution est simple, vous serez sur le terrain et moi ici. Vous me ferez part de vos découvertes. Je sais que ce n'est pas optimal, mais bon, faute de mieux, et puis je serai sortie dans une semaine! Alors, crachez le morceau : cela valait-il le coup de se prendre un coup de fusil?

Il est tenté de lui répondre qu'aucune enquête ne vaut qu'on risque sa vie, ni que l'on perde l'usage de sa main, mais à quoi bon en rajouter.

Il hoche la tête.

— La trappe débouchait sur une sorte de «*safe room*», un sous-sol dans lequel Pavel avait entreposé des vivres en conserve et des bouteilles d'eau. Il y a mieux. Bukowski était à l'intérieur, allongé sur un lit de camp et dans un sale état. Je pense que sa blessure s'était infectée. Il n'a même pas été réveillé par le vacarme. Il est hospitalisé ici également, j'attends de ses nouvelles.

— Sérieux? Il devait sacrément être dans la merde pour ne pas faire soigner sa blessure dans un hôpital. Et comment il a fait pour passer la frontière? Il avait quoi, deux ou trois jours d'avance sur nous, pas plus?

Noah acquiesce.

— Et ce n'est pas tout. J'ai pu récupérer son ordinateur portable. Évidemment, l'accès est crypté, mais je compte le donner à Dylan et aussi…

Noah ouvre la mallette en cuir qu'il a apportée et en sort un dossier contenu dans une chemise beige.

— Je l'ai trouvé en dessous de son lit.

La curiosité enflamme le visage de Clémence. Les yeux brûlant d'impatience, elle tend sa main gauche :

— Faites voir!

Il s'exécute.

— J'ai déjà parcouru l'essentiel. Mais tu es sûre que tu es d'attaque? Tu viens tout juste de sortir de chirurgie.

— Ce n'était qu'une anesthésie locorégionale. Et j'aimerais qu'on puisse en parler avant que l'infirmière n'arrive et ne vous chasse. Il y a des horaires pour les visites, vous savez. Hey, il y a du sang sur les dossiers, c'est celui de Bukowski?

Elle ne prend pas en compte le choc émotionnel dans son calcul. J'espère qu'elle ne va pas s'effondrer avec le contrecoup.

— Je vais passer par Raphaël pour le savoir. Mais vu que Pavel était blessé, c'est fort possible que ce sang soit le sien, répond Noah.

Clémence ne l'écoute plus, la chemise repose ouverte sur ses cuisses et les feuilles du dossier sont étalées sur la couverture. L'index de sa main valide glisse sur les lignes dactylographiées.

— Michael Briggs... OK... il enquêtait aussi sur cette affaire...

Clémence tourne les pages et engloutit le dossier à une vitesse vertigineuse.

Malgré la fatigue et les effets secondaires dus à sa médication, elle est toujours aussi impressionnante, constate Noah.

— Je sais que vous l'avez déjà consulté, mais en parler m'aide à assimiler. Bon, d'après ce que je lis, Briggs aurait mis à jour l'existence – et c'est vraiment dégueulasse – d'un tourisme organisé de la transplantation d'organes entre le Canada et le Kosovo. Un moyen pour les plus fortunés de passer outre les interminables listes d'attente. Et, toujours d'après ce journaliste, certaines institutions y auraient été mêlées. Wow, il évoque carrément le Mossad. On a donc forcément notre lien avec cet Abraham Eisik qui a voulu faire sauter l'appartement de Brooklyn au C4. C'est donc ça, le fond de cette histoire? Sophie aurait enquêté sur une histoire de trafic d'organes? Le contenu de la clé doit être une menace pour les organisateurs.

En partie, et tout n'est pas si simple. Mais continue donc de lire.

Clémence poursuit et avale les pages comme une affamée devant un buffet à volonté.

— Ça devient encore plus croustillant. Il y a neuf ans, le directeur de la recherche de Genetech de l'époque, Amitesh Singh, aurait lui aussi été impliqué. Son rôle n'est pas clair, en revanche : client, intermédiaire, commanditaire... Personne ne l'a jamais su car, comme par hasard, ce type a péri dans un accident de voiture moins d'une semaine après l'exécution du journaliste en plein Québec. C'est un sacré dossier qu'avait monté Pavel. Le pire, c'est que mon oncle n'a jamais rien mentionné de tel dans ses documents. Pourquoi son ami le lui aurait-il caché ?

Bien vu, mais essaie de considérer les choses sous un autre angle. Et si le dossier n'était pas à lui, Clémence ?

Noah n'intervient toujours pas, il ne veut pas la priver de la primeur de la découverte.

— Genetech, répète-t-elle comme pour rendre la surprise moins irréelle. C'est quand même fou. Je me demande à quel point ils sont impliqués ? Ça me paraît tellement gros.

— Oui, c'est énorme, confirme Noah. On parle d'une firme aussi influente et puissante que Bayer-Monsanto, voire plus puisqu'ils possèdent également des parts chez eux justement.

— La fine fleur en matière de nanotechnologies, biotech et génétique. Vous savez qu'ils font partie des apôtres du transhumanisme, non ? Vous avez lu *Humanité 2.0* de Ray Kurzweil ? C'est glaçant. Améliorer la condition humaine grâce à la science et la technologie, au point de devenir une machine. Remarquez que dans mon cas, je ne serais pas contre une petite augmentation cybernétique.

Comme bien d'autres sujets et informations mémorisés sans qu'il puisse s'en souvenir, Noah connaît l'auteur du livre et ses théories sur la singularité.

— Oui, le moment précis où l'intelligence artificielle dépassera celle de l'être humain. Terrifiant. Et ça l'est encore plus quand on sait que ce type est désormais le cerveau de la recherche chez Google.

Clémence hoche la tête, mais elle est déjà repartie à la recherche de nouveaux éléments.

— Il y a beaucoup à lire... Tiens, des pages de carnet, c'est de l'écriture manuscrite. C'est Sophie! Pas de doute, on la reconnaît à sa façon ridicule de faire des ronds à la place des points sur les i, comme si elle était encore une jeune écolière. Pavel et Sophie travaillaient donc bien ensemble.

Après avoir lu l'intégralité du document, Clémence range les feuilles et le carnet dans la chemise qu'elle tend à Noah.

— C'est assez confus. Je veux dire, les notes ont été écrites à la hâte, et certaines phrases sont mal formulées ou incomplètes. Ce que je retiens, c'est un accident impliquant deux enfants en 1993 : Alice Ravenwood, une fille de pasteur, et un certain Damien Engelberg. Sophie s'est bien évidemment rendue sur place pour mener son enquête. Dans ses notes, elle évoque le flou qui entoure cet incident, peu de relais médiatiques et peu de témoins pour en parler. On n'est pas loin d'une omerta. Vous étiez au courant pour sa virée à Charlotte ?

— Non, elle ne m'en a jamais parlé. Mais pour en revenir à ta remarque : si la presse locale a été si vague, on peut légitimement penser qu'elle a été étouffée. Reste à déterminer par qui et pourquoi.

— Un peu comme avec votre accident de voiture il y a six ans, réplique Clémence. Et on sait ce que cela signifie.

Que cet incident n'est que l'arbre qui cache la forêt, complète Noah dans sa tête.

Clémence poursuit :

— Le truc étrange, c'est que dans son enquête de voisinage, elle découvre également qu'une série de disparitions d'enfants a frappé les environs de Charlotte et quelques autres villes dans cette partie du Vermont. Là, c'est déjà plus documenté, principalement parce que le 10 septembre 1993, le fils du shérif, Jacob Brown, disparaît sans laisser de traces et donc fait la une des journaux locaux. Mais ce n'est que le début. D'autres disparitions ont suivi : Terrence Johnson, Ethan Williams... une dizaine sont mentionnés. Autre chose, sur place elle a pu découvrir que Damien était le fils de Hansel Engelberg. C'est malade, la famille Engelberg était installée à Charlotte au moment des faits !

— Je suis censé les connaître ? Ce nom me dit vaguement quelque chose...

Clémence lui adresse un regard incrédule.

— Noah... Hansel Engelberg est le CEO de Genetech ! C'est explosif ! Si une firme comme Genetech est liée à du trafic d'organes ou des disparitions d'enfants, vous imaginez les répercussions ? C'est tout un pan de l'économie mondiale dont on parle.

Oui, il réalise très bien. Et c'est sans doute pour cette raison que des années plus tard il a été envoyé lui-même, tel un drone humain, en mission par la CIA. Sa cible : Michael Briggs, un journaliste trop curieux, abattu en pleine période estivale au cœur du Vieux-Québec.

La porte de la chambre s'ouvre et l'aide-soignante salue Noah puis dépose le plateau-repas. Elle souhaite bon appétit et s'en va aussi vite qu'elle est apparue.

Clémence soulève la cloche en plastique.

— Voyons voir : purée de pommes de terre et carottes, pain de mie élastique, petits gâteaux secs salés et un yaourt à la pêche Iögo. Wow, je suis gâtée. Un véritable festin.

— Bien, le repas et les heures de visite… C'est peut-être le moment que je te laisse, non ?

— Vous pouvez rester encore un peu ? On partagera les gâteaux secs et la purée. Et puis vous pourrez me donner la béquée.

Noah fait le tour du lit et tire le fauteuil gris aux accoudoirs métalliques pour s'installer à côté d'elle. Il s'apprête à prendre la fourchette, mais la main de Clémence se pose sur la sienne.

— Hey, je plaisantais pour la béquée, mais la proposition de partage tient toujours.

— C'est gentil, mais j'ai déjà mangé, ment-il.

— Je pense qu'il faut suivre la piste de Charlotte, s'enthousiasme Clémence, et aussi creuser davantage sur ce Amitesh Singh. Neuf ans, ce n'est pas si vieux.

— Oui, et si je découvre quelque chose, je te tiendrai au courant par téléphone.

— Parfait ; de toute façon, il faut encore que je travaille sur la partie d'échecs. Sinon, on fait quoi avec Pavel ? S'il se réveille, il aura sûrement des choses à nous raconter.

— Oui, mais cela reste aussi une source d'ennuis potentiels. Ce type est recherché, et comme tu l'as deviné, c'est le dossier de Sophie que j'ai découvert chez lui, pas le sien. Je n'écarte aucune hypothèse. D'ailleurs, il a été hospitalisé sous un autre nom, tout comme toi, mademoiselle Mélanie Simard.

— J'espère que cela sera suffisant. En parlant de protection, Dylan et Beverly sont sous votre responsabilité désormais.

Les zygomatiques de Noah s'étirent en un sourire pincé.

Comment lui dire ce qu'il a ressenti ? Est-ce possible d'empêcher que cela arrive ? Et si oui, comment ?

Le Bateleur, la Roue de fortune, le Pendu, l'Arcane sans nom...

— Je vais faire de mon mieux pour ne pas les impliquer. Je les ai prévenus de l'accident, ils sont encore à Montréal. D'ailleurs, ils voulaient monter jusqu'ici, mais je les en ai dissuadés.

Clémence hoche la tête et enchaîne :

— Vous me trouvez encore jolie ?

La question est si inattendue qu'elle le cloue sur sa chaise. Il reste quelques secondes sans rien dire, le regard perdu dans le vague.

— Jolie, intelligente, tu sais très bien ce que je pense de toi, Clémence.

— Alors qui sait, peut-être qu'un jour... dit-elle en ponctuant d'un clin d'œil.

— Espérons qu'à ce moment-là, je n'aie pas dépassé ma date de péremption.

— Disons que vous êtes comme ce yaourt, pas loin de la limite, mais encore mangeable.

Il pose le dos de sa main sur sa joue.

— Je reviendrai vite et lorsque ce sera le cas, tu seras en pleine forme.

Clémence repose ses couverts et le fixe. Ses yeux commencent à s'embuer de larmes.

— J'ai eu peur. J'ai cru que c'était la fin.

— Je sais, Clémence. Je sais.

— Quand vous reviendrez... il faudra que je vous parle de quelque chose d'important... et personnel.

Elle agrippe sa main et l'intercale entre l'oreiller et sa joue.

— Vous pouvez rester encore un peu ? demande-t-elle d'une voix fatiguée.

Lorsque Noah se décide à partir, Clémence est déjà endormie, sa main serrée autour de son poignet, comme s'il était une bouée de sauvetage qui pourrait lui éviter la dérive.

L'idée qu'il puisse ne pas la revoir l'étreint soudainement et lui comprime le cœur.

— Faites que je me trompe, lâche-t-il.

Puis il compose le numéro de Raphaël Lavoie.

25. FOLIE

Abraham expire un épais nuage de fumée par les narines en fermant les yeux. Un livre ouvert aux pages jaunies repose sur sa poitrine qui se soulève au rythme de sa lente respiration.

Sa tête s'enfonce un peu plus dans l'oreiller.

Rien de tel qu'un vieux joint pour se calmer les nerfs, et s'il est accompagné d'un bon polar, alors c'est le paradis. Et vu le programme chargé qui l'attend ces prochains jours au pays du gentil Justin Trudeau, il a bien besoin de cette accalmie.

Il jette un coup d'œil au passeport posé sur la table de chevet du motel : sa validité expire dans moins d'un an, mais il fera l'affaire.

Le Québec.

Cela fait presque neuf ans qu'il n'a pas mis les pieds à Montréal, mais sa légende créée pour l'occasion et nommée Christian Charrette s'apprête à faire son retour au pays. Sauf que cette fois-ci, pas question de jouer les guides touristiques pour de vieux malades pétés de thunes sur le point de claquer. Fini l'organisation de visites de labos clandestins pour se faire implanter de la moëlle ou greffer un rein.

Ça, c'était le bon vieux temps. C'était lucratif et sans risques. Mais lorsque cela a commencé à fuiter, il a bien fallu faire profil bas.

Non, il a d'autres chats à fouetter désormais. Des vilains matous qui se pensent à l'abri dans leur planque dorée et vivent aux frais d'Ottawa. Et surtout, ils sont en possession d'une putain de mine d'or... ou d'une bombe, selon le point de vue.

La mission reste sensiblement la même qu'à Brooklyn, à un détail près : il a besoin de Clémence vivante et c'est non négociable, alors il va falloir trouver une approche plus subtile. Et le subtil, il sait faire, même s'il préfère, et de loin, une approche plus directe et explosive.

Sauf que la discussion qu'il vient d'avoir avec ce fameux Dimitri a changé bien des choses et a complexifié la donne.

Ce foutu Russe n'est pas n'importe qui.

D'ailleurs, s'il avait connu son identité – et bordel, comment aurait-il pu savoir qu'un type de sa trempe aurait fini à la tête de la Bratva en Floride ? –, il aurait hésité à torturer un de ses hommes. Tout ce qu'il peut espérer, c'est qu'il ne lui en tienne pas rigueur.

Abraham écrase le culot du joint sur la base métallique de la lampe de chevet et jette un coup d'œil au panneau accroché à la porte où il est écrit blanc sur rouge en lettres capitales :

« Il est interdit de fumer sous peine d'une amende de cinq cents dollars. »

Les mots interdit, amende et cinq cents dollars sont soulignés.

C'est pour la cigarette ça, non ? L'herbe, ça ne compte pas. Qu'ils viennent donc lui réclamer son amende, rien que pour rire.

Abraham se redresse et cale sa nuque sur l'oreiller pour reprendre sa lecture de *Vendetta*, de R.J. Ellory. Poursuivre l'incroyable récit d'Ernesto Perez dans les vapeurs du cannabis est la promesse d'un vrai régal.

Pourtant, au bout de quelques pages, et malgré l'atmosphère qui se dégage de l'ouvrage, il repose le roman sur sa poitrine. Son esprit ne veut pas lâcher prise, ses pensées restent ancrées à sa mission au Canada et à la somme d'argent en jeu.

Son objectif reste de récupérer la clé ou de la détruire. Il va observer, guetter le meilleur moment pour intervenir, il devra ensuite faire le ménage et éliminer tous les témoins. Et enfin, kidnapper Clémence pour la ramener en Floride. Une fois au pays de Disneyworld et des caïmans, il touchera un premier pactole à Miami puis il fera route vers New York pour mettre la main sur un second (et éventuellement un gros bonus) s'il est en possession de cette foutue clé.

Le joint fait effet, et un sourire béat étire ses zygomatiques. Il doit ressembler à un clown aux yeux rouges. Du confort de sa chambre, sa mission semble *easy as cake*, comme on dit chez les anglos.

Tu n'as donc rien appris, lui murmure Abigaël. *Rien n'est jamais* easy as cake, *surtout quand on a ton âge et ta santé, gros malin.*

Abraham émet un ricanement sec. Lorsqu'il fume, la voix de son ex a toujours un ton plus grave, comme si elle s'exprimait au ralenti, un peu comme un vieux vinyl trente-trois tours joué à la mauvaise vitesse.

Cette connasse marque un point, cependant. Surtout que la petite maigrichonne est rusée. Quant à Noah Wallace, il a beau être infirme, c'est un ancien de MK-Prodigy et il doit avoir encore quelques reflexes létaux. Pour les derniers, c'est plus simple, surtout qu'il sait que l'un d'eux est une taupe des Russes.

Dimitri n'a pas voulu dévoiler qui était le rat, d'ailleurs. Tant pis, ce n'est pas comme s'il en avait quelque chose à battre en dehors de satisfaire sa curiosité. Surtout qu'il ne lui a pas demandé de l'épargner. Du jetable, donc.

Ah, Montréal! Il a hâte d'y remettre les pieds, ne serait-ce que pour le bon temps qu'il va y passer avant sa descente meurtrière.

À cause de son foutu diabète, il ne pourra pas s'empiffrer de tires d'érable, mais une bonne poutine de La Banquise fera l'affaire. Et après le gueuleton, direction un bon bar à danseuses. Ce serait quand même con de se pointer dans cette ville sans profiter de ce qu'elle a de mieux à offrir : la prostitution décomplexée et bon marché. Combien de Ricains traversent la frontière pour s'envoyer en l'air dans ce havre canadien ? Alors pourquoi pas lui ?

C'est le plan : une journée ou deux de détente avant de se mettre au boulot.

Abraham replonge dans son livre, mais au bout de quelques lignes, une idée germe dans sa tête.

Une idée grandiose, en tout cas elle le lui semble sous l'effet du THC, et il ne peut s'empêcher de lâcher un rire. D'abord un éclat qui ressemble à une quinte de toux, puis ses yeux se plissent, la machine s'emballe.

Cesse donc de rire, tu es ridicule, l'invective une Abigaël au visage tuméfié. Ses yeux disparaissent sous d'énormes œdèmes rouge, mauve et bleu. Les dents de devant manquent mais elle parle toujours avec cette lenteur hilarante.

Abraham s'esclaffe et se roule dans le lit au point de manquer d'air.

— Tu fais moins la maline, hein! parvient-il à dire entre deux éclats. Je t'ai arrangée.

Il renifle et repart de plus belle dans son fou rire. Les muscles de son diaphragme sont bloqués et ses joues sont embrasées. Impossible de respirer.

Oh bon sang... je vais crever... je vais crever de rire dans ce motel pourri.

Il martèle le matelas de son poing pour faire cesser sa crise.

Au fur et à mesure que la tétanie qui accompagne son fou rire baisse en intensité et qu'Abraham reprend le contrôle de son corps, dans ses pensées tournoyantes, le visage meurtri d'Abigaël se fait encore plus dur.

Sale égoïste! Et les enfants! Tu as pensé aux enfants quand tu m'as battue à mort, sale porc? Crois-tu que tu aies rendu leur vie meilleure en les privant de leur mère? Tu ne crois pas qu'ils seraient peut-être encore en vie si...

Fini de rire. Il se redresse d'un bond et fixe le plafond, écumant de rage, les jambes tremblantes, s'imaginant qu'elle le toise de là où elle se trouve.

— Ta gueule, t'as pas le droit de me dire ça!

Il prend l'oreiller à deux mains et l'envoie contre l'abat-jour du plafonnier. Les ombres se mettent à danser dans la chambre.

— C'est ta faute! Pas la mienne, la tienne!

Il serre les poings, se frappe la poitrine et prend le livre. Il l'expédie contre le mur dans un hurlement.

— Tu m'as quitté! Alors n'inverse pas les rôles!

Abraham saisit la lampe de chevet par la base, l'arrache de la prise, et l'envoie voler contre la porte du motel. L'ampoule explose sous l'impact.

Puis, essoufflé et étourdi, il se laisse choir dans le lit et plaque ses paumes contre ses yeux larmoyants.

Il hoquette, pris de sanglots.

— Tu n'as pas le droit de dire ça. J'ai toujours aimé mes gamins, tu le sais…

Et bien sûr, comme pour le faire douter, Abigaël ne répond pas.

***

Karl a passé le reste de la journée avec l'impression étrange que les fondations de son monde se lézardaient. C'est la première fois qu'il se sent autant déstabilisé.

Est-ce que Sophie Lavallée pourrait représenter un problème?

Elle n'est pas comme les autres, paralysée par la peur, concentrée sur son récit, à l'affût du moindre indice.

Cette fille est-elle folle? Cherche-t-elle à mourir?

Les paroles de son père lui reviennent avec une force accrue.

Cette fille, ne la prends pas pour une autre, ne t'égare pas et ne te fais pas d'illusions.

Bien sûr que non… papa. Je le sais très bien. Même si elle lui ressemble tellement.

Est-ce cela qui le perturbe? Éprouverait-il des émotions?

Karl sort de la salle de bain et s'allonge sur son lit.

— *Götterdämmerung*, dit-il.

Il ne faut rien de moins que la puissance mélancolique de l'opéra de Wagner pour que son esprit s'apaise et que ses yeux se ferment.

LE PENDU

Flamingo Drive, Avalon, New Jersey,
15 juillet 2017, 18 heures

Eleanor Winston applique la serviette sur sa bouche pour nettoyer la moustache laissée par le potage au potimarron. Puis elle saisit le verre de Chablis presque vide et le remplit de vin d'une main tremblante.

Lorsqu'elle le porte à ses lèvres et que l'arôme fruité du Chardonnay emplit ses narines, son visage se déride enfin. Après avoir bu quelques gorgées, elle lâche un long soupir et ferme les yeux. Elle peut enfin s'abandonner dans sa chaise et jouir du grand salon en paix. Elle savoure le calme inhabituel à cette heure de la journée. Pour la première fois depuis bien longtemps, Eleanor a passé un repas sans avoir eu à subir les remontrances et les railleries de son imbécile de mari ou les plaintes de son adolescent trop gâté.

Elle repose le verre, décrit un cercle à sa surface de la pulpe de son index et un pâle sourire fleurit sur ses lèvres demeurées trop longtemps scellées.

Pourquoi toute sa vie n'a pas été aussi simple que ce moment privilégié hors du temps? Pourquoi se l'être gâchée à vivre dans l'ombre du grand George Winston, à jouer les potiches silencieuses et obéissantes, les cuisinières et l'amante de passage lorsqu'il n'avait rien d'autre sous la main?

Cette vie-là, cette servitude dans une cage dorée, ne va pas lui manquer.

Eleanor plonge une dernière fois son regard dans celui du patriarche assis en face d'elle. Le puissant homme d'affaires a les yeux grands ouverts, de petites fenêtres d'un bleu laiteux béant sur le néant. Ses mèches brunes pendouillent, sa bouche est tordue en un rictus et du sang séché recouvre ses lèvres et barbouille son menton. Le couteau de cuisine est encore planté dans sa gorge, une main crispée de désespoir sur le manche en bois.

Il n'a suffi que d'un coup bien placé pour réduire au silence ce bellâtre aux tempes grisonnantes.

Eleanor se lève avec délicatesse, chasse quelques miettes de son tailleur et se dirige d'une démarche gracieuse vers la grande fenêtre qui baigne le salon dans une douce lumière estivale.

À l'extérieur, Mario, le jardinier, taille les haies avec son application habituelle.

Cet homme va lui manquer. Eleanor a toujours apprécié son travail précis et minutieux, son sens de l'esthétique et cette capacité rare de pouvoir transformer leur jardin en un magnifique paysage.

Elle aurait dû céder à ses pulsions et l'attirer dans son lit. Elle n'aurait pas eu de mal et elle a déjà remarqué son regard glisser sur ses courbes à plusieurs reprises. Une occasion manquée. Dieu sait quelles merveilles il aurait pu faire avec son corps.

Mais elle était prisonnière de ses principes. Et aujourd'hui, il est trop tard, elle a d'autres plans.

Eleanor traîne sa nostalgie vers la salle de bain, ferme la porte et se dénude. Puis elle fait couler l'eau chaude dans la grande baignoire en céramique. Elle choisit ensuite un des bocaux colorés rangés sur une des étagères en surplomb — son choix s'arrête sur les boules blanches parfumées à la vanille —, retire le bouchon en liège et en verse le contenu.

Et maintenant, elle n'a plus qu'à attendre.

Elle tique lorsque ses orteils rentrent en contact avec l'eau chaude. En temps normal, elle l'aurait mitigée un peu plus, mais c'est une journée exceptionnelle.

Elle se laisse glisser le long de la céramique et plonge progressivement dans l'eau mousseuse. Le rouge lui monte aux joues et elle sent déjà sa circulation sanguine s'activer.

Sa main part ensuite à la recherche du savon sous lequel elle a dissimulé la lame de rasoir empruntée à son mari.

Elle tend son bras gauche, enfonce la lame au niveau de son poignet et remonte le long de la veine saillante.

Le sang s'écoule, plus vite qu'elle ne l'aurait pensé. C'est d'une main tremblante et maladroite qu'elle répète l'opération de l'autre côté.

L'eau se teinte rapidement en rouge, et peu à peu elle se sent partir.

Malgré la chaleur, elle sent le froid l'envahir.

Sa vision se voile de noir et sa dernière pensée va à son fils, qu'elle va laisser. Mais Eleanor se console en se disant que quelque part, elle lui rend service en disparaissant.

26. CHARLOTTE

Noah claque la portière de sa Ford Focus de location garée juste au-dessous de l'horloge circulaire ornée d'ailes d'anges ; une bizarrerie qui habille la vieille façade en briques rouges du Old Brick Store. C'est la dernière étape de son voyage à Charlotte, dans le Vermont. Il espère que sa visite dans le magasin historique de la ville sera plus fructueuse que ses investigations précédentes. Il se rassure en se disant qu'au pire, même s'il ne trouve rien de nouveau, ce trajet effectué depuis Saint-Félicien lui aura permis de reprendre confiance en sa conduite. Six ans que ses mains ne s'étaient pas posées sur un volant. Et malgré quelques tremblements dans la jambe et les douleurs vite calmées par les antalgiques, tout s'est déroulé sans le moindre accroc.

Comme l'avait écrit sa défunte psychiatre dans son rapport envoyé à la CIA, Noah conserve l'intégralité de sa mémoire musculaire.

Machinalement, sa main vient à la rencontre de la crosse du Beretta coincé dans son dos, entre sa chemise hawaïenne et son short beige. Une arme achetée l'année dernière, peu avant qu'il se rende à Peru pour rencontrer le tueur.

Sa mémoire musculaire lui avait justement permis de mettre un terme à l'affaire du Démon du Vermont. Son aversion pour les armes à feu reste inchangée, mais il a insisté pour n'avoir aucun autre partenaire que Clémence. Alors il considère le pistolet comme une assurance supplémentaire, même s'il n'est pas dupe et qu'il est persuadé que Raphaël Lavoie a envoyé un homme pour le surveiller.

Noah grimace. À l'ombre du vieux bâtiment, l'air est presque supportable, mais une fois exposé en plein soleil, la chaleur suffocante s'engouffre dans sa gorge et ses poumons et leste son corps d'une masse de plomb.

Il gagne clopin-clopant l'entrée du magasin pour échapper à la canicule. Au moment où il pose un pied sous le porche, la porte du magasin s'ouvre et laisse échapper un garçon en short portant une crème glacée comme une flamme olympique. Chaleur oblige, les deux boules rose et blanche coulent déjà sur ses doigts. L'enfant fonce en riant vers un homme, certainement son père, adossé à la porte d'un vieux pick-up poussiéreux bleu. Méfiant, Noah ne peut s'empêcher de détailler cet homme. Un léger embonpoint, un débardeur exposant des bras noueux et mettant en valeur un tatouage tribal sur l'épaule, des mains larges et calleuses. Il soulève le garçon et lui sourit, exhibant quelques dents cariées.

« Hey, tu fais goûter à papa ? » dit-il, et il s'esclaffe de plus belle lorsque l'enfant secoue la tête.

Certainement un brave type, conclut-il. Pas de quoi s'inquiéter.

Noah doit faire un effort pour détourner le regard. C'est le problème lorsqu'il est seul, il perçoit les détails avec une acuité accrue et son esprit peut s'égarer, diverger, être pris dans une boucle jusqu'à en perdre la notion du temps.

Il a constaté que la présence de Clémence avait tendance à endormir son intellect et ses capacités d'extrapolation, peut-être parce qu'elle le fait complexer (cette fille brillante l'impressionne) ou parce que la jeune femme, en prenant le relais de l'analyse, parvient à apaiser son cerveau effervescent. Noah se place devant un banc occupé par deux femmes. L'une, bien en chair, porte une robe à fleurs bleues datant des années cinquante et empeste la laque. Elle parle si fort de sa petite Lara tombée de son poney et de sa dent cassée que tout le monde doit l'entendre, même à l'intérieur. Sa voisine, plus jeune et trop maigre, est bardée de fond de teint et outrageusement maquillée. Elle a retiré son alliance, remarque-t-il. Et elle n'écoute que d'une oreille. Elle se contente de hocher la tête en se mordillant la lèvre inférieure. Son regard, caché derrière d'épaisses lunettes de soleil, est dirigé vers le papa aux bras musclés. Sur le banc d'à côté, un sans-abri – s'il en juge par la saleté des vêtements, la taille de la barbe hirsute et le sachet en papier brun posé sur le sol qui laisse dépasser le goulot d'une bouteille – ronfle sans prêter attention aux commères qui gloussent à côté. Et là encore, son regard s'attarde sur des détails, comme les ongles de sa main parfaitement manucurée, ses doigts luisant de graisse et sa masse imposante. En voilà un qui ne doit pas mourir de faim.

Noah s'accoude à la balustrade et sort le carnet de notes de la poche de sa chemise. Il chasse la sueur accumulée sur la couverture et l'ouvre à la page où il a placé le signet en tissu.

Au-dessous des endroits barrés qui comptent notamment le bureau du shérif du Chittenden County dont Charlotte dépend, l'hôtel de ville et l'église, il lui reste le magasin et la maison occupée par les Engelberg à l'époque des disparitions d'enfants.

Premier écueil dans son enquête, le shérif Brown, le père de Jacob Brown, qui officiait à l'époque, a quitté l'État du Vermont. Il a démissionné de son poste un an après la disparition de son fils, et personne ne sait où il est parti exactement. Selon certaines rumeurs, il serait en Caroline du Nord, chez sa sœur. Selon d'autres, dans le Maine pour aider un ami dans son commerce de la pêche au homard. Noah a noté en dessous de sa liste qu'il faudra lancer une recherche.

L'hôtel de ville n'a rien donné non plus. Noah s'est heurté à un fonctionnaire antipathique. Un ogre au visage crénelé et aux paupières tombantes, aux joues tremblantes et au double menton prononcé qui le faisaient ressembler à un vieux bouledogue. Le type n'avait aucune envie de faire ce pour quoi il était payé. Il avait agité sa main et l'avait congédié avec un « Je ne suis pas un archiviste ! Tout se trouve sur internet ! On n'a rien de plus ici ! » lâché en postillonnant, avant de retourner à son sandwich salade, les yeux rivés sur son écran, sans même un au revoir.

L'église se révéla également une impasse. Tout comme le shérif, le révérend Clarence Ravenwood n'était pas resté à Charlotte. Déjà veuf, sa fille Alice était son unique famille. « Il est parti en Europe ou en Afrique, je ne sais plus », lui a répondu la gentille bigote, les yeux grands ouverts derrière des lunettes à large foyer.

Avec le recul, Noah a été naïf de penser qu'il pourrait faire mieux que Sophie. Après tout, la journaliste s'était heurtée aux mêmes obstacles. Qu'espérait-il trouver de plus qu'elle ?

Rien d'autre que des pistes froides et des disparitions bien trop providentielles.

Noah referme le carnet et le range dans la poche de sa chemise. Les dames assises sur le banc n'ont pas bougé d'un pouce. Un jeune chiot berger allemand attaché en laisse à une poutre du porche a renversé la bouteille du sans-abri qui a roulé sous le banc.

Noah s'approche de l'entrée et les fragrances de café en torréfaction qui s'échappent de la porte ouverte font frétiller ses narines.

Il se fige dans l'embrasure, il ne sait pas comment, ni pourquoi, mais il connaît cet endroit : le plancher d'époque en parquet brun qui craque sous ses pas, les étagères métalliques placées au centre de la pièce où s'empilent boîtes de conserve, pâtes et céréales, les caisses de bois empilées sur les murs où sont jetés pêle-mêle biscuits et fruits confits.

Il manque juste les boules de gomme sous les cloches de verre exposées sur le comptoir ainsi que des odeurs d'épices plus prononcées pour que le tableau soit conforme à… quoi ? Un souvenir ?

En voilà un sentiment étrange, réalise-t-il, en balayant du regard le magasin.

Et l'espace d'une seconde, le temps d'un flash, une image de cette épicerie venue d'une autre époque se superpose à sa vision.

Ces sensations auraient-elles réveillé des souvenirs enfouis ?

Non, c'est juste un sentiment de déjà-vu, se dit-il sans y croire. Mais il connaît l'explication la plus probable.

Une de mes anciennes personnalités a dû mettre les pieds ici. Et ce souvenir remonte à la surface. Si c'est le cas, quelqu'un pourrait me reconnaître.

Encore une fois, son passé le rattrape, et il mesure combien sa vie est comparable à celle d'un navire pris au piège d'un tourbillon. Quels que soient ses efforts pour combattre son attraction, il est inexorablement happé par les abysses.

Noah attrape un paquet de spaghettis sur une étagère, un prétexte pour approcher le comptoir, et se dirige vers la caisse. En attendant que la vieille dame voûtée ait fini de compter ses centimes, il observe les personnes qu'il s'apprête à interroger. Le responsable, un vieux monsieur au visage buriné et à la musculature sèche, frotte sa moustache grise et fournie tout en observant son employée : une jeune femme aux cheveux teints en rose, pétillante de vie, arborant un sourire solaire.

En posant le paquet devant elle, Noah décèle un parfum de vanille.

— Bonjour monsieur, ce sera tout ? demande-t-elle.

Son nez retroussé mis en valeur par un fin diamant lui fait penser à une petite souris.

— À vrai dire, pas vraiment, répond Noah. Je suis détective privé et…

Il vérifie qu'aucun client n'est derrière lui, puis il sort un billet de dix dollars.

— … si vous aviez l'amabilité de répondre à quelques questions.

Les yeux soulignés au khôl de la jeune femme se plissent et son sourire éclatant disparaît derrière un nuage ombrageux. Elle mastique son chewing-gum, avant de répondre.

— C'est Dave qui vous envoie… si c'est pour avoir des renseignements sur ma mère, alors qu'il aille se…

— Non, coupe Noah. C'est à propos d'une histoire qui s'est passée dans cette ville. Je voudrais en savoir plus sur l'incident qui s'est produit ici…

Noah se rend compte que la fille devait à peine être née dans les années quatre-vingt-dix. C'est idiot de lui poser des questions.

La surprise fait reprendre ses couleurs à la jeune femme, la lumière resplendit à nouveau sur son visage.

— Oh, vous devez parler des deux enfants morts et des disparitions! Mon copain m'en a parlé. C'est si triste! C'était la fille du révérend et un fils de riche. Derek m'a dit qu'elle avait été violée et assassinée, mais je sais qu'il a tendance à en rajouter. D'après lui, les disparitions qui ont suivi sont l'œuvre du révérend qui se serait vengé, un truc du genre. Après, je n'en sais pas beaucoup plus, les gens du coin n'aiment pas trop en parler. Genre ça fait tache dans l'histoire d'une petite ville comme celle-ci où le pire truc qui puisse normalement vous arriver, c'est qu'un chien vous chie sur les pieds. Et puis, vous savez, la plupart des habitants sont des fermiers et je suis même prête à parier que certains n'ont jamais été plus loin que Ferry Road.

La femme éclate de rire et tourne son attention vers son responsable qui, le regard déjà chargé de reproches, fronce les sourcils et secoue lentement la tête.

Elle hausse les épaules et adresse un clin d'œil à Noah.

— Écoutez, je suis nouvelle dans la région, je suis arrivée de Burlington il y a deux ans pour suivre mon copain. Mais je sais une chose, si quelqu'un est au courant, c'est forcément le vieux Sullivan O'Dell. Il travaille à la librairie et il est aussi âgé que les vieux exemplaires qu'il vend dans son arrière-boutique. Vous voyez, la peau genre figue séchée au soleil. C'est un gars très sympathique, et j'aime beaucoup parler de romans avec lui. Il m'a fait découvrir Thomas Wolfe, on ne dirait pas à me voir, je sais, mais j'adore lire et…

Le reste de la discussion dévie sur sa passion des classiques de la littérature et Noah se contente de hocher la tête. Il ne l'écoute plus. Il repense à ce qu'elle lui a révélé.

Cette histoire de prêtre vengeur lui semble un peu grosse, mais l'angle des représailles n'est pas à négliger pour autant. Peut-être y a-t-il matière à creuser davantage. Une histoire de rivalité entre gamins qui tourne mal. Un des jeunes impliqués est le fils d'un richissime homme d'affaires, il se venge… pourquoi pas.

Noah évalue le profil du responsable. L'homme a l'air aussi avenant qu'un parpaing. Inutile de perdre du temps avec lui. Bien, conclut-il, ce n'était pas prévu au programme, mais il est temps d'aller faire un tour à la librairie avant de se rendre à l'ancienne demeure des Engelberg.

La jeune femme parle toujours, intarissable, comme s'il était le premier client avec lequel elle pouvait rompre son quotidien. Il attend la fin d'une phrase pour la couper.

— Merci beaucoup pour les renseignements, bonne journée et gardez la monnaie.

La jeune femme qui mâchouille toujours son chewing-gum lui adresse un sourire charmeur et lui fait un «bye bye» de la main.

Lorsqu'il sort, les bancs sont vides, mais le parfum de laque flotte toujours à l'endroit où se tenait la bavarde.

Le sans-abri aussi a mis les voiles, ainsi que sa bouteille.

Noah regagne la voiture, pressé de pouvoir mettre en marche l'air climatisé et de laisser Charlotte loin derrière lui, comme si cette petite ville était un nuage toxique.

Ou peut-être serait-il plus judicieux de rester plus longtemps pour en apprendre davantage sur toi…

Noah pose sa main sur la poignée de la portière et voit une ombre fondre sur lui dans le rétroviseur.

Il a le temps de faire volte-face, mais ne peut pas éviter le poing qui s'abat sur sa joue.

Les vêtements sales, l'odeur de sueur et d'alcool, la barbe rousse… C'est le sans-abri.

Noah parvient à bloquer le deuxième coup avec son avant-bras et à le repousser.

L'homme recule de deux pas. Ses yeux globuleux sont injectés de sang. Son nez porcin est rétracté et il montre les dents comme un chien enragé.

— Pourquoi t'es revenu, hein ? Pourquoi ?

Noah retire la main qu'il vient de poser sur la crosse.

— Je vous connais ? Qui êtes-vous ?

L'homme semble frappé par la foudre et s'immobilise pendant deux bonnes secondes. Son regard perd toute agressivité et tout éclat. Il marmonne et se met à marcher vers les bois qui bordent le parking.

Noah s'apprête à le suivre, quand une vieille voix l'interpelle. C'est la cliente qui comptait son argent, une petite femme qui doit frôler les quatre-vingts ans.

— Oh, monsieur, désolé. Il ne faut pas lui en vouloir, il n'a pas toute sa tête. Il n'est pas bien méchant. Tout le monde le connaît ici.

— Pas de problème, madame. Vous connaissez son nom ?

— Bien sûr, c'est le petit Hunter Johnson, c'est un pauvre diable, son frère Terrence a disparu dans les années quatre-vingt-dix. Je suis sûr que vous connaissez l'histoire, non ?

27. ENCRYPTAGE

Dylan frotte ses yeux et prend une gorgée de café soluble froid dans la tasse posée sur le tapis de souris. Il réprime une grimace de dégoût et jette un œil sur le moniteur de droite. Les lignes du log de son programme de « brute force », qui consiste à bombarder la clé encryptée de mots de passe, défilent à grande vitesse, éclairant son visage d'un kaléidoscope vert stroboscopique. Il hoche la tête, confiant. Avec un peu de chance, la puissance de calcul empruntée aux processeurs des dizaines de milliers de PC interconnectés sera suffisante. Des millions de combinaisons ont déjà été testées, il en reste des millions d'autres. Sur l'écran de gauche, une vidéo du top dix des constructions en lego les plus impressionnantes défile en boucle et se partage l'espace avec une fenêtre eBay exposant la vente imminente d'une collection de trente-cinq exemplaires de dollars en argent datant du xixᵉ siècle. Quelques secondes avant la fin, Dylan place une mise à six cents et change d'onglet.

Retour à la bourse, son passe-temps préféré.

Entre ses différentes magouilles, les bitcoins accumulés et quelques opérations binaires bien négociées, Dylan a déjà acquis un beau magot. Mais ce n'est pas suffisant pour s'offrir une retraite paisible sur la côte pacifique. La Floride, c'est fini pour lui. Direction San Diego pour se la couler douce. Adieu les ouragans et les caïmans, bonjour les tremblements de terre et la sécheresse!

Et surtout, pense-t-il alors qu'il s'éponge le front, faites que l'air ne soit pas humide là-bas. La température élevée ne lui fait pas peur tant qu'elle ne le plonge pas dans un putain de hammam, comme celui qui semble s'étirer sur toute la côte est. Y compris à Montréal.

Dylan rapproche le ventilateur horizontal collé à son bureau et augmente sa puissance.

Une goutte de sueur tombe sur le clavier. Il frappe du poing sur le bureau.

— Bordel, ce n'est pas possible. Ils auraient pu nous filer un appart avec la clim, au moins. Et puis on n'est pas censé se geler les couilles au Canada? J'ai loupé un épisode?

Et il ajoute:

— Et voilà que tu te remets à parler tout seul.

D'ailleurs, quand va revenir Beverly?

Cette nana a vraiment un problème avec la bouffe. Cela fait quoi, cinq fois qu'elle part et revient avec assez de vivres pour nourrir une famille d'ours pendant vingt ans? Steaks de bœuf, poitrines de poulet, saumon…

La porte d'entrée claque contre le mur. Dylan sursaute et renverse sa tasse dans la panique. Le récipient ne se brise pas, mais le café coule sur le parquet et s'infiltre entre les lattes de bois.

— Et merde!

Et puis il réalise: c'est peut-être les Russes.

Dylan pose sa main sur le pistolet placé au-dessus du clavier.

— Bev, c'est toi?

Une série de bruits répond à sa question : des sacs tombent sur le sol. La pression redescend d'un cran.

— Et qui veux-tu que ce soit ? lui répond-elle. Noah est parti dans le Vermont et Clémence est encore à l'hôpital.

— Je n'ai pas entendu la clé dans la serrure avec ce foutu ventilo. Et elle n'est pas si conne, ma question. Tu ne crois pas que les Russes peuvent nous trouver ici ?

— Si, répond Bev. Évidemment qu'ils le peuvent. La Bratva est partout, c'est bien ça le problème.

Dylan passe un coup d'essuie-tout sur le sol et vient à la rencontre de son amie.

En voyant les deux sacs GNC qu'elle vient de poser, il se plaque la paume contre le front.

— Putain, la barbaque ne te suffit pas ? Il faut en plus que tu dévalises les boutiques de suppléments !

Dylan ouvre le sachet en plastique et en inspecte le contenu.

— Protéines, BCAA, multivitamine, glutamine, créatine. Bref, la totale. Tu t'es remise au sport ? Avec ta blessure ?

Beverly ouvre un placard de la cuisine et sort un sachet de Jerky. Elle arrache un coin d'un coup de dent sec. Après y avoir pris un morceau de bœuf séché, elle en propose à Dylan.

Il décline d'un geste agacé.

— J'ai repéré une salle de gym à côté. Et vu qu'on risque de passer du temps ici, je me suis dit que c'était l'occasion de faire disparaître la bouée que j'ai sur le ventre et faire désenfler mes fesses.

Le regard de Dylan s'oriente malgré lui vers le postérieur de son amie.

— Je les aime bien, moi, tes fesses.

— Je sais. Quand ton regard de fouine n'est pas fixé sur ton écran, il l'est sur mon arrière-train. Et là, ça va ? Tu te rinces bien l'œil ?

Dylan affiche une moue goguenarde.

— Bah tu sais, je me demandais si, tu vois, vu qu'on est seuls...

Beverly reste la bouche ouverte, et le regarde hébétée en tentant de chercher des signes d'humour cachés sur son visage.

— Oh merde, Dylan, t'es sérieux ! Honnêtement, t'es sympa, mais vraiment pas mon genre. Déjà, je te le dis cash, les gars qui changent de t-shirt tous les deux jours et qui portent des chaussettes trouées, ça me refroidit direct.

— T'as vraiment des putains de clichés en tête. Le programmeur geek qui ne se lave pas ! Pour ta gouverne, cela fait au moins la troisième douche que je prends de la journée. Encore une et mon épiderme se décolle.

Beverly reprend un morceau de Jerky qu'elle mâchouille ostensiblement.

— Euh, mec, désolée, ce n'est pas un cliché. Là, tu pues, tout simplement. Je suis super sensible aux odeurs.

— Je n'arrive pas à croire que tu sois si vache avec moi. Merde, c'est...

Dylan se retourne, alerté par son moniteur. Il fonce vers son bureau.

— Un problème ? s'enquiert Beverly.

Possible, il va bientôt le savoir. Les flashs lumineux ont cessé, cela peut signifier que le PC a planté ou bien...

— Oh putain ! hurle-t-il.

— Pas la peine de faire durer le suspense, balance.

Dylan s'élance vers elle et l'enlace, sans penser que le t-shirt qu'il a remis après chaque douche serait une excuse suffisante pour que son amie le broie contre sa poitrine.

— J'ai réussi, Beverly, j'ai hacké la clé!

***

Abraham Eisik l'Israélien, alias Christian Charrette le Canadien, pioche une dernière frite plongée dans la sauce brune à l'aide de sa fourchette en plastique et repousse la barquette de poutine à moitié entamée d'un revers de main.

La situation est stressante.

Mais ce ne sont pas les brûlures d'estomac ou les reflux qui irritent son œsophage qui l'inquiètent. Il s'y est habitué depuis qu'il ne mange plus que de la *junk food*.

Non, le problème, ce sont ses plans contrariés. Déjà, le fait que la planque fournie par le Canada soit au douzième étage. Pas de chance quand on sait que bien des immeubles à Montréal ne dépassent pas les trois étages. Ensuite, Noah qui s'est absenté dans le Vermont, d'après ce qu'il a pu entendre; et pire, Clémence qui est hospitalisée dans le coin du lac Saint-Jean. À six heures d'ici au bas mot.

Restent les deux sbires, les «soi-disant» amis de la petite Leduc. Pas la configuration optimale pour frapper d'un coup quand la meute est dispersée. Il pourrait bien sûr récupérer la clé et éliminer ces deux insignifiants puis s'occuper des autres ultérieurement. Mais il risque de sonner l'alarme et il sera beaucoup plus difficile de les retrouver après cela. La donne a changé depuis Brooklyn. Entre-temps, il a passé un deal avec Dimitri. Rares sont les types qui lui foutent la frousse, mais ce gars en fait partie. Pas étonnant que la Bratva ait pu avoir main mise sur la Floride avec un type pareil à sa tête, les Siciliens n'avaient aucune chance. Non, il n'a pas envie de prendre de risques. La santé de Sally, sa petite-fille, sa retraite... Il faut qu'il kidnappe Clémence, et ces deux abrutis sont encore le meilleur moyen d'y parvenir.

Abraham fait obliquer légèrement le canon micro braqué vers la fenêtre de l'immeuble d'en face.

C'est le calme. À part quelques bougonnements du dénommé Dylan.

Il retire son casque et branche les enceintes. Sa gorge est asséchée par la soif. Dans son souvenir, les poutines de La Banquise n'étaient pas aussi salées.

Abraham enjambe le corps du jeune homme qui, la joue sur le carrelage et les yeux levés au ciel, semble lui demander « Pourquoi ? »

Parce que t'étais au mauvais endroit au mauvais moment, aurait-il envie de lui répondre. Parce que tu avais la malchance d'être le locataire d'un appartement placé idéalement pour ma mission. N'y vois surtout rien de personnel.

C'est vrai, il n'avait pas envie de tuer ce type, un compatriote venu de Tel Aviv, d'après ce qu'il a appris en faisant le tour des lieux. Dix-neuf ans, étudiant à McGill, un brillant avenir de médecin devant lui. Dans quelques jours, il sera retrouvé ici et aura un bel encart dans le *Journal de Montréal* : « Un étudiant étranger retrouvé mort, les cervicales brisées ».

Abraham ouvre le frigidaire et accueille la fraîcheur avec un sourire satisfait. Niveau contenu, bonjour la tristesse. Visiblement, le jeune était obsédé par le bio et la verdure. Tofu et kale occupent la majorité des étagères.

Il attrape une bouteille de Perrier, la fait rouler contre son visage en sueur et en prend une gorgée au goulot. Les bulles provoquent un reflux immédiat, mais la soif le pousse à continuer.

Bien, il faut qu'il trouve un moyen de mettre la taupe de son côté et de l'utiliser à son compte. Bref, être patient. De toute façon, pas de danger en vue. Le contenu de la clé est encrypté. Une chance.

D'ailleurs, qui est la taupe? Le grand râleur sec ou la version féminine de Mohamed Ali?

Ça l'arrangerait de le savoir, parce que dans l'état actuel des choses, il sera contraint de maîtriser les deux. Autant le programmeur sera un jeu d'enfant, autant l'autre monstre risque de poser problème. Il a beau être un expert en krav maga, il est un peu rouillé. Et vu la paire de bras qu'elle se paie, les techniques martiales risquent de ne pas suffire.

Il n'a donc plus qu'à espérer qu'elle ne sache pas trop se battre, sinon c'est cuit.

Non, il ne doit prendre aucun risque. Ce n'est pas comme avec ce jeune étudiant ou encore le couple de vieux. Il a pu compter sur la surprise (les gens ne s'attendent jamais à se faire agresser) et son expérience. Et puisqu'il ne peut pas les éliminer, il faudra les dompter autrement. Demain, il se procurera un taser (un pistolet tranquillisant serait optimal, mais plus difficile à obtenir).

Abraham visualise mentalement l'exécution de son nouveau plan. Il rentre dans l'appartement en faisant fondre la serrure à l'acide. Il neutralise les deux sbires, détruit la clé et contraint ses prisonniers à attirer le reste de la joyeuse équipe.

Satisfait et sa soif épanchée, Abraham repose la bouteille de Perrier et plonge la tête dans le frigo avant de le refermer.

Il se réinstalle devant la fenêtre, augmente le son des enceintes et reprend le cours de son bouquin, les jambes allongées.

Au bout d'une dizaine de pages, un bruit de céramique heurtant le carrelage provenant des haut-parleurs lui fait sortir le nez de son roman. Le «Et merde...» qui suit lui fait secouer la tête de dépit.

C'est vraiment un guignol, cet échalas dégingandé, typiquement le genre d'individu qu'Abraham ne peut pas supporter. Grande gueule, râleur.

Certainement un lâche.

Certainement la taupe.

Le téléphone vibre dans sa poche, au moment où Dylan chevrote un «Bev, c'est toi?»

C'est un message vocal retransmis depuis le réseau proxy qu'il a mis en place. En reconnaissant le numéro de l'hôpital où sa petite-fille est en soins intensifs, Abraham se pince la lèvre inférieure entre ses dents.

Merde, ce n'est pas bon signe.

Il plaque l'appareil sur son oreille et pâlit à mesure que le message annonce la mauvaise nouvelle.

Son état s'est dégradé. Il lui faut absolument ce traitement expérimental.

Putain de mauvais timing.

Lorsqu'il entend «J'ai réussi, Beverly, j'ai hacké la clé!», Abraham laisse tomber son téléphone et se lève d'un bond, la bouche ouverte.

— Mais c'est une blague! lâche-t-il à haute voix.

Pas une blague, non. Juste un putain de putain de mauvais timing.

Au diable le plan parfait alors, il faut agir vite.

Non, pas vite.

Maintenant.

28. PAMPLEMOUSSE

Clémence zèbre la feuille d'un grand trait de crayon. La frustration accumulée depuis qu'elle est vissée à son lit a atteint son paroxysme et elle est à deux doigts d'exploser. Impossible de faire du bon travail dans ces conditions. Ses notes ressemblent à des gribouillis ineptes. Est-ce au moins possible de parvenir à écrire quelque chose de lisible de la main gauche?

Et cette médication qui engourdit ses méninges n'aide pas. Est-ce cela que ressent Noah tous les jours? Comment fait-il pour naviguer dans les brumes et y voir clair?

Ou peut-être étais-tu simplement trop présomptueuse pour penser que tu pourrais résoudre ce puzzle si vite, Clémence?

Non, elle va réussir, pas de doute, mais cela prendra plus de temps.

Pour l'instant, le tiers du travail est déjà accompli.

Clémence prend une gorgée d'eau et parcourt le carnet qui compte désormais plus d'une centaine de croquis de jeux d'échecs pour se remémorer le cheminement de sa logique.

Le premier dessin est une représentation schématique reconstituée à partir de la photo de l'échiquier prise chez son cousin. De là, elle a rejoué la partie à l'envers, un travail de déduction basé sur les coups joués par Étienne avant et après ceux de Sophie.

Elle a aussi acquis la conviction que ce n'est pas pour rien que la journaliste a cessé d'appeler Étienne. La configuration du jeu devait être l'état final qu'elle souhaitait révéler, le message codé qu'elle voulait transmettre.

Une énigme qui lui était destinée.

À elle, pas à Noah.

Pourquoi ne voulait-elle pas l'impliquer? C'était son partenaire après tout, alors pourquoi le mettre à l'écart?

Sophie savait pourtant que Noah était en quête de réponses. Alors l'hypothèse la plus probable est qu'elle l'a maintenu dans l'ignorance pour le préserver des horreurs qu'il pourrait découvrir. Le passé de Noah est criblé de trous et de zones d'ombre.

Pourtant, la pire découverte qu'il pouvait faire est derrière lui désormais. Que pourrait-elle avoir déniché de plus traumatisant qu'une enfance passée dans un laboratoire, au Raven Institute? Utilisé comme cobaye par des savants sans âme, violé par des porcs, obligé de tuer.

Non, difficile d'imaginer quelque chose de plus ignoble, même en prenant en compte la piste du trafic d'organes.

Clémence parcourt le reste de ses dessins, refait la partie dans sa tête et continue, sans pour autant se départir des questions qui se bousculent, dont une qui grossit au point de l'empêcher de réfléchir.

Et si ce n'était pas pour le préserver, mais pour se préserver de lui?

Clémence secoue la tête. Une fois formulée clairement dans son esprit, cette hypothèse lui semble finalement ridicule.

***

Noah marche d'un pas rapide et s'enfonce plus loin dans la brume épaisse. La voix râpeuse qui n'était qu'un faible murmure résonne à présent dans son crâne et vibre dans tout son corps.

Si Marie-Lou ne s'était pas noyée ce jour-là, serais-je devenue cartomancienne?

L'écho du rire de la voyante explose et se répercute sur des parois invisibles qui délimitent le chemin qu'il emprunte en aveugle.

Seriez-vous venu me consulter? Et surtout, auriez-vous vu les cartes, monsieur Wallace?

Le brouillard s'anime puis se densifie autour de lui. Il devient un nuage épais qui l'enveloppe et qui s'écharpe en de fines volutes de fumée grise.

Il s'engouffre dans ses narines et un goût âcre d'encens brûle sa gorge, puis s'infiltre dans ses bronches et ses poumons.

Un coup de tonnerre le libère de l'emprise de la brume qui se dissipe au moment où un torrent de pluie s'abat sur lui.

Noah continue d'avancer en aveugle. Il patine dans la boue en grelottant, ses dents s'entrechoquent. Sa main tendue décrit des moulinets afin d'écarter le rideau de pluie. Il ne distingue que le sol spongieux dans lequel ses pieds s'enfoncent.

Puis, un rhizome d'éclairs zèbre un ciel noir d'encre et le garçon apparaît dans le flash lumineux.

Juste devant lui. À moins d'un mètre de distance.

Mais il est différent, cette fois-ci.

Le garçon lui fait face, l'index tendu, et le fixe de son regard accusateur. Son visage n'a rien de celui d'un enfant.

Une barbe rousse trempée et des yeux globuleux et injectés de sang explosent dans un visage couperosé et suintant.

C'est le sans-abri.

«Pourquoi t'es revenu, hein?», hurle-t-il.

Puis sa bouche reste ouverte, démesurément grande. Ses mâchoires s'écartent en un simulacre de sourire, un rictus qui disloque ses mandibules, un trou noir dans lequel s'engouffrent les gouttes de pluie qui spiralent.

Et le temps d'un nouvel éclair, ce n'est plus un homme qui crie, mais un garçon qui lui ressemble. Ses cheveux roux sont ébouriffés, ses traits déformés par la terreur. Le cri guttural mue peu à peu en une stridulation aiguë, avant que ses yeux ne se révulsent et qu'il ne tombe à la renverse.

La tête de l'enfant percute le sol et Noah ouvre les yeux. Le son des gouttes de pluie s'estompe graduellement et se superpose un instant au bruissement des feuillages caressés par le vent.

Noah cligne des paupières, hagard. Il lui faut quelques longues secondes pour réaliser qu'il est assis sur un banc à l'extérieur de la librairie. Encore une fois, il s'était égaré dans un rêve éveillé. Celui-là était différent de ceux qu'il faisait lorsqu'il était sous le traitement abrutissant d'Elizabeth Hall, son ancienne psychiatre. Moins réaliste, mais tout aussi oppressant. Noah ne sort jamais indemne de tels voyages et une partie de son esprit flotte toujours là-bas, avec le garçon aux cheveux roux dont il peut encore ressentir la terreur. L'odeur de l'encens est dans ses narines, le goût de la fumée dans sa gorge et sur son palais.

Une douleur vive au doigt lui fait prendre conscience de la présence de son corps. Il retire ses mains, restées agrippées au banc en bois, et se pince la pulpe de l'index pour déloger l'écharde qui s'y est incrustée.

— Est-ce que tout va bien, monsieur ? demande une vieille voix chevrotante teintée d'un léger accent du sud.

Noah ne répond pas immédiatement, son regard fixé sur le petit morceau de bois fiché dans sa gangue rougeâtre et qui refuse de sortir.

— Je vous ai entendu crier alors je me demandais si vous n'aviez pas un problème.

Noah se tourne vers l'homme et aperçoit un visage dont il ne remarque que l'immense rangée de dents blanches ornant un sourire franc et la paire d'yeux bleu clair qui contraste avec la noirceur d'un visage sillonné d'une rivière de rides.

Le libraire, réalise-t-il. Sullivan O'Dell. La figue séchée au soleil, comme l'avait décrit (avec très peu de classe) la jeune fille du magasin.

— Tout va bien, désolé, je me suis assoupi.

— Sur ce foutu banc ? Mais il est aussi confortable qu'un tapis de clous. Il m'arrive aussi de faire quelques siestes, mais je préfère de loin le petit coin de jardin accessible depuis l'arrière du magasin. Oh, et je suis désolé de ce léger contretemps. Vous êtes bien monsieur Wallace ? Mon assistante m'a prévenu de votre visite, mais je devais absolument conclure une affaire. Un livre rare, un exemplaire original de *Animal Farm* de George Orwell, 1945. Vous connaissez ?

Noah hoche la tête.

— Des animaux qui se révoltent dans une ferme et chassent les hommes. Une allégorie critique et satirique du régime stalinien. Oui, je connais bien sûr. Noah Wallace, enchanté, monsieur O'Dell.

Le vieil homme chasse de son sourire la fine couche de poisse sombre qui enveloppait encore Noah et lui tend la main.

— C'est toujours un plaisir d'échanger quelques mots avec des connaisseurs. Oh, laissez-moi deviner, vous êtes journaliste ? Non, écrivain peut-être ? Mon assistante ne m'a pas donné de contexte, elle m'a juste demandé si je pouvais répondre à une série de questions.

Noah se lève et chasse les fourmillements dans sa cuisse avant de prendre sa canne.

— Ni l'un ni l'autre. Je suis détective privé, et j'ai effectivement besoin de quelques renseignements.

Le libraire place les mains sur ses hanches et secoue la tête.

— Alors si cela ne vous dérange pas, nous pourrions nous installer sur la petite terrasse dont je viens juste de vous parler. Je n'ai pas de climatisation à l'intérieur, et malgré les ventilateurs, ces vieilles maisons en bois ont tendance à se transformer en sauna. À cette heure de la journée, on pourrait cuire une dinde rien qu'en la posant sur mon bureau. Regardez ma peau fripée, j'ai déjà perdu des litres d'eau.

Il lui adresse un clin d'œil chargé d'humour. Cet homme doit avoisiner les quatre-vingts ans et pétille de malice.

— Suivez-moi, lui dit-il avant de contourner la librairie.

Noah est surpris par l'aisance dont il fait preuve malgré son âge et sa taille. Même légèrement voûté, O'Dell le dépasse d'une large tête.

Ils contournent la maison en bois blanc dont une partie abrite la bibliothèque municipale. Noah aperçoit une poignée d'étudiants et de lecteurs à travers une grande fenêtre. Ce petit coin de verdure ombragé par une rangée d'arbres, en plus d'être apaisant, est traversé par un courant d'air agréable bienvenu par cette chaleur. Là encore, Noah éprouve la même sensation qu'au magasin, celle de fouler le sol d'un terrain connu. Il est déjà venu ici également, et a emprunté ce passage par le passé.

Ils arrivent en vue du jardin évoqué par le libraire. Un bien grand mot pour ce petit espace aménagé derrière le bâtiment victorien. Plutôt une terrasse improvisée, qui donne sur un champ à l'abandon ceint par une clôture grillagée. Le vieil O'Dell se dirige d'un pas preste en direction d'une étroite table en verre ne devant son équilibre qu'à une brique calée sous un de ses pieds.

D'un geste sec, il déploie un parasol rose délavé et déplie une chaise en bois.

Il invite Noah à s'y asseoir d'un geste de la main.

— Installez-vous, réfléchissez à vos questions pendant que je vais vous chercher de la limonade.

Noah s'apprête à décliner, il n'a pas spécialement soif, mais l'homme est déjà parti.

Pas étonnant qu'il ait chaud avec sa petite veste verte et sa chemise à carreaux déjà épaisse. Le pantalon en velours ne doit pas aider non plus.

Noah n'a pas le temps de laisser libre cours à ses pensées que le libraire est déjà revenu, une cruche pleine dans une main et deux verres dans l'autre. Il s'assoit face à Noah avec prudence et méticulosité, comme s'il voulait préserver son dos ou ses hanches.

— Bien, je suis à vous, de quoi voulez-vous me parler? dit-il en servant un premier verre. J'ai déjà ma petite idée. Charlotte n'est pas exactement le genre d'endroit qui regorge de faits divers.

Il ponctue sa phrase d'un clin d'œil complice.

— L'accident survenu avec la petite Ravenwood et le fils Engelberg… et les disparitions, confirme Noah.

— C'est bien ce que je pensais. Mais dites-moi, il se passe quoi au juste avec cette affaire? Il y a peut-être un mois, une jolie fille est venue me poser des questions. Un beau brin.

Ça fait beaucoup en si peu de temps pour un cas vieux de vingt-quatre ans.

Sophie. Elle ne l'a pas mentionné dans ses notes, mais elle est donc bien venue ici.

Noah hésite à dire qu'il est justement à sa recherche, mais décide de garder cette partie pour plus tard.

Il se contente de hocher la tête et hausse les épaules.

— Soit c'est une coïncidence, soit mon client a embauché plusieurs détectives.

— Elle s'est présentée comme journaliste, en tout cas. Bien, j'imagine que vous avez déjà fait le tour des journaux, posé des questions et que vous n'avez presque rien trouvé, c'est ça?

O'Dell le fixe avec le regard pétillant d'un gamin qui s'apprête à confier un secret.

— On m'a dit que les gens du coin n'aimaient pas en parler, que c'était un épisode un peu honteux dans l'histoire de Charlotte.

Le libraire sert un deuxième verre puis son index décrit le mouvement d'un essuie-glace.

— Oh, non, ce n'est pas la honte, monsieur Wallace. C'est juste de l'ignorance. Très peu d'informations ont filtré sur l'incident qui a provoqué la mort de la fille du révérend et du fils de monsieur Engelberg. Cela n'a commencé à s'éventer qu'au moment où Jake Brown, le shérif, a organisé une battue pour son fils Jacob. Mais là encore, cela est presque passé inaperçu dans les médias et il n'y avait pas internet à l'époque. Sans aller dire que la presse a été totalement muselée, l'information est restée contingentée. Mais vous savez, monsieur Wallace, si je dois avoir un don, c'est de cerner les gens. J'oserais dire qu'ils sont des livres ouverts pour moi.

Il lâche un petit rire qui lui fait plisser les yeux.

Noah prend des notes et entoure «Engelberg mort?» puis il invite son interlocuteur à continuer.

— Je connaissais bien le shérif Brown, ce n'était pas un mauvais bougre. Juste une personne qui tentait de composer avec le suicide de sa femme survenu trois ans plus tôt, et un enfant pas facile à vivre. Nous allions à la pêche ensemble un dimanche sur deux, sur une petite barque que je sortais chaque week-end sur le lac Champlain quand le climat était favorable. Bref, lorsque nous étions au calme et que les lignes étaient jetées, il me parlait souvent de son fils et sa bande de terreurs. Il faisait tout pour le préserver, le protéger. Mais il se sentait impuissant. La culpabilité le rongeait, vous savez, il se sentait responsable à plus d'un titre des mauvaises actions de son fiston. Il ne me l'a jamais dit, mais j'ai un don pour sentir les gens, monsieur Wallace, et j'ai su que c'était son rejeton qui était à l'origine de l'accident. Enfin, accident ou meurtre je ne sais pas, mais ce dont je suis certain c'est qu'il a fait disparaître les preuves. Lorsque je lui ai demandé ce qu'il avait vu sur la scène, il s'est refermé et m'a répondu : «Tu ne veux pas savoir, Sullivan. Ce n'était pas beau à voir.» Malgré son détachement apparent, ses yeux rougis se mouillaient de larmes. Il était beaucoup trop affecté pour que le drame ne le touche pas personnellement. Mais le pire dans toute cette affaire, c'est que ce n'était que le début.

La vieille figue aime raconter des histoires, remarque Noah. Le bougre a le regard qui pétille et il sait mettre l'intonation là où il faut pour capter l'attention. Il a croisé ses jambes et le silence qu'il fait peser suggère une intervention de son auditoire.

Noah décide de jouer le jeu et demande :

— Et alors, que s'est-il passé après?

— Je vais vous le dire, mais avant je vais aller faire un tour aux toilettes, ma prostate doit bien faire la taille d'un pamplemousse, alors je dois souvent aller faire une petite vidange.

29. HISTOIRES

— Encore désolé de vous avoir fait attendre, monsieur Wallace, mais à mon âge, il ne serait pas sage de ma part d'ignorer l'appel de la nature, surtout lorsqu'il se fait si pressant.

Le libraire explose d'un rire dont l'éclat fait ressortir la chaleur de l'enfance sur son vieux visage.

Une fois calmé, il se tire ensuite le lobe de l'oreille. Noah remarque pour la première fois l'épaisse touffe de poils gris et drus qui jaillit du pavillon. L'idée que la vieillesse puisse accentuer la croissance capillaire occupe ses pensées quelques secondes.

— Bien bien… je ne vais pas faire durer le suspense plus longtemps. Comme je vous le disais, j'avais soupçonné le shérif Brown d'avoir maquillé la scène du drame pour protéger son fils. La version officielle donnée par les forces de l'ordre fut celle de l'accident. Un terrible accident. Les enfants auraient fait un feu, puis ils auraient consommé de l'alcool et la fille serait tombée dans le brasier. Le gamin Engelberg aurait tenté de la secourir. Une chose est certaine : la fille est morte brûlée vive et le garçon a été expédié à l'hôpital, gravement blessé. Évidemment, je n'ai jamais pu connaître la vérité.

Noah griffonne «vérifier l'hôpital». D'après ses connaissances, le garçon aurait dû être transporté au centre médical universitaire du Vermont à Burlington. Peut-être pourra-t-il y trouver des renseignements sur place un peu plus tard.

— Et puis il y a eu la première disparition, reprend-il. Ce jour de septembre, le shérif est venu à la librairie, paniqué. Il était là pour me demander si j'avais aperçu son fils. En temps normal, j'aurais été sarcastique et lui aurais signifié mon plaisir de voir son petit cancre pointer son nez au moins une fois dans une librairie. Le visage grave de mon ami Jake m'en dissuada. Quelques heures plus tard, je l'accompagnais dans une battue. Deux jours après, il était anéanti. Il savait que passé un certain délai, les statistiques ne jouaient plus en sa faveur.

Le vieil homme ne sourit plus. Cette plongée dans ses souvenirs a fait disparaître l'enfant derrière son visage.

— Évidemment, Charlotte est une petite ville et les histoires les plus folles se sont mises à circuler. Parmi elles, une était sur toutes les lèvres. Je l'ai entendue la première fois de la bouche de ma petite-fille, Mary. Elle était revenue de l'école municipale, vous voyez, celle qui est juste en face de la librairie. Et elle m'a demandé, ses grands yeux ronds et avec beaucoup trop d'anxiété sur un si jeune visage, «C'est vrai que le révérend fait disparaître les enfants, papy Sullivan? C'est vrai qu'il les tue parce qu'ils ont tué sa fille?»

Sullivan O'Dell tire à nouveau le lobe de son oreille et penche sa tête sur le côté. Peut-être un moyen d'ouvrir les tiroirs de sa mémoire, en déduit Noah.

— J'ai posé mes mains sur ses épaules et lui ai répondu que non. Que le révérend était simplement très triste d'avoir perdu sa fille, et que c'était pour cela qu'il pleurait le soir sur le perron et qu'il avait été remplacé à l'église. Mais que jamais il ne ferait de mal aux enfants. Je n'ai pas pris d'énormes risques en l'affirmant. J'étais déjà persuadé qu'il y avait un coupable pour ces disparitions et que c'était quelqu'un d'autre, et ce bien avant que le petit Terrence Johnson ne disparaisse à son tour.

Johnson. À l'évocation du nom, le visage accusateur du sans-abri s'imprime comme un flash dans son esprit.

— Le père des enfants Engelberg. C'est lui que j'ai soupçonné. Il n'est venu qu'une fois à la librairie, enfin, façon de parler. Il a ouvert la porte et a posé un pied dans l'entrée. Mais au moment où il a posé ses yeux sur moi, il a fait demi-tour. Il n'a pas caché son dégoût de voir un noir être le responsable d'une librairie. Pour lui, c'était aussi normal que de rencontrer un chien parlant sur la lune. Dans le laps de temps où nos regards se sont croisés, vous savez ce que j'ai vu dans le sien ?

Le libraire attend une réponse que Noah donne en secouant la tête.

— Rien. Un foutu vide, monsieur Wallace. S'il avait croisé le regard d'un chien savant ou d'un primate dégénéré, moi j'avais croisé celui de la mort personnifiée. Je me répète, monsieur Wallace, mais j'ai un don, je sens les gens.

Est-ce vraiment le cas ? Que pouvez-vous dire sur moi, monsieur O'Dell ?

— Après la disparition des gamins, je n'arrivais pas à m'ôter cette idée de la tête. Ce monstre était responsable. Pour vous dire, ce type m'avait fait une telle impression que j'en ai fait des cauchemars. J'ai parlé de mes soupçons au shérif, de manière détournée bien sûr, avec quelques insinuations pour l'aiguiller dans la bonne direction. Je ne voulais pas passer pour un fou avec mes histoires de don. Et puis j'avais peur, vous comprenez. Peur que Hansel Engelberg ne s'en prenne à ma famille, à Mary, ma petite-fille. Tout cela pour rien, au final. Jake n'a pas tenté d'investiguer plus que cela sur les Engelberg. Ce brave shérif, déjà terrassé, n'avait pas eu la force de s'aventurer sur un terrain miné politiquement.

Le libraire, gêné par le soleil plaqué sur ses yeux, se lève pour réorienter le parasol. Puis il reprend.

— La curiosité est un vilain défaut, je le sais. Mais que voulez-vous, cela vous est-il déjà arrivé d'être hanté par une question au point de vous sentir possédé ? Comme une démangeaison que vous devez gratter encore et encore jusqu'à ce qu'elle saigne ?

Plus que vous ne pouvez l'imaginer, monsieur O'Dell, c'est l'histoire de ma vie, voudrait-il répondre. Il l'invite à continuer d'un hochement de tête.

— Jake ne m'accompagnait plus à la pêche, et un jour où j'étais parti seul avec ma barque sur le lac Champlain, cette foutue curiosité m'a poussé à me rapprocher des berges qui avoisinaient la grande maison des Engelberg. À mon grand regret, je n'avais pas pris de jumelles, alors j'ai été contraint de me rapprocher plus que je ne l'aurais dû. Hasard, coïncidence, ou réponse providentielle à mes questions, j'ai pu assister à un spectacle assez insolite dans le parc. Un homme, un grand blond platine au nez écrasé, vous savez, comme un boxeur, entraînait un des gamins au combat. Mais c'était étrange, il ne l'entraînait pas simplement à combattre, il lui apprenait à faire mal. J'étais sidéré de ce que je voyais. Des échanges de coups non retenus, des clés de bras et même l'utilisation de couteaux et de sabres. Ce n'était pas un professeur qui entraînait un élève, mais un maître-chien qui formait un tueur. À un moment, le grand blond s'est tourné vers le lac. J'ai fait semblant de pêcher, puis j'ai mis les voiles, persuadé que l'entraîneur m'avait remarqué.

Le libraire fait une courte pause.

— Quelques jours après, c'était à l'aîné des enfants Johnson de disparaître. Mais cette fois-ci, il y avait un témoin, son frère. On a retrouvé Hunter hagard, ses cheveux à l'arrière du crâne, collés par du sang séché. Il tenait un discours incohérent, il parlait de diable, de démons, et se recroquevillait dans un coin. La police a essayé de le faire parler, sans parvenir à obtenir ne serait-ce qu'une bribe de discours cohérent. C'est ce qui lui a valu, après évaluation, un séjour à l'hôpital psychiatrique de Waverly.

L'hôpital où officiait Trevor Weinberger. Est-ce parce qu'il a été traité dans le même service que moi qu'il m'a reconnu ?

— Quant à la maison des Engelberg, j'y suis retourné plusieurs fois. Un jour, malgré la distance, il m'a semblé entendre des cris. Je ne sais pas si c'était le fruit de mon imagination, mais cela m'a glacé le sang jusqu'aux os. Pour vous dire, j'ai eu une telle frousse que je ne me suis approché de cette demeure de l'enfer que lorsque la famille a fini par déménager. Sans surprise, je n'ai rien trouvé là-bas et désormais une autre famille y réside, un homme d'affaires de New York, je crois. Voilà, vous savez tout ce que je sais désormais, enfin… presque.

Sullivan O'Dell affiche de nouveau son air mutin.

— Et qu'est-ce qui se cache derrière ce presque, monsieur O'Dell ?

— Peu avant que la famille Engelberg ne déménage, j'ai fait la rencontre d'Andrew Clayton. Ce nom ne vous dira certainement rien. Et je vous avoue que j'ai mis un bout de temps avant de comprendre qui il était vraiment. Au départ, je l'ai juste considéré comme un bon client, un homme lettré, agréable, qui partageait mon goût pour les livres rares. C'est une jeune fille qui m'a parlé de lui en l'apercevant un jour dans la salle de lecture, une habitante de Charlotte qui étudiait à Burlington. «Vous savez qui c'est?» m'a-t-elle demandé en le pointant du doigt sans aucune discrétion. Devant mon air étonné, elle a ajouté: «C'est Andrew Clayton, une sommité internationale en biologie moléculaire, c'est mon prof!» Elle a terminé en précisant avec une immense fierté: «Il travaille pour Genetech, vous savez.» C'est là que j'ai fait le lien avec Hansel Engelberg.

Noah s'empresse de noter le nom du professeur dans son carnet.

— Eh bien, croyez-le ou non, j'ai vu le comportement de cet homme changer au gré de ses visites, l'anxiété gagner ses traits, ses cheveux blanchir, ses yeux se perdre dans le néant. Il y avait un grand conflit intérieur chez lui et j'ai vite acquis la conviction que lui aussi était mêlé aux disparitions, car comme vous le savez désormais, monsieur Wallace...

... *oui, vous sentez les gens*, complète Noah dans sa tête.

— J'ai hésité. Je voulais attendre le moment opportun pour lui parler des Engelberg, mais il a déménagé peu avant la famille de son patron.

Le libraire secoue lentement la tête, le regret dans les yeux.

— Quand je repense à toute cette histoire, j'ai l'étrange impression qu'elle a été le point de départ de quelque chose de bien plus grave encore et que l'accident avec la fille Ravenwood n'aura été finalement qu'une étincelle à l'origine d'un grand brasier. Il n'en faut pas plus lorsque tous les éléments inflammables sont présents.

Noah n'a même pas besoin de le ressentir. Il le sait. Sinon, comment expliquer la capture de Sophie, la clé USB, l'ex-agent du Mossad? Mais quel pourrait être le lien entre les disparitions d'enfants et l'enquête de Sophie? Pour l'instant, il ne voit que le trafic d'organes, mais il a la curieuse impression que ce n'est que la partie visible d'un iceberg.

Le téléphone vibre deux fois dans sa poche. Un SMS.

— Excusez-moi, dit Noah en consultant son écran.

C'est un message de Raphaël Lavoie : « Pavel Bukowski s'est réveillé. Quand comptes-tu quitter Charlotte ? »

Le plus tôt possible, cet endroit est bien trop oppressant pour lui, mais il lui reste encore une chose à faire.

Il se lève et tend la main à Sullivan O'Dell.

— Merci beaucoup, j'en sais désormais davantage et vous êtes bien plus efficace que l'office du tourisme (il peut encore revoir le bouledogue de l'hôtel de ville hurler « Vous trouverez tout sur internet »). Vous avez remis mon investigation sur les rails.

— C'est plus qu'une enquête, c'est personnel, monsieur Wallace, je me trompe ?

Noah lui adresse un clin d'œil et tente d'afficher la même expression pétillante que le vieil homme en lui souriant.

— Comme vous le dites si bien... vous sentez les gens. Au revoir et bonne journée, monsieur O'Dell.

Le vieil homme se lève à son tour et lui serre la main.

À ce moment, Noah ressent un léger picotement à la base du cou.

— On ne s'est pas déjà croisés ? demande le libraire. Votre visage m'est familier.

Il se pourrait bien que oui, monsieur O'Dell. Mais je n'en ai aucun souvenir.

— Non, je ne crois pas.

Sullivan hoche la tête, mais son regard est ailleurs, comme s'il cherchait une autre réponse. Et soudain, une étincelle dans ses yeux et sa bouche qui s'entrouvre légèrement.

— Tout va bien ? demande Noah.

— Merci pour ce petit échange, monsieur Wallace, mais il faut juste que je rentre, j'ai encore du travail.

Noah quitte le jardin puis, piqué par la curiosité, il se retourne.

Cela n'a duré qu'une seconde, mais il jurerait que le vieil O'Dell a fait un signe de croix.

30. TALENTS

— Ne me fais pas languir, qu'y a-t-il sur cette clé ? demande Beverly, les mains appuyées sur les épaules de Dylan. Le regard de l'informaticien est rivé sur l'écran. Ses yeux roulent dans leurs orbites à mesure qu'il fait défiler les fichiers à l'aide de la molette de la souris. Sa bouche est légèrement entrouverte, la pointe de sa langue collée à ses dents.

— Des documents, des tas de documents, une palanquée de documents... et de plusieurs types. Il y a des scans en .png, des pdf, du word. Avec des noms à coucher dehors. Quand je vois ce bordel, je me dis qu'il n'y avait vraiment pas besoin de cryptage.

Il laisse échapper un ricanement sec.

— Je te rappelle au passage que j'ai aussi des yeux et que je vois l'écran aussi bien que toi, commente Beverly.

— OK, message reçu. Attends, j'en ouvre un au hasard. Tiens, celui-ci au joli nom de « PR-978-A.11 ». C'est un rapport d'expérience de Genetech signé par un certain professeur Andrew Clayton. Bon, en gros, ça parle de... (Dylan déplace son index sur l'écran) ... cellules somatiques, cellules *totipentes*... Bordel, je n'y comprends rien, c'est du charabia scientifique. Tout ce que je vois, c'est que le rapport n'est pas concluant. La biologie, c'est ton rayon, non ?

— Non. Mon rayon, c'est la médecine, mais sans être une experte, ce que je vois m'a tout l'air de toucher au clonage thérapeutique. Les cellules totipotentes, et non *totipentes*, dont on parle dans ce contexte, sont des cellules souches.

— Quoi, ils fabriqueraient des organes ? C'est légal, ça ?

Beverly se penche vers l'écran et Dylan en profite pour jeter un coup d'œil furtif au décolleté que dévoile un t-shirt bâillant à l'encolure.

— Regarde la date sur le rapport plutôt que de mater mes seins.

— Tu devrais te sentir flattée. D'habitude je trouve que les nanas qui font de la muscu ont plus de pectoraux que de poitrine. Mais pas toi.

— Ah oui ? Eh bien moi je trouve que d'habitude les hackers sont plutôt assez jeunes, ont une hygiène déplorable et sont de véritables pervers.

— Et ?

— Rien, mis à part l'âge, tu fais honneur au cliché. Mais pour en revenir à ta question, regarde la date. Le 17 novembre 1993. Pas étonnant que ces tests ne soient pas concluants, à l'époque, on était quasiment dans la science-fiction. D'ailleurs, de mémoire, aucune tentative de clonage humain n'a jamais été revendiquée, enfin si on élimine le docteur sud-coréen qui s'est révélé être un imposteur. Et je suis à peu près sûre que la technique évoquée dans ce rapport est obsolète. Et pour te répondre, le clonage est interdit par les Nations Unies, même à des fins thérapeutiques. Par contre, on a un embryon de lien avec le trafic d'organes.

— Oh, attends, il doit sûrement y avoir un fichier Excel qui recense les donneurs, les organes et bien sûr les clients.

— Tu te fous de moi là, non ?

— Complètement, mais on a le droit de rêver. Plus sérieusement, vu la façon dont cette clé USB a été planquée et cryptée, il doit y avoir bien plus compromettant que des expériences ratées.

Beverly pose le paquet entamé de Jerky sur le bureau et en pioche un.

— Pour une entreprise de l'importance de Genetech, tu n'as pas idée à quel point c'est explosif, dit-elle avant de porter le morceau de viande séchée à sa bouche.

D'un clic, Dylan classe les fichiers par type.

— OK, alors pourquoi Sophie Lavallée n'a-t-elle pas exposé Genetech dans les médias ? Elle l'a déjà fait avec les reliquats du projet MK-Ultra. Et des têtes sont tombées. Cette nana a une super cote de crédibilité.

— Là, tu marques un point. C'est une très bonne question, on trouvera peut-être la réponse dans ces fichiers.

— Ouais, mon instinct de fouine me dit qu'il doit y avoir une mine d'or là-dedans. Tiens, regarde celui-ci. Un fichier .onion, c'est plutôt étrange, non ?

— Plus louche qu'étrange, je ne suis pas hacker, mais je sais ce qu'est le deep web.

— Ouais, mais quand même je suis curieux. Attends avant d'aller plus loin… je vais faire un back-up… Et voilà, j'ai compressé et uploadé le tout sur notre *dark cloud*.

Dylan frotte la sueur humidifiant sa paume sur son jeans et clique sur le lien.

Son navigateur Tor affiche une fenêtre au centre de laquelle apparaît la représentation d'un jeu d'échecs vu de dessus.

— Bordel, c'est quoi ce truc? On dirait un jeu des années quatre-vingt. La souris ne fonctionne pas et…

— À mon avis, tu dois rentrer les coordonnées, tu as vu ce curseur qui clignote? Genre tu tapes d2d3 si tu veux déplacer le pion d'une case. Par contre, c'est quoi le rapport entre le jeu et les documents?

Dylan secoue la tête et passe la paume de sa main sur son visage. Il reste un instant à fixer l'écran à travers l'éventail de ses doigts.

— Je crois comprendre. Tu sais, avant de partir, Clémence pensait qu'elle pouvait trouver le mot de passe de la clé avec cette histoire de partie jouée entre la journaliste et son cousin. Je pense qu'elle se trompait. Cela doit avoir un rapport avec cette application. Tu sais quoi, je vais laisser tomber pour l'instant. Peut-être que si tu joues la bonne séquence… Mais on verra ça avec elle. Et puis de toute façon, on est déjà en train de mettre notre nez dans des affaires qui ne nous regardent pas. Mon job, c'était d'ouvrir la boîte à sardines, pas d'en bouffer le contenu.

— C'est une métaphore de merde, vraiment. Mais je suis d'accord avec toi, on devrait attendre les autres. Un dernier pour la route, quand même?

— Ma parole, t'es presque aussi curieuse que moi, quand je te dis qu'on a tout pour être ensemble. Tiens, on va prendre le plus récent.

Dylan réorganise les fichiers en les classant par date. Le premier de la liste est « patients.xls ».

— Bah, le voilà ton tableau Excel, ironise Beverly.

— Une liste de patients… (Dylan va dans les options pour vérifier les propriétés) … le fichier a été créé par Sophie. C'est un ajout de sa part! Wow. Ce sont des noms, des opérations. Transplantation de reins pour madame Charlotte West, une petite cornée pour Robert Dunham. Sérieux, j'y étais presque avec ma blague. Bon, on n'a pas le nom des donneurs, mais…

Dylan ouvre soudainement la bouche et laisse s'échapper un long «Putain» qui s'éternise sur la dernière syllabe.

— Non, mais Bev, tu vois ce que je vois?

— C'est gros, et ce n'est surtout pas une coïncidence, acquiesce Beverly. Il faut qu'on prévienne les autres.

***

Deux agents.

Le premier, il l'a déjà repéré dans la rue, planqué en civil dans un SUV noir, occupé à guetter les allées et venues dans l'immeuble. Il connaît la musique, celui-ci doit contacter son acolyte dès qu'un faciès inconnu se pointe. L'autre se met en alerte, prêt à intervenir. En toute logique, il doit être logé à proximité de l'appartement et surveiller aussi la planque via plusieurs caméras et micros.

Son plan initial était de se débarrasser d'eux en premier avant de s'attaquer à la planque. Il reste valide, sauf qu'il n'a pas eu le temps de se préparer à cet assaut. Tant pis, l'étude des lieux et son opération d'extraction aux petits oignons ne sont plus au menu.

Blitzkrieg. Fast and furious. Aucune marge d'erreur possible.

S'il se fait repérer, c'est mort. Il perdra l'effet de surprise et Clémence et Noah disparaîtront dans la nature. Et ça, il ne peut pas se le permettre, surtout pas après le dernier message reçu.

Le timing ne pourrait pas être pire, car si le contenu de la clé tombe dans les mains des services secrets…

Non, il préfère ne pas y penser.

Abraham visse le silencieux au canon de son pistolet et prend une grande inspiration.

Bien, il est temps d'improviser.

Ne fais pas tout foirer, supplie Abigaël.

Pas cette fois, lui répond-il à haute voix, promis, pas cette fois.

Abraham dévale les escaliers quatre à quatre. La rue est plongée dans la pénombre, la lumière d'un dépanneur à la vitrine grillagée étant la source principale de lumière au rez-de-chaussée. Seul le bruit de la circulation lointaine vient rompre le silence nocturne. Aucun piéton ni voiture ne perturbent la quiétude de cette nuit d'été.

Ce qui le rendra d'autant plus visible, malheureusement.

Abraham repère le SUV placé devant l'entrée de l'immeuble, sur le trottoir opposé. Le véhicule n'a pas changé de place en trois jours, même s'il a déjà accueilli deux agents différents.

Une fois encore, il va devoir aller surprendre un chauffeur en planque, et sans l'aide d'une grenade dégoupillée. Surtout, la partie risque ne pas être du même niveau. Cela va grandement dépendre de l'ancienneté et de l'entraînement de l'agent en place.

Dans tous les cas, l'effet de surprise sera déterminant.

Abraham se place à un mètre de la voiture, dans un angle mort, de façon à ne pas être repéré dans le rétroviseur. Il évalue la situation d'un regard.

Personne en vue. Une voiture au croisement qui attend que le feu passe au vert, suffisamment éloignée.

Il pointe son pistolet vers la vitrine du dépanneur et fait feu deux fois.

La vitre vole en éclats, l'enseigne lumineuse crépite d'étincelles et s'éteint.

Le mouvement perçu dans le rétroviseur agit comme un signal et Abraham fonce accroupi vers le côté passager. Parvenu au niveau de la portière, il place l'embout du canon au niveau de la serrure, fait feu et ouvre d'un coup sec. Dans l'habitacle, l'homme, un blond à la coupe rase qui frôle la trentaine, réagit en tentant d'atteindre le pistolet posé sur le tableau de bord.

Abraham ne lui en laisse pas le temps et écarte son arme d'un tir à la main. La balle transperce la paume et s'incruste dans le plastique de l'habitacle, du sang gicle sur le pare-brise et la vitre de la portière.

Surpris par la soudaineté et la brutalité de l'attaque, l'agent saisit sa main poisseuse en hurlant, les yeux horrifiés, fixés sur le trou dans la paume. Abraham s'installe en claquant la porte.

— Salut, je vais te poser deux questions. La première est un test, car je connais déjà la réponse. Dans quel appartement s'est installé ton collègue ?

L'homme est sonné et sanglote comme une fillette. Un bleu, un type qui n'est pas allé assez sur le terrain. Abraham remarque l'alliance à l'annulaire. Le jeune doit penser à sa femme et peut-être à sa progéniture. Bah oui, mais il ne fallait pas choisir ce job si tu voulais avoir une vie de famille, mon gars. Crois-en mon expérience.

— Et arrête de crier, veux-tu ? Si tu ne réponds pas, *madame Je ne sais pas qui* risque de ne pas voir rentrer son mari ce soir. Tu ne voudrais pas rendre ta femme triste, si ?

L'espoir, cela marche toujours. Tendez un fil de laine miteux à un homme sur le point de tomber dans un précipice, et il l'attrapera.

— Appartement 11 108, lâche l'agent entre deux sanglots.

Mauvaise réponse. Déjà, ce n'est pas le bon étage, il a

hésité une demi-seconde de trop et ses yeux se sont levés. Un mensonge qu'il doit punir immédiatement. Pas le temps de jouer.

Abraham pose le canon sur le genou du jeune homme et tire.

Le hurlement reprend de plus belle et l'ex-Mossad plaque sa main sur la bouche de l'agent, l'embout de son pistolet collé à sa tempe.

— Chut... Là, comme tu dois le savoir, c'est ta rotule qui vient de se faire la malle. Crois-moi, j'en connais un rayon en anatomie, c'est le métier qui veut ça. La bonne nouvelle dans cette histoire, c'est que madame peut toujours retrouver son mari ce soir. Boiteux, certainement handicapé à vie, mais vivant. Je répète donc ma question, dans quel appartement ?

Abraham libère le visage déformé par l'angoisse et essuie les larmes sur le cuir du siège. L'agent grimace et répond en hoquetant :

— 12 006. Je vous jure que c'est vrai.

Douzième étage, c'est déjà mieux, plus probable. Et son regard ne l'a pas trahi cette fois. C'est la vérité, conclut-il satisfait.

Bien, il en sait suffisamment. Il est temps de passer à la suite. Avec les tirs dans la vitrine et les hurlements, la police devrait bientôt rappliquer. Inutile de s'éterniser.

— Je te crois. Par contre, moi je t'ai menti, il n'y a pas de deuxième question, dit Abraham en plaquant le canon sur le front de l'agent.

— Non !

Il appuie sur la détente, et repeint l'habitacle en vermillon.

Sa fenêtre d'opportunité vient de se rétrécir. Il n'a que quelques minutes pour atteindre le douzième étage et se débarrasser de l'autre agent.

31. VISITE

Les vingt photographies affichées sur le site de l'agence immobilière présentent l'ancienne propriété des Engelberg sous plusieurs angles avantageux. Toutes mettent en valeur l'immense manoir en bois au toit en ardoise grise qui étale sa splendeur de neuf cents mètres carrés sur ses vingt hectares boisés. Une grande piscine extérieure chauffée sépare la résidence principale de sa maison d'invités. Plusieurs clichés s'attardent également sur la plage privée donnant sur le lac Champlain, accessible en descendant un escalier en bois.

Une aubaine « à saisir d'urgence », d'après le texte du vendeur. Cette « magnifique maison construite en 1990 » peut être achetée pour le « prix sacrifié » de cinq millions de dollars. Un paradis pourtant remis en vente régulièrement. D'après une rapide enquête menée par Noah, cela ne fait pas moins de sept fois qu'elle change de propriétaire depuis que la famille Engelberg l'a abandonnée en 1995. Le dernier acquéreur mentionné par le libraire, un homme d'affaires de New York, l'a laissée aux mains de l'agence Sunvale il y a deux mois. Il n'y est resté qu'un an.

Pourquoi une telle fréquence ?

Depuis qu'il est arrivé sur les lieux, aux environs de 21 heures, Noah a un début de réponse.

Plantée dans le gazon, à une dizaine de mètres de l'entrée principale, l'affiche de la superbe, quoique trop maquillée, Kira Weathers vous invite à appeler le (802) 487-0787 pour prendre un rendez-vous et visiter la demeure.

Une vaine tentative de cette blonde quadragénaire au sourire éclatant d'apporter un peu de lumière dans cet endroit enclavé dans une forêt dense, seulement accessible par un petit chemin de gravier sinuant sur une centaine de mètres dans la forêt.

L'aubaine à ne pas rater promise par l'agence Sunvale ressemble davantage à un manoir de film d'horreur qu'à un havre paradisiaque. À la lueur d'un soleil sur le déclin, elle est plongée dans les pâles couleurs orange et mauve du crépuscule, le feuillage des arbres dessinant des spectres dansant sur sa façade. Phalènes, mouches noires et moustiques s'agglutinent devant les lampadaires extérieurs et les lampes qui illuminent le perron d'une fade lumière jaune. Et puis il y a le silence, trop épais, trop dense. Comme si un dôme opaque l'isolait du monde des vivants.

Mais ce n'est pas l'aspect lugubre de la propriété qui dérange Noah. C'est ce qu'elle dégage. Il ressent les mêmes vibrations qu'à Peru, lorsqu'il avait été confronté à l'Institut.

Cette demeure magnifique dans son écrin de nature est prisonnière d'une ombre, d'un passé tragique qui a créé une fissure d'où s'échappent désormais des souvenirs douloureux.

Un drame violent, suffisamment marquant pour laisser une empreinte indélébile, s'est déroulé ici, sur cette propriété. Il ressent ce malaise avec une telle acuité que cela lui glace le sang, compresse sa poitrine et provoque des palpitations cardiaques. Certaines personnes comme lui, peut-être même la vieille cartomancienne, sont capables de percevoir cette émanation noire et corrosive d'un seul contact, ou d'un seul coup d'œil. Mais Noah n'a aucun doute que les habitants ont dû aussi subir cette pression sourde pendant des mois, d'une manière insidieuse. Il peut aisément deviner ce qui s'est passé. Un brouillard humide et glacial les a enveloppés, a fini par pénétrer leur chair, s'est infiltré dans leurs os. Des murmures, des vertiges, une sensation de se faire aspirer par l'intérieur, de ne pas être le bienvenu. Et ils sont partis, sans pouvoir expliquer leur malaise ou leur inconfort de manière rationnelle.

Voilà pourquoi la maison est remise en vente régulièrement. Elle est habitée par son passé. Et ce passé est exclusif.

Noah ferme les yeux, respire et tente de se connecter et de ne faire qu'un avec ce qui l'entoure, d'ouvrir une porte sur l'autre côté du voile. Après quelques inspirations et expirations, il ouvre les paupières en grimaçant. Rien. Aucun signe. Seuls le bruissement des feuilles, le chant des grillons et le coassement des crapauds percent la couche de silence.

Pourquoi cela ne vient-il jamais lorsqu'il en a le plus besoin ? Pourtant, toutes les conditions sont réunies.

Il doit forcément y avoir une trace, une rémanence. Ou alors doit-il pénétrer à l'intérieur pour la déceler ?

Non, même ce jardin exsude la poisse. Les poils dressés sur ses avant-bras et la sueur qui perle sur ses tempes l'attestent.

C'est lui le problème. Il a peur de ce qu'il pourrait trouver derrière le voile, et il se protège en verrouillant son esprit.

Tout va bien se passer, Noah.

Ce n'est pas si simple. Est-ce pour cela que Sophie voulait l'écarter ? Aurait-elle découvert quelque chose l'impliquant, le reliant à cette sordide histoire d'enfants ?

Le gravier écrasé par les pneus et les phares d'une Prius le ramènent à la réalité.

L'agent immobilier a pu se libérer. Tant mieux, il n'a pas le talent de Sophie ou Clémence pour crocheter les serrures et il s'en serait voulu de devoir exploser la porte à coups de 9 mm.

Une Kira Weathers débarrassée de ses retouches informatiques sort de la voiture et se précipite vers lui. Elle n'est pas aussi avenante que sur l'affiche, remarque-t-il.

Elle avance la main tendue, lui affiche son plus beau sourire de vendeuse, les effluves d'un parfum capiteux masquant à peine l'odeur du tabac froid qui l'imprègne.

Ses yeux ne sont pas en accord avec son faciès.

Elle s'est fabriqué un masque, et alors qu'elle tente de se montrer sous son meilleur jour, elle l'analyse de la tête aux pieds.

Suis-je en train de perdre mon temps avec ce type étrange? semblent dire ses yeux noisette.

— Bonjour, monsieur Wallace, je suis Kira Weathers, désolée de ce petit retard, j'ai dû me libérer d'une réunion pour organiser la visite.

— Je sais, c'est moi le fautif, j'ai moi-même un emploi du temps chargé, répond Noah en lui serrant la main.

Une poigne ferme qui en dit long sur la détermination et le caractère de la quadragénaire.

— Comme je vous l'ai dit au téléphone, une visite programmée demain aurait été préférable pour profiter de la belle lumière. Surtout qu'ils annoncent encore un ciel bleu sans nuages. Et la vue des montagnes est superbe depuis la plage.

— J'ai vu les photographies sur le site web, répond Noah. J'ai déjà pu me rendre compte des volumes et de la clarté des pièces. Je suis ici pour… cela va vous paraître étrange peut-être, voir si je peux connecter avec cette maison. Et demain, je suis en voyage d'affaires. Si la maison me plaît, je conclus dans la foulée.

— Quand on fait ce métier, plus rien ne vous semble étrange, vous savez. Je me souviens d'un couple de personnes venu visiter une propriété un peu plus au nord. L'homme n'a quitté son pendule que pour prendre un bâton de sourcier dans le jardin. Pourtant, il présentait très bien : costume sur mesure, coupe rase, très propre sur lui. Même s'il avait ce regard halluciné, genre les yeux grands ouverts qui ne cillent jamais. Sa femme n'était pas en reste, elle transportait un petit caniche qu'elle blottissait contre sa poitrine au point de l'étouffer et elle lui parlait : « Qu'en penses-tu Waffle ? Elle te plaît cette maison ? » Mais bon, ils ont payé la maison cash. J'ai appris que l'homme était un auteur à succès spécialisé dans le développement personnel. Atteignez votre potentiel, suivez la loi d'attraction pour obtenir la richesse, ce genre-là. D'ailleurs, vous faites quoi dans la vie, si cela n'est pas indiscret ?

Ses yeux semblent toujours questionner la pertinence de sa présence et évaluent la capacité de Noah à être un acheteur potentiel.

Noah met quelques secondes pour répondre. Des images et des sons diffus s'imposent à lui. *Kira Weathers téléphonant en pleurs à sa sœur. Une boîte orange où il peut lire : « benzodiazépine ».*

— J'investis dans la pierre, ment-il. Avec succès, jusqu'à présent. Principalement sur la côte est avec un gros marché en Caroline du Nord. Mais pour cette maison, c'est différent, ce n'est pas pour le business. Je suis à la recherche d'une résidence secondaire. J'aimerais pouvoir décompresser dans la nature. Pour tout vous avouer, j'ai fini par me lasser de la Floride. La chaleur est étouffante et j'ai besoin de plus de calme.

Noah affiche à son tour un sourire mécanique, en pensant que c'est un mensonge que n'aurait pas renié Sophie.

Son mauvais loup, en quelque sorte.

Le visage de Kira se déride, ses yeux s'allument en faisant papillonner ses paupières aux longs cils et elle lui adresse son plus beau regard de prédatrice.

— Alors vous avez trouvé l'endroit idéal, monsieur Wallace. Maintenant, laissez-moi vous présenter ce petit coin de paradis. D'ailleurs, vous pourrez constater que la maison est aménagée avec tout le confort nécessaire si jamais vous éprouviez des difficultés à vous mouvoir. Un des anciens propriétaires a fait installer un mécanisme dans les escaliers pour sa fille paraplégique. L'appareil est dans le garage, il vous suffira juste de le remettre sur les rails.

— Ça ira, je suis plus mobile qu'il n'y paraît. La canne me sert principalement à attendrir le cœur des agents immobiliers.

— Pourtant nous n'en avons pas, c'est bien connu.

Pendant vingt minutes, Noah a le droit à une visite menée tambour battant par une femme au discours rodé et à la voix portante. Un rythme imposé bien trop rapide pour lui qui voudrait prendre le temps de regarder de l'autre côté. De surcroît, pour une étrange raison, cette femme le parasite avec les images que son esprit projette. L'ombre s'est tenue à distance, comme s'il avait braqué une lumière sur elle et qu'elle s'était recroquevillée tel un insecte à l'approche du feu. Il n'a rien détecté dans le grand salon ni dans les huit chambres, rien que le craquement des lattes du plancher et l'écho des pas dans les larges volumes vides. Et là, devant l'âtre de la cheminée, il se tient immobile et tente désespérément de convoquer des visions. Encore une fois, des images de la vie de Kira s'imposent à son esprit.

— Excusez-moi, vous êtes médium ?

L'agente immobilière le dévisage avec un air circonspect.

— Pardon ? répond Noah, surpris par la question.

— Je vous vois fermer les yeux. Vous m'écoutez à peine quand je vous parle. Et là, vous êtes immobile devant la cheminée depuis presque une minute. On dirait que vous êtes totalement ailleurs.

Du moins, je tente de l'être, voudrait-il lui répondre.

— Je n'ai pas de pendule, ni de bâton de sourcier, mais comme je vous l'ai dit...

Noah se fige.

Des notes. Une boîte à musique. Le son est diffus, mais il reconnaît la mélodie.

— Vous entendez ? demande-t-il.

Kira recule d'un pas.

— Là, vous commencez à me faire peur...

Elle a de quoi, dans ce manoir isolé, avec un type qui prétend entendre des sons, un homme qui n'a pas arrêté de recevoir des signaux sur elle alors qu'il était venu pour tout autre chose.

— Je suis médium, tente-t-il de la rassurer.

Sans succès, la circonspection laisse place à la déception. « C'est cuit, adieu la commission », lit-il sur son visage décomposé.

La mélodie s'amplifie et il peut désormais en distinguer la provenance.

— J'aimerais juste visiter le sous-sol.

— C'était prévu, monsieur Wallace, c'est une très belle pièce. Une partie a été aménagée en salle de cinéma, l'autre en salle de sport. Tous les appareils sont encore en place, gracieuseté de l'ancien propriétaire. D'ailleurs il n'a pas repris les meubles non plus, ils viennent avec la maison.

— Je voudrais y aller seul, ajoute-t-il.

Le visage de Kira Weathers se gonfle à la manière d'un poisson-lune, puis se rembrunit. Il n'y a plus rien de charmant sur ses traits et le plissement de son front fait apparaître trois larges sillons. Et c'est sur un ton très las qu'elle lâche :

— Vous n'avez aucune intention d'acheter la maison, n'est-ce pas ? Pas la peine de me mentir. Et puis ce n'est pas grave, un acquéreur potentiel avait déjà manifesté son intérêt.

Noah décide qu'il ne sert à rien de lui mentir.

— Non, vous avez raison. En revanche, je peux vous aider, madame Weathers. En rentrant chez vous ce soir, vous n'allez pas allumer votre poste de télévision, ni vous affaler sur le divan et descendre vos somnifères avec votre bourbon. Vous n'allez pas non plus appeler votre sœur qui vient de rentrer de Mexico en sachant très bien qu'elle couche avec votre petit ami. À la place, vous irez chez elle pour la confronter directement. Steve sera là-bas aussi. Cela fera mal sur le coup, mais cela vous évitera de vous ronger pour finir par être retrouvée morte dans votre lit. La vérité sera douloureuse, mais dans votre cas, c'est la seule lumière que je voie dans vos ténèbres intérieures.

— Comment… Comment pouvez-vous… ?

— Je voudrais le savoir, Kira. En venant ici, je voulais seulement comprendre ce qui s'était passé à cet endroit et pourquoi la demeure ne cesse d'être remise en vente. Mais mon pendule et ma baguette de sourcier n'ont fonctionné que pour vous. En revanche, si vous voulez bien m'excuser, je pense enfin avoir trouvé la bonne fréquence.

Et il sourit une dernière fois avant de prendre la direction du sous-sol.

Le point de départ. Une étincelle à l'origine d'un grand brasier, avait dit le libraire.

C'est exactement ce que ressent Noah en poussant la porte.

32. CONFRONTATION

Nous y sommes, murmure Abraham en sortant le double de la clé qu'il vient de récupérer sur le corps encore chaud. Avec le deuxième agent hors d'état de nuire, il ne reste plus qu'un obstacle sur son chemin : une géante adepte du bodybuilding dont il espère se débarrasser rapidement. Son plan initial est de maîtriser le colosse, mais si ce Mike Tyson version œstrogènes lui oppose une trop grande résistance, il n'hésitera pas à faire parler la poudre. Ce ne serait pas la première fois qu'il lui faudrait improviser et changer de stratégie. À vrai dire, il n'a fait que ça depuis qu'il a été chargé de cette affaire. Le temps des plans minutieux et sans accrocs lui semble bien lointain.

Autre problème, sa forme. La sueur s'accumule sur son front, son dos et ses bras. Sa main et ses jambes tremblent, et son cœur semble être sur le point de se libérer de sa cage thoracique. Et pour faire bonne mesure, un début de migraine lui barre les sinus et lui donne l'impression que ses yeux vont exploser.

Cette crise d'hypoglycémie vient le cueillir au pire des moments, alors que ses seringues sont dans l'appartement de l'étudiant.

Tu as agi trop vite, Abraham. Tu aurais dû penser à ton diabète, bon sang! Combien d'erreurs vas-tu encore commettre? Et si c'était la dernière, celle de trop?

Peut-être, mais trop tard pour reculer. Le timing est trop serré.

Abraham éponge son front, soupire et glisse la clef dans la serrure. Il doit maintenir la main sur son poignet pour calmer les tremblements.

Tout doux, Abraham. Tout doux.

Il bloque sa respiration, fait tourner lentement la clé et pousse la porte avec toute la délicatesse dont il est capable.

Puis il glisse un pied dans l'embrasure en espérant passer inaperçu et bénéficier de l'effet de surprise.

Loupé.

En face de lui, dans le prolongement du couloir qui débouche sur la cuisine, l'informaticien hippie le fixe, tétanisé, un paquet de chips à la main. D'abord surpris, Abraham brandit le pistolet et le tient en joue. Son instinct lui intime de le tuer sur-le-champ, mais sa raison le pousse à ne pas le faire. Il a besoin de ce type. Tout en le fixant de son regard de tueur implacable, il plaque son index sur ses lèvres pour lui indiquer de faire silence.

L'homme reste dans la même position, aussi rigide qu'une statue de cire, seule sa bouche s'est ouverte, comme celle d'un poisson qui gobe une mouche. Et puis il y a son regard qui oscille entre l'arme pointée sur lui et…

Une décharge d'adrénaline l'électrise sur place.

… la porte à sa gauche.

Avant qu'il ne puisse réagir, elle s'ouvre avec fracas et laisse apparaître un mètre quatre-vingt-dix de monstre en furie.

Abraham lève son pistolet, mais il n'est pas assez rapide.

La femme surgit, lui agrippe le poignet et écarte son bras avec autant d'aisance que si elle avait tordu l'aile d'un poulet grillé. Il réagit et tente de se dégager d'un tranchant de la main dans la gorge de son assaillante, mais elle raidit son cou et lui expédie un coup de tête directement sur l'arcade sourcilière.

Abraham a l'impression qu'un boulet de démolition vient de le percuter de plein fouet. Il recule, une myriade d'étoiles dansantes dans les yeux. Il chancelle et percute le mur du couloir. Wonder Woman ne lui laisse aucun répit et tout en maintenant son étreinte sur son poignet, elle frappe le dos de sa main contre le mur, la douleur irradie depuis le bout de ses doigts jusqu'à son épaule. Au bout du deuxième coup, il ouvre sa paume et laisse tomber le pistolet.

L'arme atteint à peine le sol que la géante la propulse d'un coup de pied en direction de l'informaticien.

Du sang lui coule dans l'œil gauche. Et les sons lui paraissent distants. Il ne voit clairement que d'un côté, de l'autre il ne distingue qu'un spectre rouge vengeur.

Réagis, bon sang! hurle Abigaël dans sa tête.

Abraham fait un poing avec sa main gauche et tente de frapper la tempe de son adversaire. En vain : son coup est dévié par l'avant-bras de la femme. Elle enchaîne par un direct au menton, puis un crochet vertical ; une enclume qui s'abat sur sa joue. Sonné, il trébuche sur un mètre, se récupère avec ses mains, marche à quatre pattes quelques instants avant de s'écrouler près de l'îlot de la cuisine.

Tu vas tout faire foirer, pense à Sally, sale bon à rien !

Sa tête tourne au point de lui donner la nausée.

Pas le temps de s'apitoyer sur son sort, le titan approche. Toujours allongé, Abraham hurle et expédie son talon sur la cheville de son assaillante qui, atteinte au niveau de la malléole, crie et recule de plusieurs pas.

Cela lui laisse juste assez de temps pour se redresser. Mais pas suffisamment pour contrer le train lancé à pleine vitesse sur lui.

Abraham lève ses bras pour parer deux crochets, la douleur est vive et il a l'impression d'être frappé par une barre de fer. Il évite un direct d'un mouvement de tête. Le poing lui frôle l'oreille.

Il contre-attaque en expédiant un coup de pied frontal – ses tendons presque sur le point de céder, conséquence de son manque de souplesse – que Beverly bloque facilement avec ses paumes démesurées.

Je ne vais pas m'en sortir, pense-t-il. Ce monstre est non seulement bâti comme un bodybuilder, mais elle est entraînée. C'est une foutue championne d'arts martiaux.

Sois réaliste, Abraham, à distance tu n'as aucune chance. Il faut la surprendre et lui rentrer dans le lard. La travailler au corps à corps et lui péter ses articulations.

L'adrénaline aidant, Abraham s'élance en y mettant toute son énergie. Beverly accueille sa charge en reculant, et sa hanche percute l'îlot de la cuisine. Elle riposte en frappant son dos de ses deux poings. Il répond par un coup de poing expédié dans ses côtes flottantes. La géante d'ébène parvient à le soulever par les aisselles, prête à lui fracasser le crâne d'un autre coup de boule. Elle n'en a pas le temps, il plonge vers sa tête et lui mord l'oreille. Abraham s'acharne sur le cartilage comme un requin sur une proie. La douleur conjuguée à la surprise font lâcher sa prise à son adversaire. Il crache le morceau de lobe, en profite pour la saisir par la nuque. Le sang qui s'écoule à la commissure de ses lèvres et macule ses dents le fait ressembler à un vampire enragé.

La fille réagit en l'empoignant au cou à son tour. Tous deux se lancent dans une danse furieuse, tournoient dans la cuisine, font valser les objets posés sur le plan de travail et les étagères. Abraham tente de reprendre le dessus en assenant des coups de genoux que Beverly pare avec ses mollets et ses tibias.

Abraham s'essouffle, la fatigue se fait ressentir et son corps s'affaiblit. Ce qui ne semble pas être le cas de son adversaire qui se dégage de la prise en faisant jouer ses avant-bras. Elle enchaîne avec un coup de coude qu'il stoppe in extremis avec sa paume, avant d'être percuté par un coup de pied retourné qui l'atteint au ventre et le propulse sur une table en verre. Le meuble vole en éclats sous l'impact, dispersant des morceaux coupants dans le salon. Abraham est déséquilibré et tombe à la renverse. L'arrière de son crâne heurte le mur en placoplâtre juste au-dessus de la plinthe.

Il grimace de douleur, un morceau de verre lui a entaillé la paume de la main et un autre s'est logé dans son flanc au niveau des poignées d'amour.

Des étoiles dansent devant ses yeux et sa vision se voile. Il cligne des paupières pour chasser la sueur et le sang.

Dans le brouillard et le flou qui auréolent sa vision, il parvient à distinguer l'informaticien pointant le pistolet qu'il a fait tomber.

Abraham esquisse un sourire, ce connard de hippie dégingandé le met en joue.

Il vise.

Putain d'ironie. Il va crever, tué par un minable, un lâche.

L'homme tire…

Tchok.

… et manque.

La balle fait voler des morceaux de plâtre au-dessus de sa tête.

Abraham soupire, le minable l'a manqué. Sûrement le recul, ça doit être la première fois que ce foutu hippie se sert d'une arme.

Mais hors de question de lui laisser une chance de réajuster son tir. Mobilisant ses dernières forces, il saisit un bout de verre sur le sol et se propulse sur son nouvel adversaire.

Sous la charge, celui-ci tombe à terre, sa tête cogne contre le sol et son tir est dévié vers le plafond.

Abraham s'apprête à lui trancher la gorge, mais la géante est déjà sur lui, pour l'arracher à sa prise.

Il réagit dans la seconde et lui plante le verre dans la cuisse. Elle laisse échapper un cri de douleur puis, plus effrayant encore, un hurlement de rage, et le laisse tomber.

Dylan s'est relevé, mais n'ose pas tirer. Dans une position semi-accroupie, il agite ses bras tendus, dans l'attente du moment propice.

Abraham parvient à se remettre sur ses genoux, juste à temps pour recevoir un coup de talon sur son front. Puis un deuxième, directement dans la mâchoire.

Le craquement de l'os précède une douleur vive qui irradie jusqu'au sommet du crâne.

Abraham roule sur le parquet, enfonce un doigt dans sa bouche et en ressort un morceau de dent ensanglanté.

Puis il tourne la tête, juste à temps pour voir le pied de son agresseur s'abattre sur son visage. Il bloque l'assaut avec son avant-bras. Mais il a l'impression que son crâne est pris en étau entre le sol et une plaque de trois tonnes.

C'est fini, tu as perdu. Ton crâne va exploser comme une pastèque.

Sauf si…

— Stop! hurle-t-il. S'il m'arrive quelque chose, Dimitri n'en restera pas là.

Comme piquée par une mouche, la fille lâche sa pression.

— Bordel, mais de quoi il parle? hurle l'informaticien. Éclate-lui la tronche!

Le monstre a toujours son pied en suspension, suffisamment pour l'immobiliser, mais il perçoit son hésitation.

C'est elle. C'est elle la taupe. Dimitri doit la tenir. Certainement un de ses proches pris en otage.

C'est le moment de bluffer.

— C'est bien, parvient-il à articuler, tu ne voudrais pas qu'on lui fasse du mal.

Elle appuie de nouveau. La rage qui irradie d'elle est presque palpable. Elle voudrait le réduire en bouillie, il le sent.

— Putain, Bev! Non! Ne me dis pas que...

— Ta gueule, Dylan... je... je n'ai pas le choix. Dimitri détient ma sœur.

— Quoi? Mais... Carlos... putain, c'est toi qui l'as vendu! Il a été torturé par ta faute! Je devrais te tuer, bordel, hurle-t-il en sanglotant.

Bev pousse un cri rageur et sans laisser à son ami le temps de réagir, lui décoche un coup de pied.

L'informaticien percute l'îlot de plein fouet.

Voilà qui promet d'être intéressant, se dit Abraham en se relevant.

Il va pouvoir passer à la suite des opérations. Mais avant toute chose, il lui faut du sucre.

33. DOUTES

Karl ne parvient pas à avaler le moindre morceau de son petit-déjeuner. Les œufs Bénédicte sont restés intacts dans son assiette et sa cuillère décrit des cercles dans le bol de gruau. Il la plonge dans la purée d'avoine et repose le plateau sur la table de nuit.

Dès son réveil, plus brumeux qu'à l'accoutumée, il a senti que quelque chose ne tournait pas rond. Un malaise qu'il a d'abord mis sur le compte d'une nuit agitée, remplie de rêves étranges.

Une douche plus tard, son esprit d'ordinaire si affûté peine encore à discerner son environnement. Son acuité s'est envolée. Le concerto numéro 2 de Franz Liszt lui semble diffus et manque de précision, il n'est plus capable de visualiser les doigts qui courent sur les touches de piano en même temps que les notes sortent des enceintes. Les instruments de musique forment un maelström quasi inintelligible, une bouillie dont il peine à distinguer les strates subtiles.

Et cela ne vient pas de la sono, ni des enceintes.

Il s'est demandé s'il n'était pas tout simplement malade, puis en apercevant la boîte orange sur la commode en sortant de la salle de bain, il a compris.

Son père a tenté quelque chose contre lui.

Et il y a plus inquiétant que la perte d'appétit, ou les fourmillements dans ses membres. Au-delà de la confusion et d'une sensation d'oppression, il a l'impression que ses souvenirs se mélangent, se télescopent.

Karl se lève et claque dans ses mains. Le volet se lève doucement dans un ronronnement mécanique à peine perceptible et dévoile les pâles lueurs de l'aube. Une fine couche de glace étend ses vergetures cristallines sur les vitres.

Il y a deux possibilités. La première est que cet engourdissement provienne d'un effet secondaire qui disparaîtra s'il évite de reprendre ses médicaments, c'est-à-dire maintenant, s'il décide de le faire. L'autre hypothèse est plus inquiétante.

Karl avance vers la baie vitrée et plaque sa paume sur la fenêtre.

Froide, malgré les vingt-deux degrés du chauffage au sol.

Et si sa médication avait été altérée pour modifier sa perception ?

C'est une technologie qui est au point, il est bien placé pour le savoir.

Hansel aurait-il pu sciemment modifier son traitement dans le but de le manipuler ?

Et si c'est le cas… c'est qu'il en sait plus qu'il n'en laisse paraître.

Réfléchis, Karl.

C'est bien cela le problème, il ne peut plus. Si c'est bien ce qu'il pense, il faudra du temps avant qu'il ne recouvre ses esprits et ses souvenirs.

Karl retire sa main et regarde les empreintes laissées par la condensation disparaître peu à peu.

Il faut qu'il découvre ce que le vieux sait. Et pour cela, il faut absolument éviter une confrontation directe afin de deviner quelles sont ses intentions. Ne pas éveiller les soupçons, car derrière la carcasse défraîchie et quasi impotente, sommeille une intelligence vive et redoutable.

Karl s'assoit sur le rebord du lit et murmure :

— Tu deviens fou. Mais c'est normal. N'est-ce pas pour cela que tu bouffes ces foutus cachets ?

Il passe la main sur une des nombreuses cicatrices qui couturent son abdomen.

— Entre autres, ajoute-t-il.

Karl jauge un moment la boîte orange et étire un sourire carnassier.

Tu ne perds rien pour attendre, vieux fou.

34. VISIONS

La mélodie de la boîte à musique n'est plus qu'un bruit de fond noyé dans une cacophonie de sons diffus et le sifflement d'un acouphène strident. Noah doit s'agripper à sa canne et s'aider des murs pour ne pas chanceler dans les escaliers. C'est un signe manifeste, il sait qu'il est au bon endroit. Dans la tanière du passé, là où l'ombre s'était tapie et attendait sa visite pour l'engloutir.

Il manque de tomber en franchissant la dernière marche de l'escalier et son champ de vision, déjà trouble, se voile de noir à la périphérie.

Cela fait longtemps qu'il n'a pas éprouvé une manifestation aussi intense, capable de l'ébranler physiquement.

La dernière fois, cela s'était produit dans la morgue, face au cadavre de sa petite amie, peu avant qu'il ne prenne la direction de l'ancien manoir du Raven Institute, ce lieu sordide où il avait passé sa petite enfance.

D'une main tremblante, Noah appuie sur l'interrupteur mural. Le sous-sol se dévoile progressivement sous une lumière tamisée bleue diffusée par une myriade de petites LED incrustées dans le plafond. Une galaxie à laquelle Noah ne prête aucune attention, pas plus qu'aux quatre rangées de sièges en cuir aux accoudoirs pourvus de porte-gobelets, aux enceintes émergeant des murs en bois laqué brun, ni à la moquette à motifs art déco.

Sa vision porte au-delà de cette salle de cinéma luxueuse, à travers une fenêtre qui donne accès au même espace, mais à un autre temps.

C'est d'abord une odeur qu'il perçoit, forte et prégnante. La réaction de Noah est immédiate, viscérale. Il titube vers les sièges et réprime une vague de nausée. De la bile remonte le long de son œsophage et brûle son palais : une odeur de chair grillée persiste une dizaine de secondes dans ses narines avant de s'estomper et l'image d'une boursouflure rosée marquant un avant-bras d'enfant s'imprime sur sa rétine. Et finalement déferlent des sons : le crissement de semelles sur le linoléum, suivi d'un sanglot.

— Tout va bien en bas ?

C'est la voix de Kira, lointaine et éthérée.

Noah avance de quelques pas vers l'écran de cinéma et s'agenouille, le souffle court. Il pose sa paume sur le sol. Au son de la circulation sanguine tambourinant dans ses tempes s'ajoute la sensation qu'on lui enfonce une centaine d'aiguilles dans les yeux.

Le noir à l'orée de sa vision s'étend jusqu'à opacifier totalement son champ quelques secondes, avant de revenir à la normale. Ses oreilles le font souffrir comme s'il venait de plonger dix mètres dans l'eau. Dans une bulle distordant son audition, le temps semble s'étirer comme un élastique qui se tend...

Son rythme cardiaque fonctionne au ralenti, les sons deviennent plus graves et longs. Il entend les bips d'un moniteur d'hôpital.

... et lâche d'un coup.

Les images affluent dans un torrent et se déversent en flashs lumineux, en sons et en odeurs dans son crâne. Impossible d'endiguer le flot. Trop d'informations que son esprit ne peut contenir. Comme si plusieurs vies défilaient en accéléré. Dans cette tempête sensorielle, quelques sensations affleurent et se distinguent avec plus de netteté.

Des hurlements, la mélodie de la boîte à musique, l'odeur de brûlé, les boursouflures qui forment des symboles, des scalpels réverbérant la lumière crue d'un scialytique, des mains gantées plongeant dans les entrailles, des discussions véhémentes entre des individus en blouses.

Et puis plus rien.

Hébété et fiévreux, Noah tente d'assembler les bribes d'informations perçues à travers ce magma.

Ce qui s'est passé dans ce sous-sol est différent de ce qu'il avait éprouvé dans la cave du révérend McKenna où ce monstre brisait la volonté des enfants avant de les envoyer au Raven Institute pour les transformer en machines à tuer. Non, ici ils…

Noah suffoque, il peine à reprendre sa respiration, comme s'il sortait d'une apnée du sommeil. Il parvient à se mettre debout, mais ses jambes flageolantes le font tanguer.

… les utilisaient pour leurs expériences.

Des dizaines… peut-être même plus.

Noah parvient à se stabiliser en prenant appui sur sa canne. Il aspire une grande goulée d'air.

Une respiration salutaire que l'ombre lui concède, car elle n'en a pas fini avec lui. Noah ressent soudainement son étreinte se resserrer. Les puissants anneaux d'un anaconda qui veut en finir avec sa proie. Cette fois-ci, Noah sent ses jambes flancher et son corps l'abandonner. Il chute en arrière et lâche sa canne. Au moment où sa tête percute la fine moquette, il éprouve la sensation d'être expulsé de son enveloppe, puis de rester en suspension au-dessus.

Une vague de panique l'envahit alors.

L'angoisse est la seule chose qu'il éprouve dans cette obscurité sensorielle. Pas de sons, pas d'odeurs, ni même de douleur.

Un vide qui réveille ses souvenirs d'enfant. L'impression d'être plongé dans le caisson de privation de l'Institut.

Et puis la mélodie reprend, note à note, comme une bobine de film qui se remettrait en marche, d'abord en un murmure inaudible qui s'intensifie et s'accélère.

Et une explosion de rires. Des rires gras, des rires d'enfants. Non, des rires d'ados.

«C'est à toi ce truc ringard? Une boîte à musique?» fait une voix déformée par l'alcool.

«C'était à ma mère, s'il vous plaît.»

Une fille, elle sanglote. Les sons disparaissent à mesure que l'acouphène gagne en puissance. Mais il ressent encore la peur de la gamine.

«Allez, fais-la boire cette salope!», une autre voix plus nasillarde, chargée d'une haine dirigée contre le monde entier.

«Elle bouge de trop. Bordel, Hunter, tiens mieux l'entonnoir, t'es manchot ou quoi?»

Hunter. Le sans-abri.

«Putain, elle est bien gaulée, j'ai trop la trique, venez les gars, on se la fait.»

La peur cède le pas à la terreur. La mélodie de la boîte à musique s'intensifie.

«Si tu la touches…» Une autre voix. Froide, déterminée.

«Fous-lui un coup de cutter dans le bide à cet enculé!»

Hurlement.

«Il saigne comme un goret», s'esclaffe Hunter.

Les sons s'estompent à nouveau. La bobine de film se coince et se remet en marche.

«Putain, t'es vraiment con, t'en as foutu la moitié sur elle. Merde, c'est de la bonne vodka, en plus... et sérieux tu crois que je vais...»

«Et l'autre il respire encore? Fous-lui un peu d'alcool sur les plaies.»

Nouveau hurlement, venu des entrailles, déchirant la trachée, mourant dans un sanglot.

Les sons redeviennent des chuchotements lointains. Noah est toujours dans son caisson imaginaire, flottant dans un sel d'Epsom virtuel.

Un concert de cris d'horreur.

«Jacob! Elle crame putain, les gars, merde! Elle crame! Merde, on l'a tuée!»

«Non!» hurle une voix déchirée par le chagrin.

Noah ressent sa peine se mêler à sa douleur, la colère le consumer et finalement sent son corps s'embraser.

Changement de bobine. Autre décor. En technicolor cette fois.

Le sans-abri a le regard vide, la bouche ouverte, son index accusateur pointe vers un grand chêne qui borde un ruisseau. Il le retrouve tel qu'il l'avait vu la dernière fois, sous une pluie torrentielle, les yeux aussi vitreux que ceux d'un poisson mort.

Il n'est pas seul.

Le petit garçon de ses visions est de dos face à l'arbre, torse nu.

Du sang s'écoule sur son dos, se mêlant à l'eau de pluie.

D'un pas de côté, il s'écarte.

Et Noah voit.

D'abord, le couteau dans sa main droite, écarlate.

Et le corps mutilé cloué à un arbre. Celui d'un jeune adolescent.

Les doigts tranchés, les yeux crevés. Une ouverture verticale s'étire du bas ventre jusqu'au sternum et laisse pendouiller un amas d'entrailles.

Et Noah comprend.

C'est son frère, Terrence Johnson. Hunter a été témoin de la scène. Il n'a pas encaissé le choc, il a basculé dans la démence.

Qui l'a tué si, comme le libraire le lui a raconté, le fils Engelberg est mort suite à ses brûlures ? Hansel ? Le révérend Ravenwood ?

Mais il y a pire. Cette scène fait écho à ses souvenirs.

À ceux de la chapelle de l'Institut où les enfants étaient violés. À ceux du Démon du Vermont.

Une douleur vive lui cingle la joue.

Puis une deuxième, sur l'autre joue.

Noah reprend conscience, le front brûlant et une sensation humide et chaude sur ses cuisses. De l'urine, identifie-t-il à l'odeur ammoniaquée.

— Qu'est-ce qu'il m'arrive… murmure-t-il.

Kira Weathers est au-dessus de lui, les traits de son visage sont crispés par l'inquiétude, son maquillage a coulé, le rimmel a tracé deux traits noirs.

— Vous m'avez dit vouloir rester seul, mais je vous ai entendu crier et je vous ai vu… oh, mon dieu, j'ai cru que vous étiez mort !

Il hoche la tête et essuie les larmes en reniflant avant de remarquer quelque chose de différent chez lui, sans qu'il puisse l'expliquer.

Kira l'aide à se relever et lui tend sa canne.

En la regardant, il ferme une paupière, puis une autre.
Et un frisson d'angoisse lui traverse le corps.
Il vient de comprendre ce qui n'allait pas…
La voix du docteur Henry dont il a esquivé les trois derniers appels semble lui murmurer à l'oreille :
« Hémianopsie »
… Il est aveugle d'un œil.

35. IMPRÉVISIBLE

Abraham hésite sur la marche à suivre.

Rester ou partir ?

Entre les murs qui ont tremblé, la table fracassée et les cris…

Il sait d'expérience que les Américains et les Canadiens n'ont pas le même rapport à la délation qu'en Europe, continent encore marqué, bien des décennies plus tard, par l'occupation allemande. Une période où les juifs comme lui étaient emprisonnés, déportés ou tués sur un simple appel, ou suite à une lettre anonyme.

Quelqu'un a forcément dû alerter la police, soit pour protester, soit pour s'inquiéter de ce tapage nocturne. Peut-être même qu'un bon samaritain finira par venir toquer à la porte pour savoir si tout va bien.

Et avec lui qui s'est fait refaire le portrait façon Pablo Picasso, l'ablette rachitique assommée et le monstre blessé à la cuisse, on ne peut pas dire que ce soit le cas.

Rester ici est un risque, donc.

Mais bouger peut l'être plus encore. Sa gueule tuméfiée et ensanglantée n'a aucune chance de passer inaperçue, et s'il croise les policiers dans l'ascenseur ou les escaliers…

Non, il y a une autre possibilité, mais il va falloir s'en remettre à Laurel et Hardy.

Hardy n'est pas un problème. Il la tient par le col, et bien que dangereuse, elle reste sous contrôle. Non, c'est de Laurel qu'il faut se méfier. D'ailleurs, il a hâte de le supprimer, celui-là. Ce genre de type l'insupporte au plus haut point.

Abraham termine la barre de céréales en grimaçant. Il n'y a pas que sa tête démolie qui le lance. Sa paume droite ouverte et la plaie dans son flanc saignent toujours, mais le pire reste ce mal de dents qui irradie jusqu'à ses oreilles. Une incisive est cassée, d'autres dents sont peut-être fendues. Et sa mâchoire est disloquée.

La responsable de ce passage à tabac, un tank nommé Beverly, est toujours accoudée au plan de travail de la cuisine. Elle le toise d'un air mauvais. Le pitbull écumant est en laisse, mais toujours prêt à mordre.

Il l'interpelle d'un geste de la tête.

— Bien, maintenant que tu es calmée, voilà ce que tu vas faire. Déjà, tu vas me filer cette putain de clé USB. Ensuite, tu vas éponger le sang et me passer tout ce bordel au détergent. Je ne me suis pas emmerdé à nettoyer mes traces jusqu'à l'ombre d'un poil de cul dans la cuvette des chiottes dans mes planques pour venir répandre mon ADN ici comme les cailloux du Petit Poucet, OK? Hoche la tête si tu comprends.

Beverly s'exécute sans le lâcher du regard ni prononcer le moindre mot.

— Bien. De mon côté, je vais devoir m'absenter quelques minutes. Mais ne te crois pas tirée d'affaire, ni l'autre hippie, d'ailleurs. Parce que je compte bien revenir. Entre-temps, si la police rapplique, tu racontes ce que tu veux: bagarre conjugale, sexe bruyant, n'importe quoi mais tu les tiens à distance, tu t'en débarrasses. Si je sens le moindre problème se pointer à l'horizon...

Abraham replace sa mâchoire d'un coup de paume et bâille à plusieurs reprises.

— ... pas la peine de te faire un dessin. Tu sais que la survie de ta petite sœur va en dépendre.

Le pitbull serre les poings et fait un pas vers lui.

— Elle n'a rien à voir là-dedans, laissez-la tranquille, j'ai fait tout ce que Dimitri a demandé.

Ça, je m'en branle totalement, ma belle.

— Et tu vas continuer, réplique-t-il en chassant un morceau d'amande coincé entre ses dents. Car je n'en ai pas fini avec vous. Loin de là. Bon alors, elle vient cette clé?

Beverly lui lance un regard dans lequel il peut lire qu'elle cherche le rapport entre Dimitri et la clé, mais passé un léger moment d'hésitation, elle obéit.

***

Après avoir vérifié que le couloir était dégagé, Abraham regagne l'appartement où il a neutralisé le deuxième agent. Dans l'urgence, il n'a pas eu le temps de le nettoyer. Des morceaux de cervelle sont collés à la vitre et sur le mur, et le cadavre pendouille toujours sur la chaise de bureau. Le visage blafard de l'homme est éclairé par un fond d'écran multicolore et hypnotique, sa main gauche touche le sol.

Rigor mortis a débuté son œuvre. Encore cinq heures et il sera aussi dur qu'une statue de pierre.

Abraham écarte la chaise et se place devant l'ordinateur. Avant de retourner voir les deux abrutis, il doit effacer les traces de sa démolition par ce bulldozer de Beverly. Ce qui implique de localiser et effacer les enregistrements audio et vidéo. Pour le reste, tant pis. Il n'a pas laissé d'empreintes. Et puis, il n'est pas équipé pour faire disparaître le cadavre.

Abraham sort une paire de gants en plastique, qu'il enfile en grimaçant. La douleur que provoque sa blessure à la main droite irradie jusqu'à son coude.

Le moindre de ses maux.

Beverly ne l'a pas loupé, comme si chaque coup expédié exprimait la volonté d'une vengeance d'outre-tombe d'Abigaël. Œil pour œil, dent pour dent.

Quelle femme, n'empêche! Ça va lui faire de la peine de tuer ce monstre. C'est un spécimen vraiment unique.

Abraham doit décoller la souris du tapis et nettoyer le clavier poisseux de sang afin de pouvoir naviguer entre les différentes caméras que le CSIS a placées dans la planque et qui montrent Beverly, en contre-plongée, épongeant le sol. Brave fille. Dylan est toujours au tapis.

Il laisse s'écouler dix minutes supplémentaires. Toujours pas de visite des forces de l'ordre. Les chances de les voir se pointer sont désormais faibles, estime-t-il.

Abraham ouvre le boîtier du PC et retire les disques durs, tout en espérant qu'il n'y ait pas eu de stockage sur un cloud, ni de diffusion sur internet.

Putain de technologie de merde, une vraie plaie. Il regrette les années soixante-dix et quatre-vingt où tout était bien plus simple.

— Et puis à quoi bon… ils vont savoir que c'est moi de toute façon, murmure-t-il, pris d'une soudaine lassitude.

Et ce n'est même pas Abigaël qui le dit.

Lorsqu'il revient à la planque, Beverly est penchée au-dessus de l'informaticien, un verre d'eau à la main. Dylan n'a pas l'air d'apprécier son aide.

— Va te faire foutre, Bev, râle-t-il en la repoussant de la main. On est déjà morts, et c'est à cause de toi. Tu crois qu'il va faire quoi, hein, une fois qu'il aura la clé ?

Les tuer bien sûr, mais pas tout de suite. Pas avant d'avoir récupéré Clémence. Pour les maintenir sous contrôle, il va leur tendre son «fil de laine» pour qu'ils s'y accrochent.

— Désolé de t'interrompre dans ton numéro de drama queen, mais j'ai déjà la clé et tu respires encore. Et puis réfléchis un peu, ce n'est pas après vous que j'en ai. Dimitri veut Clémence, je suis là pour lui amener. Si vous coopérez, vous aurez une chance d'en sortir intacts. Plus que moi, en tout cas.

L'informaticien soutient son regard et affiche un sourire de biais. Il est plus courageux qu'Abraham ne l'aurait pensé. Ou peut-être la peur n'a-t-elle pas cédé la place à la colère. Cela viendra.

— Pourquoi nous mentir ? Je sais bien qu'une fois que vous nous aurez utilisés, vous allez nous tuer. Je ne suis pas aussi con que j'en ai l'air.

— Ça reste à démontrer. Mais je t'assure que je dis la vérité.

Dylan secoue lentement la tête.

— C'est des conneries. Vous ne m'aurez pas avec votre baratin.

Il y a de la colère... non, du ressentiment dans sa voix, remarque Abraham. Le hacker doit avoir un passé bien trouble pour oser se rebiffer. Ou alors il est totalement inconscient. Dans les deux cas, ce connard commence sérieusement à lui courir sur les nerfs.

— Alors, on fait quoi maintenant ? demande Beverly.

— Déjà, je vais devoir me piquer à l'insuline. À l'heure qu'il est, je dois avoir assez de sucre dans le sang pour pisser du caramel. Je reviens dans cinq minutes. Un conseil, n'essayez surtout pas de m'entuber.

Dylan se lève et pousse un soupir las.

— Eh bien, puisqu'on reste un peu ici, je vais me préparer à manger, j'ai la dalle. Pas d'objection ? Quelqu'un d'autre est intéressé ?

Personne ne répond.

Abraham quitte l'appartement épuisé et tremblant. Il n'a pas les idées claires.

Tu fais beaucoup trop d'erreurs ces temps-ci, ressaisis-toi bon sang. C'est la dernière ligne droite.

Ouais, ça ira mieux quand je me serai injecté cette foutue seringue.

***

Lorsqu'il revient, Beverly donne l'impression de ne pas avoir bougé. La géante affiche une mine grave et se frotte la jambe à l'endroit où elle a appliqué un bandage sur sa blessure. Dylan est derrière les fourneaux et le fumet sucré qui se dégage de la casserole fait saliver Abraham.

— Je ne sais pas ce que c'est, mais ça sent bon.

— Que du naturel, répond l'informaticien en chassant les volutes de fumée à l'aide d'une cuillère en bois. Je n'ai pas de diabète, mais je dois faire attention à ce que je mange. Je fais une allergie au glutamate monosodique, si jamais j'en ingurgite de trop… paf (il mime une explosion) mon cerveau enfle et presse sur le nerf optique, et je vois de la neige pendant deux jours.

Abraham fronce les sourcils. Le ton un peu enjoué du hippie le rend méfiant. Machinalement, sa main vient s'intercaler entre son pantalon cargo et son arrière-train. À quelques centimètres de la crosse de son pistolet.

LE BRASIER

— Dès que vous aurez mangé, vous préparerez vos affaires. Ensuite, on va tous aller faire un tour au lac Saint-Jean rendre une petite visite à notre amie. Si vous êtes sages, je vous amènerai faire une promenade en forêt, et je vous y laisserai. Je repartirai avec Clémence et le temps que vous retrouviez le chemin de la civilisation, je ne serai plus qu'un mauvais souvenir.

Le genre de mensonge qui aurait fait imploser un détecteur.

Dylan se retourne et sort un sachet de sel et une boîte de Pringles qu'il vide dans un bol.

— Cela ne serait pas plus logique que nous restions ici ? demande-t-il. Nous attirerions moins l'attention.

Ce serait vrai s'il n'avait pas occis les deux agents. Une fois leur disparition remarquée, ce qui ne saurait tarder, la planque sera investie par la police.

— Ne posez pas de question, j'ai mes raisons. Faites comme je vous ai dit.

Il se tourne vers Beverly, restée silencieuse. Son regard est fixé sur les immeubles qui illuminent la nuit.

— Je compte sur toi pour le garder à l'œil.

— Pas la peine, proteste l'informaticien. J'ai capté le message. J'ai quand même une question. Vous comptez vraiment nous laisser vivre ?

— Je vais être franc, je ne t'aime pas. Cependant, je ne tue pas pour rien.

Dylan hoche la tête plusieurs fois.

— Bien, bien…

Le téléphone posé sur le plan de travail se met à vibrer, puis un duo de batterie et de guitare envahit l'espace.

Flash of the Blade d'Iron Maiden, reconnaît Abraham. Il y a donc quelque chose à sauver chez le hacker : ses goûts musicaux.

Dylan pose la cuillère et saisit l'appareil.

— Hello. Non, tout va bien ici. Je cuisine. Désolé, non, pas de progrès au niveau de la clé, j'ai augmenté la puissance du programme de brute force grâce au «cloud computing», mais ça risque de prendre du temps. Je te l'aurais dit, tu penses.

Abraham ne quitte pas du regard le hippie qui tourne en rond devant les casseroles.

Il lui paraît étrangement serein et il ment sans ciller.

— OK, merci, repose-toi bien. Et reste prudente surtout.

Il raccroche, repose le téléphone et reprend sa cuillère.

— C'était Clémence.

Il se tourne ensuite vers Abraham.

— Visiblement le gars que tu as blessé chez la voisine de Sophie, ce Pavel Boski ou un truc de ce genre, il s'est réveillé. Je ne sais pas si tu es au courant, mais il est dans le même hôpital que Clémence.

Abraham a soudain l'impression que Dylan vient à la fois de lui parler en chinois et de lui expédier un uppercut sous le menton.

Il reste hagard deux bonnes secondes, le temps qu'il lui faut pour reconnecter avec la réalité.

— Attends, tu peux me dire de quoi tu parles, là?

Dylan retire la casserole du feu et rapproche la boîte de Pringles des plaques de cuisson avant de lui répondre.

— La voisine de Sophie que tu as tuée d'un coup de couteau… Attends, tu n'es vraiment pas au courant?

Il ne l'a pas entendu. Le cerveau d'Abraham tourne à plein régime.

Ce n'est pas lui qui a fait ça. Y aurait-il quelqu'un d'autre sur la piste de la clé?

Et pire encore.

Ce Pavel Bukowski, il le connaît. C'est l'agent qui s'était assuré que le projet MK-Ultra ne vienne pas éclabousser le FBI. Il était aussi au courant pour le trafic d'organes. Qu'est-ce qu'il vient foutre dans cette affaire ? Et surtout, hospitalisé au même endroit que la fille Leduc ?

Bordel, cette histoire commence sérieusement à le faire flipper.

Mais pas de panique. Il est en possession de la clé, et il s'apprête à mettre la main sur Clémence. Le reste, ce ne sont pas ses oignons. CIA, FBI, qu'ils aillent tous se faire foutre.

Lorsqu'il émerge de sa bulle, Dylan s'active sur le plan de travail, le visage rembruni, les yeux dans le vague.

Leurs regards se croisent et il fait tourner la cuillère dans la casserole.

— Au fait, tu m'as bien dit que t'étais allergique au glutamate de sodium, non ? Je suis prêt à parier que ces chips en contiennent.

Dylan affiche un sourire sans joie…

— Oui, mais je n'en mange pas. Tu sais, je ne te crois pas quand tu dis que tu vas nous épargner.

… puis il verse le contenu de la casserole dans la boîte de Pringles vide.

— Bordel, mais qu'est-ce que tu fabriques ?

Et soudain, Abraham remarque le décapant sur le plan de travail.

Du nitrate de sodium.

Une décharge d'adrénaline lui traverse le corps de pied en cap. Il vient de comprendre.

— Putain, hurle-t-il en plongeant sa main vers le pistolet.

Mais Dylan a déjà sorti une allumette. Il la laisse tomber dans la boîte et dit :

— Une bombe, connard.

Et l'explosion se déclenche avant qu'il ne puisse le mettre en joue.

36. INVESTIGATIONS

Noah n'a pas recouvré sa vision. Pire, ses vertiges ont empiré et son œil gauche s'auréole d'une aura floue, lumineuse par intermittence, le forçant à froncer les sourcils afin de faire la mise au point.

Jamais la conduite d'une voiture n'aura été aussi stressante et éprouvante.

Handicapé, de nuit et sous les rafales de vent, il ne manquait plus que la pluie pour parfaire ce tableau cauchemardesque.

Il ne peut plus continuer à faire l'autruche et ignorer ses symptômes. Il se donne encore quelques jours – deux au maximum – pour contacter le docteur Henry.

Il sait déjà ce que va lui annoncer cette voix cassante. Certainement une phrase du style : «Ahum… il semblerait que la tumeur ait progressé, comme en atteste l'hémianopsie.»

Il espère seulement qu'il ne va pas ajouter : «Je crains que ce ne soit irrémédiable, monsieur Wallace. Et l'autre œil va suivre. La cécité complète, ce n'est plus qu'une question de jours.»

Surtout, il veut savoir si un traitement est envisageable à ce stade, et sans avoir à lui ouvrir la boîte crânienne si possible.

Évidemment, le timing ne pourrait pas être plus catastrophique. L'énigmatique Pavel Bukowski a repris connaissance, lui-même est sur une piste et surtout l'horloge tourne pour Sophie. Elle n'est pas morte, il en est convaincu, mais elle est en danger quelque part, prise dans les rouages d'un engrenage. Et il fera tout pour la sortir de là avant qu'elle ne soit broyée.

Noah progresse dans la pelouse rase, en regrettant de ne pas s'être habillé plus chaudement. La température plutôt élevée de la journée a chuté d'une quinzaine de degrés, les nuages gris se sont accumulés et obscurcissent le ciel. Des rafales violentes charrient de fines gouttes de pluie qui lui cinglent les joues.

Perdue au milieu d'une vaste cour dépouillée, la maison d'Andrew Clayton lui paraît plutôt classique. Noah s'attendait à plus de faste de la part d'un homme de son statut. Un large pavillon en bois de plain-pied, flanqué d'un garage mitoyen, un peu en retrait dans la périphérie de Waterbury. Pas de fleurs ni d'arbres. Rien d'ostentatoire ne reflète la carrière de ce brillant professeur.

Et pas de lumières, remarque-t-il. Le chercheur s'est absenté. Ce n'est pas une surprise, il n'avait pas réussi à le joindre au téléphone. Ou alors c'est un couche-tôt. Mais puisqu'il est sur place, autant vérifier.

Arrivé à hauteur du perron, la première chose que Noah remarque est la porte entrouverte.

Peut-être un oubli, ou un simple problème de serrure, mais ce n'est pas ce que lui dicte son instinct.

Il hésite. Il réalise qu'il n'est pas à sa place. Il ne se considère pas vraiment comme un détective, et ce n'est pas non plus un combattant, même s'il a été entraîné à tuer lorsqu'il était enfant et qu'on a fait de lui un pantin meurtrier pendant des années. Son domaine, c'est le décryptage des émotions humaines. En théorie, et surtout dans son état, il devrait faire demi-tour et contacter Raphaël Lavoie. C'est ce que ferait une personne raisonnable en tout cas. Une personne normale. Mais la normalité, ce n'est pas Wallace.

Il presse deux fois le bouton de la sonnette et attend une réponse ou une lumière qui s'allume avant de se décider à pousser la porte.

— Monsieur Clayton ? hasarde-t-il.

Pas de réponse.

Il franchit l'embrasure d'un pas.

— Monsieur Andrew Clayton ? reprend-il, plus fort cette fois-ci.

Un courant d'air s'engouffre entre ses jambes.

Aucun son.

Noah ferme la porte et plaque sa main contre le mur. Ses doigts partent à la recherche d'un interrupteur.

D'une pression, le hall d'entrée se dévoile progressivement, à la faible lumière de trois spots jaunes.

L'entrée ne contient qu'une table rectangulaire. Elle s'ouvre sur l'espace cuisine à droite et sur un salon séjour à gauche. En face de lui, un couloir dont les murs blancs sont décorés par des tableaux d'art abstrait s'étend sur une dizaine de mètres.

Noah remarque des clés de voiture – une Toyota et une Chevrolet – posées dans un bol en céramique.

Il a noté le garage séparé de la maison. Les véhicules doivent s'y trouver.

Il constate également la présence d'un système d'alarme, mais il est désactivé.

Même sans avoir recours à ses dons, Noah devine qu'il y a un problème. La porte ouverte, le système d'alarme, les trousseaux. Tout indique que le professeur devrait se trouver ici.

— Il va falloir être prudent, dit-il à voix basse.

Il se rend compte qu'avoir allumé le hall était une erreur. Mais il est trop tard. Et de toute façon, sa venue était tout sauf discrète. Entre la lueur des phares et le frottement de la gomme sur un chemin de gravier, il avait déjà claironné sa présence. Si quelqu'un l'observe en ce moment, il ne peut rien y faire.

Noah empoigne néanmoins son pistolet avant d'entamer sa visite. Il n'est pas au mieux de sa forme, mais il prend soin de passer chaque pièce au peigne fin, scrutant chaque détail, traquant la moindre incongruité. Et pendant presque une heure, il ratisse l'ensemble de la maison.

En vain. Pas de traces d'Andrew Clayton, aucun indice qui laisserait supposer un départ précipité ou un quelconque conflit. En revanche, il en sait désormais un peu plus sur la personnalité du chercheur.

L'agencement de cette demeure révèle un homme qui privilégie le fonctionnel et l'épuré. L'aménagement est à la fois moderne et froid. La seule note de fantaisie émane de vieux posters de jazz encadrés, présents dans toutes les pièces, et de quelques œuvres d'art abstrait, notamment d'intimidantes sculptures métalliques qui, dans le salon, semblent faire écho aux tableaux du couloir.

Il découvre aussi une personnalité éloignée de l'image qu'il s'était faite d'un chercheur travaillant pour une entreprise aussi sensible que Genetech. Son bureau est disposé à la vue de tous dans la salle à manger. Il n'a rien à cacher, ou sait séparer sa vie professionnelle de sa vie privée.

Et sur ce dernier point, il y a un problème.

D'après les renseignements donnés par le CSIS, Andrew Clayton est censé vivre en concubinage avec une fille, une ancienne étudiante originaire du Cambodge. Elle a suivi un cursus de génétique moléculaire au MIT lorsqu'il y enseignait. Mais rien dans la maison ne témoigne de sa présence. Pas de photographies, pas d'affaires, ni de vêtements.

Un fantôme.

D'ailleurs, rien à signaler au niveau de son radar paranormal. Il ne ressent aucune vibration particulière, pas une ombre derrière le voile.

Soit il ne s'est rien passé de dramatique, soit il y a une autre explication, qu'il n'ose envisager.

Le chercheur a été tué ici même, mais il n'est plus capable de le percevoir. Ses capacités extrasensorielles se sont envolées. L'épisode hallucinatoire vécu dans la maison des Engelberg aura été son baroud d'honneur. Cette maudite tumeur aura finalement eu raison de ses dons et fait de lui un infirme qui s'accroche à l'espoir que son amie est vivante.

Cette idée, bien plus encore que sa cécité partielle, le terrifie. Ses dons, c'est ce qui le définit, donne encore un sens à sa vie.

Qu'est-ce que je fais ici ? Je ne sers à rien. Je suis dans une voie sans issue.

Pour la première fois depuis qu'il a pris cette enquête en charge, Noah ressent le poids de la fatigue et la possibilité qu'il puisse échouer, qu'il ne parvienne pas à sortir Sophie des mâchoires du piège dans lequel elle est tombée.

Tu n'as pas le droit d'abandonner. Et puis, tu n'as pas encore fouillé son bureau.

Noah s'installe sur la chaise à roulettes qui fait face au grand moniteur vingt-sept pouces de l'iMac. Le bureau de

315

Clayton est le strict opposé de celui de Tremblay. Ce n'est pas un mastodonte en bois où s'entassent des piles de dossiers et objets divers. Aucun post-it en vue, et les tiroirs ne débordent pas.

Noah allume l'ordinateur sans espérer pouvoir en tirer grand-chose. Sans mot de passe, l'écran sera juste une source lumineuse supplémentaire.

Les quelques secondes qu'il passe à attendre que le système d'exploitation apparaisse lui font prendre la mesure de l'incongruité de la situation.

Le voilà installé dans la maison d'un parfait inconnu sur les seuls dires d'un vieux libraire, poussé par un instinct auquel il accorde à peine sa confiance.

La lueur de l'écran attire son regard. Comme il l'avait anticipé, l'accès se fait par mot de passe. Inexploitable.

Reste le bureau.

Noah ouvre le compartiment à sa droite. Il contient une pile de dossiers.

Il s'empare du premier, constitué d'une dizaine de feuilles agrafées. Cela traite de physique quantique. Encore une fois, en lisant les lignes, Noah est surpris de comprendre des notions de sciences qui vont bien au-delà de ce qu'un béotien comme lui devrait savoir. Et bien que certaines parties abordent des sujets complexes, il en saisit le propos général. L'article traite de l'impossibilité d'atteindre le clonage parfait en raison des lois de la physique quantique. La démonstration est mathématique et s'appuie en partie sur les états quantiques et le chat de Schrödinger. Quelques lignes barrées montrent que le professeur Clayton semble être en désaccord avec certains points.

Plusieurs autres feuilles agrafées abordent divers sujets scientifiques, la plupart sont des photocopies ou des découpages d'articles parus dans *Nature* et *Science*. Là encore, le chercheur les a annotés, barrés, voire commentés.

Tous parlent de transhumanisme ou bien de génétique, avec une attention particulière sur la construction d'organes synthétiques, ou d'avancées médicales sur les maladies dégénératives et le clonage thérapeutique.

Rien d'étonnant. Il s'agit du champ d'expertise d'Andrew Clayton. Mais peut-être faut-il y voir un lien avec les notes prises par Sophie ?

Son enquête portait sur le trafic d'organes. Genetech, bien qu'étant avant tout un laboratoire pharmaceutique, s'intéresse de près au futurisme, à la singularité. Par ailleurs, l'entreprise est présente dans le capital de Bayer-Monsanto ainsi que dans celui de Google, et elle détient des brevets de graines OGM.

Noah soupire, pose le dossier sur le bureau, bascule sa tête en arrière et passe sa paume sur son front. La lecture est éprouvante. Son œil valide se fatigue vite et il sent venir les signes annonciateurs d'une migraine ophtalmique.

Et bien qu'intéressantes et stimulantes sur un plan intellectuel, ces informations ne lui servent pas à grand-chose. En quoi tout cela va-t-il l'aider à retrouver Sophie ?

Une pause est nécessaire. Mais son esprit n'entend pas lui laisser le moindre répit.

Les yeux fermés, il tente de rassembler les pièces afin de reconstituer le puzzle. Sophie a suivi la piste du trafic d'organes. Au cours de son enquête, elle s'est associée à Pavel Bukowski, un ami de l'inspecteur Tremblay et agent du FBI. Avec son aide, même si le rôle exact de Pavel reste à préciser, elle a pu découvrir un lien entre le trafic et un membre important de Genetech, Amitesh Singh. Dès lors, elle s'est focalisée sur l'entreprise multinationale, elle a creusé son histoire, fouillé le passé de la famille Engelberg. En suivant cette piste, elle est remontée jusqu'à cette sordide histoire impliquant de jeunes adolescents à Charlotte. Et aux disparitions d'enfants dans les environs. Elle a rencontré le même libraire que lui, et a dû forcément se rendre jusqu'à Waterbury pour contacter Andrew Clayton.

Sauf qu'elle n'est certainement pas tombée sur une maison vide. Que s'est-il passé lors de son entrevue avec le chercheur? S'est-il confié à elle? Lui a-t-il fait des révélations?

Peut-être que non, justement. Et sa manœuvre n'aura servi qu'à donner l'alerte. Est-ce à ce moment-là que tout s'est précipité? Que le projecteur de Genetech s'est braqué sur elle et que près d'un mois plus tard, Noah se retrouvait dans le divan du général Lavallée à regarder une vidéo de l'exécution de sa fille?

Qu'a-t-il manqué? Et quel est le foutu rapport avec ses visions?

Noah reste encore un moment dans la même position, dans un état de confusion, assailli par les questions qui se télescopent. Il éprouve le besoin de calmer le tumulte avant de prendre un autre dossier dans le bureau. Malheureusement, bien loin de s'être dissipée, la céphalée a pris possession de son œil et d'une partie de sa nuque. Mais malgré l'impression d'avoir un pic à glace enfoncé dans l'orbite, il ne veut pas partir les mains vides.

Alors il continue.

Il passe encore en revue – une lecture en diagonale – quelques dossiers scientifiques du même acabit que les précédents avant de tomber sur une chemise orange écornée.

Lorsqu'il l'ouvre, son sang se fige dans ses veines. Sur l'en-tête de la première feuille jaunie par les années, dans le coin gauche, un logo familier vient le narguer.

Une tête de corbeau. Le sigle du Raven Institute, les propriétaires du manoir de Peru, où il a passé sa jeune enfance. Ce qu'il a connu de plus proche de l'enfer.

Qu'il ait lui-même été programmé pour organiser l'assassinat du journaliste qui menaçait de dévoiler le lien entre un trafic d'organes et Genetech était déjà un signe que la multinationale était liée au projet MK-Prodigy.

Ce qu'il a entre les mains constitue une preuve supplémentaire.

Dans cette chemise, il découvre des rapports, des tests de quotient intellectuel. Tous concernent des enfants. Mais surtout, tous sont postérieurs à la fermeture de l'Institut en 1986. Les dates s'étalent de 1990 à 1996. Raven Institute, l'entité qui était responsable de s'occuper des enfants surdoués, a perduré, sûrement sous une autre forme, et avec d'autres intervenants… comme Andrew Clayton.

Noah fait défiler les feuilles dans la chemise, avant de s'arrêter sur un autre document.

Ce qu'il y découvre est bien plus perturbant que de simples tests.

En le lisant, il éprouve l'impression que l'air se condense, devient plus épais, que le monde se contracte autour de lui pour le broyer.

Il n'y est pas fait mention d'enfants, le terme utilisé dans les pages est « sujets ». Ce qui est pire.

Toujours estampillé Raven Institute, ce document établit, rapports à l'appui, le lien entre les traumatismes subis pendant l'enfance et l'altération des connexions neuronales.

Noah est fébrile, il a l'impression de lire son propre diagnostic. Bien que la migraine frappe si fort qu'il est au bord de la nausée, il ne peut s'empêcher de dévorer les pages.

Son doigt glisse sur les lignes et quelques phrases restent imprimées dans son esprit.

«Malformations cérébrales au niveau du cortex cingulaire antérieur, une zone responsable du processus de régulation des émotions»

Un peu plus loin:

«Développement anormal de matière blanche, amas d'axones myélinisés»

Et encore:

«Épimutations affectant l'expression génétique du gène responsable de la production de la gaine de myéline»

Et pour finir: «Dépression, suicide»

D'une main tremblante, il pose le dossier sur le bureau. Les conclusions sont perturbantes.

Cette lecture est la preuve scientifique qu'il existe un lien direct entre l'enfance et l'altération du cerveau. De forts traumatismes comme il en a subi sont donc capables de faire muter le code génétique et d'être un facteur déterminant dans la dépression, le suicide.

Puis-je me libérer de mon passé? A-t-il tracé un sillon que je suis obligé de suivre jusqu'à ma mort? se demandait-il en cherchant la réponse chez les voyants ou autres cartomanciennes.

Celle donnée par la science est cinglante, sans appel.

Avant de le ranger, Noah sort son téléphone et prend quelques photos du rapport. Il faudra qu'il étudie cela à froid, avec des personnes compétentes dans le domaine, et sans avoir l'impression que son cerveau va lui sortir par les orbites. Il est forcément passé à côté d'informations pertinentes.

Et puis, au-delà du choc qu'il a ressenti et de sa résonance, il faut qu'il se pose les bonnes questions.

En quoi ce rapport pourrait-il être lié à la disparition de Sophie? Est-ce cette découverte qui l'a mise en danger?

Cela paraît peu probable. Il n'y a rien de vraiment incriminant dans ces papiers. Si cela avait été le cas, ce dossier ne serait pas rangé dans le bureau, mais dans un coffre. Cette étude a très bien pu être conduite dans un cadre légal.

Malheureusement, il n'a plus grand-chose à faire ici. S'il n'arrive pas à rentrer en communication avec Andrew Clayton, le contenu de la clé est désormais sa seule piste. Il est grand temps de partir.

Noah se lève et met un court instant à se stabiliser, pris de vertige.

Il jette un dernier regard au bureau, puis replace la chaise dans l'état où il l'a trouvée.

Mais à peine a-t-il fait un pas vers le hall qu'un courant d'air lui glace le dos.

Ses poils se dressent sur ses avant-bras et il réprime un frisson en grelottant.

La porte d'entrée. Elle vient de s'ouvrir.

Noah empoigne son pistolet et le braque devant lui, prêt à tirer, pendant qu'il avance lentement vers le hall.

Lorsque l'entrée est en vue, il lâche un soupir et se déraidit.

Fausse alerte. La porte est fermée.

Pourtant, la tension qu'il ressent est encore bien présente.

Ses poils sont hérissés et son corps continue d'être parcouru de frissons glacés.

— Il va venir.

Une voix de femme, derrière lui, à moins d'un mètre.

Noah fait volte-face.

Personne.

La vibration du téléphone dans sa poche l'arrache à sa torpeur.

Il s'en empare. C'est Clémence.

Que peut-elle vouloir à cette heure?

À peine a-t-il appuyé sur la touche verte que la voix jaillit de l'appareil. Il le coince entre l'oreille et l'épaule.

— Bonsoir Noah, désolée de vous déranger, il fallait que je vous parle. Tout va bien de votre côté?

Je suis rentré sans y être invité chez quelqu'un, j'ai fouillé chez lui au mépris des lois de l'État, et comme d'habitude j'entends des voix. Ah oui, au fait, je suis presque aveugle.

— J'allais justement t'appeler. Je suis sur les traces de Sophie…

— Mais c'est génial! s'enthousiasme-t-elle, le coupant au passage.

— … et là, je suis chez Andrew Clayton. Si tu fais des recherches sur lui tu découvriras…

— … que c'est un chercheur, et que ses champs d'expertise sont la génétique et la biologie moléculaire. Justement, je voulais vous en parler… mais quand vous dites que vous êtes chez Andrew Clayton, vous êtes avec lui en ce moment?

En parler? Comment est-elle tombée sur lui?

— Non. Il n'y a personne. Je suis… en fait je viens de fouiller sa maison. J'ai découvert des documents du Raven Institute. J'ai des preuves que Genetech était impliquée dans MK-Ultra ou au moins le projet MK-Prodigy. Bien sûr, Clayton pourrait avoir agi sans le consentement de son employeur, mais j'en doute. J'ai pris des photos, je vais t'envoyer tout ça…

Silence.

— Clémence, tu es avec moi?

— … Écoutez, je viens juste d'avoir le signalement que Dylan a téléchargé plusieurs fichiers dans notre dark cloud. Il a réussi à craquer la clé. J'ai juste eu le temps de regarder un document et justement, le nom d'Andrew Clayton y figurait. C'est évident qu'il est lié à la disparition de Sophie. Vous êtes seul ou vous avez une protection ?

— J'ai un pistolet.

— Ce n'est pas ce que je voulais dire, je...

— Je sais, Clémence. Pas de soucis, je m'en vais de toute façon.

— Noah... faites attention.

Malgré la douleur, Noah sourit.

— Tu t'inquiètes. C'est mignon.

— C'est juste que j'ai un mauvais pressentiment, c'est tout.

— C'est mon boulot, ça, d'avoir des pressentiments, pas le tien. Je...

Noah ne termine pas sa phrase.

Devant lui, dans l'embrasure qui sépare le salon du séjour, une forme se découpe dans les ombres. La silhouette d'une femme.

— Il va venir.

Il entend à peine la voix de Clémence à l'autre bout de l'appareil.

Noah avance d'un pas.

— Il faut partir, reprend la voix.

La forme se volatilise devant lui.

L'étudiante, réalise-t-il.

De qui parlait-elle ?

— Noah ? Tout va bien ?

— Désolé, Clémence, je suis fatigué. Je rentre à l'hôtel et je t'appelle une fois sur place.

Il raccroche.

Il va venir. Il faut partir.

Son radar n'est donc pas en panne.

Je n'avais pas prévu de m'éterniser, de toute façon.

Noah range le téléphone et se dirige vers la porte d'entrée.

Il pose sa main sur la poignée et le téléphone sonne à nouveau.

Clémence.

Il décroche.

— Désolée, je viens d'appeler Dylan et je pense qu'il se passe quelque chose, dit Clémence.

Noah tente de calmer son œil qui émet des flashs comme un stroboscope.

Clémence poursuit.

— Dylan vient de me dire qu'il n'a pas réussi à décrypter la clé, alors qu'il vient d'en télécharger le contenu sur notre cloud privé.

Sa tête tourne.

— Il faut se méfier, Noah, vous entendez? fait la voix de Clémence, un écho lointain.

Ses jambes se dérobent sous lui.

— Et le général est impliqué. Je viens d'ouvrir un fichier. David Lavallée, le frère de Sophie, était sur la liste des clients... Que se passe-t-il, Noah? Je ne vous entends plus.

Il veut parler, mais il n'en a plus la force. Il s'accroche à la poignée pour se relever. Il n'en a pas le temps.

La porte s'ouvre et laisse apparaître un homme d'une large stature. Blond platine, la mèche collée sur le front, son nez est celui d'un boxeur.

— Bonsoir Noah, lui dit-il.

Avant que son poing massif ne s'écrase sur sa joue et que les ténèbres ne l'enveloppent.

37. ANGOISSES

Clémence a les genoux rabattus sur sa poitrine et fixe l'écran de télévision qui diffuse un sketch parodiant l'émission de téléréalité *Naked and Afraid*.

Mais son esprit est ailleurs.

Elle se mordille la lèvre inférieure et bat du pied sur le matelas, sans prêter attention aux répliques caustiques échangées entre Peter Dinklage et Leslie Jones.

À intervalles réguliers, elle jette quelques regards au téléphone posé à plat sur le lit et à portée de main. Elle attend un appel de Raphaël Lavoie. Par trois fois, elle est tombée sur sa messagerie vocale. Et par trois fois, elle lui a laissé le même message : « Rappelle-moi, c'est urgent. »

Oui. La situation est critique.

Lorsqu'il a raccroché, Noah était en pleine crise et elle n'arrive plus à le joindre depuis. Et puis, elle n'en est pas certaine, mais il lui a semblé entendre une voix.

Du côté de Dylan et Beverly, ce n'est pas mieux. Aucun de ses deux amis n'est joignable.

Il s'est passé quelque chose à Montréal. Et si Dylan a menti au sujet de la clé, c'est qu'il ne pouvait pas lui parler. Qu'il était menacé. Pour quelle autre raison, sinon ?

Clémence jette un coup d'œil en direction de la fenêtre. De fines gouttes de pluie viennent s'écraser sur les vitres et laissent perler de petits vers translucides.

Elle ne peut pas rester dans sa chambre à attendre que le temps passe.

Il faut qu'elle se rende utile. Surtout que Pavel Bukowski, l'homme responsable de son état, est ici.

Dans le même hôpital.

Et réveillé.

Et ce connard de Lavoie qui reste injoignable. Pourquoi ne répond-il pas?

Peut-être parce que cette histoire n'est pas du tout ce qu'elle semble être?

Elle sait désormais que le général Lavallée est impliqué dans les affaires de Genetech. Ce n'est pas pour rien qu'il a reçu la vidéo de sa fille. Et ce n'est pas pour rien non plus qu'il a fait appel à Noah pour cette soi-disant mission de vengeance.

Non, quelque chose d'autre se trame. Elle peut sentir les fils invisibles qui les manipulent comme des pantins.

Clémence s'empare de la télécommande posée sur le plateau-repas resté intact et éteint la télévision au moment où les acteurs font semblant de se battre avec des bâtons.

Elle ne peut pas se laisser aller aux lamentations, à l'angoisse de l'attente, à la déprime.

C'est un gaspillage de son temps. Elle ne peut pas changer ce qui est arrivé. Tout ce qui se passe au-delà de l'enceinte de l'hôpital, non, au-delà de la porte de sa chambre, est hors de son contrôle.

Ce qui n'est pas le cas de son puzzle. La partie d'échecs est presque complétée. Ni du nombre impressionnant de documents qui se trouvent à portée de clic.

Alors plutôt que de continuer à se faire un sang d'encre les yeux rivés sur une télévision qu'elle ne regarde pas, elle décide de se plonger davantage dans le contenu de la clé. Et plus tard, au cœur de la nuit, alors que l'hôpital sera plus calme et que ses couloirs seront moins fréquentés, elle ira rendre une petite visite à Pavel, histoire de lui poser quelques questions.

Clémence saisit le PC portable logé au pied du lit et, d'un geste sec, le débranche de son alimentation.

Elle le place sur ses genoux et reprend sa consultation à l'endroit où elle l'avait laissée.

Avec une seule main, ce n'est pas facile, mais puisqu'elle a du temps.

Clémence commence déjà par classer les documents par type et sépare les fichiers textes des fichiers images (scans ou photographies) avant de s'attaquer à la lecture.

Les sujets abordés sont complexes, mais elle fait confiance à son intelligence. Elle n'est pas une experte en biologie et ce qui défile devant ses yeux est normalement hors de sa portée.

Mais c'est là qu'intervient la magie d'internet et sa banque de connaissance quasi infinie. Chaque mot inconnu, chaque terminologie incomprise, sont passés à la moulinette Google. Son esprit brillant fait le reste pour comprendre et assimiler les concepts. Une heure défile et sans s'en rendre compte, elle vient d'analyser une batterie de tests portant sur le clonage thérapeutique.

La plupart des documents sont signés de la main d'Andrew Clayton.

Si ce qu'elle lit est vrai, alors Genetech travaillerait sur le clonage humain, et ce depuis le début des années quatre-vingt-dix. Au total mépris de toutes les lois internationales en vigueur.

Une succession d'échecs. Des années d'expériences qui n'aboutissent à rien…

Clémence continue sa lecture, consulte une nouvelle série de tests et leurs rapports.

… jusqu'en octobre 1995.

— Bordel, lâche-t-elle, brisant le silence de sa chambre.

D'après ce qu'elle a sous les yeux, l'équipe d'Andrew Clayton aurait réussi le clonage d'un rein humain.

Soit un an avant que Dolly, la célèbre brebis écossaise clonée, soit révélée à la planète entière.

Et dans le plus grand secret.

Pas étonnant que cette clé USB soit recherchée. Les expériences conduites avaient déjà un caractère illicite, mais il y a de quoi dynamiter Genetech avec ça.

Ce qu'aurait dû faire Sophie d'ailleurs, plutôt que de la planquer dans un morceau de viande congelée. Pourquoi n'a-t-elle pas contacté les médias? Ou diffusé cela elle-même? Son blog est devenu si populaire après les révélations fracassantes de l'année dernière.

Sauf que… de telles recherches doivent être forcément conduites avec l'accord d'un ou plusieurs gouvernements. Et à qui accorder sa confiance dans ce cas-là?

Le téléphone vibre sur le matelas.

Le mot «Connard» s'affiche blanc sur noir à l'écran.

Enfin, souffle Clémence.

Elle s'empare de l'appareil et ne lui laisse pas le temps de parler.

— Raphaël, on a un gros problème, Noah a fait une crise et je n'arrive plus à le joindre. Quant à Bev et Dylan, ils ne répondent pas non plus et…

— Je sais, coupe-t-il. Pas pour Noah, mais pour tes amis. Je suis en route vers la planque au moment où je te parle.

Les agents que j'avais placés en surveillance ne répondent plus non plus. Et on nous a signalé une explosion dans l'immeuble.

Son cœur se compresse dans sa poitrine, le sang semble quitter son corps.

Du C4, réalise-t-elle.

Ses amis sont morts.

— Abraham Eisik? demande-t-elle la voix tremblante.

— Peut-être, difficile à dire. Je te tiendrai au courant dès que je serai sur place. Tu sais si Dylan avait réussi à... décrypter la clé?

Clémence s'apprête à lui répondre, à lui dire la vérité, puis se ravise. Raphaël est une anguille, elle ne lui a jamais fait confiance, et puis il travaille de près avec le général Lavallée. Qui sait si cet enfoiré ne joue pas un double ou triple jeu?

— Je l'ai eu au téléphone plus tôt dans la soirée. Il m'a dit que non. Et pour Noah?

Raphaël marque une pause avant de répondre.

— Je vais voir ce que je peux faire, je vais rentrer en contact avec la police du Vermont. Où était-il la dernière fois que tu l'as eu au téléphone? demande-t-il d'une voix calme.

Clémence hésite.

— En visite chez Andrew Clayton, à Waterbury. Et, Raphaël?

— Oui?

— Tu penses qu'ils sont vivants... je veux dire à la planque?

Silence.

— Comme je te l'ai déjà dit, je te tiendrai au courant, répond-il toujours sur le même ton.

Clémence raccroche, balance le téléphone, repousse l'ordinateur portable et frappe sur le matelas d'un coup de poing.

Son système nerveux lui répond par une douleur qui part du doigt, traverse son bras et finit par une lancée fulgurante dans son épaule.

Et puis elle pleure, de douleur, de rage, de frustration.

Dylan, Beverly, Carlos. Ils sont morts. À cause d'elle. D'abord la Floride, puis Brooklyn et désormais Montréal.

Et Noah... s'il lui arrivait quelque chose... Sans cet accident avec le fusil, elle aurait été avec lui à Waterbury. Elle aurait pu l'aider...

Une voix grave explose dans la semi-obscurité de sa chambre.

— Se lamenter ne sert à rien.

Clémence braque son regard vers la porte. La silhouette qui se tient dans l'encadrement est celle d'un homme de forte stature, au ventre proéminent. Son visage piriforme se confond presque avec son cou. Il a les cheveux entièrement rasés et sa main droite est agrippée à une potence reliée à sa perfusion.

Elle le reconnaît.

Pavel Bukowski.

— Bonsoir, Clémence, j'aimerais qu'on puisse se parler. C'est urgent.

38. VENGEUR

Un sifflement strident.

C'est tout ce qu'Abraham est capable d'entendre pendant les deux longues minutes durant lesquelles il rampe à terre, les traits déformés par une grimace, se hissant à l'aide de son bras.

Ce n'est pas passé loin cette fois-ci. La déflagration n'était pas assez puissante pour le tuer, mais sa plongée salutaire l'a disloqué davantage et rouvert sa plaie au flanc.

Il a même dû s'évanouir un instant tant la douleur qu'il a ressentie en heurtant le sol était forte.

Mais s'il n'avait pas eu le réflexe de le faire, cette enfoirée de fouine dégingandée aurait gagné la partie et l'aurait tué ou mis hors d'état de nuire.

Au prix d'un effort qui lui arrache un cri, Abraham parvient à se lever. Vidé de toute énergie, il doit prendre appui sur ses cuisses pour parvenir à se redresser.

Enfin debout, il contemple le massacre.

La cuisine ressemble à un champ de bataille. Les bouteilles – principalement de l'huile, du vin et du vinaigre – ont volé en éclats. La casserole a été propulsée par la déflagration et s'est encastrée dans le mur en placoplâtre. Un couteau est planté au plafond. Plusieurs portes de la cuisine équipée sont sorties de leurs gonds et des assiettes sont tombées dans l'évier ou se sont fracassées sur le carrelage. Les vitres de l'appartement sont également brisées et une immense tache noire s'étend de l'îlot central jusqu'à une partie du salon.

Devant lui, Beverly est avachie, le dos collé contre un mur, du sang s'écoule de son torse et sinue le long de ses bras. Son visage en partie brûlé est criblé de morceaux de verre, un éclat est planté dans son œil droit, un autre est profondément enfoncé dans son cou. Certainement la source de son hémorragie, constate-t-il. Elle hoquette du sang.

Ainsi est tombé le colosse qui l'avait dérouillé. Une bien triste fin pour ce redoutable adversaire.

Abraham hasarde un œil par-dessus l'îlot, espérant y trouver l'informaticien allongé. Au pire mort, au mieux vivant pour qu'il puisse le torturer un peu avant de le tuer.

À sa grande frustration, il remarque les empreintes de chaussures imprimées sur le sol couvert de poussière blanche.

Abraham pousse un juron de rage. Cet enfoiré s'en est tiré. Il a dû se baisser pour éviter l'impact de la déflagration et il a profité de l'effet de surprise pour prendre la poudre d'escampette. Car contrairement à lui, il s'attendait à l'explosion.

Et ce fumier – bien plus malin qu'il n'en avait l'air, il faut bien l'avouer – n'a pas hésité à sacrifier son amie pour s'échapper. Il a fait exploser la bombe sans la prévenir, sans le moindre signal. Le pire, c'est qu'il aurait eu tout le temps de lui exposer son plan quand lui-même s'était absenté pour s'injecter de l'insuline.

Sauf qu'il avait bien compris qu'elle ne l'aurait pas laissé faire. De peur des représailles de Dimitri contre sa sœur.

Contrairement à Beverly, ce fils de pute n'a jamais voulu attraper le fil de laine miteux. Il n'a pas gobé les sornettes.

C'est maintenant à son tour de mettre les voiles, surtout que cet empaffé qui s'est fait la malle risque de contacter Clémence et griller son effet de surprise.

— Rhaaa…

Abraham se tourne vers Beverly.

La femme le fixe, bouche ouverte. Elle lève une main, réclame son aide. Pour la sauver? Pour l'achever? Il pourrait la laisser vivre bien sûr, les secours ne vont pas tarder à arriver – escortés par la police, sans aucun doute –, mais à quoi bon l'épargner? Autant en finir maintenant, puisqu'il avait prévu de les occire à l'approche de l'hôpital de toute façon.

N'empêche, c'était une sacrée bonne femme.

Abraham pointe son arme vers elle, hoche la tête en signe de respect et dit sur un ton solennel:

— Tu peux partir en paix, ta sœur n'a rien à craindre. Elle n'a jamais rien eu à craindre, j'ai bluffé tout à l'heure.

Beverly grogne en guise de réponse.

Une grimace étire ses lèvres, peut-être un sourire, ou du dépit. Elle tourne la tête de côté.

— Désolé, ajoute-t-il.

Abraham soupire et appuie sur la détente.

Il range ensuite son pistolet puis, gagné par un frisson d'inquiétude, vérifie dans la poche de son pantalon cargo que la clé USB est toujours en sa possession.

La petite bouffée de chaleur disparaît lorsque ses doigts touchent l'objet.

Au loin, il entend les sirènes de police.

Plus de temps à perdre ici. Direction la région du lac Saint-Jean pour récupérer un dernier colis. Et après, tout sera enfin terminé. Il pourra se mettre à l'abri, profiter de sa retraite et, plus important, il aura alors bien assez d'argent pour payer le traitement de sa petite-fille.

Maintenant, tout ce qu'il souhaite avant de ramener Clémence à Dimitri, c'est de croiser cette ordure hippie à gueule de cheval sur son chemin.

Et si jamais il met la main dessus, il va s'amuser comme jamais. En comparaison, ce qu'a subi le Russe dans la cave en Floride aura été l'équivalent d'un massage dans un spa de luxe.

L'ARCANE SANS NOM

5409 Mountain Road, Fair Heights, Albuquerque, Nouveau-Mexique, 16 mai 2017, 19 heures

Allongée sur son lit, Katie Wilson fixe le plafond de sa chambre. Sa housse de couette préférée, celle avec la grande tour Eiffel rose rapportée par son père lors de son dernier voyage en France, est devenue un cimetière à Kleenex.

Les yeux rougis d'avoir trop pleuré, sans en connaître la réelle raison, elle voudrait juste être en paix, enfin.

Son téléphone posé sur la table de chevet vibre pour la vingtième fois au moins depuis la fin de l'après-midi.

Sûrement Carol, avec laquelle elle avait prévu de sortir le soir au Effex Night-Club, qui doit la harceler pour savoir quelle robe elle envisage de porter. La rouge à large échancrure, qui met bien en valeur sa poitrine, lui avait-elle conseillé.

Ou bien ses parents, encore partis en voyage en Europe ou en Asie, elle ne sait plus. La laissant seule à la maison avec son abruti de frère qui squatte dans le salon.

Même isolée dans sa chambre, elle peut l'entendre hurler de rire et insulter ses adversaires virtuels.

« Prends ça, enculé », « Je t'ai ruiné la face », « C'est qui le boss, connard ? » Voilà ce qu'elle entend en boucle depuis deux heures déjà.

Katie n'en peut plus. Qui pourrait supporter ça ?

Et petit à petit, sans qu'elle comprenne pourquoi, sa mélancolie cède la place à une colère que chaque nouvelle nuisance sonore alimente davantage.

Chaque cri de joie ou de frustration, chaque tremblement de basses, chaque tir ou explosion.

Jusqu'au moment où cette rage accumulée dans son ventre rampe insidieusement vers le haut de son corps, s'empare de ses nerfs et explose dans son cerveau.

Katie se lève, ignorant le clin d'œil qu'Ed Sheeran lui adresse depuis son grand poster mural.

Sans prendre la peine de troquer sa chemise de nuit contre des habits, elle descend les escaliers en bois vernis qui mènent au rez-de-chaussée.

Puis, comme une somnambule, elle se dirige vers la cuisine. Elle ignore totalement le pot de Nutella et le pain de mie posés sur le plan de travail, pour se concentrer sur le set de couteaux de cuisine placé à côté de la cafetière à expresso.

Elle s'empare du plus grand des couteaux et prend le chemin du salon.

Son frère est de dos. Face à l'écran Oled 65 pouces transformé temporairement en une fenêtre donnant sur un champ de bataille virtuel de la Première Guerre mondiale. Un gamepad en main, il s'agite comme si sa vie en dépendait. Pris dans l'intensité de l'action, il bondit comme un cabri sur le canapé devenu un trampoline de fortune.

— Sale bâtard ! hurle-t-il en embrochant un soldat avec sa baïonnette.

C'est le dernier mot qu'il prononce.

Le reste n'est qu'un gargouillis étranglé.

Katie vient de le frapper une première fois dans le cou.

Puis elle abat le couteau à nouveau, dans le cou, la poitrine, le visage.

Une vingtaine de coups au total.

C'est ce qu'il lui faut avant que la rage incontrôlable ne disparaisse et ne laisse d'elle qu'une coquille veule.

Le visage et le corps couverts du sang de son frère, elle se colle au dos du canapé et se laisse glisser. Assise sur le sol, elle plaque ses mains rouges contre son visage ruisselant de larmes.

À quoi bon vivre? se dit-elle.

À quoi bon vivre?

39. VA-TOUT

Sophie se réveille d'un bond. Haletante, trempée de sueur. Pendant un court instant de flottement, elle se croit dans sa chambre et se prépare déjà aux assauts d'un Grumpy en quête de nourriture. Un laps de temps pendant lequel elle est persuadée que l'apparition de Karl Engelberg jouant avec cette stupide roulette n'était qu'un stupide cauchemar. Un de plus.

Mais passé ce moment de confusion, la réalité se cristallise autour d'elle et l'empoigne à la gorge.

Et comme la nuit précédente, et celle d'avant encore, les larmes lui montent aux yeux.

Non, pas de chat. Pas de sonnerie de portable non plus, ni de voisins qui jouent de la basse et font trembler les murs dès sept heures du matin.

Elle est plus que jamais seule et recluse. Isolée du monde dans une suite de milliardaire qui fait deux fois la taille de son appartement. Assise dans un lit dont les seuls draps doivent coûter plus d'un mois de loyer. La vue des cimes enneigées depuis la baie vitrée de sa chambre offre un spectacle à couper le souffle.

Elle ne peut même pas se plaindre de la nourriture, digne d'un chef étoilé.

Mais elle est loin de passer du bon temps en vacances, c'est juste que son enfer a pris l'aspect d'un paradis terrestre.

Comme à chaque fois qu'elle se réveille en pleine nuit, Sophie inspecte ses mains.

Deux doigts sectionnés, mais cela aurait pu être pire. À son dernier entretien, la roulette virtuelle s'est arrêtée sur l'icône de l'œil avant de changer à la dernière seconde. Pendant cet infime intervalle, elle a cru défaillir. C'est fini. Elle ne tentera plus sa chance. À quoi bon, de toute façon, puisque son sort est scellé.

Prisonnière, mutilée… et bientôt morte. Le jeu morbide auquel elle participe est sur le point de s'achever. Karl va bientôt conclure son récit, et elle ne préfère pas penser à ce qui l'attend après. Tout ce qu'elle espère, c'est qu'elle n'aura pas trop à souffrir.

Son plan a échoué. Non, *elle* a échoué.

Mais comment avait-elle pu espérer une issue différente ? Elle n'aurait pas dû faire confiance à Andrew Clayton.

Parce qu'il l'a convaincue qu'elle pouvait faire la différence, elle s'est jetée dans la gueule du loup.

Non, le chercheur s'est trompé. Karl Engelberg est inatteignable. C'est un prédateur, et il le restera toute sa vie. Il n'est pas le maillon faible dans la machinerie Engelberg. Elle ne peut pas compter sur lui pour en apprendre davantage sur ce qui se trame chez Genetech.

Encore une fois elle a été trop naïve, ou trop confiante en ses capacités.

Sophie se passe la main sur le front. Il est trempé d'une sueur froide, tout comme son pyjama et son oreiller.

Elle prend le verre d'eau posé sur la table de chevet et écarte au passage les deux comprimés, des antalgiques laissés par l'infirmière pour calmer les lancées dans ses deux mains.

Il n'y a pas d'horloge, mais dehors, au-delà de la baie vitrée, le ciel de nuit étincelle de millions d'étoiles. Dans la voûte céleste, il lui semble voir flotter un voile diaphane entre les microscopiques points lumineux.

Sûrement deux ou trois heures du matin, conclut-elle.

Sophie vide le verre d'un trait, le repose et bascule lentement en arrière en rabattant les draps au niveau de sa poitrine.

La tête enfoncée dans l'oreiller, elle tente pour la énième fois d'entrevoir une faille dans la carapace de la famille Engelberg.

Karl lui a dit qu'il pourrait l'aider à s'en sortir vivante. Mais est-il vraiment sincère? Ou n'est-ce qu'une ruse, ou même seulement le plaisir sadique de lui redonner de l'espoir juste avant de la tuer?

Les Engelberg sont tellement tordus que rien n'est impossible.

Andrew Clayton l'avait convaincue que Karl était maintenu dans l'ignorance par son père, que le vieux le manipulait.

Et si en fin de compte Andrew Clayton avait raison, et que Karl n'était pas au courant des projets de son père?

« Ne le brusquez pas, attendez le bon moment. Si vous loupez votre coup, nous perdons toutes nos chances. Je sais que l'enjeu est grand. Mais je ne vois pas d'autres solutions. Lui seul peut nous donner les renseignements dont nous avons besoin. En dehors de son père, il est le seul accrédité. »

Plus facile à dire qu'à faire.

Demain, se dit-elle, avant de fermer les yeux.

Demain sera mon va-tout.

40. ISOLATION

Viennent d'abord les sanglots. Ils couvrent le bruissement des feuillages et les plaintes du vent. L'air lourd, chargé d'humidité, exhale de minces filets de brume qui rampent, s'enroulent et s'effilochent dans les buissons et les arbustes. Et puis la tempête éclate. Le ciel se déchire, tonne et gronde, le vent hurle et se déchaîne, écorche les branchages et arrache les feuilles. Sous les trombes d'eau, le sol se gorge et fait éclore les odeurs d'herbe mouillée, d'humus et de rose.

Le rideau de pluie s'opacifie, les gouttes deviennent des lames et transpercent les frondaisons.

Et sous les nuages noirs de colère, une petite silhouette semble indifférente aux éléments qui se déchaînent.

C'est un petit garçon, à genoux et transi de froid, grelottant dans son pull vert à col roulé.

Bien que distant, Noah ressent les émotions contradictoires qui traversent et animent ce petit corps perdu dans la tourmente. De la colère, de l'incompréhension, de la tristesse. Ces sentiments se disputent son esprit pour en prendre le contrôle. L'enfant hoquette, renifle, sanglote. Ses larmes roulent sur ses joues rosies et se perdent dans la pluie.

Noah comprend. Il est passé par là lui aussi. Le garçon pleure la perte de son innocence. Il le fait devant un tas de terre retournée, les mains plongées dans la boue. Ses doigts se crispent et laissent écouler une eau sale et brunâtre.

La colère qui bouillonne en lui l'emporte. Elle le submerge, il sent les ténèbres intérieures gonfler, l'envelopper, l'engloutir. Elles empoisonnent ses veines, parasitent son cerveau. Il hurle et frappe ses petits poings dans le sol spongieux. Il cogne jusqu'à écorcher sa peau sur le dos de ses mains.

Noah peut l'apaiser. Il le sait. Il peut ramener la lumière, dissiper les ombres.

Il peut…

De l'eau.

… l'atteindre.

Salée.

Il a juste…

Comme une vague.

… à le toucher.

Noah ouvre les yeux, se redresse et secoue la tête, chassant les gouttes de ses cheveux mouillés. Il crache et expulse le liquide de ses narines.

Il grimace et cligne des paupières pour faire la mise au point. Mais sa vision reste floue.

Sa tête tourne, comme s'il avait trop bu et qu'il se réveillait en plein milieu de la nuit.

Drogué.

Ses sens lui reviennent peu à peu. Des fourmillements dans ses mains et ses jambes. L'odeur du sel se fait plus intense dans ses narines et explose dans son palais. Puis le martèlement dans ses oreilles diminue et il perçoit les bips. Des machines ou bien des appareils d'hôpitaux.

Et lorsqu'il recouvre une partie de sa vision, il finit par comprendre.

Il est nu, plongé dans un bain d'eau salée. Un caisson d'isolement. Sauf que le couvercle est redressé.

L'éclairage bleuté de la salle et la blancheur des murs lui font penser qu'il se trouve dans une salle d'hôpital, peut-être un laboratoire.

La panique le saisit. Un sentiment d'oppression et de peur profondément enfoui dans sa psyché, son subconscient.

Il se revoit bien des années avant, un petit enfant dans l'Institut de Peru, drogué au LSD.

Il faut qu'il s'échappe, il faut qu'il....

Noah place ses mains sur le bord du caisson et pousse sur ses bras.

— Holà, holà, du calme...

Noah se tourne vers la voix qui vient de l'interpeller.

Une silhouette massive occupe la totalité de son champ de vision tronqué.

À travers le halo flouté, Noah reconnaît l'homme aux cheveux platine qui l'a assommé chez Clayton.

Il lui sourit, ou est-ce juste une grimace?

— J'imagine que cela te rappelle des souvenirs, Noah.

L'homme s'approche du caisson, plonge son doigt dans l'eau salée et le porte à sa bouche. Il hoche la tête et s'essuie sur son jeans.

— Salé... je n'y connais pas grand-chose, mais je suis à peu près sûr que les modèles sont très différents de ceux que tu as connus étant enfant. La technologie, l'appareillage, la surveillance, beaucoup de choses ont changé...

Ce type. Il lui dit quelque chose, il l'a déjà vu...

Sa mèche plaquée qui dissimule une partie de son œil droit, son nez écrasé comme s'il avait disputé de nombreux matches de boxe. Ses petits yeux bleu-gris nichés dans leurs orbites, les arcades proéminentes qui saillent de son visage plat et rond, l'épaisse lèvre inférieure qui s'étire sur le côté gauche.

Et aussi, le calme, les traits que rien ne trouble, et l'impression de puissance et de contrôle qui se dégage de lui.

… mais où?

— Mais pas toi, continue-t-il, ou si peu en fin de compte. Toujours un jouet entre les mains de grands enfants. Toujours une marionnette.

Noah se remémore. Le libraire. La description que lui avait faite O'Dell correspond. Le vieil homme lui avait parlé d'un blond chez les Engelberg. Cet entraîneur qui se battait avec les enfants dans le parc de la maison.

— Et te voilà, trente années plus tard, plongé dans le sel d'Epsom. Retour à la case départ. Oh, ne t'inquiète pas, tu n'as pas encore fait de grandes plongées. C'était juste un petit test pour déterminer ta capacité à supporter le traitement.

— Quel traitement? demande Noah.

Le géant blond hausse les épaules sans se départir de son air énigmatique.

— Aucune idée. Ce n'est pas mon rôle de le savoir. Je devais te retrouver et m'assurer de ta… coopération.

L'homme s'écarte du caisson, s'adosse à un mur et continue:

— Mais ne t'inquiète pas. Quelqu'un va venir t'expliquer ce qu'il attend de toi.

— Sophie? demande Noah. Que lui est-il arrivé? Que lui avez-vous fait?

— Ah… la séduisante et impétueuse journaliste. Disons simplement que le fait que tu te trouves ici, dans ce bain, dans cette salle, est une conséquence directe de ses actions.

— Que voulez-vous dire par là ? Elle est vivante, n'est-ce pas ? Vous l'avez kidnappée.

L'homme secoue la tête.

— Désolé, mais j'en ai déjà beaucoup trop dit. Il va falloir être encore un peu patient. Je vais devoir refermer le caisson.

Noah tente de résister lorsque le colosse blond presse la main sur sa tête, mais il est bien trop faible.

Il est désormais plongé dans le noir complet.

À travers le caisson, il perçoit un bip suivi d'un claquement mécanique – l'ouverture d'une porte automatique – qui lui fait tourner la tête.

Les voix sont graves, étouffées par l'isolation du caisson.

— Tu peux me laisser, Sven. Demande à Clayton de venir, je vais avoir besoin de lui.

— À vos ordres, monsieur Engelberg.

Après un silence de quelques secondes, trois coups sont frappés sur la paroi du caisson.

— Bonjour, Noah, je crois que c'est comme cela que tu t'appelles désormais, non ?

41. ALLIANCE

Clémence resserre les doigts de sa main valide pour en faire un poing.

Méfie-toi de cet homme, souffle une voix dans sa tête. Il a déjà menti à ton oncle, son soi-disant meilleur ami. La tromperie, c'est son métier.

Tout comme le mien, lui répond-elle.

Son instinct lui hurle de bondir sur Pavel, de le mettre à terre et lui marteler le visage jusqu'à ce qu'il parle.

D'un rapide coup d'œil, elle évalue la situation. Elle n'est pas à son avantage, dans cette position semi-assise, une main impotente maintenue en écharpe. Elle a gardé un couteau en plastique sous le matelas, juste à portée, au cas où. Mais avec ce genre d'outil ridicule elle sait qu'elle n'a le droit qu'à un seul coup, dans l'œil.

Pavel n'a toujours pas avancé, comme s'il craignait d'entrer dans la tanière d'une lionne blessée.

— Puis-je entrer ? insiste-t-il. Je peux tout expliquer, je…

— Commencez par me dire comment vous m'avez trouvée. Mon nom n'a pas été communiqué, le coupe-t-elle d'une voix sèche.

Malgré le regard incendiaire braqué sur lui, l'homme avance d'un pas. Les roues de la potence émettent un couinement en se frottant au linoléum.

— C'est mon métier de trouver les gens. Mais tu le sais déjà. J'ai travaillé au FBI puis je suis devenu détective privé, tu sais qui je suis…

— Oui, le genre de type qui vit dans la duplicité et le mensonge. Un homme capable de donner des faux renseignements, même à ses meilleurs amis, quitte à briser leurs carrières ou les envoyer au cimetière. Une ordure qui manipule les autres sans vergogne. Une personne à laquelle je n'accorde aucune confiance.

Pavel inspire un grand bol d'air, le bloque dans ses poumons puis expire lentement.

— OK. Écoute, sur ce point, tu n'as pas tout à fait tort. C'est mon métier qui veut ça et j'ai commis des erreurs, mais je ne suis pas un salaud.

Le sang de Clémence, qui commençait à bouillir, explose dans ses veines.

— Arrêtez vos conneries. Ce n'était pas des erreurs, tout était calculé, délibéré. Si vous aviez joué franc-jeu, mon oncle serait peut-être encore vivant, hurle-t-elle, la gorge serrée. Vous lui avez donné des renseignements incomplets ou erronés. Et tout ça pour quoi ? Minimiser l'implication des services secrets américains.

Pavel encaisse l'estocade en silence avant de reprendre :

— Mon erreur a été d'avoir mal placé mes priorités, Clémence. Et crois-moi, je le regrette. J'avais un immense respect et une profonde affection pour ton oncle. Je lui ai menti pour protéger les intérêts de mon pays, c'était mon job, tu comprends. Merde, comment aurais-je pu deviner la suite des événements ? Et puis, tu es injuste, il était gravement malade et il a pris des risques qu'un homme en bonne santé n'aurait certainement pas considérés… Écoute, on peut se battre tant que tu veux, je peux également repartir dans ma chambre, attendre d'être remis et travailler de mon côté. Mais si je suis venu te voir, c'est que je pense qu'on peut s'entraider.

À quel sujet, voudrait-elle lui demander. Mais elle préfère le laisser s'épancher, afin de mieux le cerner.

Pavel fait un pas de plus dans sa direction. Clémence desserre son poing, mais reste toujours prête à bondir. Elle désigne sa main blessée.

— C'est à votre petit piège que je le dois.

Et à ma négligence surtout.

— Je sais, je l'ai appris. Il ne t'était pas destiné. Ni à toi, ni à Noah. D'ailleurs, si vous ne m'aviez pas trouvé, je serais mort et je…

— OK, vous savez quoi ? Déjà, vous allez me dire ce qui vous amène dans ma chambre. Pas notre soi-disant future collaboration, mais la vraie raison.

— Bien. J'avais un ordinateur portable en ma possession. Je voudrais le récupérer.

Direct. Il ne cherche pas à l'embrouiller. Clémence apprécie, sans toutefois lui accorder un soupçon de crédit.

— Voilà ce que je vous propose. Je vous indique comment le récupérer, mais en échange je compte sur vous pour me dire ce que vous foutiez avec Sophie et comment vous avez fini blessé dans l'appartement de sa voisine. Et surtout, faites en sorte que je vous croie.

Pavel hoche la tête, jette un coup d'œil dans le couloir et ferme la porte de la chambre.

— *Fair and square*, Clémence, j'apprécie. Comme tu le sais sûrement, Sophie avait repris en main un vieux dossier de ton oncle Bernard. Le journaliste assassiné à Québec et…

— Je connais le début de l'histoire, c'est la suite qui m'intéresse. Alors sautez les préliminaires et parlez-moi plutôt du trafic d'organes et de l'implication de Genetech.

Pavel se racle la gorge et tire une chaise. Il dégage un des tuyaux de la perfusion coincé dans la potence puis s'assoit lentement, défiguré par une grimace de douleur.

À la lueur de la lampe de chevet, Clémence distingue mieux son interlocuteur. Un homme fatigué, éreinté. Un tablier abdominal proéminent qui déborde sur ses hanches, des poches bouffies sous les yeux, des joues légèrement pendantes et le visage empourpré au niveau des joues et du nez, signe qu'elle attribue à une fragilité cardiaque.

L'entraînement qu'il a suivi à Quantico semble bien loin désormais.

— Bien, comme tu veux, Clémence. Je l'ai aidée à constituer son dossier sur Genetech. Le scandale du Démon du Vermont et de MK-Prodigy a créé un véritable tremblement de terre dans les institutions. Des fusibles ont sauté à la CIA, mais aussi dans la magistrature et dans les partis politiques, le sénateur de l'État de New York par exemple. Au Canada, le CSIS a été la cible de l'Unité permanente anticorruption. La Sûreté du Québec et la Gendarmerie royale canadienne ont également dû faire le ménage dans leurs rangs. Mais ce n'était pas suffisant, Sophie était persuadée qu'il restait des têtes à faire tomber sur le corps de l'hydre. Elle était convaincue que Genetech était impliquée dans le financement de ce projet. Ensemble, nous avons creusé la piste de ce trafic d'organes et de son lien avec la mort du journaliste à Québec. Ce qui n'a franchement pas été facile. La plupart des traces ont été effacées et les liens coupés. Michael Briggs, le journaliste, Amitesh Singh le scientifique... ils sont tous morts à l'heure où je te parle. Mais la jeune Sophie est une vraie fouille-merde, elle a réussi à retrouver des traces. Sans mauvais jeu de mots, bien sûr.

Pavel s'esclaffe et son rire finit en quinte de toux.

Quelles sont ses vraies motivations ? se demande Clémence. Il doit certainement jouer double jeu et s'il travaille encore pour les services secrets et qu'il a aidé Sophie à dénicher des infos sur Genetech, c'est que l'entreprise ne doit plus être en odeur de sainteté.

Pavel expulse deux quintes de toux supplémentaires et poursuit, d'une voix légèrement étranglée.

— Sophie a donc pisté les Engelberg. Elle s'est rendue dans le Massachusetts puis dans le Vermont, dans la ville de Charlotte. On s'est revus à Burlington. Elle m'a confié son dossier, ses notes, ce qui était déjà suspect. En plus d'être nerveuse, je l'ai trouvée... excitée. Ses yeux brillaient. J'ai bien vu qu'elle était sur un coup. J'ai insisté pour en savoir davantage, mais elle m'a affirmé qu'elle ne pouvait rien dire de plus. C'est la dernière fois que je lui ai parlé. Nous devions nous rencontrer à Montréal. Je l'attends encore...

Il n'a pas évoqué la ville de Waterbury. Soit il n'est pas au courant de la visite de Sophie à Andrew Clayton, soit il ne veut pas divulguer cette information.

Alors aucune raison qu'elle en fasse mention non plus.

— Vous pouvez encore l'attendre longtemps. Elle est morte, lâche Clémence.

Pavel la dévisage, un sourire naissant à la commissure des lèvres, comme s'il cherchait un signe qui trahirait une plaisanterie. Ne le décelant pas sur le visage grave de Clémence, ses traits se décomposent.

— Qu... Quoi ? Non... c'est impossible.

Impossible. Intéressant, note-t-elle intérieurement.

Pavel ouvre la bouche, semble se parler à lui-même, les yeux fixés sur le mur. Une carpe.

Clémence continue son récit.

— Le général Lavallée a contacté Noah Wallace pour qu'il retrouve ceux qui l'ont exécutée. Noah ne croit pas à sa mort, il est persuadé que cette vidéo est un montage, ce que semblent cependant démentir les experts.

Pavel secoue la tête, faisant trembler ses joues.

— Je n'ai pas confiance dans ce général. Il n'est pas à la hauteur des médailles épinglées sur son uniforme. Il a travaillé en étroite relation avec le CSIS et... ton oncle l'avait dans le collimateur.

Il marque une pause, puis reprend.

— Mais quand même, il s'agit de sa fille. Alors franchement, je doute qu'il puisse avoir fabriqué un faux pour je ne sais quelle raison. Si Noah a vu juste et que cette vidéo a été trafiquée pour faire croire à une exécution, cela veut dire que quelqu'un dans son entourage est impliqué dans la disparition de sa fille.

Clémence hoche la tête en silence. Elle est parvenue à la même conclusion. Le général n'est pas un saint, loin de là. Surtout depuis qu'elle a découvert son implication avec Genetech concernant la greffe d'organe de son fils.

— J'aimerais revenir un peu en arrière. Pourquoi avez-vous aidé Sophie ? Ne me racontez pas que c'est par altruisme, ou à la mémoire de mon oncle, ou une autre de ces conneries.

Les yeux globuleux de Pavel se tournent vers elle, un pâle sourire illumine son visage.

— Non, Clémence, je n'insulterai pas ton intelligence. Et je vais te répondre, même si tu connais déjà la réponse.

Ce que j'ai fait s'appelle du « *damage control* ». En l'aidant à enquêter, j'avais l'avantage d'avoir un accès privilégié à ses informations et j'aurais pu disons... atténuer la réalité si jamais une institution américaine était potentiellement éclaboussée.

— Un travail qui n'a donc rien à voir avec les tâches d'un agent du FBI.

— Ni avec celles d'un détective privé, concède-t-il en appuyant sa remarque d'un clin d'œil.

Services secrets. Il travaillerait donc pour la CIA ou Homeland Security[2] ?

— Vous avez conscience que cela vous met en haut de la liste des suspects dans la disparition de Sophie ? Cela fait un excellent mobile. La journaliste creuse trop loin et tombe sur des preuves incriminant l'Oncle Sam.

— Ne sois pas ridicule, Clémence. Quand bien même je l'aurais voulu, notre travail en commun n'avait rien de secret. Tu crois vraiment que j'aurais été aussi stupide ?

Clémence élude la question en souriant. Dans sa tête, le profil psychologique de son interlocuteur prend forme. Chacun de ses tics, chacune de ses intonations, expressions verbales et paraverbales ont été analysés. Mais c'est encore incomplet, il lui faut plus de données. Elle enchaîne.

— Il y a un autre point que je voudrais éclaircir. La caméra dans l'appartement de Becky. Pour quelles raisons l'avez-vous placée ?

— Je me demandais quand tu allais poser la question. La raison est extrêmement simple et n'a rien à voir avec notre affaire, à vrai dire. Becky travaillait de nuit, elle était

---

2 Organisme chargé d'assurer la sécurité intérieure des États-Unis, et mis en place en réponse aux attentats du 11 septembre 2001.

persuadée que son petit copain la trompait. Sophie m'en avait fait part et je lui ai simplement dit que je pourrais m'en occuper. OK, je ne lui ai pas parlé de la surveillance à distance. Ce n'était pas pour jouer les voyeurs, mais étant détective privé, je connais mon affaire. Le hasard a fait que j'étais dans les environs quand l'alarme a sonné. C'est là que j'ai aperçu un homme blond s'introduire dans sa chambre. Pas vraiment une situation d'adultère. J'ai foncé, mais je n'ai pas été assez rapide.

Pavel marque une pause, triture un des tuyaux de sa perfusion.

— J'ai évidemment tenté de la secourir, mais le temps que j'arrive à son appartement, elle était déjà morte. Quant au type, je pensais avoir réussi à le surprendre, mais c'est l'inverse qui s'est produit. Je l'ai mis en joue, mais il a pu me désarmer. Nous nous sommes battus, pas longtemps à vrai dire, il a vite pris le dessus. J'ai des notions de combat bien sûr, mais je ne suis plus très en forme. Franchement, je n'avais aucune chance. Je ne sais pas qui c'est, mais c'est un pro. Il m'a blessé au ventre, mais j'ai réussi à ouvrir la fenêtre et à m'enfuir. Il aurait pu me suivre, mais il a jugé plus utile de rester dans l'appart. Entre la disparition de Sophie et l'apparition de ce type chez sa voisine, j'ai vite compris qu'elle avait dû mettre un coup de pied dans la fourmilière et que la reine n'était pas contente. J'ai fait ce que j'ai pu, je suis allé dans une planque pour me rafistoler. On s'était dit qu'en cas de problème on pourrait toujours se retrouver au chalet. J'espérais la voir là-bas.

— Pourquoi ne pas avoir appelé la police ?

Pavel émet un ricanement de dépit.

— Tu sais pourquoi. J'ai cru que je pouvais le surprendre, le faire parler pour en savoir plus sur la disparition de Sophie.

D'ailleurs je me demande encore ce que ce type foutait chez sa voisine. J'imagine qu'il devait chercher quelque chose que Sophie avait planqué, le genre de truc suffisamment dangereux pour tous les mettre en pétard.

Il ne semble pas être au courant pour la clé USB. Ou il ment. Inutile de lui en parler pour le moment.

— Tu vas peut-être pouvoir m'expliquer autre chose. Comment un ex-Mossad s'est-il retrouvé à piéger notre planque au C4 au moment même où nous suivions la trace de l'application de ton téléphone reliée à la peluche ? Je n'arrive pas à croire que ce soit une simple coïncidence.

Pavel se retourne vers elle, les yeux exorbités.

— Comment ça, un ex-Mossad ? Mais de quoi tu parles ?

Il a l'air sincère. Ou bien c'est un bon acteur. Comment savoir, avec ce genre de type ?

— Je peux même te donner son nom : Abraham Eisik. On a réussi à déjouer son piège et il n'a pas eu le temps de nettoyer les traces de son passage. Ce nom te dit quelque chose ?

Pavel secoue la tête.

— Non, désolé, je ne le connais pas.

Un mensonge. Sa surprise à propos de l'implication d'un ex-Mossad est réelle. Mais il connaît Abraham.

Une partie de son récit est véridique, conclut Clémence. Il aidait bien Sophie à exposer la multinationale Genetech. Mais pas dans le simple but de protéger son gouvernement. Il avait un autre objectif, qui était sûrement de la faire tomber. D'ailleurs, il prétend que c'est Sophie qui a fait appel à lui, mais l'inverse est plus probable. Et puis quelqu'un comme lui ne se terre pas comme il l'a fait, quitte à risquer une septicémie, juste par crainte d'un tueur professionnel. Il savait à qui il avait affaire.

— Voilà, dit-il en se claquant les paumes sur les cuisses. J'aimerais pouvoir récupérer mon PC portable maintenant. Il y a des documents confidentiels à l'intérieur.

— Cela risque d'être difficile, c'est Noah qui le détient.

Son visage blanchit et son regard devient assassin.

— Petite conne, tu t'es foutue de ma gueule !

— Techniquement, j'ai dit la vérité. Je vais vous dire comment le trouver. Il suffit de remonter la piste de Noah, qui lui-même a suivi celle de Sophie dans le Vermont. Sachant qu'il n'a pas donné de nouvelles depuis.

Pas la peine de lui donner des détails.

Pavel ne l'écoute déjà plus.

— Putain, peste-il.

— Je ne pourrais pas dire mieux. Même si c'est pour des raisons totalement différentes.

L'idée que Noah puisse être en danger de mort la terrifie.

Il faut qu'elle agisse. Elle ne peut pas compter sur Raphaël Lavoie et sa clique. On plutôt, elle ne leur fait pas assez confiance.

Elle jauge Pavel qui a commencé à se lever de son siège. Il s'agrippe à sa potence en ahanant.

— Une dernière question. Êtes-vous en état de conduire ?

— Le problème, c'est la douleur. Mais je suppose que oui.

— Alors nous partons demain matin pour le Vermont.

Pavel la fixe, incrédule, avant de hocher la tête.

— Je comptais y aller seul, mais la route paraîtra moins longue à deux. Bon, je vais aller me reposer en prévision de ce long voyage.

Très bien, et moi je vais continuer à consulter les dossiers.

Pavel est à hauteur de la porte quand il se retourne et s'adresse à elle.

— Ton oncle avait raison, t'es un sacré numéro. C'était un futé, et tu as l'air de tenir de lui. Tellement perspicace, le père Tremblay. Tiens d'ailleurs, tu sais quoi, Clémence ?

Elle relève la tête.

— Non, mais j'ai comme l'impression que je vais bientôt le savoir.

Les yeux de Pavel brillent dans la pénombre.

— Il savait, tu sais. Il était au courant pour Dimitri.

42. FATIGUE

Abraham a conduit toute la nuit sur la route 155 qui relie Montréal et le lac Saint-Jean. Il a fait le trajet d'une traite, le pied au plancher, au mépris des limitations de vitesse, au risque de se faire arrêter par la police. Et surtout, au détriment de sa santé.

Il n'y a pas que l'hypoglycémie. La blessure au flanc n'a pas été désinfectée proprement et s'il a pu faire baisser la fièvre avec de l'Advil, il sait qu'il a seulement éliminé un symptôme.

Pendant tout le voyage, les enceintes de la voiture ont craché les morceaux de son groupe préféré. Plusieurs compilations enchaînées *ad nauseam*, sans qu'il éprouve la moindre joie à leur écoute.

AC/DC lui a juste permis de ne pas fermer les paupières.

Au terme de ce périple de plus de quatre heures, il est exténué.

Ses yeux sont rouges et gonflés, son cœur cogne dans sa poitrine.

Une sueur douçâtre et sucrée perle de tous les pores de sa peau.

Mais lorsque frémissent les premières lueurs de l'aube, il est presque à destination, sur le parking de l'hôpital Hôtel-Dieu de Roberval.

D'où il est placé, il peut contempler le soleil naissant refléter ses rayons et sa pâle lumière teintée de bleu, d'orange et de violet sur les eaux chromées du lac Saint-Jean.

Le hic, c'est que son esprit est embrouillé, la fatigue s'étant ajoutée à sa médication pour réduire son cerveau en compote. Et son visage tuméfié et brisé le martèle de douleurs lancinantes.

Pour la première fois, il se sent perdu. Comment procéder maintenant ? Comment embarquer Clémence sans se faire repérer, dans son état ? Comment même entrer sans attirer les regards, la suspicion ?

Le service des urgences serait sûrement sa meilleure option. Il saigne, il est fiévreux, et il fait peur à voir.

Pour en avoir la confirmation, Abraham se mire dans le rétroviseur intérieur.

L'image que lui renvoie son reflet est une accusation à charge.

Il est d'une pâleur cadavérique ; les veinules explosent dans ses yeux comme un rhizome d'éclair rouge, les ecchymoses boursouflent son visage. Il sait d'expérience que l'attente est très longue dans les hôpitaux québécois, mais vu son état, il passerait sûrement dans les premiers.

Dans un petit coin de sa tête, la voix cassante d'Abigaël le fustige.

Tu vois à quel point tu es pathétique ? À quel point tu es devenu tout ce que tu détestais ? Un faible, un moins que rien. Et tu sais comment tu en es arrivé là, alors que tu avais tout pour réussir cette foutue mission ? Tu sous-estimes tes adversaires tout autant que tu surestimes tes capacités à les défaire.

Réveille-toi, C'est fini le temps des exploits, de ta vivacité intellectuelle, de tes réflexes. Tu es vieux, bien trop vieux, et tes employeurs devaient être désespérés pour avoir fait appel à toi. Abraham soupire et pose sa tête sur le volant. Les larmes lui montent aux yeux. Son système nerveux est hors de contrôle. *D'ailleurs réfléchis, Abraham, continue Abigaël. N'est-ce pas pour cela qu'ils t'ont engagé? Pour faire diversion? Ce Pavel, il est là pour faire le vrai travail pendant que tu joues les leurres. Mais quel clown tu fais. Tu es un «patsy», un pigeon, comme Lee Harvey Oswald lors de l'assassinat de JFK. Tu crois vraiment qu'ils vont te payer? Non, ils vont s'arranger pour qu'une relique comme toi se retrouve à l'endroit auquel elle appartient. Au cimetière des éléphants.*

— Tais-toi, Abigaël, souffle-t-il. Ce n'est vraiment pas le moment de venir me tourmenter. Surtout pour raconter des conneries. Tu ne veux pas que Sally guérisse, c'est ça? Tu veux que j'échoue? Et puis tu te trompes, ils ont fait appel à moi car je suis toujours au top, j'ai un foutu palmarès! Les deux agents morts, tu en fais quoi, hein?

Des bleus, réplique la voix devenue plus méprisante encore. *De la chair fraîche. Et n'oublie pas, tu t'es fait avoir par une femme et un hippie freluquet.*

— Et le Russe? C'était loin d'être un bleu. C'était un tueur de la mafia.

Un coup de chance. Tu l'as eu par surprise. Et après? Tu vas me parler de ce petit couple de vieux et de l'étudiant à Montréal? Un juif en plus, quelle honte!

— Tais-toi! Va-t'en!

Ses mains tremblent.

Tu sais que je n'existe pas, hein? Tu t'es bien assuré que je ne parlerais plus jamais. C'est à ta conscience que tu t'adresses, enfoiré.

Abraham relève lentement la tête et s'essuie un filet de morve d'un revers de la main.

Puis il est alerté par un bruit de voiture. Il est six heures du matin et hormis une ambulance qui est passée il y a dix minutes, c'est le premier véhicule qu'il voit rouler.

Une Toyota Corolla grise. Un taxi. Il se gare près de l'entrée de l'hôpital.

Bien, se dit-il. Ce n'est pas la peine d'avoir avalé des kilomètres de route en un temps record pour s'endormir la tête sur le volant.

Il s'apprête à ouvrir la portière, mais au moment où il pose la main sur la poignée, son regard est attiré par les deux personnes qui sortent de l'hôpital.

— Merde, peste-t-il.

Il vient de reconnaître la petite brune avec le bras en écharpe.

Sa cible. Clémence Leduc.

La maigrichonne est suivie par un homme assez fort à la limite de l'obésité.

Il le reconnaît également, même s'il a bien pris vingt à trente kilos depuis leur dernière rencontre.

Cette fouine de Pavel Bukowski. Alors cela vient confirmer ses doutes.

Mais après tout, peu importe puisque c'est lui qui possède la clé. C'est lui le maître du jeu.

Son sang se glace.

L'informaticien. Et si ce fumier avait fait une copie ? L'ordinateur a explosé dans la cuisine, mais s'il avait pu envoyer son contenu sur un serveur ?

Il frappe la paume contre le volant, frôlant le klaxon.

— Merde, peste-t-il à nouveau. Merde, merde, merde.

Il observe, impuissant, Clémence et Pavel entrer dans le taxi et le véhicule démarrer.

Abraham soupire en tournant la clé de contact.

On dirait bien qu'il n'est pas au bout de la route, en fin de compte.

Il se frotte les yeux.

Pourvu qu'ils n'aient pas prévu de faire un long trajet, pense-t-il au moment de quitter le parking.

43. RETROUVAILLES

— J'espère que la température est à ta convenance, au moins.

Il n'y a rien de malveillant dans le ton de la voix. Juste une absence de chaleur.

Noah, encore captif des brumes, est hypnotisé par les sons distordus qu'il perçoit à travers la paroi. En ce moment précis, si vulnérable dans son caisson, il est pareil à un petit rongeur pris au piège d'un serpent.

Et cette intonation, ce phrasé, il les a déjà entendus. Mais impossible de savoir où et quand. Encore un fantôme de plus dans ses souvenirs en mouvance.

Noah veut parler mais sa mâchoire est engourdie comme s'il avait subi une anesthésie.

— Je suis content que tu sois revenu, continue la voix.

Revenu. Le mot lui fait l'effet d'un coup de fouet cinglant.

— Comment ça? parvient-il à articuler au prix d'un pénible effort.

Mais l'homme n'a pas l'air de l'avoir entendu et enchaîne:

— Te kidnapper était une grande prise de risque de ma part, je dois bien l'avouer. Je l'ai fait à la barbe de tous mes adversaires. Tu es une personne importante, tu sais, et tu n'as jamais cessé d'être sous étroite surveillance. En ce moment même, je suppose que tu es au centre de négociations âpres et serrées. Je ne suis pas devin, mais je sais déjà que plusieurs options sont sur la table : te laisser vivre ta vie, te reprendre et te convaincre de travailler pour eux... ou bien sûr... te faire disparaître. Oh, ne sois pas étonné. Après tout, il y a un an, tu étais un outil à la solde d'une section spéciale qui officiait au sein même des services secrets américains, un outil qui, soit dit en passant, a coûté une véritable fortune.

Un outil... Est-ce donc tout ce que je représente à leurs yeux ? N'ai-je pas gagné le droit de vivre tranquille, après tout ce que j'ai déjà subi ?

Noah n'a toujours pas bougé d'un pouce, pétrifié dans la solution saline.

— Mais il ne s'agit pas que de toi, Noah. Des bras de fer se jouent en ce moment même entre ces hommes puissants. La plupart veulent la peau de Genetech, et pour bien d'autres raisons que d'avoir été le principal financeur du projet MK-Prodigy. Depuis un an, plusieurs cibles se sont dessinées sur notre front. La CIA, le FBI, la NSA, certains lobbys bancaires, sans même parler de notre propre conseil d'administration.

L'homme marque une pause.

— En cela, nous sommes identiques. Ce qui se passe dans nos cerveaux les effraie. Le savoir est une arme puissante. Ils ont peur de ce que je pourrais faire avec cette connaissance.

Noah ne sait pas pourquoi cet homme lui raconte cette histoire, mais il ne voit rien de bon dans ce soudain épanchement.

En prenant appui sur ses paumes, il tente de se redresser dans le bain, mais son corps engourdi et vidé d'énergie ne répond pas à ses sollicitations.

— Et tu sais quoi, Noah ? Ils ont raison d'être effrayés. L'ironie, c'est qu'ils ne peuvent que s'en vouloir. Ces idiots n'ont jamais rien appris de leurs erreurs. Ce n'est pas la première fois que les puissants de ce monde jouent avec le feu, et ce n'est pas non plus la première fois qu'ils se brûlent. Ils arment des rebelles en Afrique afin de renverser un dictateur et prendre le contrôle des mines d'argent et de diamant, ils enrôlent ou forment des soldats fanatiques en Afghanistan pour assurer leur domination géopolitique... Et, en plus des milliers de morts qui sont la conséquence de leurs petits jeux d'échecs, ces alchimistes des temps modernes ont créé des tyrans, des monstres, des golems. Crois-moi, je suis bien placé pour savoir qu'on ne peut pas dresser des chiens de guerre et s'étonner de se faire mordre la main.

L'homme laisse à nouveau s'écouler quelques secondes de silence.

— Mon père était persuadé que même le Führer était un instrument à la solde de la grande puissance financière. Selon lui, Adolf Hitler n'aurait dû son ascension fulgurante qu'à un financement de la famille Rothschild. Une telle pensée peut faire sourire, mais est-ce si étonnant en fin de compte ?

Ce qui est étonnant, c'est que vous puissiez débiter autant de conneries à la seconde, voudrait répondre Noah.

Mais il se sent de plus en plus glisser dans un état semi-comateux. Et le simple fait de bouger ses lèvres constitue un effort surhumain.

— Mais peut-on vraiment les blâmer ? Que ferais-tu si tu pouvais façonner le monde comme de l'argile, le modeler à ta convenance ?

L'homme émet un petit ricanement chargé de mépris.

— Le plus drôle dans cette histoire, c'est que ces imbéciles pensent avoir le contrôle. Ils se trompent.

Son ton s'est durci et Noah peut sentir le poids de sa détermination peser sur chacun des mots qu'il prononce.

— Il n'y a que peu de choses qui comptent vraiment ici-bas : manger, boire, respirer, se reproduire. Et l'homme n'a fondamentalement qu'un seul but : survivre. Le reste est sans importance.

L'homme continue de parler, mais Noah, dans un état second, ne capte plus que des bribes. Il entend « sol appauvri par les pesticides », « couche d'ozone »... À travers ce qu'il perçoit, Noah comprend qu'il dresse le triste bilan du monde actuel.

« Nous brevetons la nourriture », « nous contrôlons les soins »...

L'homme poursuit en exposant comment, grâce aux industries pharmaceutiques et agroalimentaires, il domine le cycle de la vie.

Noah perçoit le son d'une pluie diluvienne, puis le crépitement des flammes.

Et puis, alors que les paroles se résument à un chuintement quasi inaudible et que sa vision se voile de noir, il ferme les yeux et il glisse.

Pendant quelques secondes, son corps flotte à la surface de l'eau salée.

Il est ailleurs, détendu... jusqu'à ce qu'un bruit de klaxon le ramène à la réalité.

— Désolé pour cette nuisance sonore, Noah. Ce n'est pas encore le moment. Le système n'est pas prêt.

— Système... ? parvient-il à articuler.

— Ah, si tu savais à quel point tu nous as été utile. La technologie a évolué depuis les années quatre-vingt, mais sans toi et les autres, nous n'aurions pas fait autant de progrès dans le domaine. Grâce à nos études et à la technologie

moderne, tout est beaucoup plus simple aujourd'hui...
et plus humain. Nous n'avons plus besoin du conditionne-
ment barbare qu'il était nécessaire de pratiquer sur les enfants
pour les rendre malléables. Nous expérimentons encore sur
quelques spécimens bien sûr, mais je pense que cette phase
sera devenue superflue d'ici deux à trois ans. Peut-être même
moins. Sais-tu qu'il est possible de créer des images dans la
tête des gens en se passant de drogues et de conditionne-
ment ? Il suffit de placer des protéines sensibles à la lumière
dans un virus fabriqué spécifiquement pour cibler les cellules
du cerveau, et le tour est joué. Nous avons également mis
au point des solutions pour lire les pensées, Noah. Nous
en sommes aux balbutiements, mais grâce aux ordinateurs
quantiques nous avons suffisamment de puissance de calcul
pour transformer ce qui n'était hier que de la science-fiction
ou du charlatanisme en réalité.

L'homme plaque sa main sur la paroi en métal. Un bruit
mat et sourd résonne à l'intérieur du caisson.

— Mais assez parlé. Dans une minute, je vais refermer le
caisson. Tu vas plonger dans un profond sommeil, et quand
tu te réveilleras, Noah Wallace aura disparu. Et j'ai bien hâte
de faire la rencontre de la personne qui en sortira.

44. RÉVEIL

La porte du salon s'ouvre et le cœur de Sophie s'arrête.

Karl apparaît dans l'embrasure, toujours aussi impressionnant dans son costume anthracite taillé sur mesure.

Et son visage, malgré une réparation quasi parfaite, lui confère toujours cet air glaçant, comme s'il retenait prisonnier un tourbillon d'émotions qui ne viendraient jamais en perturber la surface.

Elle frissonne malgré elle et la boule au ventre qui précède chacun de leurs entretiens lui noue les intestins.

D'ailleurs, pourquoi arrive-t-il si tôt ? Elle vient juste de se faire livrer son plateau-repas. Cela déroge au rituel de cet homme pourtant ponctuel et aussi précis qu'une horlogerie suisse.

En temps normal, il laisse passer une heure avant de venir la voir.

Alors pourquoi ce changement soudain ?

Prudente, elle recule d'un pas et pose une main sur le dossier du divan de cuir.

Karl avance vers elle.

Il semble nerveux et scrute les coins de la pièce comme s'il la découvrait pour la première fois.

Son regard est différent également, moins dur, moins appuyé.

Il a dû se passer quelque chose.

Est-ce bien le moment de se confronter à lui et de lui révéler la réelle raison de sa présence ici, de lui apprendre qu'elle ne s'est pas laissée capturer fortuitement?

Elle regarde ses mains bandées et déglutit.

Comment savoir?

Karl est désormais devant elle. Son regard est trouble et ses lèvres pincées.

— Bonjour Sophie.

Le ton est glacial.

Il tend sa main vers le divan, lui indiquant de prendre place.

— Asseyez-vous, j'aimerais vous parler.

— De la suite de votre récit? hasarde-t-elle.

— Pas précisément, non.

Sophie s'installe sur le bord du divan.

Karl s'assoit à son tour, et laisse s'écouler un silence pesant. Ses yeux sont fixés vers le sol et ses lèvres s'entrouvrent sans qu'aucun son ne s'en échappe. Même s'il paraît désorienté, il émane toujours de lui cette force, cette autorité naturelle.

Puis il se tourne vers elle et sort de sa poche une boîte orange contenant des pilules blanches.

— Savez-vous ce que c'est?

— Non, répond-elle en secouant la tête.

Il relève un pan de chemise et lui montre une cicatrice au niveau de l'abdomen.

— Il y en a beaucoup d'autres. J'ai subi plusieurs opérations assez lourdes lorsque j'étais adolescent et depuis, je dois prendre un traitement à vie. Je dois suivre également un régime très strict.

Sophie ne lui répond pas. Elle vient de remarquer la tache de sang sur la manchette de la chemise. Et aussi les croutes brunâtres sous ses ongles.

Oui, il s'est passé quelque chose... de grave.

Karl secoue la boîte et la pose sur la table basse qui leur fait face.

— Avant-hier, j'ai fait une découverte. Savez-vous laquelle, mademoiselle Lavallée ?

Sophie secoue la tête.

— Que mes souvenirs se sont altérés et mélangés à d'autres. Dans un premier temps, je n'arrivais plus à réfléchir, à penser de la même façon.

— Un effet secondaire de vos pilules ?

— Qui se manifesterait après tout ce temps ? Non. En revanche, je pense avoir trouvé la réponse, et pour ce faire j'ai interrompu temporairement mon traitement. Avez-vous une idée de ce qu'elle est ?

Bien que la configuration soit différente de leurs précédents entretiens, chaque question posée par Karl lui poignarde le ventre, comme si elle allait encore jouer à la roulette.

— Que le traitement n'est pas le bon ?

Un sourire sans joie accompagne sa réponse.

— Si, il fonctionne. Et je ressens déjà les effets de sa privation. Ma survie dépend entièrement de la prise régulière de ces cachets. Sans eux, mon corps se rebelle contre ses propres organes. Mais ces pilules contiennent quelque chose d'autre. Une substance capable d'altérer ma perception, mes souvenirs. Capable de me mettre sous contrôle, de faire ployer ma volonté. Ne plus les prendre m'a fait recouvrer ma lucidité.

Il marque une pause en la fixant avec intensité.

— Savez-vous qui je suis, Sophie?

Une question facile, qui pourtant la met mal à l'aise.

— Vous êtes Karl Engelberg, le fils de Hansel Engelberg...

Il hoche la tête.

— ... le directeur de la recherche chez Genetech, ajoute-t-elle.

— Précisément, acquiesce-t-il. Sauf que ce «détail» ne m'est revenu en mémoire qu'hier. Durant des semaines, des mois peut-être, je n'étais pas vraiment moi-même, pris au piège d'un jeu stupide, une mascarade.

Sophie réprime un frisson.

— Comment ça? demande-t-elle.

Karl prend une grande inspiration.

— Je suppose que vous avez déjà fait des rêves, non? Des rêves dans lesquels vous vous êtes retrouvée dans des situations qui ne vous ressemblent pas. En train de tuer par exemple, ou de faire l'amour avec quelqu'un qui vous révulse. Tenez, je suis prêt à parier que vous avez déjà rêvé de votre frère David et que vous lui parliez sans vous rendre compte qu'il était mort. Pourtant, tout ce que vous éprouvez dans un rêve vous semble réel. Vous avez toujours la conscience d'être vous-même, même si le monde onirique est en totale disruption avec la réalité. Ce n'est qu'au réveil que vous vous en rendez compte.

— Vous voudriez me faire croire que vous étiez plongé dans quoi... une sorte de rêve éveillé?

Karl hoche la tête.

— Appelez ça un reformatage, si vous préférez, mais c'est une réalité. Et il y a deux jours, je me suis réveillé. En partie grâce à vous, d'ailleurs. Vous m'avez perturbé lors de nos derniers entretiens, comme si vous tentiez de me faire passer un message. C'était le cas, n'est-ce pas?

C'est le moment, Sophie, c'est peut-être ta porte de sortie.
Sauf s'il bluffe et que tout n'est qu'une mise en scène,
un changement brutal dans son modus operandi.

— Comme vous le savez, je menais une enquête sur votre entreprise...

Sophie hésite. Évoquer Andrew Clayton pourrait attirer l'attention sur le chercheur et le mettre en danger.

— ... j'ai suivi les traces de votre famille dans le Vermont. L'accident, les disparitions d'enfants... Et finalement, j'ai pu faire la rencontre d'Andrew Clayton.

Karl hoche la tête en silence et l'incite à continuer d'un geste de la main.

— Je ne m'attendais pas à grand-chose de sa part. Mais il a été très collaboratif. J'ai eu l'impression d'avoir affaire à quelqu'un qui cherchait à soulager sa conscience. Il m'a parlé de vous, de votre... accident. Du chagrin de votre père et de sa quête insensée pour vous sauver. Il m'a bien sûr parlé des organes collectés, du trafic avec le Kosovo, ainsi que du clonage thérapeutique.

— Mon accident. Étrange façon de qualifier la bravade qui a failli me coûter la vie. Non, cela n'avait rien d'un accident. J'ai très peu de souvenirs de ce qui s'est passé après. Juste que j'ai été à l'article de la mort...

— Oui, dans un état comateux, pendant des années selon Clayton, continue Sophie. Il assistait votre père pour vous «reconstruire», selon le terme qu'il a employé.

Karl semble perdu dans ses pensées.

— Je suis une créature de Frankenstein, mademoiselle Lavallée. Un miraculé de la science.

Il sourit, puis enchaîne :

— Clayton... Il vous a demandé de venir à ma rencontre. Pourquoi ?

C'est le moment, Sophie.

— Andrew travaille pour le gouvernement. Selon lui, votre père est devenu fou et il veut le stopper. Il a évoqué un projet secret auquel il ne peut pas avoir accès. En revanche, il m'a dit qu'en tant que directeur de la recherche, vous aviez toutes les accréditations requises.

— Mon père n'a jamais été un saint. Mais après mon accident, c'est devenu bien pire. Il en veut au monde entier. Il a même répudié mon demi-frère, Damien.

— Je n'ai jamais retrouvé la trace de Damien. D'après les articles, c'est lui qui a été victime de l'accident, pas vous.

— Oh si, Damien a bien existé. L'altération des faits est une autre manœuvre de mon père. La majorité de mon récit est bien réelle, mon éducation stricte, mes escapades dans la nature… Alice. Il est juste parvenu à altérer quelques parties…

Karl s'arrête de parler et la dévisage.

— Vous lui ressemblez, vous savez?

Sophie fronce les sourcils.

— Vous ressemblez à Alice. Vos cheveux sont cuivrés alors qu'elle était blonde, mais vous avez les mêmes grands yeux verts, des cils interminables et cet air mi-angélique, mi-mutin.

Un sourire se dessine sur le visage de Karl.

— Clayton a dû le remarquer et en a profité. Il vous a envoyée à l'abattoir et fait d'une pierre deux coups. Il s'est débarrassé d'une fouineuse tout en me donnant une nouvelle fille en pâture. Tout ce dispositif ridicule, nos entretiens; c'est comme avec le chat lorsque j'étais enfant. Mon père a voulu me donner une leçon. En me faisant tourmenter ces filles jusqu'à les tuer… il me punit. À ses yeux, en voulant la sauver, j'ai été stupide. Alors il a créé ce scénario tordu.

Ces filles.

Combien y en a-t-il eu avant elle ? La gorge de Sophie semble soudain râpeuse. Elle revoit le visage grave de Clayton, peut encore entendre ses paroles alarmistes.

— Pourtant... Il m'a montré des dossiers compromettants. Le trafic d'organes, les clients. Bien sûr, il m'a dit que vous étiez dangereux, mais il a aussi dit que vous étiez en conflit avec votre père et que...

— Le meilleur des mensonges contient toujours une grande part de vérité. En jouant franc-jeu, en vous donnant accès à des dossiers confidentiels, il fait la même chose qu'avec le gouvernement pour lequel il est censé travailler. Il a gagné votre confiance. Mais soyez sûre d'une chose. Andrew Clayton est, avec Sven, la personne la plus loyale à mon père.

«Pour garder ma couverture, il va falloir que je vous livre à la famille Engelberg. Êtes-vous certaine de vouloir prendre ce risque ?»

Quelle idiote ! Elle a tendu son cou à la seringue, sans même penser qu'elle signait son arrêt de mort.

— Nous avons tous les deux été trompés et manipulés, continue Karl. La différence est que j'ai été négligent, et vous stupide.

— Je sais, mais mon père était sur la liste des clients, répond-elle. Il a payé une somme astronomique pour obtenir une greffe de moelle épinière à mon frère. Cela m'a fait un choc. Même si je comprends pourquoi il l'a fait. N'importe quel parent aurait bravé la loi pour sauver son enfant et il avait un groupe sanguin rare, AB-.

— Clayton vous a sûrement menti sur ce point aussi, et altéré le fichier pour vous atteindre.

— Non, la guérison de mon frère a été trop soudaine et miraculeuse. Et puis, j'avais déjà mes propres soupçons.

Karl se lève du divan, amorce quelques pas vers l'entrée du salon, le menton coincé entre la pulpe de son pouce et son index, puis il revient vers elle.

— Je suis désolé de ce qui est arrivé à votre main.

Il a prononcé cette phrase sur un ton monocorde. Rien dans sa voix ne laisse transparaître le moindre remords.

— Mais je tiens aussi à vous prévenir, si vous en doutiez encore, que je ne suis pas quelqu'un de bien. Si mes estimations sont correctes, l'altération de ma médication n'a fait qu'exacerber certains de mes traits. Cette envie de tuer, cette rage. Je l'avais déjà en moi. Ils n'ont fait que relever les barrières qui la retenaient.

Son visage se rembrunit et il braque sur elle un regard sans vie. Un abysse glacial.

— Je pourrais vous tuer. Cela ne me ferait ni chaud ni froid. Mais ce serait stupide de ma part. Nous avons l'avantage, désormais. Et rien ne me ferait plus plaisir que de contrecarrer les projets de mon père. Par chance ou parce que vous avez réussi à semer le doute dans mon esprit, le plan de mon père va finir par se retourner contre lui.

Il lui tend la main pour l'aider à s'extirper du fauteuil.

— Venez avec moi, il est temps de contre-attaquer. Et pour ce faire, je vais avoir besoin de vous. Mais j'ai une dernière question.

Son regard est si intense que Sophie s'attend à ce qu'il pose son téléphone devant elle. Il se contente de continuer.

— Quand vous avez évoqué Noah Wallace, vous ne l'avez pas fait par hasard, n'est-ce pas? Mademoiselle Lavallée, que savez-vous du lien qui nous unit, Noah et moi?

45. PAUSE

Clémence rumine en silence dans l'obscurité.

Elle se doutait qu'un drame s'était produit, mais l'appel de Raphaël a confirmé ses pires craintes.

Beverly est morte et Dylan porté disparu.

Elle ne les connaissait que depuis un an. Mais son équipe était devenue ce qu'elle avait de plus proche d'une famille.

Elle n'a pas pleuré lorsque son ancien mentor lui a annoncé la nouvelle, elle s'est contentée de le remercier et a regardé la route en se murant dans le silence pendant que Pavel avait le pied collé au plancher et conduisait en piquant du nez.

Et puis il y a l'autre nouvelle. Celle qui l'affecte le plus. L'agent qui était chargé de surveiller Noah pendant son voyage dans le Vermont ne répond plus. Et c'est là que cela se complique. Noah était à Waterbury et les autres à Montréal. Abraham Eisik n'a pas le don d'ubiquité. Il n'a donc pas pu frapper à deux endroits en même temps. Ce qui veut dire qu'il y a plusieurs joueurs dans la partie.

Pavel n'a même pas cherché à lui poser des questions, à briser son mutisme. Trop fatigué, sans doute. D'ailleurs, après six heures de voyage en voiture, l'ex-agent du FBI a eu besoin de faire une pause. Malgré son envie de continuer, Clémence s'est rendue à l'évidence, l'homme était à bout et dans l'incapacité de conduire plus longtemps.

Elle lui a accordé ce repos. Et aux environs de midi, dans la chambre d'un Days Inns, le PC portable posé sur ses genoux, Clémence continue de chercher des réponses dans les fichiers téléchargés.

À côté d'elle, sur le même modèle de lit au matelas inconfortable, Pavel ronfle à en faire trembler les murs.

Il est tombé comme un tronc d'arbre mort et s'est endormi presque instantanément, malgré la circulation abondante sur la Shelburne Road qui traverse Burlington.

Clémence réprime un bâillement et se frotte les yeux. Elle ferait bien une petite sieste, elle aussi. Surtout que leur après-midi sera chargée. Direction Waterbury et la maison de Clayton, le dernier endroit où elle a pu avoir des nouvelles de Noah.

Il faut dire aussi que la redondance de ce qu'elle a devant les yeux n'aide pas à rester éveillée. Des pages et des pages d'articles et de rapports qui restent difficiles d'accès pour le commun des mortels. Les études s'enchaînent. Les sujets abordés sont récurrents et pas forcément en lien direct avec la biologie moléculaire : la dépression, le clonage thérapeutique, d'autres encore sur la virologie.

Elle termine en clignant des paupières une étude qui relie la privation de sommeil à l'altération des synapses lorsque ses yeux mi-clos s'agrandissent.

Parmi la liste – encore désespérément longue – de fichiers en attente, elle en remarque un, différent des autres.

Un fichier .onion.

Piquée par la curiosité, Clémence se redresse dans son lit et fait grincer les lattes du sommier.

Qu'est-ce que ce fichier vient faire parmi la pléthore de dossiers médicaux et de recherche?

Elle clique, rassurée de se dire que Dylan ne lui aurait pas envoyé un fichier infecté.

Dans son navigateur Tor, une fenêtre noire apparaît sur le bureau constellé d'icônes et affiche un motif en pixels qu'elle reconnaît immédiatement.

Un jeu d'échecs. Des graphismes de jeu vidéo *old school* représentent l'échiquier et les pièces. En bas de la fenêtre, un curseur clignotant attend qu'elle entre des coordonnées.

Clémence sourit. Et la vague d'excitation qui la traverse chasse d'un coup la culpabilité et l'inquiétude qui lui serraient la gorge.

Ce ne peut pas être une coïncidence.

Et si?

Elle tente d'entrer une coordonnée au hasard, déplace un pion.

L'écran clignote rouge et le pion revient à sa place.

C'est bien ce qu'elle pensait. C'est un code basé sur les coups joués. Si elle rentre la bonne séquence et peut reproduire la partie...

Clémence repousse le PC portable et tend son bras valide vers la housse de l'ordinateur posée sur la table de chevet. D'un coup sec, elle dézippe la grande poche et extirpe son carnet de notes.

Elle avait abandonné, persuadée que ce puzzle avait pour but de décrypter la clé USB.

Mais la donne vient de changer.

Sophie a dû lui laisser un message ou un indice important. La partie jouée avec son cousin, les échecs, et maintenant ce fichier sur la clé USB. C'est à elle qu'elle s'adresse par ce jeu.

Clémence ouvre les pages de son carnet, les yeux brillants. Son esprit analytique est déjà en train d'explorer les combinaisons possibles.

Il ne lui reste pas grand-chose pour y parvenir. Elle y est presque.

— Qu'avais-tu dans la tête, Sophie ? Que veux-tu me dire ?

C'est Pavel qui lui répond, par un ronflement tonitruant.

46. BRASIER

Noah Wallace n'est plus qu'une poussière.

Il a disparu sous une épaisse couche de nuages qui s'agglutinent par strates, s'enchevêtrent, s'épousent et forment un monstre menaçant.

Noah observe le ciel avec des yeux d'enfant. Il lui semble qu'il va se comprimer et se fendre pour déverser sa colère. Le tonnerre qui roule au loin et le vent qui fait bruire les feuillages annoncent que ce déluge est pour bientôt.

Impressionné par cette démonstration de puissance, il contemple la grisaille émaillée de noir quelques instants encore avant de poser son regard sur le garçon qui, dans le jardin, parle avec son père.

Cela fait plusieurs jours déjà qu'il l'observe. Il l'a regardé depuis la fenêtre de sa chambre, sa petite main collée à la vitre.

La présence d'autres enfants lui manque, et il souhaiterait se faire un ami.

Mais jusqu'à aujourd'hui, il n'avait pas le droit de sortir, il n'avait pas le droit d'aller le voir.

« Tu es encore trop faible », lui avait dit le monsieur avec la grosse moustache et les lunettes rondes. Celui qui lui fait des piqûres et lui donne des médicaments pas bons.

« Tu as eu un grave accident, il faut que tu te reposes. »

Enfin il est dehors, seul dans le parc immense. Bien sûr, il sait qu'il ne faut pas rôder près de la grande maison « aux mille fenêtres ».

Mais il n'a pas écouté. Il s'est caché derrière un rosier pour attendre que le petit garçon sorte avec son père, comme chaque matin.

Il n'aime pas cet homme cruel, qui hurle et frappe avec son bâton.

Noah voudrait s'interposer, protéger l'enfant, le consoler, mais il a trop peur de ce monstre au regard d'acier.

Alors il attend, accroupi, les genoux collés à ses joues. Et il endure.

Il se couvre les oreilles et se mure dans le silence pour ne pas entendre les cris, les sanglots et les vociférations.

Ce sont des gouttes de pluie qui l'extirpent de sa torpeur.

Lorsqu'il se relève, l'homme est parti. Et l'enfant creuse un trou près du grand saule.

Le garçon sanglote, le visage gonflé, les larmes aux yeux. Et le ciel pleure aussi. De plus en plus fort.

Noah ne bouge toujours pas. Il n'ose pas s'approcher. Tant de colère émane de ce petit corps à genoux dans l'eau boueuse.

Au-dessus d'eux, le tonnerre fend la grisaille et une fourche d'éclairs illumine les nuages noirs.

Et les larmes deviennent torrent.

Le garçon continue de s'acharner avec sa pelle trop lourde pour lui sous ce déluge qui se déverse en trombes glacées. Noah est assourdi par les gouttes qui cognent sur la capuche rabattue de son ciré.

Le garçon, lui, ne porte qu'un pull à col roulé détrempé, mais il ne tremble pas. Sa colère est un brasier qui le tient au chaud.

L'enfant dépose un chaton dans le trou et plonge ses mains dans la terre pour le recouvrir. Il le fait en criant, consumé par la rage.

Si jeune et déjà empli de noirceur.

Comme lui.

Noah sort de sa cachette et avance à travers le rideau de pluie, sa main tendue comme s'il pouvait le fendre en deux et créer un passage.

Il veut sauver ce petit garçon. Il veut l'apaiser, dissiper sa colère. Il peut l'atteindre et lui apporter sa lumière.

Il en est capable. Il l'a déjà fait, il s'en souvient désormais.

Arrivé à sa hauteur, il lui pose la main sur l'épaule.

Et il ressent la douleur, comme un coup de poignard assené au cœur.

Noah refait surface, avec la vague impression d'avoir réintégré son corps. Il flotte entre deux mondes. À travers le voile opaque fait de silence et de ténèbres, il perçoit une voix de l'autre côté du caisson. Son timbre déchire le voile.

«Nous avons déjà une empreinte partielle, continuez et activez le laser pour stimuler les xénorhodopsines.»

La requête de l'homme est suivie d'une explosion de flashs lumineux. Une série d'images se déverse dans son esprit. Elles se succèdent à une telle vitesse qu'il ne capte que des bribes de formes, de couleurs et de lumières. Impossible de savoir combien de temps dure cette invasion sensorielle. Lorsque le flot cesse, Noah a juste conscience d'être dans le caisson pendant quelques secondes avant d'être happé par une main invisible qui l'agrippe par l'abdomen et l'entraîne dans un puits sans fond.

Pendant une chute qui lui semble interminable, Noah perçoit d'abord un picotement sur ses bras et ses jambes, puis une sensation de chaleur sur sa peau, de plus en plus intense.

Enfin, des railleries et des rires gras fusent dans sa tête et se mêlent aux sanglots et aux cris désespérés d'une jeune fille.

Pendant un bref moment de clarté, Noah sait précisément où il se trouve et quand.

À une vingtaine de mètres des berges du lac Champlain.

Le 14 août 1993.

Le soir du brasier.

Et comme la première fois sous les nuages, sa conscience se dissout, broyée par des souvenirs douloureux, résumée à un minuscule point blanc dans un océan noir.

Lorsqu'il ouvre les yeux, c'est dans le corps d'un adolescent perclus de douleurs. Noah est bâillonné et ficelé à un arbre. Un épais cordage lui ceint le torse, ses bras, rabattus dans son dos, encerclent le tronc. Il a du mal à bouger les doigts tant les liens sont serrés. Karl a subi le même sort. Il est attaché à quelques mètres de lui, bien plus proche du brasier dont les flammes dansent sous les rafales. Ils se sont fait avoir. Jacob, le fils du shérif, les a pris par surprise avec ses complices, les fils Johnson.

C'est lui qui est tombé en premier, victime d'un tir de taser. Il s'est écroulé, puis ils ont fondu sur Karl. Et pendant qu'il convulsait au sol, son demi-frère était roué de coups.

Et maintenant, il est dans un sale état, son visage est couvert d'hématomes jaunes et violets. Sa joue gauche a doublé de volume.

Pendant qu'ils souffrent, leurs agresseurs festoient. Les trois adolescents sont torse nu autour d'un grand feu. Plusieurs bouteilles d'alcool sont entassées au pied d'un arbre. L'un des frères Johnson, Terrence, tourmente la jeune Alice, dont la chemise blanche, arrachée du col jusqu'au sternum, dévoile un soutien-gorge bleu clair.

Hunter Johnson, en transe, secoue la tête devant un poste de radio à cassettes bas de gamme planté dans la terre sablonneuse. Un morceau sature les enceintes, une chanson que Noah reconnaît : *Take the power back*, du groupe Rage against the machine. À l'écart, assis dans l'herbe, Jacob Brown, le fils du shérif, fume une cigarette conique et sirote par petites goulées une bouteille de vodka à moitié vide. Ses yeux vicieux brillent d'une lumière malsaine. Le taser qu'il a volé à son père dépasse de la poche de son jeans déchiré.

Le gros Hunter s'écarte du poste en manquant de tomber. Déjà ivre, il peine à tenir debout. Une mèche de cheveux gras est plaquée sur son front poisseux de sueur. Il s'approche du feu en grognant benoîtement. Puis il sort une boîte à musique d'une poche de son bermuda. Il tourne la petite manivelle pour actionner le mécanisme, et la colle à son oreille pour mieux entendre la mélodie.

— Rendez-la moi, crie Alice.

Terrence la maintient par une clé de bras. Il a niché son visage écarlate dans son cou. Il la renifle, la hume comme si la pauvre fille était un morceau de viande.

— C'est à toi ce truc ringard ? Une boîte à musique ! fait Hunter, un sourire niais aux lèvres.

— C'était à ma mère, s'il vous plaît !

— C'était à ma m… m… mère, répète Hunter en grimaçant pour imiter les suppliques.

Il s'approche de la fille en pleurs et place l'objet à moins d'un centimètre de ses yeux, obligeant Alice à fermer ses paupières.

Puis il joue encore avec quelques secondes avant de la jeter dans le brasier.

La fille hurle, mais Terrence lui plaque la main sur sa bouche pour la faire taire.

— T'es vraiment con, Hunter, c'était à sa mère, merde…

Puis il s'esclaffe à son tour.

Des trois jeunes bourreaux, seul Jacob ne rit pas. Un sourire mauvais est plaqué sur son visage sombre plongé dans les volutes de fumée.

— Allez, fais-la boire cette salope, fait-il en s'adressant à Hunter qui a le nez plongé dans les bouteilles alignées comme des quilles de bowling au pied d'un arbre.

— Et attrape l'entonnoir dans mon sac, gros tas de graisse, ajoute-t-il.

— Hey, parle pas comme ça à mon frère, putain. Tu sais qu'il est sensible.

— C'est un gros tas, et toi t'es un con fini. Vous avez de la chance que je sois votre pote.

Les bouteilles s'entrechoquent et Hunter parvient à se relever. Il brandit triomphalement une Zubrovka et un entonnoir orange en plastique.

D'une démarche maladroite – il tangue et manque de tomber à la renverse –, il progresse vers Alice. Il tente ensuite de lui enfourner l'objet dans la bouche, appuyant fort sur les lèvres pour forcer le passage. La fille tourne la tête.

— Non, je ne veux pas ! Au secours, au secours !

Hunter coince la bouteille entre ses cuisses et lève son poing.

— Allez, ouvre ta gueule de pute ou je t'écrase le nez !

Effrayée par la menace, la fille finit par céder et se stabilise. D'une main hésitante, l'ado enfonce l'objet jusqu'à ce que l'embout bute sur les lèvres, puis commence à déverser l'alcool.

Après en avoir absorbé quelques rasades, Alice rouvre les yeux et recrache l'alcool par la bouche et les narines.

— Elle bouge de trop! Bordel, Hunter, tiens mieux l'entonnoir, t'es manchot ou quoi?

— Pincez-lui le nez, hurle Jacob. Faut qu'elle apprenne à avaler.

Alice secoue la tête de plus belle et expédie des coups de pieds comme une furie. Frappé au niveau de la poitrine, Hunter recule, laisse tomber l'entonnoir puis se plie en deux.

— Désolé les gars mais je ne me sens pas bien, ça tourne, je crois que je vais gerber.

L'ado a juste le temps de poser la vodka avant de se précipiter vers la végétation, la main plaquée contre sa bouche.

Et pendant qu'il vomit, son frère s'excite sur la petite Alice.

— Putain, elle est bien gaulée, j'ai trop la trique, venez les gars, elle est à point, on se la fait.

Terrence arrache le soutien-gorge, empoigne un sein et le malaxe en frottant son entrejambe contre les fesses de la fille. Il lui lèche le cou, remonte jusqu'aux oreilles et en mordille le lobe.

— Je vais te la mettre tellement profond que tu vas gueuler en en redemandant.

— Si tu la touches, t'es mort, fait Karl d'une voix froide.

Son demi-frère s'est libéré de son bâillon. Son visage tuméfié tremble de rage et de chagrin. Ses poignets sont rouges à force de s'être frottés aux cordes et il a trouvé suffisamment de force pour déchirer le tissu avec ses dents. Noah ressent sa détresse, la comprend. Alice et Karl sont bien plus que des amis. Elle est sa seule lumière dans son monde ténébreux. Le seul rempart qu'il possède pour se préserver de l'influence de son père.

VINCENT HAUUY

Mais il contient sa colère, les mâchoires serrées à s'en faire saigner les gencives. Leur montrer qu'il souffre leur ferait trop plaisir.

— Fous-lui un coup de cutter, à cet enculé, lâche Jacob après avoir expiré un nuage de fumée par le nez.

Hunter s'essuie la bouche d'un revers de manche et, obéissant, il jette l'entonnoir. Il sort ensuite un gros cutter jaune de la large poche de son bermuda. Il rabat la grande mèche qui lui couvre l'œil et titube vers Karl. Il tombe, se redresse, titube encore, puis s'agenouille devant lui. L'adolescent rondouillard joue avec son outil comme un bébé le ferait avec une voiture ou un petit avion. Il hoquette, puis d'un coup de pouce – crac crac – remonte la lame de deux centimètres. En face de lui, Karl le défie du regard.

— T'as encore une chance de t'en sortir. Tu ne sais pas à qui tu as affaire, dit-il d'une voix tremblante de hargne.

Pour seule réponse, Hunter lâche un rot, puis plante son cutter au niveau du flanc.

Les hurlements poussés par Karl couvrent les «Bullet in the head» éraillés scandés par le chanteur.

Hunter ressort la lame, poisseuse de sang, puis il la contemple, fasciné.

Noah tire sur ses liens et lance des cris étouffés à travers son bâillon.

Alice, la voix étranglée par les sanglots, pousse un hurlement d'épouvante et de désespoir.

— Arrêtez, vous allez le tuer!

Ses yeux sont noyés de larmes, une grimace d'horreur déforme son visage.

Mais comme un automate dénué d'intelligence, les yeux inexpressifs, Hunter répète le geste trois fois.

La lame s'enfonce comme dans du beurre.

Puis il se relève lentement, la bouche grande ouverte, les mains rougies et poisseuses.

Il jette le cutter à terre.

— Il saigne comme un goret, dit-il comme s'il se parlait à lui-même.

Il se tourne ensuite vers ses amis :

— Putain, les gars, je l'ai tué ? Oh merde, il saigne comme un porc.

Ses derniers mots se tordent en un son guttural et aigu à la croisée d'un rire et d'un sanglot.

Jacob, stoïque, reprend une rasade de sa bouteille et aspire une bouffée sur son joint en fermant les yeux.

— On s'en branle de ce bâtard, de toute façon. Qu'il se vide, on le fera cramer.

À ce moment-là, Noah, à travers les yeux de l'adolescent, ressent une puissante envie de tuer. Son corps irradie de colère. Il tire sur ses liens à s'en écorcher la peau.

À quelques mètres de lui, Karl pousse des gémissements de douleur contenus entre ses dents.

— Et l'autre, on en fait quoi ? demande Terrence, toujours collé à la jeune Alice.

Jacob se tourne vers Noah et le jauge avec mépris.

— Pas touche. Celui-là, il est à moi. C'est mon prisonnier. Ma proie. Tiens, d'ailleurs faudrait p'têt que je marque mon territoire, non ?

L'adolescent se met debout en ahanant, coince le joint presque consumé entre ses lèvres et s'approche de Noah en roulant des mécaniques. Puis il se plante à vingt centimètres de lui, baisse son pantalon jusqu'aux genoux et fait de même avec son caleçon.

Ensuite, il prend son sexe dans sa main et le pointe vers le visage de Noah en poussant un soupir de soulagement.

— Putain, avec tout ce que j'ai bu ce soir, tu vas déguster.

Le jet chaud frappe Noah en pleine face, lui fait plisser les yeux.

Il secoue la tête mais en reçoit dans les cheveux et les narines. Le bâillon en tissu qui lui scelle la bouche se gorge d'urine et gonfle entre ses lèvres, l'obligeant à en absorber.

— T'aimes ça, te faire doucher à la pisse, hein, connard ?

Noah doit endurer ce traitement plus d'une minute avant que l'adolescent ne vide sa vessie.

Jacob remonte son pantalon, un sourire satisfait vissé à ses lèvres.

— Putain les gars, ça fait du bien.

Il s'agenouille, inspire une dernière bouffée et souffle un épais nuage de fumée sur le visage de Noah. Il écrase ensuite le culot du joint sur son front, avant de revenir vers le brasier en arborant un air triomphant.

Le vent est devenu plus violent et repousse les flammes vers eux, par bourrasques successives.

Noah sent quelques gouttes de pluie lui tomber sur les bras et les mains.

— Merde, on va avoir une averse d'une minute à l'autre. On va devoir abréger la fête, mais là je suis comme Terrence, j'ai une putain d'envie de baiser. Alors on va la faire encore un peu picoler, cette sainte nitouche, avant de la limer. Perso, les filles qui chialent, ça ne m'excite pas des masses.

Alice, terrorisée, tente de se débattre, joue des coudes, mais Terrence lui tord le bras davantage, manquant de lui déboîter l'épaule.

— On dirait que tu vas y passer, cette fois. Et ne compte pas sur tes amis pour t'aider, surtout l'autre qui est en train de crever.

— Moi, j'me suis jamais fait sucer, éructe Hunter en donnant un coup de pied dans le sol et en balançant les bras comme un primate, le dos voûté.

— T'as jamais dû voir non plus la couleur d'une chatte, réplique Jacob. Mais tu passeras en dernier, j'veux pas avoir le goût de ta sale bite de rouquin pendant que je lui roule des galoches. Pi t'façon t'es tellement cuit que t'arriveras même pas à bander. Allez, rends-toi utile, bouge ton gros cul et va aider ton frère à la faire boire. Et retourne la cassette aussi, tant que t'y es. Y'a pu de musique, putain !

— Encore picoler ? Mais elle est déjà complètement beurrée, proteste Terrence. Et merde, si elle nous fait un coma étho... machin.

— Éthylique, connard inculte. Contente-toi de la maintenir pendant que Hunter la soûle. C'est quand même bien à la portée d'un demeuré comme toi ça, non ? Plus elle sera murgée, moins elle aura de chance de se souvenir.

Puis il s'adresse au gros adolescent :

— Oublie l'entonnoir, putain. Tu lui fous le goulot direct dans le gosier.

Le jeune obtempère en opinant du chef et reprend la bouteille qu'il avait posée près du feu. Il dévisse le bouchon et s'approche de la jeune fille.

Pendant que son frère raffermit sa prise sur Alice, il lui saisit le menton et fait pression avec ses gros doigts pour compresser ses lèvres afin qu'elle ouvre la bouche. Mais trop pressé et trop ivre, il déverse prématurément le restant de la bouteille.

L'alcool inonde son visage et se répand sur sa robe, sans qu'elle en avale.

— Putain, t'es vraiment con, t'en as foutu la moitié sur elle. Merde, c'est de la bonne vodka, en plus... et sérieux tu crois que je vais...

— Je vais tous vous tuer, gémit Karl. Je vais vous arracher les yeux, bande de tarés.

Ses derniers mots sont presque un soupir.

Ses yeux mi-clos et gonflés ruissellent de larmes.

— Et l'autre, il respire encore ? Fous-lui voir un peu d'alcool sur les plaies, ordonne Jacob.

La vodka désormais vide, Hunter s'empare d'une bouteille de gin. Il la saisit à deux mains et la verse par jets successifs.

Karl ne peut contenir sa douleur qui explose en un cri déchirant la nuit.

— Ça l'a réveillé ! Il beugle, le con ! s'esclaffe Hunter.

Jacob rit à son tour, mais Terrence perd patience. Il dézippe sa braguette et soulève la jupe d'Alice.

— Putain, moi j'en peux pu, beurrée ou pas, je me la fais, cette salope.

Il retourne la fille d'un geste brutal, la presse contre lui, plaque sa main sur la culotte et cherche à la retirer. Bien que déjà soûlée par la vodka, Alice se débat avec énergie et se tortille afin d'échapper à son emprise. Terrence, insensible, parvient à baisser le bout de tissu et tente de forcer sa bouche avec sa langue.

Animée par l'énergie du désespoir, Alice réussit à le repousser en hurlant de rage et lui expédie un coup de genoux dans l'entrejambe.

Surpris, le garçon recule d'un pas et réplique d'un puissant revers de la main.

Percutée au visage avec violence, la jeune fille tourne sur elle-même, s'enchevêtre les jambes, perd l'équilibre.

— Salope, hurle-t-il avant de plaquer ses mains sur ses testicules et de s'agenouiller en bavant.

En tombant, Alice a tout juste le réflexe de placer ses mains en avant pour amortir sa chute.

Et en une seconde, tout vire au cauchemar.

Noah assiste à la scène, les yeux exorbités. Il étouffe un cri juste avant qu'Alice ne percute le sol, et que sa tête ne plonge dans le brasier.

Une flamme – en réaction à l'alcool – explose dans le feu. Poussée par une décharge d'adrénaline, la jeune fille se relève d'un seul bond. Venu de ses entrailles, son cri d'horreur rauque finit dans un aigu qui lui déchire la gorge. Ses mains battent l'air, cherchent à éteindre sa tête embrasée.

En vain.

Woosh.

La robe imbibée d'alcool flambe à son tour, et Alice se transforme en torche humaine. La malheureuse tourbillonne sur elle-même, tente d'échapper aux flammes qui l'engouffrent. Mais même le crachin qui tombe ne peut les éteindre. Elle marche, court, bat des bras, part dans une direction, revient sur ses pas sans que son cri ne perde en puissance.

Noah devine qu'elle ne voit déjà plus rien, que ses yeux sont brûlés.

Et le hurlement d'horreur continue, comme une sirène d'alarme venue des enfers.

Terrence se relève et regarde son ami, l'implore les yeux rougis de larmes.

— Jacob ! Elle crame putain, les gars, merde ! Elle crame ! Merde, on l'a tuée !

— Non ! hurle Karl qui vient de se redresser, à demi-voûté, une main sur son ventre.

Terrassé par le chagrin et malgré les blessures, il se précipite vers son amie.

— Alice !

VINCENT HAUUY

Noah le regarde, ébahi, en se demandant comment il a réussi à se défaire de ses liens.

Et il comprend : le cutter.

Karl l'a récupéré et il a pu couper la corde.

Noah gémit à travers son bâillon pour le mettre en garde, tenter de stopper son action insensée. Car il sait très bien ce qui va se passer.

— mmmm Ka ooonn...

C'est le seul son qu'il parvienne à produire.

Un avertissement que son demi-frère n'entend pas. L'adolescent se rue vers Alice. Il veut la secourir, la couvrir.

Son geste est noble...

Il se jette sur elle, parvient à la plaquer au sol.

... mais stupide.

Imbibé de gin, Karl s'enflamme à son tour et ravive le brasier.

La scène d'horreur qui se déroule ensuite devant les yeux de Noah semble durer une éternité.

Karl et Alice sont soudés l'un à l'autre, deux corps fusionnés roulant sur le sol, consumés par les flammes attisées par les rafales.

Les autres adolescents sont eux aussi frappés par l'horreur.

Hunter s'est plaqué les mains sur les oreilles, la tête dans le sol comme une autruche. Il grimace, gémit, écume de la bave.

Terrence a la main plaquée contre un tronc d'arbre et vomit.

Seul Jacob est resté debout, les yeux brillants, fasciné par ce spectacle morbide.

Puis les hurlements cessent. Le couple achève sa danse macabre. Ne restent que deux corps siamois unis par leurs chairs soudées, immobiles et silencieux.

Le crachin devient pluie, et la pluie des hallebardes.

Une fumée grise s'échappe du brasier frappé par les trombes diluviennes et il s'éteint progressivement.

À quelques mètres seulement des berges du lac Champlain, les corps flagellés par les gouttes s'éteignent à leur tour, laissant s'échapper de fines volutes grises, comme des âmes tourmentées libérées de leur gangue carbonisée.

Une partie de Noah est anéantie. La noirceur qu'il avait réussi à contenir bouillonne et refait surface. Il ne pense plus à Karl ni à Alice.

Il voudrait juste se libérer pour laisser éclater sa fureur sur les trois garçons.

Les tuer.

Non.

Les faire souffrir puis les massacrer.

Pendant qu'il enrage et parvient enfin à arracher son bâillon, Jacob s'est déjà précipité sur le cutter.

L'adolescent court ensuite vers lui, son visage de démon ruisselle de pluie, ses yeux injectés de sang par le cannabis brillent d'une lueur de meurtre.

— Je vais te planter, et te foutre le cutter dans la main. Je trouverai une connerie à raconter. Un accident, une dispute qui tourne mal. Mon père ne me laissera pas tomber, ducon. Je veux que tu le saches avant de crever.

Et il lui plante la lame dans le ventre.

Noah ouvre les yeux, comme s'il émergeait soudainement d'un cauchemar.

Il est de nouveau dans le caisson, son cerveau est en ébullition et cherche à trier le rêve et la réalité.

A-t-il lui-même vécu cette scène ?

L'écho d'une voix lui parvient, lointaine, étouffée.

«Comment pouvez-vous expliquer ces chiffres ?»

« Il se pourrait que le problème se situe au niveau de l'ARN du ribovirus », répond une autre voix qu'il ne connaît pas.

« Peu importe, on continue ! »

« Cela pourrait être dangereux, le tuer ou en faire un légume, bon sang ! »

« Depuis quand discutes-tu mes ordres, Andrew ? Fais-le. »

Noah a à peine le temps de comprendre de quoi ils parlent que déjà il sent un picotement au niveau de ses tempes.

Le picotement devient irritation.

L'irritation devient douleur.

Et son cri silencieux explose dans l'obscurité.

47. OPPORTUNITÉS

C'est une situation parfaite. Abraham n'aura peut-être jamais plus une aussi belle occasion de mettre la main sur Clémence.

Les deux voyageurs éclopés se sont enfermés dans une chambre de motel. Ils ont été imprudents ; ces deux imbéciles se sont installés au rez-de-chaussée, bien plus facile d'accès que l'étage, et surtout à proximité du parking.

Une seule issue, la porte d'entrée. Idéal pour un enlèvement.

Il faut juste trouver le bon moment pour frapper.

Abraham oriente la parabole afin de mieux estimer l'activité à l'intérieur de la chambre.

Une tâche peu aisée, rendue difficile par les ronflements sonores de ce pachyderme de Pavel. Même sans le micro, il pourrait l'entendre à travers la cloison. La jeune Clémence Leduc paraît silencieuse, mais rien n'indique qu'elle se repose.

Mais quand bien même. Admettons qu'elle soit éveillée. Cette maigrichonne a un bras en écharpe. Ce vieux sournois de Pavel pourrait être dangereux, mais il est complètement K.O.

Tu n'es pas vraiment mieux, souffle Abigaël. *Tu devrais dormir un peu plutôt que repousser tes limites. Tu pourrais tout faire foirer… une fois de plus.*

C'est à moitié vrai. Abraham a trouvé un second souffle, gagné par l'excitation et la perspective d'achever son périple. Son système nerveux a pris le contrôle.

De plus, cette fois-ci, toutes les conditions sont réunies pour une approche discrète. Le ciel est obscurci par d'épais nuages gris, la pluie s'abat en trombes et les rafales de biais couvriront ses pas. Il est à peine treize heures, mais on dirait que la nuit est tombée. Et si on ajoute à cela le bruit de la circulation sur l'autoroute, son entreprise a toutes les chances de réussir.

En fait, il y a juste un problème. Un pick-up noir garé depuis plus de dix minutes et à quelques mètres seulement de la chambre. Ses occupants n'ont pas bougé d'un pouce. Les phares sont allumés ainsi que le plafonnier de l'habitacle.

Une rapide écoute via le micro parabole a suffi à le renseigner sur leur identité. C'est un couple de retraités québécois, certainement de passage dans le Vermont. Ils ne sont pas une menace, mais ils pourraient compliquer la donne.

Sauf si tu les tues. Cela ne t'a pas arrêté quand tu étais à New York.

Vrai. Mais il est fatigué, et surtout il est las de laisser un tas de cadavres dans son sillage.

Sa décision est prise.

Il se donne vingt minutes maximum. Si, passé ce délai, les vieux sont encore là, tant pis pour eux. Ce sera leur dernier voyage aux États-Unis.

Abraham pose son silencieux sur le siège passager et regarde sa montre.

Plus que vingt minutes avant d'en finir.

***

Dylan n'ose pas bouger, c'est encore trop tôt. Dans une heure le soleil sera couché et il pourra enfin sortir de son rôle de sans-abri et marcher un peu dans la ville.

Et manger, surtout.

S'installer à l'angle de l'avenue Trans Island et du chemin Queen-Mary n'était peut-être pas une si bonne idée. L'épicerie Métro et la SAQ[3] garantissent un afflux de donneurs potentiels, mais les fumets qui s'échappent de la pizzeria du coin le font saliver et son ventre ne cesse de grogner.

Mais pas de pizzas pour Dylan. Dans le meilleur des cas, il pourra s'offrir une barre protéinée et une bouteille d'eau chez un dépanneur.

Ses options sont limitées. À cause de l'achat de sa panoplie de mendiant, il ne lui reste qu'une vingtaine de dollars, dont la moitié provient des quelques pièces jetées dans sa gamelle. Des milliers de dollars dorment sur ses comptes off-shore, mais hors de question de se faire repérer par une transaction bancaire.

Même si ce fumier est mort dans l'explosion – ce dont il doute –, il doit y en avoir d'autres à ses trousses.

Ces données étaient bien trop sensibles.

Clémence. Elle les a bien mis dans la merde. D'abord en Floride avec les Russes et les Italiens, et ensuite avec sa mission.

Pourquoi a-t-il décrypté ce foutu fichier ? Pourquoi Bev a-t-elle joué les traîtresses ? Et surtout, comment va-t-il se sortir de ce merdier ?

Contacter la presse ? Tout balancer ?

---

3 Société des alcools du Québec.

C'est le meilleur moyen de se faire tuer. Et puis qu'en retirerait-il ? Ce n'est pas cela qui va lui payer sa retraite.

Réfléchis, Dylan. Peut-être que tu pourrais te faire une belle somme d'argent. Pourquoi ne pas profiter de la situation et contacter Genetech, par exemple ?

Rien de plus simple : il téléphone ou se présente au siège. « Bonjour, je suis Dylan, je suis en possession de données vous compromettant. Ça vous dirait de les récupérer ? Contre une petite somme rondelette, cela va de soi. Et promis, je ne dirai rien. Croix de bois, et cetera. »

Dylan ricane et étire ses bras avant de s'écrouler sur le carton qui lui sert de siège, sa tête coincée entre ses mains.

Quelle blague. Ils t'élimineraient. Mais peut-être bien que tu le mérites, après tout. Tu aurais pu prévenir Beverly. Elle est sûrement blessée, peut-être même morte par ta faute.

Et alors. Elle l'a cherché, non ?

Une pièce tombée dans son écuelle le tire de ses pensées.

— Tout va bien, monsieur ? fait la voix.

Dylan se frotte les yeux et lève lentement la tête. S'apprêtant à jouer son rôle de sans-abri et à répondre avec le langage qu'il s'est inventé.

Mais lorsqu'il aperçoit la personne qui se tient devant lui, tout ce qui s'échappe de ses lèvres, ce sont quatre mots, prononcés sans aucune déformation, ni faux accent.

— Oh ben merde alors.

48. GÖTTERDÄMMERUNG

Aux yeux de Sophie, la chambre de Hansel est une démonstration de faste et de grandiloquence, bien loin de l'univers sobre et épuré qui caractérise le salon de sa prison dorée.

Tentures rouges, lit à baldaquin, mobilier Louis XV. Le style est vieillot et suranné.

Un phonogramme *vintage* est même posé sur une commode, ainsi qu'un vieil amplificateur à lampe.

Les seules touches de modernité proviennent des installations médicales, de la domotique ainsi que de l'ordinateur sur lequel Karl s'affaire depuis quelques minutes.

Mais ni cela, ni la magnifique terrasse avec sa vue imprenable et son jacuzzi n'occupent ses pensées.

Contrairement à la vision de ces deux cadavres aperçus il y a quelques minutes à peine.

Le premier était posté dans le couloir, devant la porte du salon qu'ils viennent de quitter, et le deuxième gisait écroulé devant la chambre du vieil Engelberg.

Tous les deux baignant dans une mare de sang, la gorge tranchée.

Une exécution à l'arme blanche.

L'œuvre de Karl.

L'œuvre d'un assassin aguerri.

L'œuvre d'un homme enragé.

À quel dessein son père l'aurait-il drogué toutes ces années? Est-ce lié à l'accident de 1993?

Le tourbillon de questions qui agite l'esprit de Sophie ne passe pas inaperçu. Comme s'il lisait dans ses pensées, Karl brise le silence, sans que ses doigts ne quittent le clavier ni que son regard ne dévie de l'écran qui lui fait face.

— Je ne vous ai pas raconté la fin de l'histoire. Comment j'ai voulu sauver la petite Alice Ravenwood des flammes et comment ce geste insensé m'a transformé en… ce que vous avez devant les yeux. Quand je me remémore ce moment, vous savez à quoi je pense?

Sophie l'encourage à continuer d'un mouvement de la tête.

— Que je l'ai fait pour mourir. Pour échapper à l'influence du puissant Hansel Engelberg. J'ai lutté toute ma vie pour lui résister. Par défi, par rébellion. Mais quand Alice est morte, j'ai perdu l'envie de vivre. Bien sûr, c'était sans compter sur l'obsession et la détermination de mon père et sa seule volonté: prolonger la lignée des Engelberg. Coûte que coûte. La mort de son fils unique n'était pas une option.

Karl la fixe, mais son esprit semble ailleurs.

— Mon père voulait assainir la lignée. L'épurer avant de la prolonger. Et sans cet accident, il aurait réussi sans heurt. Mais ce brasier a tout changé: l'orientation de ses recherches, ses investissements, ses partenaires. Si son fils unique n'avait pas été bouffé par les flammes, il n'y aurait pas eu toutes ces recherches en virologie, ni en génétique, pas plus que de trafic d'organes. En fait, si vous y réfléchissez bien, nous n'aurions même pas cette conversation en ce moment. Après le fiasco de MK-Ultra, mon père avait déjà songé à couper les ponts avec les forces armées et concentrer ses efforts sur l'agroalimentaire et le pharmaceutique. Mais le destin en a décidé autrement.

Karl se prend la tête entre les mains et ferme les yeux.

— La plupart des réponses nous seront données une fois que j'aurai eu accès à son terminal. Je vais trouver. Mon père est brillant. Mais son vieil esprit n'est pas exempt de défauts et de failles. Et je compte bien les exploiter. Par exemple, il aime que tout soit sous son contrôle, accessible en tout temps. Cet ordinateur est donc connecté au réseau sécurisé de Genetech. Avec son mot de passe, je pourrai avoir accès à tous les projets en cours. Et c'est là qu'un autre de ses défauts me sera utile : le manque cruel d'imagination dont il fait preuve dans certains domaines. Prenez les mots de passe. Je suis sûr que c'est en rapport avec sa seule passion en dehors de la science, la musique classique.

— Richard Wagner ? hasarde Clémence.

Karl hoche la tête en souriant.

— Effectivement. Je sais que c'est un cliché. Un homme de pouvoir d'origine allemande, fils de nazi de surcroît. C'est pourtant une réalité. Le vieil Hansel Engelberg voue un culte à ce compositeur.

— Je vous ai déjà entendu siffler la *Chevauchée des Walkyries.*

— Wagner est une des rares choses que nous ayons en commun, en dehors de notre sang reptilien.

Karl lève la tête et ferme les yeux. Ses lèvres bougent et semblent faire l'inventaire des morceaux du compositeur.

— *Lohengrin…* non. *Tristan et Isolde…* non plus.

— D'ailleurs, où est passé votre père?

— Parti pour une semaine. Il est encore aux commandes de Genetech et a des obligations, vous savez… *Der Ring des Nibelungen… Das Rheingold… Götterdämmerung!*

Karl frappe dans ses mains alors que l'écran vire au noir.

— Mais bien sûr, comment n'y ai-je pas pensé plus tôt?

— Le Crépuscule des dieux, traduit Sophie. Je ne sais pas pourquoi, mais cela ne m'inspire rien de bon.

— C'est juste un mot de passe, mademoiselle Lavallée.

Une invite de commande et un curseur clignotant apparaissent sur l'écran, attendant les instructions.

— Ça me paraît assez obsolète, comme interface. Je me serais attendue à voir quelques icônes sur un bureau.

— Et une photo de chat ou de plage paradisiaque en fond d'écran? Non, pour des raisons de sécurité et d'optimisation nous avons dû créer notre propre système d'exploitation. Pas de Windows ou OSX sur ce terminal. Il a été développé à partir d'un noyau Unix. La plupart des formats de fichiers sont reconnus pour plus de commodité.

Karl navigue dans les répertoires de l'ordinateur de son père à coups d'instructions et de lignes de commandes.

— Nous y voilà. Notre dernier travail sous le sceau du secret défense portait sur un projet en virologie. Une arme que nous développions en partenariat avec l'armée, un virus ethnique particulièrement redoutable.

— Vous pouvez préciser?

— Vous êtes journaliste, non? Je suis sûr que vous êtes familière avec cette affaire d'ethno-bombe…

— … datant de 1998 et rapportée par le *Sunday Times*, complète-t-elle. Une arme biologique capable de cibler des traits génétiques spécifiques. Selon certaines rumeurs,

Israël envisageait de s'en servir contre les populations arabes, mais ce scénario a été démenti par les spécialistes en microbiologie et génétique.

— Évidemment. Et à cette époque, c'était encore de la science-fiction. En fait, pour la petite histoire, les journalistes avaient propagé une fiction, sans vérifier leurs sources. Mais comme bien souvent, la réalité a dépassé la fiction. Et ce scénario est devenu tout à fait envisageable en 2017.

— Quoi? Il est donc possible de créer ce genre d'arme biologique?

— Plus que possible. Nous l'avons déjà utilisée et avec succès. Une version modifiée de la grippe a été testée en 2011. Nous l'avons répandue sur les civils en plusieurs endroits de la planète et en accord avec les forces armées participantes. Parmi eux, il y avait les membres du Five Eyes[4] bien sûr, mais d'autres pays, comme la France ou Israël, ont également participé. Les résultats ont été plus que probants. Et en six années nous avons encore amélioré l'efficacité et surtout gagné en précision.

Les propos de Karl ne surprennent pas Sophie, habituée aux théories conspirationnistes.

— C'est pour cela que votre père vous a drogué? Il a deviné que vous alliez le trahir?

Le sourire carnassier de Karl lui donne la réponse bien avant les mots qu'il prononce.

— Le DARPA[5] est déjà alerté et les activités de Genetech sont sous surveillance. Malheureusement, j'ai sous-estimé ce vieux serpent. Il m'a eu avant que je puisse mettre à jour

---

4 Alliance des services de renseignement de l'Australie, du Canada, de la Nouvelle-Zélande, du Royaume-Uni et des États-Unis.
5 Agence du département américain de la Défense en charge de la recherche de nouvelles technologies à usage militaire.

ses plans et fournir des preuves. Mais nous avons l'avantage, désormais. Il me croit sous contrôle.

— Votre père aurait pu vous éliminer, pourquoi ce scénario alambiqué ?

— Vous ne m'avez donc pas écouté ? La lignée. C'est tout ce qui compte pour ce fou. Ma mort serait la pire chose qui puisse lui arriver. Quant à la forme choisie pour me tourmenter, il faut surtout y voir une expression de son esprit torturé. Ah. Nous y voilà.

Une fiche descriptive en format texte et rédigée en allemand apparaît sur l'écran.

— Projet Götterdämmerung. Là, je pense que vous avez une réelle raison de vous inquiéter, mademoiselle Lavallée.

— Du manque d'imagination de votre père ? répond-elle avec une pointe d'humour sans pour autant sourire. Sinon, vous pouvez traduire le texte pour moi ?

Karl, en pleine lecture, lève son doigt pour lui faire signe de patienter, puis il parcourt la totalité du document. Une fois son analyse finie, il repousse sa chaise et se tourne vers Sophie.

— Je viens de lire les grandes lignes du projet. Son but, les modalités, les projections scientifiques. Il va me falloir plus de temps pour explorer les données et surtout étudier sa viabilité. Il y a beaucoup d'autres documents. Mais je peux déjà vous donner la théorie derrière Götterdämmerung. Grosso modo, la technologie utilisée est sensiblement la même que celle derrière le virus ethnique. Le virus est construit pour cibler des gènes spécifiques. Nos essais de 2011 portaient sur une propagation dans l'air. Ici, les vecteurs sont différents. Dans les grandes lignes, on parle d'implantation dans le maïs transgénique, le soja et bien sûr dans les médicaments.

Karl marque une pause et fixe Sophie droit dans les yeux.

— Mais ici s'arrêtent les ressemblances. Il ne s'agit pas de créer une grippe. Mais d'éliminer des cibles précises sans donner l'alerte.

Éliminer. Ce mot la percute comme un camion lancé à pleine vitesse.

— Comment cela ? Comme une souche mortelle ? Comme la grippe espagnole ?

— Non, pas dans ce cas précis. Il est question de provoquer une rapide dégénérescence de la myéline. Ce virus attaque les cellules de Schwann et les oligodendrocytes.

Les notions de biologie de Sophie longtemps oubliées remontent miraculeusement à la surface.

— Alors quoi, ce virus cause la sclérose en plaques ou la maladie de Charcot ?

Karl secoue la tête.

— Non. Cela se pourrait, bien sûr, mais le projet parle de l'induction d'un état suicidaire semblable à ceux constatés chez les patients qui ont eu une enfance traumatisante. D'après ce que j'ai lu, les effets finaux peuvent être dévastateurs. Folie, suicide, meurtre. La cible infectée ne ressent aucun symptôme, le virus se loge, patiente, et mourra en même temps que son hôte. C'est une frappe chirurgicale, indétectable. L'incubation est silencieuse, et le virus est photosensible. Son activation peut être causée par un message visuel, un laser, une séquence d'images, un stroboscope. C'est une technologie de pointe.

Le cerveau de Sophie fait face à mille questions. En suivant la piste de Genetech, elle s'était attendue à lever le voile sur un trafic d'organes ou encore sur du clonage illicite. Et là, elle se trouve confrontée à ce qui ressemble de près à du bioterrorisme.

— Des tests ont déjà été effectués ? Le projet est-il en développement ? Comment être sûrs que seule Genetech est impliquée ? Que…

— Stop, coupe Karl d'un ton sec. Comme je vous l'ai déjà dit, cela va prendre du temps avant que je finisse d'analyser l'ensemble du projet. Je vous conseille d'aller faire un tour. Vous pouvez utiliser le jacuzzi sur la terrasse, ou vous allonger sur le lit si vous êtes fatiguée.

Sophie laisse échapper un rire sec et nerveux.

L'idée d'entrer en contact avec la moindre possession de Hansel Engelberg la révulse.

— Merci, je vais aller sur le balcon. J'étais déjà venue en Californie, mais je n'avais jamais vu le mont Whitney. Sauf qu'à chaque fois que je verrai ces cimes, je penserai à…

… la roulette, continue-t-elle dans sa tête. À l'anesthésie locorégionale administrée par l'infirmière, au scalpel.

Et à ses deux auriculaires jetés sur un plateau en inox.

49. MORT

Malgré le froid mordant, Sophie profite de ce moment à l'air libre. Si seulement elle pouvait faire abstraction de ce contexte cauchemardesque, cette vue imprenable sur ce paysage intemporel l'aurait subjuguée. Le mont Whitney, point culminant de la Sierra Nevada et des États-Unis, expose son sol graniteux floqué de neiges éternelles à la lumière crue de ce début d'été. Un diamant brut aux arêtes saillantes et tranchantes, enchâssé dans un écrin de désolation rocheuse pigmenté d'une végétation éparse.

Cette maison perchée dans les cimes a dû être un cauchemar à construire, se dit-elle en contemplant le vide abyssal qui semble l'appeler en contrebas.

Sophie passe plus d'une heure à ressasser les événements qui l'ont conduite sur ce promontoire, quelque part en Californie, au milieu de l'Inyo Forest, dans l'improbable demeure d'une famille de fous à lier. Qui aurait pu prévoir qu'une enquête portant sur un trafic d'organes l'aurait amenée si loin, et si proche de la mort ? Pavel était-il au courant ? L'avait-il piégée ?

Elle est tirée de ses réflexions par le son mat et étouffé de la tranche d'un poing toquant deux fois sur la baie vitrée.

Elle se retourne. Karl l'invite à le rejoindre d'un geste de la tête.

En entrant dans la chambre, une vague de chaleur l'enveloppe et le rouge lui monte aux joues.

— Vous avez trouvé quelque chose ? demande-t-elle en se frottant les yeux d'un revers de main.

Karl arbore un sourire de guingois.

— Des expériences ont déjà été effectuées en laboratoire, avec des résultats plus que satisfaisants. Et il y a d'autres tests en cours, regardez.

Sophie s'approche de l'écran. Un tableau est affiché, une liste de noms avec des localisations.

— Ohio, Oklahoma, État de Washington, Maine… presque tous les États-Unis sont couverts, s'étonne Sophie.

— Il y a des dates, ainsi que des vecteurs. Regardez, Katie Wilson, 16 mai 2017, Zoldipem. C'est un antidépresseur. Ils se sont arrangés pour infecter une des boîtes prescrites avec le virus.

Sophie parcourt la liste en secouant la tête. Jasper Menfrey, Kim Lien Phan… pas loin de deux cents noms au total.

— *Fuck*, s'exclame Sophie.

— Et ce n'est pas tout. Regardez.

Karl ouvre un navigateur et tape Katie Wilson dans la barre de recherche. Les premiers articles relatent tous le même fait divers.

Katie Wilson, 19 ans, étudiante en commerce, poignarde son frère de 16 ans pendant qu'il jouait aux jeux vidéo, avant de s'ouvrir les veines.

— 16 mai 2017, la date correspond. Il y a déjà cinquante-sept morts, d'après ce fichier.

Sophie déglutit péniblement, sa gorge est sèche.

— Cette liste ne fait que recenser les cobayes humains testés à grande échelle. Ces simples civils ne sont que des cibles tests.

— Comment ont-ils pu obtenir leur profil génétique? coupe Sophie. Le virus en a besoin pour être actif, non?

— Ces personnes ont été choisies parce que, pour une raison ou pour une autre, leur ADN a été prélevé. Enquête pour homicide, test de paternité... Genetech a pu avoir accès à une banque de données et a soigneusement choisi ses candidats. Le but étant d'affiner progressivement la virulence et la précision pour que mon père puisse atteindre son objectif final.

Sophie réprime un frisson. Imaginer qu'une telle arme puisse être dans les mains d'un illuminé comme Hansel est digne du pire scénario catastrophe et un mot s'impose à son esprit en lettres de feu : eugénisme.

La question qui lui brûle les lèvres sort spontanément.

— Quel est son objectif final?

Karl hausse les épaules.

— Mon père serait capable de mettre le monde entier à feu et à sang. Mais je l'imagine plutôt tenter de mettre à genoux les hommes les plus riches et les plus influents. D'ailleurs, voici la seconde partie.

Une nouvelle liste, plus restreinte, apparaît à l'écran.

— J'ai déjà vu ces noms, s'exclame Sophie.

— Banquiers, hommes d'affaires multimilliardaires, politiciens, hauts gradés de l'armée. L'élite, mademoiselle Lavallée.

— Laissez-moi deviner. Ils sont tous clients de Genetech, c'est ça?

— Exactement. Tous ont payé pour développer des organes de rechange. Nous avons leur ADN. Il est donc très facile de les cibler avec le virus.

— Votre père veut les faire chanter en les menaçant au moyen de son arme biologique ?

— Oui, une fois que le virus sera au point, je pense que c'est le plan.

Karl se lève de sa chaise et se dirige vers la baie vitrée.

— Bien, maintenant que vous êtes au courant, que voulez-vous faire, mademoiselle Lavallée ?

Surprise par la question, Sophie marque une longue pause, s'apprête à répondre « Comment ça ? », se ravise.

— Vous connaissez mon métier. Je veux exposer le programme, bien sûr. Entre les tests effectués sur des humains, les morts déjà causées et…

— Et comment comptez-vous vous y prendre ? coupe Karl. Écrire sur votre blog ? Contacter les médias ? Vous avez eu de la chance avec votre précédente affaire. Vous pouviez compter sur des meurtres spectaculaires relayés par les médias, vous aviez des documents compromettants, des témoignages, des fusibles étaient déjà en place, prêts à sauter, et surtout la plus grande partie de vos accusations concernaient un programme exposé dans les années quatre-vingt.

Sophie serre les poings.

— Mais nous avons des documents, je peux m'occuper des relais médias, et puis nous avons un témoin : vous, Karl Engelberg, directeur de la recherche de Genetech, et héritier du trône...

— Combien d'autres amputations seront nécessaires avant que vous ne cessiez d'être naïve ? La situation demande une approche plus réfléchie, foncer tête baissée procurerait l'inverse de l'effet recherché. Vous connaissez l'histoire derrière le code Enigma ?

— Le code qui protégeait les communications allemandes durant la Seconde Guerre mondiale ? Quel est le rapport ?

— L'équipe d'Alan Turing avait réussi à le décoder des années avant la fin de la guerre. Mais pour ne pas alerter les Allemands, ils ont dû laisser des navires se faire torpiller. La moindre suspicion de la part des nazis aurait entraîné une modification immédiate de leur code.

Sophie grimace.

— Vous avez l'intention de laisser les tests se dérouler, de laisser des gens mourir !

Karl lui adresse un sourire sans joie.

— Oui. Si nous frappons trop tôt, il leur sera très facile de se rétracter. Genetech sera touchée bien sûr, mais pas le DARPA, ni les services secrets...

Sophie se mord les lèvres et tourne sur elle-même.

— Pourquoi vous faites tout ça ? Je comprends mon intérêt dans cette affaire, mais pas le vôtre. Vous allez saborder votre entreprise, sans même parler de votre implication. Vous risquez vous aussi la prison.

— Peut-être devrais-je ressortir la roulette ? Vous étiez bien plus attentive sous sa menace. Mon père. Le voir perdre son empire et assister à l'extinction de sa lignée sera mon ultime récompense. J'ai un plan à vous soumettre, et je pense qu'il peut nous permettre de damner le pion à ce reptile. Mais avant cela, j'ai une question. Jusqu'où êtes-vous prête à aller pour parvenir à vos fins ?

Le regard de Karl brûle d'un feu intense. Sophie n'hésite pas l'ombre d'une seconde et exhibe ses mains bandées. Ses yeux le défient et elle lui répond avec la même intensité.

— Je crois que vous le savez très bien, Karl.

— Excellent. Car nous avons tous les deux un rôle important à jouer. Le mien implique que je reste ici. Je vais mener des recherches le temps que mon père soit de retour. Bien sûr, il va falloir que je trouve le moyen d'expliquer pourquoi j'ai tué les gardes. Le vôtre, je le crains, risque d'être beaucoup moins agréable.

Sophie réprime un frisson, devinant à l'avance ce qu'il va lui annoncer.

— Il va falloir que je vous tue, mademoiselle Lavallée.

50. DÉMON

Noah n'est pas encore remonté à la surface. Immergé dans le flot de ses souvenirs, les images et les scènes continuent d'affluer. Par bribes, par écharpes de rêves qui s'enchevêtrent. Il se revoit allongé sur un lit, hébété. Ses yeux sont mi-clos, il ne reconnaît pas les lieux, presque aveuglé par les quatre disques lumineux d'un scialytique. Il distingue juste le bip des machines et des fragments de conversation indistincts. Puis le visage de Hansel Engelberg apparaît au-dessus de lui, ses traits déformés par la haine.

— Tu n'as pas su le protéger, Damien. Je comptais sur toi. Une fois que tu seras sur pied, tu vas accompagner Sven. On va capturer ces animaux et tu les feras payer. Et quand tout cela sera fini, tu quitteras cette maison.

— Karl... parvient-il à murmurer.

L'expression sur le visage d'Engelberg reste inchangée, la fureur brûle dans ses yeux froids.

— Je m'en occupe, crache-t-il. Je ferai tout ce qu'il faut pour que la lignée des Engelberg survive. Quel qu'en soit le prix.

Noah ressent un soulagement avant que ce souvenir ne s'estompe et laisse place à un autre.

Accablé par la chaleur suffocante, Noah attend depuis de longues minutes sur le siège arrière du Cherokee garé à la lisière de la forêt. La vitre de la portière est ouverte et laisse s'engouffrer la chaleur moite de l'été. Assoiffé, il peine à déglutir et ses lèvres sont scellées par la sécheresse. Mais en entendant les cris étouffés provenant des sous-bois, il sait que son expédition touche à son terme. Les cris s'amplifient et le coffre s'ouvre. Un bruit sec met fin aux protestations, suivi d'un autre, plus sourd.

Noah sait ce qui va se passer ensuite. Sven ouvre la portière de la voiture et s'invite dans l'habitacle brûlant. Une mèche blond platine est rabattue sur son œil gauche et une trace de griffe lui sillonne la joue.

— On le ramène à la maison. Et on va le faire payer. Non, en fait, c'est toi qui vas t'en charger. C'est aussi ta vengeance, Damien.

Noah se tourne vers Jacob qui gît, ligoté et inconscient, dans le coffre du quatre-quatre.

Cette vision s'estompe et d'un clignement de paupière, Noah se retrouve ailleurs.

Un autre souvenir. Il reconnaît la salle de soins dans laquelle il s'est réveillé, celle-là même où Karl est toujours alité, entre la vie et la mort. Dans une pièce isolée, Jacob est sanglé à une table en métal, il se débat pour s'extraire de ses liens. Il vocifère et menace, les dents serrées.

— Je suis le fils du shérif! Détachez-moi!

Dans un coin de la pièce, Sven sifflote en jouant avec un chalumeau.

— Tu aimes le feu, gamin? Je crois que tu vas être servi.

Woosh.

La buse crache une flamme bleue de plusieurs centimètres.

— Quoi ? Non ! Vous êtes malade !

Sa voix est autant éraillée qu'étranglée.

Le grand blond se tourne ensuite vers Noah.

— C'est à toi de jouer, Damien. Fais-le payer. Crame-lui sa petite gueule.

Noah avance vers Sven. En l'apercevant, Jacob réalise enfin ce qui se passe.

— Oh mec ! Wow, attends ! Ce n'était pas ma faute ! C'est à cause de Terrence…

Sans la moindre émotion, Noah prend le chalumeau que Sven lui tend avec un clin d'œil complice.

Puis il s'attarde un instant sur Jacob. Le petit caïd a disparu. L'adolescent sanglote, son visage n'a plus rien de narquois ni de triomphant, la morve s'écoule de son nez et lui recouvre une partie des lèvres, ses traits sont tordus par un rictus de terreur.

— Je… je suis désolé. Pitié. Pitié.

Noah prend son temps pour avancer vers lui.

Les yeux fixés sur le chalumeau, Jacob pousse un gémissement, une plainte qui finit en borborygme.

— Nonnnn…

Noah hésite, puis revoit le visage démoniaque de l'adolescent le narguer dans les volutes de fumée.

Fous-lui un coup de cutter, à cet enculé.

— Désolé, mais Karl t'avait prévenu, dit-il froidement.

Il dirige la buse vers son visage et appuie. Le hurlement strident poussé par Jacob ébranle les murs.

Les souvenirs suivants défilent plus rapidement. Ils sont aussi plus épars, moins précis. Noah poursuit les frères Johnson avec Sven dans les champs de blé, sous un ciel crépusculaire.

Sous une pluie battante, il découpe la chair de Terrence attaché à un arbre. Hunter est forcé d'assister au spectacle.

D'autres filaments de souvenirs s'entrecroisent. Des paroles échangées entre Hansel Engelberg et Andrew Clayton.

«Nous avons besoin de sang et sa fonction rénale est atteinte, les poumons le sont également. Il lui faut une greffe au plus vite. Le problème est que son groupe sanguin est rare…»

«Sven va se charger de trouver des donneurs.»

«Mais monsieur Engelberg, ces personnes n'ont rien fait de mal. Ils sont innocents.»

«Karl non plus n'avait rien fait de mal!»

Puis Noah revoit Sven marquer les enfants kidnappés dans les sous-sols de la maison.

Des dizaines d'adolescents.

Et soudain, il n'y a plus d'images ni de sons. Et il éprouve à nouveau une sensation de flotter en dehors de son corps.

Noah ouvre les yeux. Il est plongé dans l'obscurité, mais il perçoit des paroles étouffées, comme si elles provenaient d'une bouche d'aération voisine ou d'une tuyauterie.

— Alors, quelles sont vos conclusions ?

— D'après ce que j'ai sous les yeux, tout est prêt. Noah a bien répondu aux stimuli, et malgré le petit incident de tout à l'heure, l'expérience est un succès.

— Parfait alors, nous allons pouvoir le préparer. Vous savez ce que vous avez à faire, Clayton.

Noah reconnaît le son mat de deux paumes qui se plaquent sur la paroi du caisson.

Et il entend presque distinctement la voix.

— Désolé de t'infliger ça. Mais tu vas enfin payer la dette dont tu m'es redevable.

51. COMMENCEMENT

Sophie progresse sur Columbus Avenue, un capuchon rabattu sur le front et le visage baissé. Malgré la chaleur écrasante qui s'abat sur Manhattan, elle n'a pas d'autre choix que de s'emmitoufler dans cet attirail – pantalon de jogging gris et sweat-shirt XL à manches longues – pour ne pas attirer l'attention sur ses mains.

Les paroles de Karl ne l'ont pas quittée depuis que son « cadavre » a fait le voyage à bord du transport de fret depuis la Californie.

N'oublie pas que tu es morte. Cela ne sera officialisé que dans quelques jours, mais reste discrète d'ici là. Tu ne parleras à personne. Si Genetech ou un de ses partenaires apprend que tu es en vie, le plan tombe à l'eau.

Sophie grimace. Moins d'un an après avoir dû abandonner son appartement pour jouer les clandestines afin d'échapper au tueur à ses trousses, la voilà replongée dans le même cauchemar.

Il va falloir être patiente et vigilante. La moindre anicroche, la moindre erreur et nous louperons notre cible.

Après avoir tourné la vidéo mettant en scène sa mort, il lui a remis une large somme en liquide, une adresse mail pour échanger en respectant des horaires précis, ainsi qu'un téléphone.

Tu seras mes yeux sur le terrain. Si jamais quelque chose tourne mal, contacte-moi depuis ce burner. Il n'y a qu'un seul numéro d'enregistré.

Arrivée au niveau du square proche du croisement de la 102ᵉ et de Columbus, Sophie s'attarde un instant sur un homme qui pousse sa petite fille sur une balançoire.

Ne t'inquiète pas pour le montage vidéo. Je vais mettre un expert sur le coup. Si mon estimation est bonne et que les forces armées du Five Eyes sont impliquées, ton père devrait aussi la recevoir. Je sais que cela va être dur, mais accroche-toi.

Oui, son père est impliqué, elle le sait désormais. Il a dépensé une fortune pour une thérapie génique afin de guérir son frère. Si le plan mis en application est un succès, alors l'illustre général Lavallée sera éclaboussé et tombera en disgrâce. Pas le genre de retraite paisible qu'il aurait souhaitée.

Désolée, papa, mais je n'ai pas le choix. Je sais que tu l'as fait pour David, mais trop de vies sont en jeu.

Entre la vidéo qui met en scène sa mort et le scandale qui l'attend, le pauvre homme sera anéanti.

Réfléchis un peu, Sophie. Genetech, la DARPA, la CIA, les forces armées du Five Eyes et qui sais-je d'autre encore... tu crois vraiment que vous avez une chance de réussir ? lui répond la voix de son père.

Oui. Elle y croit. Le plus dur pour elle est d'impliquer Noah. Elle a eu un choc quand Karl lui a révélé qui il était vraiment. Lui aussi était ébranlé. Il ne l'a plus mentionné ensuite, mais elle a pu sentir tout le spectre des émotions l'animer sous son visage impassible.

Après un long périple, Sophie arrive enfin en vue de son immeuble. Malheureusement, elle ne pourra pas s'attarder bien longtemps dans son appartement. Elle aura à peine le temps de ramasser quelques habits et peut-être prendre une douche.

Elle espère juste ne pas croiser Becky sur le chemin.

D'ailleurs, Grumpy doit encore être chez elle. Elle ne s'est absentée qu'une semaine pour l'instant, mais il en faudra encore quelques-unes avant que le plan n'aboutisse et qu'elle ne puisse le récupérer. La pauvre, elle sait que son chat peut devenir une vraie plaie après une absence prolongée.

Lorsqu'elle pousse la porte de l'appartement, l'odeur familière de ses huiles essentielles parvient à ses narines.

Elle verrouille derrière elle et s'adosse à un mur en soupirant.

Elle se sent soudain très lasse et tentée de tout laisser tomber. Ne serait-ce que pour dormir dans son lit et retourner à sa vie de citadine new-yorkaise.

Mais non.

Pas de retour à la normale pour Sophie Lavallée. Et l'épisode de sa captivité dans les montagnes de Californie n'était qu'un préambule. La phase suivante de son plan commence ici, chez elle.

Elle considère le sac plastique «Harlem Shambles» avec un œil amusé. Cela fait bien longtemps qu'elle n'avait pas acheté de la viande.

Sophie pose les courses et sort les gants en plastique de son sac. Elle grimace lorsqu'elle enfile le premier, ses blessures sont encore très douloureuses.

Bien, pas le moment de flâner. Elle a moins d'une demi-heure pour mettre l'appartement sens dessus dessous, prendre quelques affaires et placer la clé USB dans la viande.

Quelle mise en scène! Presque trop grossière.

Et pour que son jeu de piste fonctionne, il faut espérer que Noah soit sollicité et qu'elle ne soit pas forcée d'utiliser son plan B.

Bien sûr, il est impératif que personne ne puisse décoder la clé. En tout cas, pas avant qu'elle ne leur fasse parvenir le mot de passe. Mais il y a peu de chances, son contact du *hidden service* de Hacker Bay lui a assuré qu'il était quasiment impossible de venir à bout de ce genre de cryptage.

Une fois que cette histoire de clé USB sera exposée et que le CSIS ou un autre service en aura connaissance, cela va faire sortir les loups du bois. De mon côté, dès que j'aurai des nouvelles de mon père, je vais lui révéler que vous étiez en possession de documents compromettants. À partir de ce moment, tout peut basculer, mais si vous jouez votre rôle, nous remporterons cette partie.

Les loups du bois. Cela signifie que ses amis seront forcément exposés et mis en danger.

Une fois que vous en aurez fini avec votre appartement, tout ce qu'il vous reste à faire, c'est de préparer des envois différés aux médias et aux forces de l'ordre. Vous connaissez l'échéancier. Une fois que cela sera fait, utilisez le burner .

Sophie soupire. Soudain le plan qui paraissait si solide dans les propos et l'aplomb de Karl lui semble bien bancal et incertain.

Même si la prochaine étape est assez simple – il s'agit d'adresser une série de courriers aux médias –, elle se dit que les chances de réussir sont minces.

Très minces.

Mais avant toute chose, parce qu'on n'est jamais trop prudent et qu'elle n'a pas totalement confiance en Karl, Sophie sort la clé USB et la connecte à son ordinateur portable.

Elle repense à sa conversation il y a deux jours avec le cousin de Clémence.

Si son petit manège avec le jeu d'échecs fonctionne, il y a de fortes chances que Clémence soit forcée de rejoindre la partie.

Si une personne est capable de résoudre ce petit puzzle, c'est bien elle.

Sophie pousse un long soupir.

Une fois cette petite affaire réglée, elle devra saccager son appartement.

— Désolée, Tom, dit-elle en regardant son poster de *Top Gun*.

52. SOLUTIONS

Clémence tremble de nervosité.

Elle y est presque. Le puzzle infernal sur lequel elle s'est acharnée depuis tant de jours sera enfin reconstitué.

Il n'y a plus qu'à espérer que ses efforts n'auront pas été vains.

Toute son énergie est focalisée sur les derniers coups. La fatigue a disparu, tout autant que le monde autour d'elle.

Les bourrasques, le vacarme de la pluie qui mitraille le motel, et même les ronflements de Pavel.

Dans ce tourbillon sonore, il n'y a plus qu'elle, son carnet, ses croquis.

Et rien ne peut rompre la bulle de réflexion dans laquelle elle s'est enfermée.

Après avoir griffonné une dernière note, Clémence laisse son stylo en suspension, la bille effleurant la page. Puis elle le pose en souriant.

Aurait-elle réussi ? Elle peine à y croire, et pourtant…

Pour s'en convaincre, Clémence parcourt une dernière fois les pages noircies de schémas, dessins, annotations et gribouillages.

Elle matérialise l'échiquier dans son esprit, rejoue chacun des coups, comme prise dans une sorte de transe. Ses lèvres laissent échapper quelques mots marmonnés, ses yeux roulent sous ses paupières fermées. Et lorsqu'elle les ouvre enfin, elle ne peut s'empêcher de laisser échapper un cri de joie hystérique.

— Oui! J'ai réussi! J'ai réussi!

Pavel lui répond par un raclement de gorge qui ressemble à s'y méprendre au grognement d'un cochon, puis se retourne dans son lit en faisant grincer les ressorts du sommier.

Bien. Il est temps de passer à l'étape suivante. Son regard s'oriente vers l'ordinateur à ses pieds. Il ne lui reste plus qu'à tester les coups pour confirmer sa théorie. Rentrer les coordonnées dans l'application, jouer la partie et espérer obtenir une réponse…

Clémence saisit son ordinateur, puis se connecte au *hidden service* qui abrite l'application.

Lorsque l'échiquier apparaît dans la fenêtre de son navigateur Tor, son cœur fait un bond d'excitation.

Clémence étire un sourire.

Bien qu'elle connaisse désormais la partie par cœur, chaque coordonnée rentrée dans le programme la rend fébrile. Et chaque fois qu'elle appuie sur la touche « entrée » pour valider son mouvement, le temps se suspend et son cœur se soulève d'un centimètre dans sa poitrine.

Pas loin d'une soixantaine de coups sont joués avant qu'elle n'arrive au moment fatidique.

Le dernier coup.

Clémence laisse son doigt en suspension pendant deux secondes avant de se décider à enfoncer la touche.

Lorsque la pièce finale se met en place, sa respiration se coupe.

Ses yeux sont rivés à l'échiquier, figé dans la fenêtre du navigateur comme si l'application avait bogué. L'attente est insoutenable.

Puis, au moment où elle commence à perdre espoir, la page web se volatilise devant ses yeux, explosant en une myriade de pixels.

— Merde! crie-t-elle malgré elle.

Soudain, le doute l'assaille. Aurait-elle commis une erreur?

Son apnée ne cesse que lorsqu'une application Windows de type système, une invite de commande, s'ouvre sur le bureau et fait défiler plusieurs lignes de texte blanc sur fond noir.

La fenêtre s'efface et une icône en forme d'enveloppe jaune apparaît dans la barre des tâches, signe qu'elle vient de recevoir un message.

Clémence clique immédiatement dessus et tombe sur sa messagerie. Le premier mail de la liste est sans objet, généré par une fausse adresse «xqjordoz@mail.com».

Typiquement le genre de courriel qui aurait dû finir dans les spams.

Le corps du texte est vide, mais une pièce jointe y est associée.

Un fichier «.onion».

Encore un, décidément.

Clémence pense reconnaître l'adresse du forum secret que Sophie avait créé l'année dernière lorsqu'ils traquaient le Démon du Vermont et les responsables du projet MK-Prodigy. Un espace confidentiel et sécurisé pour échanger à la barbe des services secrets américains, que Sophie avait fini par désactiver.

Clémence ne peut s'empêcher de sourire.

C'est du Lavallée tout craché. Toujours à opérer dans le Darknet et à s'acoquiner avec des hackers. Maintenant, reste à savoir pourquoi cette double protection a été mise en place.

La réponse sous peu, se dit Clémence en lançant le fichier depuis le navigateur Tor.

Sans surprise, elle se retrouve en terrain familier, sur le même type de forum.

Sous ses yeux, une dizaine de dossiers, et deux messages.

Clémence cligne des paupières. Ce qu'elle lit ne fait aucun sens.

Les dates lui semblent incohérentes.

La dernière entrée sur le forum est un message qui remonte à deux jours.

Si Sophie a bel et bien créé ce service, et si on écarte l'hypothèse que quelqu'un d'autre qu'elle puisse y avoir accès, alors cela confirme que Noah avait raison.

Sophie est vivante, ou du moins l'était-elle deux jours plus tôt.

Clémence consulte les deux messages. Elle parcourt le premier d'une traite et plisse le front.

Sophie évoque la création d'un virus qui attaque le cerveau et pourrait provoquer des suicides ou encore des rages meurtrières. Il serait capable d'opérer avec précision, ne ciblant qu'une séquence ADN spécifique ou un génotype donné. Le reste est plus flou. Elle parle d'une opération, mais qu'il ne faut pas divulguer aux médias et aux forces de l'ordre avant d'être sûrs d'avoir identifié tous les intervenants et toutes les cibles. Genetech serait l'acteur principal, mais la CIA et le DARPA pourraient également être impliqués, ainsi que les forces armées. Enfin, elle évoque un projet annexe, développé en parallèle par Genetech. Le projet Götterdämmerung.

Clémence reste interdite quelques secondes en pensant à ce qu'elle vient de lire. Est-ce une mauvaise blague ?

Le vieil Hansel Engelberg aurait donc pour objectif d'infecter puis de faire chanter tous ceux qui auraient été clients de son trafic d'organes.

Cela ne fait aucun sens. Pourquoi un homme si influent et si puissant ferait-il une chose pareille ? Au risque de saborder une entreprise qui figure déjà parmi les plus rentables au monde. À moins d'être complètement fou à lier, cela défie la logique.

Clémence lit ensuite le deuxième message, posté il y a deux jours, et plus inquiétant encore.

Sophie pense que le projet Götterdämmerung n'est que la partie visible de l'iceberg. La journaliste craint que le virus ne soit utilisé à plus grande échelle pour cibler des tranches de populations spécifiques. À la fin de son texte, elle s'adresse directement à Clémence et Noah.

« Si vous tombez sur ce message, répondez-moi, c'est urgent, je n'ai pas d'autres moyens de communiquer sans me dévoiler. »

Puis elle ajoute :

« Je pense que Noah est en danger. Il ne faut pas qu'il suive ma piste. »

Cette dernière phrase noue le ventre de Clémence, car elle confirme ses craintes.

Noah est en danger. Et il avait raison depuis le début pour Sophie. Vivante, mais en danger elle aussi. Malgré tout, elle a réussi à les contacter via cet étrange jeu de piste.

Pourquoi tant de mystères ?

Clémence ferme les yeux afin de faire le point. Certaines pièces se sont assemblées, mais d'autres manquent encore pour reconstituer le puzzle.

Sophie aurait donc remonté le fil de l'enquête sur Genetech pour finalement retrouver la trace d'Andrew Clayton. Depuis cette rencontre, elle disparaît de la circulation. Comme Noah. Mais voilà qu'un peu plus d'une semaine plus tard, elle laisse ces deux messages sur ce forum.

Que s'est-il passé entre-temps ? Qu'a-t-elle découvert ?

La réponse se trouve forcément chez Andrew Clayton, ainsi que des indices pour retrouver Noah, espère-t-elle. À chaque fois qu'elle pense à lui, l'angoisse la submerge. Elle aurait dû lui avouer plus tôt ce qu'elle ressent pour lui. Elle a été trop fière, et maintenant elle craint de ne jamais le revoir.

Clémence laisse un message en réponse à celui de Sophie.

« J'ai trouvé ton forum aujourd'hui. Noah a disparu, nous allons à Waterbury chez Andrew Clayton. »

Clémence s'apprête à consulter les fichiers téléchargés sur le forum, mais la porte de la chambre s'ouvre avec fracas et cogne sur le mur. Laissant s'engouffrer un courant d'air froid et humide.

53. COMPROMIS

L'idée qu'une bourrasque a forcé son chemin traverse l'esprit de Clémence. Une impression rapidement chassée lorsqu'elle redresse la tête et aperçoit la silhouette imposante qui se découpe dans l'encadrement de la porte.

Un éclair de panique la traverse. Un pistolet-mitrailleur est braqué sur elle. Pendant une fraction de seconde, elle visualise le doigt boudiné écraser la gâchette et le canon cracher une pluie de balles.

Mais la silhouette se contente de promener son bras entre elle et Pavel et avance d'un pas. Il referme la porte à l'aide du talon de son pied droit.

Elle le distingue mieux à présent.

Un homme roux, le cheveu hirsute et mouillé, la barbe fournie. Son visage est plus pâle et ses yeux plus cernés et rouges encore que ceux de Pavel, ses lèvres sont gonflées, il est couvert de bleus et son œil gauche disparaît presque sous un œdème proéminent. Mais il émane une force considérable de ce corps en apparence fatigué et meurtri.

Abraham Eisik. Elle le reconnaît d'après les photos du dossier transmis par le CSIS.

Merde, pourquoi est-il ici ? Que lui veut-il ?

— Désolé d'interrompre votre sieste, les tourtereaux, mais je n'ai pas vraiment le temps de faire la causette et franchement, je suis fatigué. Alors je vais la faire courte. Clémence, tu prends tes affaires et tu viens avec moi.

Il veut la kidnapper. Il n'est donc pas là pour l'éliminer, réalise-t-elle. Bien, c'est un avantage dont il va falloir qu'elle profite.

— Je n'ai pas pour habitude d'embarquer avec des étrangers, monsieur Eisik, et puis j'ai d'autres plans pour la journée, répond-elle sur un ton déterminé.

Abraham soupire et pointe son pistolet-mitrailleur vers le lit voisin.

— Voilà ce que je vais faire. Je vais cribler de plomb ce gros ronfleur dégueulasse et ensuite je vais t'assommer, te ligoter et te balancer dans le coffre. Mais il y a un autre scénario possible. Ce brave Bukowski peut continuer sa sieste peinard. Quant à ton joli minois, il n'aura pas à supporter davantage de cicatrices. Mais pour cela, il faut que tu me suives bien sagement.

Clémence sourit. Au-delà de la menace, Abraham vient de lui confirmer qu'il connaît Pavel. Il est plausible que la réciproque soit vraie.

— Vous pouvez y aller, ne vous gênez pas, truffez-le de plomb. On fait lit à part, comme vous pouvez le constater. Et si vous comptez m'assommer, eh bien venez, mais je vous préviens, je ne vais pas me laisser faire si facilement.

Un sourire amusé se dessine sur son visage ravagé, et Abraham lâche un hoquet de surprise.

— Comme tu voudras. T'entends ça, Pavel, la petite est vraiment une dure à cuire.

Bukowski, qui visiblement ne dormait pas, tourne la tête et se redresse en faisant grincer les ressorts du sommier.

— J'aimerais bien voir comment tu vas t'y prendre. Tu comptes tirer plus vite que moi, Abraham ? Tu vois la bosse sous la couverture, eh bien ce n'est pas la gaule du réveil. Et à la place d'une bite, c'est un SIG P220. Et tu sais, j'ai beau avoir les yeux en trou de pine et les caroncules encrottées, je ne te louperai pas à cette distance.

Abraham le jauge et son regard passe de ses yeux à la bosse.

— Quoi, tu veux me faire croire que t'avais un flingue à l'hosto ?

Il secoue la tête.

— Tsss… Non, désolé, ne me prends pas pour un con, tu me menaces avec ton index.

La réponse est donnée sous la forme d'un coup de feu étouffé. Le tir troue la couverture et une balle vient se loger dans le mur.

Eisik recule d'un pas, son visage se crispe. Son arme est toujours braquée sur Pavel, mais la surprise se lit dans son regard.

— Ça répond à ta question, non ? continue Pavel. D'après ce que je comprends, tu nous as suivis depuis l'hôpital. Et tu crois peut-être que j'ai fait appel à un simple taxi pour nous sortir de là ? Je pensais que tu me connaissais mieux que ça.

— Putain, t'aurais dû me tuer, Bukowski. Ça va mal se finir, tout ça. Très mal. Je ne partirai pas sans Clémence, tu me connais. Sérieux, c'est une faveur que je vous fais, à tous les deux. Je veux juste en finir, et pas dans un bain de sang si possible.

Le pistolet brandi par Pavel bouge sous la couverture.

— Si je ne t'ai pas visé, c'est parce que je veux que tu me dises pour qui tu roules cette fois-ci. La CIA, les Engelberg ? Et que vient foutre Clémence dans cette histoire ?

— Arrête tes conneries, Pavel. Tu connais le métier et tu sais très bien que je ne dirai rien. Alors il n'y a que deux issues possibles. Soit tu me laisses embarquer la petite et aucun coup de feu ne sera échangé, soit on se tire dessus et c'est un carnage. À toi de voir.

Clémence constate que la sueur abonde sur le front d'Eisik et que sa main tremble. Il est proche du point de rupture. Pour autant, elle n'a aucun doute qu'il fera feu à la moindre opportunité.

Face à lui, Pavel semble tout aussi déterminé. Ses mâchoires sont si serrées que ses dents doivent grincer. Une grosse veine saille sur le côté de son front.

Elle a l'impression d'assister à un combat de vieux lions dans une arène.

En regardant l'ex-agent du FBI, Clémence tique. Pavel pourrait très bien laisser Eisik l'embarquer. Pourquoi chercherait-il à la défendre ? Qu'a-t-il à y gagner ?

Quoi qu'il en soit, il faut qu'elle intervienne avant que ce duel de cow-boys ne dégénère.

Réfléchis, Clémence. Tu es une fille brillante, fait la voix de son oncle. *Pourquoi Abraham Eisik en aurait-il après toi ?*

— Il n'est pas là pour notre affaire, Pavel. Il a fait exploser l'appartement où nous détenions ce qu'il cherchait.

— Non. Tu as tout faux, petite. Je n'ai rien fait sauter, c'est ton ami l'informaticien qui a concocté une bombe domestique.

Clémence encaisse le choc, mais elle essaie de contenir sa surprise.

— Mais tu as raison sur un point, continue-t-il. J'ai obtenu ce que je voulais à Montréal et cette affaire est derrière moi. Je suis ici pour autre chose. Quelqu'un te cherche depuis que tu as quitté Miami et j'ai promis de lui ramener sa «petite fugitive».

Clémence a l'impression de recevoir un coup de poing dans le ventre.

Dimitri. Il parle forcément de Dimitri.

Comment Eisik est-il rentré en contact avec lui? Cela n'a aucun sens.

Cette nouvelle information change complètement la donne. Clémence s'égare un instant et fixe le plafond. Son cerveau compile les données à toute vitesse pour trouver une faille à exploiter, ignorant la joute qui continue d'avoir lieu à quelques pas à peine. Elle ne peut faire confiance ni à l'un, ni à l'autre, mais peut-être pourrait-elle tirer parti d'une collaboration.

— Tu vois Pavel, il est inutile de faire parler la poudre. Je ne connais pas encore ton rôle dans cette histoire, ni ce que tu cherches. Mais si c'était ce à quoi je pense, alors tout est parti en fumée, c'est fini.

L'esprit de Clémence réintègre son corps et son visage s'illumine. Une idée vient de germer dans son esprit. Peut-être même pourrait-elle faire d'une pierre deux coups.

— Abraham, je suis sûre que Dimitri vous a expliqué ce que je représente à ses yeux. Je sais donc que votre marge de manœuvre est très limitée. Vos menaces n'ont aucun sens. Vous n'allez pas m'amocher, il ne le tolérerait pas. Il me veut intacte. En outre, je suis persuadée que vous avez accompli la première partie de la mission pour une somme assez coquette. Si vous enchaînez avec celle-ci, c'est que vous avez besoin d'argent. Sans vouloir vous offenser, vous ne me paraissez pas en très bonne santé. J'imagine que ce pactole, c'est votre billet gagnant pour une retraite au soleil, non?

Abraham tourne un œil intéressé vers elle tout en gardant son arme pointée sur Pavel.

— Continue, lâche-t-il.

Clémence lui adresse un sourire malicieux.

— J'ai une bonne et une mauvaise nouvelle pour vous. La mauvaise, c'est qu'en fait votre première mission a échoué. Si vos employeurs voulaient détruire les données, ou bien en avoir l'exclusivité, sachez qu'elles sont déjà décryptées et téléchargées, bien à l'abri dans le cloud. Si cela se savait, ou si ces données étaient diffusées, je ne suis pas sûre qu'ils apprécieraient beaucoup.

La lueur qui passe dans le regard d'Eisik lui indique qu'elle a fait mouche.

— Mais la bonne nouvelle, c'est que non seulement je suis prête à collaborer et vous accompagner sans résistance, mais qu'en plus je suis prête à ne pas diffuser les données.

Pavel l'évalue d'un air suspicieux.

— Et pourquoi ce revirement ?

— Parce que j'ai un marché à proposer, dans lequel tout le monde sera gagnant.

54. PISTES

Depuis l'habitacle de la voiture, Abraham observe Pavel et Clémence s'inviter chez Andrew Clayton. Il a décliné leur offre de les accompagner, préférant rester à l'abri de la pluie, installé sur la banquette arrière de son véhicule. Autant se reposer un peu puisqu'il ne court plus après personne. Et puis il faut bien que quelqu'un surveille leurs arrières, surtout en pleine après-midi, malgré la pluie. D'autant plus que jouer les détectives ne fait pas partie du deal que la petite Leduc lui a offert. Tout ce qu'elle a exigé en retour, ce sont ses informations sur le dossier Genetech, son expertise des différents services secrets, et bien sûr son expérience de porte-flingue. Qui aurait pu penser qu'il se retrouverait dans cette situation alors qu'il y a seulement quelques jours, il était prêt à la faire exploser au C4 ?

Pour l'instant, il joue réglo. Et puis les informer que Clayton était à la solde des services secrets américains n'était pas vraiment une grande révélation. D'ailleurs Pavel n'a même pas sourcillé lorsqu'il l'a annoncé.

Quant à leur révéler pour qui il travaille réellement… cela va dépendre de la suite des événements.

En temps normal, la question ne se poserait même pas. Mais la vérité est qu'il a hâte d'en finir et de prendre sa retraite. C'est sa dernière opération sur le terrain. Après, il se contentera de jouer les experts ou les consultants, bien à l'abri derrière son bureau.

Abraham grimace. Des gouttes de pluie s'engouffrent par la fenêtre et lui aspergent les joues. Il remonte la vitre et jette un coup d'œil dans le rétroviseur avant de s'enfoncer dans le siège et de fermer les yeux.

Clémence Leduc.

Cette teigne a de la ressource, et de l'aplomb. Il l'aurait appréciée à l'époque où il jouait les espions et se fabriquait des légendes aux États-Unis et en Europe. Elle est typiquement le genre de personne qu'il aurait cherché à recruter. Vive d'esprit, autonome, résistante.

Mais aujourd'hui, il ne désire qu'une seule chose, qu'elle respecte sa part du marché. D'une part, détruire les dossiers figurant sur la clé afin d'éviter que son employeur ne lui coure après pour lui loger une balle dans la tête. D'autre part, doubler la somme promise par Dimitri.

D'ailleurs, la petite a réussi à lui mettre le doute à son sujet. Dans sa tête, le vieux briscard du SVR, les services secrets russes, devenu un puissant baron de la Bratva, avait un compte à régler avec elle et voulait simplement la garder intacte pour en profiter. Sauf que la petite ne semble pas le craindre. Sinon, pourquoi aurait-elle accepté de le suivre sans broncher ? Il a l'habitude de déceler le mensonge et Clémence était sincère.

Que pourrait-elle posséder qui intéresse Dimitri ? Des renseignements sur le CSIS ? Cela semble peu probable, mais pourquoi pas.

Il y a une autre hypothèse. Et si le Russe n'était pas si détaché de toute cette affaire, en fin de compte ?

Une mouche qui s'était invitée dans l'habitacle se pose sur son nez. Abraham grogne et la chasse d'une chiquenaude. Mais ce n'est plus son problème, après tout. Et puis ce n'est plus que l'affaire de quelques jours.

Il aide la petite, contacte son employeur, lui restitue la clé, et en route pour Miami.

Sauf s'ils essaient de t'éliminer, lui souffle Abigaël.

Abraham s'endort en chassant cette idée.

Sans remarquer, à une vingtaine de mètres au-dessus de sa tête, le drone qui plane à l'aplomb de la maison.

***

Clémence a fini de mitrailler chaque pièce et passe en revue les clichés sur son téléphone, les lèvres pincées.

C'est son rituel. Dans un premier temps, elle analyse chaque recoin, laisse son regard s'attarder sur le moindre détail. Si une incongruité ou une anomalie est décelée, elle est ensuite rangée dans un compartiment de sa mémoire, prête à être utilisée dès que nécessaire.

Puis elle prend des dizaines de photos dans chaque pièce, sous tous les angles.

Pavel, en revanche, n'a pas fini sa fouille. Pendant qu'elle est assise dans le fauteuil du bureau, les jambes tendues et les talons collés au clavier de l'ordinateur, il continue de passer la maison au peigne fin. En tant qu'ex-agent du FBI, il est bien plus habitué qu'elle.

— Alors, tu as trouvé quelque chose ? demande-t-elle.

— Non, malheureusement rien pour l'instant. Juste que ce type ne doit pas souvent être chez lui. Le frigo est vide, pas d'outils, très peu de couverts. Mais si Andrew Clayton est en lien avec la CIA, comme l'affirme Sophie dans ses dossiers, alors je ne serais pas étonné de trouver un micro ou une caméra. Et si c'est le cas, nous sommes déjà repérés.

— Essaie les peluches, lui lance-t-elle.

— Très drôle, Clémence. Vraiment très drôle.

Non, pas vraiment. Et elle ne sourit pas, trop rongée par l'anxiété. Noah était ici la dernière fois qu'elle lui a parlé. Et pourtant, il n'y a aucun signe de sa voiture de location, ni aucune trace de lui. Il lui est forcément arrivé malheur. Les deux pistes, la sienne et celle de Sophie, s'achèvent ici. Pourquoi ?

Pour y répondre, il va lui falloir des indices. Contrairement à lui, elle ne peut rien déduire d'une pensée évanescente, d'une rêverie, d'une parole.

Son cerveau analytique réclame du concret, du factuel.

Clémence examine ses photographies en secouant la tête.

Il est bien là, le problème. Elle n'a rien pour alimenter son esprit déductif. Pas de grain à moudre dans les engrenages de ses méninges.

Alors, oui, Pavel a raison, il y a bien quelque chose qui cloche dans cette maison. Elle est beaucoup trop spartiate, et semble faire plus office d'adresse postale que de véritable foyer. Et justement, ce dépouillement ne l'aide pas.

Dans ce vide, elle n'a rien trouvé qui puisse l'aiguiller vers Noah.

Peut-être dehors ? Si au moins la pluie ne tombait pas avec autant de rage...

Clémence s'apprête à rejoindre Pavel et à ranger son téléphone, quand celui-ci vibre dans sa main.

En voyant le numéro qui s'affiche, elle ouvre la bouche sous la surprise.

Dylan.

Elle ne décroche pas tout de suite. Elle n'a pas du tout envie que Pavel puisse saisir des bribes de conversation.

Clémence prend la direction de la salle de bain.

Une fois la porte verrouillée, elle s'installe sur la cuvette des toilettes, répond à l'appel et plaque son téléphone sur les oreilles.

— Allô, Dylan ? C'est toi ?

— Oh mon dieu, Clémence, tu es vivante. Tu ne peux pas savoir à quel point cela me fait plaisir de t'avoir au bout du fil. Désolé de ne pas t'avoir contactée plus tôt.

— Bordel, coupe Clémence, qu'est-ce qui s'est passé ? J'ai appris, pour Montréal. J'ai su que Beverly était morte et que tu avais fait exploser une bombe.

Dylan marque un silence.

— C'est vrai. Pour les deux, finit-il par répondre. Écoute, promis je t'expliquerai tout. Mais pour l'instant nous avons besoin d'aide.

— Nous ?

— Oui, tu ne devineras jamais qui j'ai rencontré.

— Je crois que j'ai une vague idée, Dylan. J'ai réussi à accéder au forum que Sophie a mis en place.

— Oui, je suis au courant. J'ai vu ton message sur le forum, c'est pour cela que je t'appelle.

— Elle est avec toi ? s'enthousiasme Clémence.

— Pas pour le moment. En fait, elle est sur le terrain et moi je l'aide derrière un écran. Elle m'a dit de vous contacter dès que je le pourrais. Visiblement, elle regrette de vous avoir impliqués dans son enquête et ne voudrait pas vous y mêler davantage.

— Trop tard, répond Clémence. On y est jusqu'au cou.

— Écoute, c'est un peu long à expliquer, mais elle est sur un truc énorme. Elle est persuadée qu'un attentat de grande envergure se trame, et elle fait tout pour le découvrir. Elle pense que Karl Engelberg est responsable, et que Noah serait lié à lui d'une manière ou d'une autre.

Clémence ne répond pas, perdue dans ses réflexions. Karl Engelberg? Le message sur le forum parlait de Hansel, son père.

— Allô, Clémence, toujours au bout du fil?

— Je ne sais pas comment je peux vous aider. Nous sommes à la recherche de Noah. La dernière fois que j'ai entendu parler de lui, il était sur la piste de Sophie, chez Andrew Clayton. Nous sommes justement dans sa maison.

— Merde, Sophie m'a parlé de lui. Faites attention. Ce gars a prétendu qu'il espionnait les Engelberg pour le compte du gouvernement, mais elle est persuadée qu'il lui a menti. En fait, elle en est même certaine, alors ne traînez pas trop dans le coin. Maintenant, pour répondre à ta question, elle pense avoir trouvé le laboratoire de Genetech où le virus serait fabriqué. Je fais ce que je peux de mon côté pour l'aider à déjouer la sécurité informatique. C'est une longue histoire, mais pour faire court, je lui ai fourni une fausse carte magnétique, et de quoi contourner l'empreinte rétinienne. Et là, j'attends, je tente d'infiltrer leur réseau, mais sans action de sa part à l'intérieur, je suis bloqué. Voilà, tu sais tout ou presque. Ah oui, autre chose, elle m'a dit que vous pouviez contacter Pavel Bukowski, au besoin.

— Je suis justement avec lui, confie Clémence.

— Parfait, alors vous pourriez peut-être me rejoindre et nous filer un coup de main. Le laboratoire est situé dans les sous-sols de l'ancien hôpital de Waterbury, le Vermont State Hospital.

LE BRASIER

*Là où ils avaient retrouvé le cadavre de Trevor Weinberger,
un des psychiatres qui s'était occupé de Noah lorsqu'il n'était
qu'un jeune garçon.*

*Là où Noah enfant et d'autres cobayes du projet MK-Ultra
avaient été internés.*

— Je ne suis pas loin. Je vais voir ce que je peux faire, je
te rappelle dès que possible. Mais ma priorité va à Noah,
désolée.

Dylan se racle la gorge.

— Écoute, tant qu'on y est, j'ai aussi un truc à te dire. Le
type qui voulait nous tuer à Brooklyn, Abraham, il travaille
également pour Dimitri. Il nous est tombé dessus à Montréal.
C'est à cause de lui que j'ai tout fait exploser, j'ai essayé de
m'en débarrasser. J'ai voulu te prévenir avant, mais…

Clémence décide de ne pas mentionner qu'elle a passé un
marché avec Eisik.

— Laisse tomber les excuses et aide-moi à retrouver Noah.
Tu me le dois, et à Beverly aussi.

— À toi oui, pas à Beverly. Elle… elle nous a trahis. Sa
sœur. Dimitri la tenait. C'est elle qui a vendu Carlos, et
c'est à cause d'elle qu'Abraham nous a pistés. C'était une
foutue taupe.

Le cœur de Clémence se serre. L'annonce de Dylan
l'affecte, mais pas autant que la culpabilité qui l'assaille
soudainement.

C'est de sa faute.

Elle aurait dû accepter de se rendre à Dimitri plutôt que de
rentrer en guerre contre lui avec l'aide de la mafia italienne.
Sans sa vendetta personnelle, Beverly n'aurait jamais eu à
subir ce genre de dilemme impossible.

Comment en vouloir à quelqu'un qui veut protéger ses
proches ?

449

Des coups de poings martèlent la porte de la salle de bain.

— Clémence, tu es ici? Dépêche-toi, on a un sérieux problème.

55. DANGER

Clémence active la chasse d'eau, fait semblant de se laver les mains et sort de la salle de bain.

Pavel a le visage assombri.

— Alors, demande Clémence, quel est le souci?

D'un signe de la main, il désigne ses oreilles, puis s'approche d'elle en murmurant le plus doucement possible :

— On est repérés. À partir de maintenant, on se parle en chuchotant. Comme je le craignais, j'ai trouvé un micro et une caméra. Le micro logé dans la télévision, la caméra incrustée dans un mur. Mais ce n'est pas tout, suis-moi.

Pavel l'entraîne dans la cuisine, écarte les rideaux de la fenêtre et pointe du doigt le ciel chargé de pluie.

— Tu vois ce truc gris qui plane? C'est un drone de surveillance. Si c'est la CIA qui nous observe, alors tout va bien. Je pourrai expliquer ce qu'on fait ici. Dans le cas contraire, on a du souci à se faire. Si Genetech est au courant de notre présence, ils pourraient envoyer une équipe de sécurité.

Clémence plaque le tranchant de sa main sur la vitre et tente de mieux discerner le paysage dans les trombes qui s'abattent sans discontinuer.

Son visage se crispe dans une grimace.

— Ce n'est pas la CIA, dit Clémence en rabattant le rideau.

Devant le regard interrogateur de Pavel, elle continue.

— J'ai aperçu deux silhouettes cachées, accroupies derrière un arbre. Des hommes équipés de fusils d'assaut.

Pavel hoche la tête en se pinçant le nez.

— Bien, désormais ils savent qu'on les a repérés, lâche-t-il. Il nous reste peu de temps pour réagir. Il y a trois sorties. L'entrée principale, la porte côté jardin et on peut aussi accéder au garage.

— Le jardin doit aussi être couvert et le garage débouche à côté de l'entrée. Et je n'ai pas d'armes.

En guise de réponse, Pavel sort le Sig Sauer P220 de son holster.

— On ne peut rien faire d'autre que fuir, alors je te couvrirai comme je peux. Je n'ai que neuf balles dans le chargeur, une dans la chambre et deux chargeurs supplémentaires dans ma poche. Putain, mais que fout Eisik ? Tu crois qu'il nous aurait doublés ?

Clémence secoue la tête.

— Peut-être, mais j'en doute. À mon avis, ils l'ont déjà eu. Écoute, si cela tourne mal et que tu t'en sors, je veux que tu te rendes au Vermont State Hospital, et tu contacteras Dylan. T'as une bonne mémoire ? Je te file son numéro.

Elle l'énumère deux fois à voix basse en observant le regard de Pavel pour savoir s'il l'a bien enregistré.

— Sophie est sur le point de s'infiltrer dans un laboratoire où Genetech fabriquerait un virus ethnique, elle est peut-être même déjà à l'intérieur. Dylan t'en dira plus une fois sur place.

— Pourquoi cette soudaine confiance ? demande Pavel.

Clémence hausse les épaules.

— Sophie te pense réglo et franchement je n'ai pas trop le choix à ce stade.

— Ça me va. En attendant, je vais barricader un minimum l'entrée pour gagner du temps.

Pavel se presse vers le salon et pousse le divan afin de le caler contre la porte. Clémence déplace un fauteuil et le colle derrière.

— Juste de quoi gagner quelques précieuses secondes. Quant à ton histoire de labo, à mon avis la petite se trompe. En général, ce genre d'arme biologique est élaborée dans des laboratoires P4, soit le plus haut niveau de sécurité. Il n'y en a que six aux États-Unis et aucun dans le Vermont.

— Sans doute que Genetech n'en a pas fait mention...

Clémence n'a pas le temps de finir sa phrase. La porte de l'entrée se fissure avec fracas, des morceaux de bois volent et le canapé recule de vingt centimètres.

— Ils ont un bélier, hurle Pavel.

Il court vers la cuisine et lui fait signe de le suivre.

— Par ici, vers le jardin !

À l'instant précis où ils entrent dans la cuisine, les vitres se brisent et deux cylindres roulent à terre en tournoyant, laissant une traînée de fumée s'échapper derrière eux.

— Fumigènes !

Et dans un bruit assourdissant, une épaisse fumée se répand dans la pièce et les engloutit.

Deux faisceaux lasers verts balayent l'épais brouillard gris.

Deux hommes de plus à l'arrière. Merde.

Même s'il est impossible d'apercevoir quoi que ce soit dans ce brouillard opaque, Clémence a pu mémoriser la topographie de la maison. Tout en tentant d'échapper aux faisceaux verts, elle contourne la grande table ronde, frôle la gazinière et enjambe une chaise. Presque parvenue à hauteur de la porte, elle aperçoit la silhouette de Pavel se découper dans le nuage épais.

— Par ici, hurle Pavel. Suis-moi.

Bukowski ouvre la porte – créant un déplacement de fumée causé par l'appel d'air – et disparaît sous les trombes de pluie en faisant feu.

Trois coups sont tirés.

Merde, on va y passer.

Poussée par l'adrénaline, et sans prendre le temps de réfléchir, Clémence détale à son tour.

Franchir le seuil de la porte, c'est comme sauter dans le vide sans parachute.

Ses pas sont accueillis par un sol spongieux gorgé d'eau.

Elle distingue deux silhouettes qui visent Pavel, équipées d'armes de poing à visée laser.

L'ex-agent du FBI court en titubant et tente d'enjamber la clôture qui sépare le jardin de Clayton de celui des voisins.

C'est le moment de profiter de la diversion.

Clémence tourne à gauche, dans la direction opposée. Elle court aussi vite qu'elle le peut. Elle ne sent pas ses chaussettes se gorger d'eau de pluie, ni les trombes s'abattre sur son visage détrempé.

Juste fuir.

Le voisin n'a pas de clôture, parfait. Clémence passe à côté d'un trampoline bleu, et manque de trébucher sur un tricycle.

Allez! Tu y es!

Parfait, se dit-elle en apercevant le coin boisé qui délimite la propriété du voisin.

Clémence ressent alors une vive douleur dans le cou.

Par réflexe, elle plaque sa main derrière sa nuque.

Continue, bon sang, continue.

Mais ses jambes flageolent et le rythme de sa course ralentit.

Haletante, la vision brouillée, elle regarde la paume de sa main.

Du sang s'écoule, délavé par la pluie.

Merde… je suis touchée…

Elle fait un pas, puis un autre.

Avant de s'écrouler.

56. RÉUNION

Noah n'est plus dans le caisson sensoriel.

Bien que toujours plongé dans l'obscurité, il a désormais conscience de son enveloppe corporelle.

Malgré cela, il est encore sous l'effet des drogues qu'on lui a administrées, prisonnier d'une spirale hypnotique.

Son corps semble peser trop lourd et lui fait l'effet d'une masse inerte que ses muscles sont incapables de déplacer.

D'après ce qu'il ressent, il est dans un fauteuil assez raide, en cuir rigide.

Il tente de mobiliser ses souvenirs, mais son esprit demeure hermétique. Il se souvient du caisson, des voix perçues, de son réveil...

Il n'a plus aucune notion du temps. Tout ce qu'il devine, c'est qu'au-delà des murs, une tempête fait rage. Les gouttes de pluie frappent les vitres avec fracas et il peut entendre les volets claquer sous les rafales.

Il cligne des paupières, plisse le front pour faire une mise au point, mais son monde reste noir.

Une montée de panique l'électrise.

Serait-il devenu aveugle?

Noah tente de bouger, mais parvient juste à déplacer un index. Sous sa paume, il ressent le contact du cuir.

Et soudain, une musique jaillit. Le volume est si fort qu'il vient couvrir les bourrasques et le staccato de la pluie.

Les notes sont puissantes dès les premières mesures. Les cordes s'envolent et virevoltent, les cuivres martèlent le thème, imprimant la marche à quatre temps avec force et précision.

Malgré le brouillard mental dans lequel il est encore plongé, Noah reconnaît le prélude du troisième acte d'un des plus célèbres opéras de Richard Wagner.

La Chevauchée des Walkyries.

Noah parvient à bouger sa main et lever un avant-bras. Et surtout, il lui semble que la pénombre se dissipe autour de lui.

Sa vision, bien que toujours réduite en raison d'une cécité partielle, s'améliore peu à peu. Mais son champ visuel est nimbé d'un halo lumineux, comme s'il était en proie à une terrible migraine ophtalmique.

Pour l'instant, il peine à distinguer ce qui se trouve à un mètre de lui.

Il reconnaît toutefois le fauteuil dans lequel il est assis : un Chesterfield marron. Ses pieds reposent sur un tapis persan.

Un tapis dont le motif ne lui est pas inconnu.

Noah réalise où il se trouve.

Il l'avait aperçu dans le salon bibliothèque à l'étage de la maison de Charlotte. L'ancienne propriété des Engelberg.

Pourquoi? Pour quelle raison serait-il revenu ici?

On l'a drogué, plongé dans un caisson, puis transporté dans cette maison. Cela doit forcément avoir un sens.

Tout comme cette musique, d'ailleurs.

La sensation de pouvoir contrôler son corps est revenue et Noah se lève. Trop faible encore, ses jambes se dérobent sous son poids et il manque de s'écrouler. Il parvient à se rattraper in extremis en s'agrippant à l'accoudoir du fauteuil.

Par habitude, ses mains cherchent sa canne à proximité, mais il ne la trouve pas.

Ses ravisseurs ne la lui ont pas restituée.

Noah prend appui sur le parquet pour se relever. Il n'a pas recouvré la vue, mais sa mémoire lui permet de se situer dans l'espace. Lors de sa visite, le Chesterfield faisait face à l'âtre de la cheminée. Une bibliothèque était posée contre le mur à sa gauche, juste à côté d'une grande fenêtre qui donnait sur le jardin et le lac.

Ce qui veut dire que derrière lui doit donc se trouver l'imposante table en chêne massif.

À moins que le nouveau propriétaire n'ait remplacé les meubles, bien sûr.

La vision de son œil valide est entièrement revenue et s'est habituée à l'obscurité.

Tout comme sa mobilité. Malgré sa faiblesse, il parvient à marcher à petits pas jusqu'à la fenêtre, et en écarte les rideaux.

L'extérieur lui offre une vision d'apocalypse. Un ciel noir zébré d'éclairs, de lourds nuages crachant une pluie diluvienne. Les arbres qui bordent le jardin ploient et se tordent sous les bourrasques. Le niveau du lac Champlain est monté au point d'immerger l'escalier de bois qui menait vers la plage, et ses eaux brunâtres sinuent sur le gazon délavé comme autant de petits serpents mordorés.

La musique cesse et les bruits du déluge retentissent dans le salon.

Les gouttes s'abattent si fort que Noah a l'impression de se trouver dans une maison en tôle mitraillée de toutes parts.

Un éclair illumine le ciel et fend l'obscurité.

Comme s'il avait deviné une présence dans la pièce, Noah se retourne. À droite de la table, un vieil homme le dévisage de ses grands yeux clairs.

D'une maigreur squelettique, il est avachi dans un fauteuil roulant et n'est vêtu que d'une robe de chambre à carreaux.

Noah reconnaît aussitôt Hansel Engelberg. Mais l'homme qui lui fait face n'est plus que l'ombre de l'homme fort et terrifiant de ses souvenirs.

Sa tête penche sur le côté, ses yeux bleus sont grands ouverts, mais il n'y décèle aucune lueur, aucune étincelle.

Drogué. Ou pire, se dit Noah.

Comme s'il était momentanément revigoré, Hansel écarquille les yeux et lève une main tremblante. D'un geste, il lui demande de s'approcher.

— Damien… parvient-il à prononcer dans un murmure.

Noah hoche la tête.

— Karl… il faut l'arrêter. Il est devenu fou.

Les traits du vieil homme se crispent, et une lueur intense brûle dans ses yeux froids.

— L'accident. Il ne s'en est jamais remis… il est dangereux. Il a tué et mutilé des jeunes filles… J'ai essayé… j'ai essayé de le contrôler… avec des médicaments… j'ai… la lignée… je ne pouvais pas…

Sa voix faiblit. Parler lui coûte. Le rythme avec lequel la veine palpite dans son cou indique que sa capacité respiratoire est réduite.

La porte du salon s'ouvre alors et laisse entrer un large faisceau de lumière dans lequel une silhouette se découpe.

— Bonjour, Damien. Je vois que tu as retrouvé notre cher père. Pas vraiment le même homme que dans tes souvenirs, j'imagine.

La voix, reconnaît Noah. Celle qui lui avait parlé à travers la cloison du caisson.

Karl plaque sa main sur le mur et le lustre au plafond diffuse une pâle lumière.

Sous la lueur, un visage lisse et figé se dévoile, presque un masque de peau.

Et ce regard, il le reconnaît aussi. Deux prunelles noires dans un iris azur. Une intensité glaciale.

— Et nous, Damien, à combien d'années remonte notre dernière rencontre? Vingt-quatre, je crois, non?

57. INCONNU

À l'abri sous son parapluie martyrisé par l'averse, Sophie s'apprête à franchir le point de non-retour.

Au-delà du premier sas de sécurité, à condition que son badge fonctionne, ce sera l'inconnu et l'improvisation.

Comment a-t-elle pu en arriver là ?

Depuis qu'elle s'est rendu compte que Karl l'avait manipulée et qu'elle n'avait fait que jouer son jeu une fois libérée, sa vie déjà cauchemardesque a pris un tournant plus dramatique encore.

Le meilleur mensonge contient toujours une grande part de vérité.

Ce psychopathe l'a bien eue. Elle n'a rien vu venir, s'est laissée bercer par ses paroles et a cru à son plan si séduisant pour renverser son père et exposer Genetech et ses alliés. Pourtant c'était là, devant ses yeux, depuis leur premier entretien.

Sauf qu'elle s'était fourvoyée. Ce qu'elle avait ressenti, cette émotion intense, cette incandescence décelée à travers les récits de son enfance... Ce n'était pas une source de lumière prisonnière d'une gangue d'obscurité.

C'était juste de la haine. Contre lui, contre elle, contre le monde entier. Mais surtout envers son père et Noah, alias Damien.

Et il a suffi d'un rien pour qu'elle s'en rende compte.

Un simple article.

Un entretien avec Hansel Engelberg publié dans le *Time Magazine* qu'elle avait découpé lorsqu'elle faisait ses recherches sur la famille du multimilliardaire.

Et à l'intérieur, nichée entre les lignes ineptes à la gloire d'un visionnaire, d'un pionnier de la recherche, une bombe, visible d'elle seule.

Une révélation anodine en apparence, mais un aiguillon chauffé à blanc qui a transpercé les derniers remparts du doute.

Une phrase lâchée en toute innocence, certainement avec le sourire.

« Je suis un passionné de musique, vous savez. Classique, bien évidemment. Mon compositeur préféré, que je considère comme le plus grand de tous les temps, bien avant Mozart, est le grand Ludwig van Beethoven. Imaginez que ce génie a composé la Neuvième alors qu'il était totalement sourd ! »

Ludwig van Beethoven.

Et pas Richard Wagner.

Elle n'avait pas tiqué au moment où elle l'avait lu la première fois. Impossible alors de savoir quel impact aurait cette révélation. Elle n'aurait pas pu deviner l'importance de cette phrase avant sa rencontre avec Karl.

Mais après sa captivité en Californie, tout devenait clair.

Qui sifflait la *Chevauchée des Walkyries* à chaque fois qu'il venait la voir dans ce sordide salon ? Karl.

Et le projet ?

Götterdämmerung.

Qui aurait utilisé un nom tiré des opéras de Richard Wagner pour le baptiser ?

Dire que toute cette mise en scène devant l'ordinateur n'était destinée qu'à la leurrer. Pire, se servir d'elle afin d'affaiblir Hansel, attirer l'attention sur lui, Genetech et ses partenaires du gouvernement, laissant au fils toute latitude pour mener à bien son propre plan.

Et comment a-t-elle pu gober cette histoire ridicule de rêve éveillé ? Quelle imbécile.

Juste un cinglé qui a torturé des dizaines de filles avant elle simplement parce qu'elles ressemblaient à Alice. Sans doute cherchait-il chez elles quelque chose qu'il était condamné à ne pas trouver, parce qu'elles n'étaient pas Alice.

Sophie frissonne. Elle n'a échappé à ce sort que parce qu'il a vu en elle un outil dont il pouvait se servir avant de le jeter.

Oui, un cinglé, doublé d'un pervers manipulateur.

Le meilleur mensonge contient toujours une grande part de vérité.

Bien sûr, cette histoire de virus ethnique est réelle. Sur ce point, hélas, il ne lui a pas menti.

Sophie est désormais proche de l'accès au premier sas.

Installé dans son cabanon de sécurité, le gardien, un petit barbu sec au visage crénelé, la fixe avec suspicion.

Elle va bientôt savoir si son numéro de séductrice a porté ses fruits.

Car pour parvenir à pénétrer cette forteresse, elle a dû jeter son dévolu sur Frank Taggart, le plus proche collaborateur d'Andrew Clayton. Son regard incendiaire, son air mutin et cette façon qu'elle a de mordiller sa lèvre inférieure en baissant légèrement les yeux ont fait mouche.

Le pauvre homme avait tripoté nerveusement son alliance, invoquant certainement l'image de sa femme ou de ses enfants pour faire barrage au charme irrésistible de la belle.

Mais toute sa bonne volonté n'avait pas fait le poids face à la beauté et au sex-appeal de Sophie.

Le pauvre. Tout ça pour finir avec un poignet fracturé et l'embout d'un pistolet collé à la tempe. À l'heure actuelle, il doit contempler le dos d'un hacker peu soucieux de son hygiène corporelle.

Sophie baisse les yeux et sort la carte magnétique de son sac à main.

C'est le moment de vérité, se dit-elle.

Elle aura bientôt la confirmation que Dylan a bien travaillé. Dans le cas contraire, elle n'aura d'autre choix que de prendre la fuite.

Sous le regard inquisiteur du garde derrière sa vitre en plexiglas, Sophie applique le badge magnétique. Elle se surprend à souhaiter que le voyant passe au rouge avec un bruit grave. Elle n'aurait plus qu'à courir et laisser cette histoire loin derrière elle, avec l'excuse d'avoir fait tout son possible.

Mais le voyant vert ponctué d'un bip rapide lui ôte toute possibilité de retraite.

Le petit barbu relâche son attention et hoche la tête d'un air satisfait.

Ça y est, elle est enfin rentrée.

Dans la gueule du loup.

Sophie se promet d'écrire un article sur la sécurité des laboratoires sur son blog si elle s'en sort.

Et si elle avait été malintentionnée et que le laboratoire avait abrité des souches d'Ebola ou de Marburg? D'ailleurs, c'est peut-être le cas. Officiellement, ce n'est pas un laboratoire P4, mais la sécurité et le degré de confinement correspondent tout à fait à ce type d'établissement.

D'après ce que lui a révélé le professeur Taggart, il y a des sas de décontamination et des portes étanches, et toute la surface du laboratoire est filmée. Le port d'un scaphandre relié à une prise d'air est obligatoire, ainsi que les douches au phénol.

Sophie observe la deuxième porte avec nervosité.

Si Taggart n'a pas menti – et elle espère de tout cœur que cela ne soit pas le cas –, alors il lui restera à passer un sas pressurisé avant d'être accueillie par le responsable qui lui fera enfiler sa combinaison Hazmat.

Elle n'a plus qu'à espérer que le stratagème de Dylan pour contourner l'empreinte rétinienne ait fonctionné.

Une fois à l'intérieur, elle sera livrée à elle-même. Tout ce qui lui restera à faire, ce sera de trouver un ordinateur relié au réseau. Et ensuite… Andrew Clayton.

C'est avant tout pour lui qu'elle est ici.

Et elle lui réserve une petite surprise.

58. MANIPULATION

Noah a recouvré la moitié de sa vision, mais peine encore à contrôler son corps.

Et sans sa canne, il se sent vulnérable, prêt à flancher.

Il ne faudrait qu'une petite chiquenaude pour le faire tomber.

Face à lui, Karl, toujours encadré par l'embrasure de la porte, arbore un sourire torve.

Noah n'a pas besoin de ses dons pour ressentir la colère et la folie qui brûlent derrière ses yeux clairs nichés sous de larges arcades.

L'homme à la stature imposante et au port altier n'a plus rien du garçon en pleurs qui enterrait son chaton sous le déluge. Ce petit être si vulnérable, si sensible, maté sans relâche par un père sadique.

Il n'a plus rien non plus de l'enfant rieur et malicieux qui pédalait en vélo en chantant à s'en égosiller, ses écouteurs saturés de musique grunge vissés à son crâne.

Son père a gagné la partie. Il a fait de lui ce qu'il a voulu, en fin de compte.

Un prédateur. Un Alpha.

Hansel s'en rend-il au moins compte ? se demande Noah en observant le mince filet de bave qui s'écoule à la commissure des lèvres du vieil homme.

Ses mains tremblent et ses yeux sont mi-clos.

La drogue administrée en a fait un légume.

Karl finit par rompre le silence.

— Bien, il est temps que je t'explique la raison de ta présence ici. Ton petit détour dans le bassin n'a pas seulement servi à raviver tes souvenirs, bien que pour la suite des événements il était important que tu te souviennes de tout.

— Sophie, demande Noah sur un ton ferme. Tu m'as menti, elle n'est pas morte, n'est-ce pas ?

— Peut-être, peut-être pas. Mais cela finira par arriver. Peu m'importe, j'ai presque obtenu ce que je voulais d'elle. Il était prévu qu'elle se joigne à nous ce soir, mais j'ai dû faire autrement. J'ai dû improviser.

— De quoi parles-tu ?

Karl élude la question d'un revers de main.

— Tu es dépassé, Noah. En ce moment même, tu dois te demander ce qui m'a conduit à t'enlever et t'amener dans cette maison en compagnie du vieil Engelberg. Tu dois bien te douter que ce n'est pas pour un tête-à-tête.

La vengeance. Même après toutes ces années, Karl lui en veut. D'être vivant, de ne pas avoir su le protéger et surtout de n'avoir pas pu sauver Alice. Quant à la présence de son père, sa haine envers lui a pris racine dans le parc, le jour où il a enterré son innocence.

Mais Noah ne répond pas et se contente de fixer Karl, comme s'il escaladait une paroi et cherchait une aspérité pour s'arrimer.

— Je pensais que tu étais mort, tu sais ? Ce n'est qu'il y a un an que j'ai découvert qui se cachait derrière l'identité de

Noah Wallace, alors que l'affaire du Démon du Vermont explosait dans les médias. Cela a été un choc. Toutes ces années où j'étais maintenu dans l'ignorance par mon père. Mais ne t'inquiète pas, nous pourrons bientôt fêter nos retrouvailles. Mais avant cela, il faut que je te montre quelque chose.

Comme si la scène avait été répétée, Sven apparaît au même moment. Il tient un casque – une sorte de demi-cercle en plastique duquel émergent des électrodes – dans ses larges mains de géant. Karl s'en empare sans cesser de fixer Noah.

— Ce que tu vas voir est encore un prototype, et l'état actuel de son développement m'oblige à porter ce genre de casque. Savais-tu que Genetech fait figure de pionnier dans le champ du « *brain to brain* », la communication directe entre deux cerveaux ? Si mon père n'avait pas le cerveau en compote, il pourrait t'en parler bien mieux que moi.

Karl frappe dans ses mains. Le vieil homme ouvre ses yeux, et les referme aussitôt.

— Mais comme tu le vois, il est aux abonnés absents. J'ai dû forcer sur la dose. Excès de prudence, sans doute. Malgré son âge et l'état avancé de sa maladie, ce vieux lion reste combatif.

Karl ajuste le casque et plaque le cercle en plastique noir sur son front.

— Tu vois Damien, nous n'en sommes plus au stade du contrôle des objets comme les fauteuils roulants, les voitures ou même les drones. Tout cela n'est même pas encore accessible au grand public et pourtant fait déjà partie du passé.

Karl avance d'un pas et actionne une molette sur le côté droit du casque.

— L'association des nanotechnologies, de la virologie et de la neurologie nous permet de faire désormais bien mieux encore, et d'accomplir des prouesses qui seraient passées pour de la science-fiction il y a ne serait-ce que cinq ans. Mais regarde, tu vas mieux comprendre.

Karl sourit et plisse le front.

Sans qu'il ne puisse rien faire pour l'en empêcher, la main gauche de Noah échappe à son contrôle et part à la rencontre de son cou. Ses doigts se contractent autour de sa gorge.

Surpris par l'assaut soudain, Noah titube et tombe sur les fesses. Il tente de dégager la paume qui fait pression sur sa glotte, mais elle n'obéit pas à son injonction. Sa main est si crispée autour de son cou qu'elle est comme un chien d'attaque qui aurait mordu et ne voudrait pas lâcher sa prise.

Noah la frappe, tente d'écarter ses propres doigts devenus étrangers à son corps, mais la chair lui semble aussi rigide que la pierre.

Et tout à coup, son bras retombe comme une masse inerte et le dos de sa main heurte le sol.

Encore sous le choc, Noah tente de mobiliser ses doigts. Cette fois-ci ils répondent, et il parvient à former un poing.

Toujours à terre, il lève les yeux vers Karl qui l'observe, le regard brillant.

— Mon cher Damien, félicitations, tu viens de te faire pirater. Impressionnant, non ? Qui aurait cru que c'était possible ? De la science-fiction ? Non. De la science, tout simplement. Et la technologie ne date même pas d'aujourd'hui. En 2013, Rajesh Rao et Andrea Stocco faisaient office de pionniers et présentaient la première interface *brain to brain* entre êtres humains à l'université de Washington. Nous nous sommes contentés de pousser le concept un peu plus loin. Bien sûr, comme je te l'ai dit, c'est encore à l'état de prototype. Je ne pense pas que je pourrais te faire jouer du piano, par exemple. Mais comme tu peux le constater, c'est extrêmement prometteur.

Karl retire le casque et le rend à Sven qui n'a pas bougé d'un pouce.

— Cela suffit pour le moment. Je me réserve ce petit gadget pour plus tard.

Noah se redresse lentement. Il n'a pas encore saisi le sens de cette démonstration. Si ce n'est le plaisir que Karl doit ressentir dans ce petit numéro de domination. Sa façon de lui montrer qu'il est entièrement sous son contrôle.

— Où veux-tu en venir? Que signifie toute cette mise en scène? demande Noah.

En réponse, Karl se contente de soulever sa chemise. La peau de son ventre ne dépareille pas avec celle de son visage et expose le même caractère lisse. La différence, ce sont ces larges cicatrices couturant ses flancs et son abdomen. L'une d'elles, plus longue et plus large, lui traverse le corps depuis le haut du sternum jusqu'au bas du nombril.

Il rabaisse sa chemise et l'expression de triomphe de son visage disparaît.

— Je n'aurais jamais dû survivre ce jour-là, Damien. Et pour tout t'avouer, je ne le souhaitais pas. J'aurais préféré rester avec Alice, mourir avec elle. Disparaître dans les flammes.

Il pointe son père du doigt.

— Mais le vieux... (Karl secoue la tête) ... ne l'entendait pas ainsi. Ce fou imbu de lui-même, ce fanatique, ne m'a jamais aimé. Ce qui l'obsédait par-dessus tout, c'était le désir de laisser un héritage, une lignée. Un fils pur, qui ne serait pas affligé par la même maladie génétique que lui, et auquel il pourrait transmettre un empire à la mesure de sa mégalomanie. Alors il a fait de moi sa créature, son Frankenstein.

Greffes d'organes prélevés sur d'autres enfants, et plus tard thérapie génique. Je suis un cobaye ambulant et un mort en sursis, obligé de me gaver d'anti-rejets, de remplacer les pièces défaillantes dès que nécessaire, obligé de passer la plupart de mon temps dans des endroits clos et hermétiques.

Karl s'approche de son père et lui pose la main sur le front. Noah remarque la sueur qui perle au niveau de ses tempes. Et les légères contractions à la commissure de ses lèvres.

Karl souffre. Il tente de le masquer du mieux qu'il peut.

— L'ironie, c'est que bientôt tout cela ne servira plus à rien. Pourquoi avoir recours à des organes clonés alors que nous serons bientôt en mesure d'en fabriquer des versions artificielles, imprimées en trois dimensions et parfaitement fonctionnelles ? D'ici deux ans, Genetech sera capable de commercialiser une gamme de reins artificiels. Adieu, les dialyses, au revoir le trafic illégal. Le cœur et les poumons sont déjà à l'étude.

Il se tourne ensuite vers son père.

— Mais tout cela, papa, tu ne le verras pas, pas plus que moi. Genetech ne sera qu'un empire en ruine, je serai mort et si ce n'est pas le cas pour toi, tu auras sombré dans la folie.

Karl saisit la tête de son père entre ses mains et plante son regard dans le sien, leurs nez pouvant presque se toucher.

— D'ici quelques jours, l'Amérique sera frappée par une pandémie sans précédent. Il y aura de nombreuses victimes, certainement plusieurs dizaines de milliers. Mais étrangement, à la surprise de tout le monde, les caucasiens seront épargnés. Il y aura une enquête, des suspicions. Ce bilan soulèvera la colère et l'indignation des populations victimes, intensifiera les haines raciales. Et ce d'autant plus que dans le même temps, les médias auront eu connaissance du projet de virus ethnique issu d'une collaboration étroite entre

Genetech et la DARPA. Tout sera révélé par la désormais célèbre Sophie Lavallée. Le gouvernement américain et la plus grande entreprise de biotechnologie main dans la main, responsables d'une épuration ethnique. Imagines-tu, papa, toutes les répercussions? La chute vertigineuse des actions, le soulèvement international, les manifestations. Bien sûr, les réactions seront rapides pour apaiser les tensions. Cette affaire sera présentée comme un accident, les faits seront amoindris. Mais la graine du doute sera semée, la confiance brisée. Le mal sera fait. C'est une réalité papa, cela arrive. Et pour m'assurer que le plan fonctionne de la manière la plus efficace possible, plutôt que d'utiliser une souche modifiée de la grippe comme nous l'avions fait en 2011, j'ai décidé d'opter pour un vecteur beaucoup plus infectieux.

À l'écoute des propos de son fils, le corps de Hansel tremble de plus en plus et sa tête s'agite entre les mains qui la compriment. Une rage qui semble bien trop forte pour ce corps affaibli par les années.

— Karl... Espèce de fou... Tu n'as pas...

— Oh que si, papa. Et cela a été plus simple que tu ne le penses. Ne t'inquiète pas, tu auras des explications avant la fin de cette journée. Mais avant que tout n'explose et que le titan Genetech ne tombe et n'entraîne tous ses alliés dans sa chute, il me reste encore une dernière chose à accomplir.

59. CAPTIVITÉ

Clémence entrouvre lentement les yeux. Ses paupières et ses lèvres se décollent et elle laisse échapper un râle. Sa tête lui fait l'effet d'une cocotte-minute prête à exploser, comme si son cerveau était pris en étau dans sa boîte crânienne.

Une douleur pulsatile et lancinante lui martèle les tempes et irradie de son front jusqu'à la base de sa nuque.

Malgré la migraine, Clémence prend rapidement conscience de sa situation. Elle est allongée sur le dos, sur un support rigide et froid.

Elle tente de bouger, sans succès.

Solidement sanglée, estime-t-elle. Deux ou trois lanières au niveau des jambes, trois au niveau du corps.

Où peut-elle bien être ?

Clémence se souvient de la course-poursuite dans le jardin, de sa séparation avec Pavel et d'avoir été touchée à la nuque.

Si cela avait été une balle, elle serait morte.

Une fléchette soporifique alors.

C'est l'explication la plus plausible.

Qui pourrait lui en vouloir ? La liste est longue. Mais dans ce contexte précis, les options sont limitées.

Genetech, à coup sûr.

Reste à savoir pourquoi l'avoir capturée et pas éliminée.

Les soldats ont fait feu sur Pavel, alors pourquoi lui réserver un traitement de faveur ?

Clémence tente à nouveau de bouger afin d'éprouver la solidité de ses liens. Sans succès.

Bien qu'étant d'une nature calme et réfléchie, un sentiment de panique la gagne. Son cœur se met à cogner plus fort encore dans sa petite poitrine et elle sent sa circulation sanguine s'activer et réchauffer son corps.

Soudain, elle entend une succession de bruits sourds et mats.

Des pas. Quelqu'un descend des escaliers.

Les bruits se rapprochent et bientôt elle peut entendre le son distinctif d'un trousseau de clés, suivi de celui d'une serrure qui se déverrouille.

Une porte à moins de deux mètres sur sa droite.

Elle s'ouvre dans un grincement métallique. Mais Clémence perçoit l'odeur juste avant d'apercevoir la large silhouette qui se dirige vers elle.

Une odeur forte et inquiétante.

Celle de l'essence.

***

Abraham redresse la tête.

Le premier coup de feu avait fait écho à un rêve stupide où Abigaël l'avait attaché à un tronc d'arbre et menaçait de le tuer. Bon Scott, l'ancien chanteur d'AC/DC, était derrière elle et lui demandait ne pas faire de mal à son fan préféré. Le couteau qu'elle tenait dans les mains était devenu un pistolet et elle avait tiré sur le chanteur qui, loin de tomber, s'était mis à crier « Highway to hell » avec la voix de Brian Johnson.

Au deuxième coup de feu, il s'était réveillé en sursaut et avait plaqué sa main sur la vitre de la voiture pour effacer la buée.

Et là, la main crispée sur son pistolet, il observe la scène depuis l'habitacle.

— Bordel, peste-t-il.

Mais que s'est-il passé ? se demande-t-il en grimaçant.

Deux hommes en treillis gris armés d'un fusil d'assaut s'engouffrent par une porte d'entrée brisée, tandis qu'une seconde équipe de deux soldats se dirige vers le jardin en contournant la maison par la gauche.

Et puis il l'aperçoit, en plein sprint dans le jardin des voisins, avant de la voir disparaître derrière la maison. Clémence Leduc.

Fais quelque chose, rugit Abigaël. *Il faut la tirer de là. On a besoin de cet argent, bon sang.*

Abraham ne répond pas.

C'est trop tard, de toute façon. Son sort est déjà scellé.

Et puis il faut qu'il devine à qui il a affaire avant d'intervenir. Il a déjà sécurisé une bonne somme. Pas la peine de tout perdre en se jetant à corps perdu. C.I.A ? FBI ?

Non.

Genetech ?

Possible. Mais ce serait ennuyeux.

Dans tous les cas, il faut qu'il profite de sa situation. Pour l'instant, ils ne l'ont pas vu. Mais s'ils capturent ou éliminent Bukowski et la gamine, ils vont sûrement vouloir fouiller la voiture.

Abraham prend son sac sous la banquette arrière, ouvre la portière discrètement et sort du véhicule.

Puis, tout en tenant son arme, il recule en position accroupie en direction des buissons qui bordent l'allée des voisins.

Une fois à l'abri, il attend, et continue d'observer.

De l'endroit où il est, il aperçoit un des soldats transporter Clémence sur ses épaules.

Kidnappée. Voilà qui change pas mal la donne.

Abraham hésite. Il pourrait l'aider, mais il risquerait alors de rentrer en conflit avec son employeur.

Mais dans le cas contraire, il n'honorerait pas le contrat qu'il a passé avec Dimitri.

Encore une fois, tu te retrouves dans une situation impossible! Tu n'as fait que des erreurs depuis que….

Tais-toi, Abigaël! coupe-t-il dans sa tête. J'ai peut-être une solution.

60. HACKER

Pavel plaque sa main sur le tissu ensanglanté – un morceau de t-shirt déchiré – qui entoure son biceps droit. La balle n'a fait que l'érafler mais le sillon qu'elle a creusé a profondément pénétré la chair. Pour l'instant, avec l'aide de quelques Advil, la douleur est supportable, mais il faudra recoudre et éviter que cela ne s'infecte.

Plus tard. Il a d'autres choses bien plus urgentes à régler avant de s'occuper de ça.

Pavel laisse passer la femme de ménage qui pousse son chariot avant de poser sa main sur la porte marquée par un « 207 » en chiffres dorés.

Il toque trois fois, attend une seconde, retoque quatre petits coups rapides et conclut par une dernière série de trois.

La porte s'entrouvre, stoppée par une chaîne, et dévoile une moquette orange criarde avant qu'un visage n'apparaisse dans l'entrebâillement.

— Pavel Bukowski ? demande l'homme aux dents de cheval et à la chevelure gris filasse.

— C'est moi. Et tu es Dylan, répond-il sur le ton de l'affirmation.

L'homme hoche la tête sans le quitter des yeux.

— Clémence n'est pas là? s'inquiète-t-il, le visage assombri.

— Nous avons dû nous séparer.

Pavel exhibe sa blessure encore imbibée de sang.

— La milice de Genetech nous est tombée dessus chez Clayton. Clémence m'avait donné ton numéro au cas où il arriverait quelque chose. Si tu me poses cette question, j'en déduis qu'elle ne t'a pas appelé?

Dylan affiche un rictus grimaçant et secoue la tête, puis le dévisage quelques secondes avant de tirer sur la chaînette et d'ouvrir la porte.

La première chose que Pavel remarque dans la petite chambre d'hôtel sobrement meublée, c'est la puanteur.

Une odeur de sueur rance qui se mêle à celle du tabac froid.

Un parfum à l'image du hacker, dont il note surtout les deux jambes maigrelettes sortant d'un bermuda kaki ainsi que les chaussettes de sport dépareillées et trouées au talon.

Pavel imagine qu'il n'a pas dû se laver et a passé le plus clair de son temps rivé à un écran dans sa tanière insalubre.

— Suivez-moi, dit Dylan.

Ce qu'il aperçoit ensuite manque de lui arracher un hoquet de surprise. Un homme est attaché au pied du lit, bâillonné par un bout de tissu. Il est en position assise, les mains liées dans son dos, les jambes tendues reposant sur la moquette. Il le dévisage avec des yeux exorbités et tente de parler, mais ne parvient qu'à produire une série de sons ineptes et quelques borborygmes.

Pavel le reconnaît.

Frank Taggart, un scientifique, l'assistant d'Andrew Clayton. Une des personnes qu'il avait prévu d'approcher pour son enquête.

— Que fait-il ici? demande-t-il.

Dylan, déjà installé sur la chaise et les mains posées sur le clavier de son portable, se retourne avec un sourire aux lèvres.

— Oh, lui ? C'est le professeur Taggart, il travaille avec Andrew Clayton.

— Je sais qui c'est. Je veux juste comprendre ce qu'il fout attaché dans cette chambre avec toi.

Les yeux du hacker se plissent, puis il sourit.

Pavel regrette d'avoir utilisé un ton sec. Cet informaticien pourrait facilement se braquer.

— Longue ou courte ? demande Dylan.

— Celle que je vais comprendre, répond Pavel.

— Pour faire simple, vous êtes en présence d'un cœur brisé. Une victime supplémentaire du charme fatal de la belle et redoutable Sophie Lavallée...

Sophie est vivante. Clémence avait donc raison.

— ... Remarquez, sur le coup, difficile de lui en vouloir, je serais aussi tombé dans le panneau, et plutôt deux fois qu'une. En bref, pour répondre à la question, on avait besoin de ses accès et on lui a posé quelques questions pour permettre à Sophie de s'infiltrer. La sécurité, le nombre de personnes travaillant dans le laboratoire... Sous la menace, il a aussi prévenu qu'une nouvelle employée commençait aujourd'hui, dans l'équipe de nuit. On le garde ici en attendant qu'elle finisse son travail, histoire qu'il n'aille pas tout gâcher en ouvrant son bec. Pour le reste...

Dylan désigne l'ordinateur portable et l'imprimante 3D.

— ... j'ai dû casser la tirelire et renier certains principes de prudence – de paranoïa dirait même Clémence – en tapant dans mes comptes off-shore. Mais j'ai pu créer assez vite un badge et un mécanisme lui permettant de contourner la sécurité rétinienne.

Impressionnant, se dit Pavel. Le genre de personne qui serait efficace dans une bonne équipe. Un atout de taille dans la lutte contre la cybercriminalité. Dommage qu'il soit de l'autre côté de la barrière. Du côté des *hacktivistes à la con* et *utopistes révolutionnaires à la noix.*

— Bon, où en est-on ? Je ne suis pas venu faire la causette.

— À l'heure qu'il est, Sophie doit déjà être dans le laboratoire. Elle a de bonnes raisons de penser que Genetech y développe un virus ethnique, enfin plus précisément Karl Engelberg, avec l'aide d'Andrew Clayton. Frank nous a assuré qu'il ignorait tout, en revanche il a bien confirmé que la DARPA et Genetech étaient impliqués dans un projet d'armement.

Merde. La situation est plus grave qu'il ne le pensait.

Il va donc falloir agir. Et vite.

— Que compte-t-elle faire, une fois à l'intérieur ?

— Déjà, vérifier sa théorie. Et dans le cas où elle serait avérée, localiser Clayton et tenter de le convaincre d'abandonner le projet ou à défaut lui faire révéler le plan de Karl. Bref, empêcher que le virus ne se propage.

Pavel hoche la tête. Il avait aussi ses soupçons sur Clayton.

— Rien d'autre ? demande-t-il.

— Bien sûr que si, c'est de Sophie qu'on parle, elle va faire son travail de journaliste, elle va tout enregistrer et tout balancer à la presse.

Pavel pâlit…

Putain de merde.

… et dégaine son pistolet. Il plaque le canon sur le front de Dylan, dont la bouche dessine un « o » de surprise.

— Désolé petit, mais je ne peux pas laisser faire ça.

***

Sophie évolue avec difficulté dans son scaphandre blanc. La pression positive à l'intérieur de la combinaison la fait gonfler au point de la faire ressembler à un bibendum, ou à un de ces ballons gonflables à forme humaine que l'on voit flotter devant certains magasins ou concessionnaires automobiles. S'il n'y avait pas la gravité, elle pourrait tout aussi bien être une spationaute à l'œuvre dans une base orbitale. En entrant dans la pièce, elle a dû connecter son masque à une prise d'air – l'alimentation étant indépendante de l'atmosphère de la pièce –, attachée par un câble jaune au plafonnier. Elle a l'impression d'être tenue en laisse. Mais compte tenu de l'endroit où elle évolue, ce sont des précautions qu'elle prend volontiers.

Pourtant, elle ne sait pas si elle doit remercier Dylan d'avoir réussi à l'inscrire sur le registre en tant que nouvelle assistante de Clayton.

Malgré cette protection et toutes les mesures prises pour contenir le danger bactériologique, l'idée de savoir que le personnel présent ici travaille sur des virus ou des bactéries mortels lui glace le sang. Ces lieux sont marqués par la folie, se dit-elle. Les agents infectieux mortels ont remplacé les expériences psychiatriques menées sur les enfants, mais les savants à l'œuvre sont du même acabit. Malgré elle, des images de médecins pratiquant des lobotomies et de jeunes visages grimaçant de peur et de douleur s'impriment dans son esprit.

Après avoir franchi un autre sas pressurisé, Sophie se retrouve dans la partie centrale de ce laboratoire, somme toute de petite taille.

Si elle se fie à ce que lui a raconté Taggart, elle doit se trouver dans la partie consacrée à l'étude des bactéries.

C'est une grande pièce, au centre de laquelle trône une longue table à roulettes où s'alignent des microscopes de toutes tailles. Des tuyaux de ventilation sont visibles entre une grille métallique et le plafond.

Par chance, l'équipe de nuit est réduite. Et les deux personnes qui se trouvent là sont suffisamment occupées pour ne pas avoir encore remarqué sa présence.

Méfiance tout de même. Taggart lui a assuré qu'un militaire du DARPA était sur place et qu'ils avaient prévu de travailler ensemble ce jour-là.

Sophie connaît son texte, mais elle préférerait éviter de rentrer en contact avec lui. Idem pour Clayton qui la reconnaîtrait forcément, à moins qu'elle ne reste de dos.

Et avant la confrontation avec lui, il lui faut trouver un ordinateur et placer sa clé USB.

En espérant que les ports ne soient pas désactivés, bien sûr.

Dylan avait été plutôt rassurant quant à la viabilité de son plan.

Normalement les laboratoires de type P4 mettent surtout l'accent sur la sécurité physique et l'isolation. Pour l'informatique, c'est plus souple. Bien sûr, certaines stations sont isolées pour des raisons de confidentialité, mais la plupart fonctionnent sur un réseau interne, et ils disposent d'un accès à internet. C'est par là que je vais passer.

Elle n'a plus qu'à espérer qu'elle ne tombera pas sur une station isolée lorsqu'elle insèrera la clé USB. Car il n'y aura pas de login ni de mot de passe. Pas plus qu'une barre de complétion comme dans les films.

Sophie cherche du regard les ordinateurs. Elle en aperçoit quatre, disposés sur des bureaux accolés aux murs. Les tours et écrans se partagent l'espace avec des instruments de laboratoire, autoclaves et agitateurs.

Reste à ne pas se faire remarquer.

Une femme, à en juger par les cheveux longs et noirs compressés sous le masque transparent, évalue une éprouvette graduée a demi-remplie d'un liquide bleu, les mains placées derrière une vitre rétro-éclairée qui ressemble à un solarium. *Je ne connais même pas le nom de cette machine. Espérons que personne ne me pose de questions techniques.*

Son collègue, un homme de type indien – le militaire du DARPA? –, se dirige vers une centrifugeuse placée à côté d'un microscope.

Bien, c'est le moment de bouger, se dit Sophie, en serrant la clé USB à travers le gant de sa combinaison.

L'ordinateur sur lequel elle jette son dévolu est une tour Hewlett Packard grise et noire reliée à deux moniteurs. Un dossier est ouvert à côté du clavier.

Sophie s'apprête à rentrer la clé, mais une voix l'interpelle.

— Excusez-moi, mais qui êtes-vous? Que faites-vous près de la station d'analyse?

Merde, la femme l'a repérée.

— Désolée, je viens juste de commencer aujourd'hui, je ne faisais que regarder le matériel. Je suis tellement excitée de commencer! Je devais voir Frank Taggart. Il est ici?

La femme, dont les yeux noisette disparaissent derrière le verre à gros foyer de ses lunettes, se rembrunit.

— Le professeur Taggart? Non, il n'est pas encore là. Par contre, je suis surprise, il ne nous a jamais prévenus de votre arrivée. Ce n'est pas le genre d'annonce que l'on fait à la dernière minute, pourtant.

Merde, je suis tombée sur la chieuse de service. Pas le moment de perdre du temps. La meilleure défense, c'est l'attaque.

— C'est son erreur, pas la mienne. Vous pensez que j'aurais passé les deux sas de sécurité si j'étais un imposteur?

La femme marque un silence, sans se départir de son regard empreint de méfiance.

— Vous avez raison, ce n'est pas de votre faute. Désolée et bienvenue. Je suis Agnès Lacroix, docteur en microbiologie. Et vous ? Que venez-vous faire parmi nous ?

— Nathalie Fenwick. Pour le reste, désolée, j'opère sous le sceau du secret défense, ment-elle.

— Virus ? Bactérie ? Physicienne, microbiologiste ? On peut en savoir un peu plus sur votre background ou votre spécialité, au moins ?

C'est le moment de sortir son texte.

— Physicienne en nanotechnologie avec une spécialité en moteurs protéiques. J'ai publié plusieurs articles dans *Nature* et *Science* sur l'ARN polymérase. Pour le reste, je me répète, mais je n'ai pas le droit de parler du projet qui m'amène ici. Seuls Andrew Clayton et Frank Taggart sont au courant.

Un sourire amer se dessine sur les traits tirés de la microbiologiste.

— Deux jours.

— Pardon ?

— Vous n'allez pas tenir deux jours ici. Andrew Clayton est brillant, mais c'est aussi un connard arrogant. Surtout si vous êtes douée. Vous n'êtes pas la première à venir ici avec des rêves et de la passion et repartir plus amère que de la quinine.

Pire qu'un connard, un fou dangereux, se dit-elle.

— Croyez-moi, j'ai maté pire que lui. On peut dire que c'est l'histoire de ma vie. Et vous pouvez me dire où se trouve mon futur bourreau ?

Agnès pointe du doigt une porte grise. Un autre sas.

— Clayton passe le plus clair de son temps là-bas, dans l'espace de virologie. Vous êtes dans l'espace dédié aux bactéries ici.

— Merci, répond Sophie.

Le professeur Lacroix la salue d'un signe de tête et repart vers la table centrale.

Sophie peut enfin reprendre sa respiration après ce passage en apnée. Si elle avait creusé ses connaissances effectives en matière de moteurs protéiques, c'était cuit.

Sans plus tarder, elle place la clé dans un port, derrière la tour.

La suite de cette phase du plan ne lui appartient plus. Dylan doit prendre le relais, désormais.

Sophie jette un dernier coup d'œil dans la salle avant de prendre la direction de la porte gris foncé.

À nous deux, Andrew.

***

Pavel court vers la cabine de sécurité à en perdre haleine, ses poumons sont en feu, de l'eau s'est infiltrée dans ses chaussures et a imbibé ses chaussettes, il a le visage ruisselant.

S'il ne chope pas une crève, ce sera un miracle.

En le voyant s'approcher de l'entrée, le petit barbu à l'air spartiate se lève et se penche vers son micro, sa main plaquée sur le holster à sa ceinture.

— C'est un accès privé, veuillez vous éloigner, monsieur.

En réponse, Pavel plaque sa carte sur la vitre mouillée et hurle à s'en déchirer le gosier.

— Homeland Security. Une dangereuse terroriste vient de s'infiltrer dans le laboratoire. Alors ouvrez-moi tout de suite, bon sang!

61. TRAUMATISME

Les pieds plongés dans l'herbe boueuse, le visage exposé aux trombes qui le frappent de biais, Noah tremble de froid.

Ses mains sont placées dans son dos, paume contre paume, et liées par un épais cordage.

Une précaution inutile, pense-t-il. Il n'a pas l'intention de fuir.

D'instinct, il sait que tout sera bientôt fini. Sa seule incertitude, c'est le *modus operandi* que choisira Karl. Mais quelle importance, après tout?

Dans son esprit brumeux, les quatre lames de la cartomancienne se tournent et se retournent sur la table, à la manière d'un rêve fiévreux qui devient une pensée obsessionnelle.

Bateleur, Arcane sans nom, Roue de fortune, Pendu.

À côté de lui, Hansel Engelberg se calfeutre comme il peut dans son fauteuil, grelottant dans une couverture à motif écossais devenue une éponge. Le regard du vieil homme déchu s'éclaire par intermittences d'une lueur jaune et orange et dévoile un visage ravagé par la peine.

À proximité des berges qui prolongent le parc de la maison, à quelques mètres seulement de l'escalier inondé par le lac en crue, un immense brasier défie la tourmente. Ses flammes dansantes, culminant à plus de deux mètres, combattent la pluie et les rafales sans faiblir.

L'odeur capiteuse de l'essence imprègne l'atmosphère.

Karl, à l'abri sous un grand parapluie noir, se tient serein devant cette hydre de flamme en furie, comme un dompteur confiant face à son fauve. Sa création.

Le temps qu'il passe à contempler le brasier semble durer une éternité, puis il se retourne vers lui.

— Cela te rappelle des souvenirs, Damien, hurle-t-il pour se faire entendre dans le déluge.

Il fait ensuite quelques pas dans sa direction.

— J'ai cru qu'ils t'avaient tué aussi, ce soir-là. Tu ne peux pas savoir le choc que j'ai éprouvé en découvrant que tu étais vivant. Mais je n'étais pas soulagé. Je t'en ai immédiatement voulu d'avoir survécu. Une vague de rancœur rance et amère m'a submergé. Ce n'était pas juste, tu vois. Qu'elle meure, que je sois devenu une créature de la science et que toi, tu puisses jouir d'une vie normale. Après tout, c'est de ta faute si on s'est retrouvés dans cette situation, prisonniers de ces imbéciles.

Une vie normale ? Sa faute ? Noah tente d'invoquer ses souvenirs, mais il y a trop de bruit et de confusion dans sa tête.

Arcane sans nom, Pendu, Bateleur, Roue de fortune.

— C'est pour cela que ce soir, je veux que tu paies. Ainsi que mon père que je sais responsable de tout cela. Que la boucle soit bouclée avant que je ne quitte ce monde.

Le brasier. Il est pour eux, comprend Noah. Karl a l'intention de les jeter dans les flammes, Hansel et lui.

— Mais il manque un élément central pour compléter la scène, une pièce importante, une femme à secourir, une personne à laquelle tu tiens que tu devras pleurer. Au départ, j'avais prévu de faire venir Sophie et terminer en beauté ce que j'avais commencé avec elle. Elle était parfaite, la meilleure candidate pour ce rôle. Mais cette petite fouine a réussi à disparaître de mon radar. Alors j'ai dû improviser. Mais je pense avoir fait une bonne pioche.

— Noah !

Bien plus que le froid et l'humidité, ce cri de détresse lui glace le sang.

Clémence.

Noah tourne la tête vers l'entrée de la maison et voit Sven apparaître avec la fille jetée sur ses larges épaules. Elle est ligotée au niveau des chevilles et des poignets.

Sven la dépose aux pieds de Karl comme il l'aurait fait avec un sac de pommes de terre. Elle laisse échapper un cri en heurtant le sol boueux.

— Et voici donc Clémence Leduc, hurle Karl. Dans le rôle d'Alice Ravenwood. Elle n'est pas très ressemblante. Mais à ce stade, ce n'est pas cela qui compte.

Non, réalise Noah avec horreur. Le brasier n'est pas pour lui.

— Relâche-la, elle n'a rien à voir avec notre histoire, Karl. Rien du tout !

— Justement, Damien ! Tout comme Alice à l'époque. C'était l'innocence et la bonté incarnées. Pourquoi être allé la chercher chez elle ce jour-là ? Pourquoi l'avoir emmenée avec toi ? Tu ne t'es jamais dit que si tu l'avais laissée tranquille, ces abrutis dégénérés se seraient contentés de s'acharner sur toi et toi seul ?

Encore cette accusation qu'il ne comprend pas. Noah tente à nouveau de mobiliser ses souvenirs, mais sa mémoire reste muette.

493

Bateleur, Roue de fortune, Pendu, Arcane sans nom.

— Je suis désolé, Karl, je ne vois pas de quoi tu parles. Mais je t'en supplie, ne lui fais rien.

— Moi?

Karl enfile le casque que vient de lui tendre Sven et l'ajuste sans quitter Noah du regard.

— Mais je ne vais rien lui faire du tout.

***

Sophie est fébrile.

Il est là, juste devant elle. Andrew Clayton. C'est l'heure de vérité.

Le scientifique est absorbé par son travail et n'a pas remarqué sa présence, ses mains sont plongées dans des gants noirs opaques jusqu'au coude. Assis sur un tabouret, il manipule une micropipette dans ce qui ressemble à un aquarium aux vitres épaisses.

Sophie connecte sa combinaison à la prise d'air qui pend du plafond avant de s'approcher.

— J'ai pourtant demandé à ne pas être dérangé, j'espère que c'est une urgence.

— C'en est une, monsieur Clayton, répond Sophie.

Andrew se fige sur son tabouret, sa tétanie dure plusieurs secondes. Puis il repose calmement la micropipette, retire ses mains des gants noirs et fait coulisser son tabouret pour lui faire face.

— Sophie? Vous êtes vivante? Mais qu'est-ce que vous faites ici? Qu'est-ce que cela veut dire? Comment êtes-vous entrée?

Son visage est agité, remarque Sophie. Il a peur.

— Comment je suis entrée ici n'a aucune importance. Je suis au courant pour le projet Götterdämmerung…

C'est le moment de viser juste. Elle n'a pas le droit à l'erreur.

— … que Karl Engelberg a mis au point avec votre complicité.

Les mots font mouche. Les sourcils broussailleux de Clayton s'arquent et il grimace comme s'il avait une crampe d'estomac.

— Vous ne savez pas de quoi vous parlez!

— Katie Wilson, Jasper Menfrey, Hank McBride, coupe Sophie. Presque deux cents victimes, j'ai tout vérifié. La plupart se sont suicidées et un tiers d'entre elles ont emmené quelqu'un avec elles avant de se donner la mort. Toutes ont été contaminées par un virus ethnique que Karl et vous avez mis au point. Et ce n'est pas tout : tous les clients ayant été en lien avec Genetech pour le clonage d'organes à partir de leurs propres cellules souches sont ciblés et risquent le même sort. Mais je suis persuadée qu'il y a autre chose, que le projet Götterdämmerung poursuit un autre objectif.

L'espace d'une seconde, tout un spectre d'émotions passe sur le visage halé de Clayton. La peur, la rage, la culpabilité, la tristesse. Puis il finit par la regarder, presque implorant, les larmes aux yeux.

— Je ne peux rien vous dire. C'est impossible!

Du regret. Une faille à exploiter.

— Vous avez agi sous la contrainte? Pour de l'argent?

Andrew se lève d'un coup du tabouret.

— Non! hurle-t-il. Ma fille est infectée! Je n'ai pas le choix, ils la tiennent en otage.

Andrew grimace pour empêcher les larmes de monter.

Sophie n'a pas le temps de le prendre en pitié. Il faut qu'elle le rassure, l'apaise. Trouver le bon verrou et le faire sauter afin de le faire parler.

Quitte à lui mentir. La vie de sa fille ne peut mettre en péril celle de centaines d'autres.

Facile à dire, ma princesse, fait la voix de son père dans un recoin de son esprit.

— C'est fini. Karl ne peut plus rien lui faire. Il est hors d'état de nuire, dit-elle. Le projet avec le DARPA est déjà exposé aux médias et les Engelberg seront bientôt arrêtés. Mais là, le temps presse. Tout ce qu'il nous manque, c'est de connaître l'objectif et la finalité de son projet. Karl ne dira jamais rien, il est bien trop fou ! Vous seul pouvez encore aider.

Andrew Clayton secoue la tête, puis son regard embué devient plus acéré.

— Non, je ne vous crois pas. Vous ne devriez même pas être ici, vivante. Comment avez-vous fait ? Dites-moi comment vous avez échappé à Karl ?

— Il m'a laissée partir.

— Insensé ! Il n'aurait jamais fait ça ! Toutes ces filles…

— Laissez-moi finir. Il ne m'a pas laissée partir pour m'épargner. Il l'a fait dans le but de m'utiliser par la suite. Il m'a parlé des tests, du virus ethnique créé en collaboration avec l'armée. Il m'a également tout raconté sur le projet de faire chanter et museler les partenaires de Genetech. Sauf qu'il en a attribué la responsabilité à son père, pas à lui. Et puis il m'a demandé de l'aider à faire tomber Genetech et tous ses partenaires, le DARPA, la CIA… Et je l'ai cru. Seulement, alors que j'exécutais les tâches qu'il m'avait confiées, je me suis rendu compte qu'il me manipulait. Alors je me suis posé la question : pourquoi ? J'ai repensé à son histoire, à la rancœur qu'il éprouvait envers son père et le monde entier. C'est là que j'ai su que tout ce qu'il m'avait raconté était vrai. À l'exception d'une chose : Götterdämmerung.

Ce projet est le sien et je sais que vous y êtes mêlé. Si vous n'intervenez pas immédiatement, vous aurez la mort de centaines de personnes sur la conscience.

Andrew laisse passer un long silence, la tête inclinée vers le sol, avant de reprendre la parole.

— Non, des milliers, des dizaines de milliers, dit-il sur le ton d'un automate, comme s'il se parlait à lui-même.

Sophie a l'impression de recevoir un coup de poing dans le ventre.

— Autant de suicides? Autant de massacres?

— Non. Les suicides et les meurtres, c'était la première phase. Il fallait qu'elle soit discrète et qu'on ne puisse pas soupçonner une infection virale. Nous avons ciblé des ethnies et des classes sociales différentes et ce, à travers tout le territoire des États-Unis. Qui pourrait soupçonner un fermier qui pète un plomb, ou une adolescente qui part en vrille, d'être infecté par un virus? C'est juste un fait divers supplémentaire. Non, l'objectif final est différent. Il doit être plus marquant encore.

Plus marquant.

Le sang de Sophie se glace dans ses veines.

— Le virus dont on parle est une mutation du H5N1 que l'on a modifié afin de le rendre transmissible à l'être humain et capable de ne cibler que des génomes spécifiques. Sa capacité de contagion est sans précédent, sa virulence est... létale. À la base, il n'a pas été conçu pour être instrumentalisé. C'était uniquement à des fins scientifiques, pour l'étudier.

— C'est dément! Comment avez-vous pu même songer à créer un truc pareil?

— *Si vis pacem, para bellum.* Si tu veux la paix, prépare la guerre. Pour anticiper ce que la nature nous réserve, nous devons créer ce qu'il y a de pire afin de pouvoir le contrer le moment venu. En raison du réchauffement climatique, le permafrost est en train de fondre. Vous n'imaginez même pas les monstres qui vont se libérer des glaces au cours des prochaines années!

Andrew marque une pause et désigne le poste de travail.

— Mais je suis sur la conception d'un vaccin et…

Sophie explose.

— Un vaccin! Ce n'est pas un peu tard pour ça? Il faut agir avant! Comment le virus va-t-il se propager? Par quel vecteur?

— Advil. Certains lots sont contaminés et ensuite, la transmission se fera par les voies aériennes, comme une simple grippe. La fenêtre de tir est limitée, un virus ne se comporte pas comme une bactérie, il a besoin d'un organisme pour pouvoir se développer, sinon il meurt. Quelques jours tout au plus.

— Les lots, vous pouvez encore les tracer?

Andrew Clayton secoue la tête.

— Non, j'ai créé le virus mais ce sont Karl et Sven qui se sont chargés de dissimuler les boîtes infectées.

— Merde, peste-t-elle.

— Combien de temps? De combien de temps disposons-nous pour retrouver tous les lots?

— Quarante-huit heures, peut-être moins. Certains lots sont déjà en transit.

Sophie blêmit.

C'est foutu. Même en état d'arrestation, ce taré ne parlera jamais. Peut-être Dylan pourra-t-il faire quelque chose?

— Sophie!

Surprise, la journaliste se retourne.

Pavel se tient devant elle. Il a revêtu un scaphandre de protection et la menace de son pistolet.

— Merci pour ton travail, mais je prends le relais.

62. BOUCLE

Noah ne voit plus le petit garçon. Pas plus que l'homme au port altier et sûr de lui, impeccable dans un costume sans plis.

C'est l'adolescent fougueux et passionné qu'il a devant lui. Le même qu'il y a vingt-quatre ans, cette nuit d'août 1993. Ivre de liberté et de justice, assoiffé de lumière. Presque consumé par les ombres.

Sauf qu'il n'y a plus la moindre lueur d'espoir dans ses yeux. Juste un voile de ténèbres bleues.

De la glace.

À ses pieds, la tête à moitié plongée dans la boue, Clémence se débat et tente d'ôter ses liens. Son visage est grave et il y lit une expression qu'il n'avait jamais connue chez elle.

La peur.

Non, la terreur.

Le grand Sven s'est placé derrière lui, ses mains puissantes enserrent ses poignets. Noah sait ce qu'il veut faire. Lui ôter ses liens pour que son corps devienne une marionnette pour son maître. Pour que Karl puisse l'utiliser afin de jeter Clémence dans les flammes. Il devine même qu'il va lui redonner le contrôle au dernier moment, pour voir si, comme Karl l'avait fait avec Alice, Noah serait capable de se sacrifier afin de la sauver.

Il faut qu'il agisse. Quitte à mourir maintenant.

Dans ton passé, tu as été un assassin entraîné à tuer. Tente quelque chose. Ne laisse pas Karl t'utiliser, agis...

Sven a sorti un couteau et s'attaque à l'épais cordage qui lui maintient les mains. Noah ressent les vibrations de la découpe et anticipe le moment où le dernier filament sera rompu.

... maintenant.

À peine ses mains libérées, Noah parvient à saisir le poignet du géant et avec une vivacité surprenante, il fait un pas de côté et expédie le plat de son pied dans la pliure de la jambe du titan blond. Surpris et déséquilibré, Sven pose un genou à terre et se réceptionne avec ses mains. Noah en profite alors pour plaquer son propre genou au niveau de l'omoplate de Sven, entraînant la chute du géant, qui tombe face contre le sol.

Sven grogne et tente de se débattre mais Noah a saisi son bras et accentué la pression sur son poignet. Ainsi coincé, le colosse ne peut rien tenter, au risque de se disloquer l'épaule.

Il est à ma merci, je n'ai plus qu'à...

Noah se fige.

Ce mouvement, cette clé de bras. Il a déjà vécu cette situation. C'est Sven qui, il y a bien des années de cela, la lui avait apprise lors de leurs entraînements quotidiens. Dans ce même jardin, quelques jours avant l'accident.

Noah se souvient, désormais.

De ce qui l'avait fait se précipiter chez Alice.

De la réelle raison de l'accident.

Et la vérité lui embrase le cœur.

***

— Désolé Sophie, mais la partie est finie, tu es en état d'arrestation. Tu viens de pénétrer illégalement dans un laboratoire de type P4. La police est en route. Alors tu vas me suivre bien sagement.

— Pavel, tu n'as pas entendu ? Des lots d'Advil sont infectés par une variation de la grippe aviaire H5N1 ! Le temps presse.

Bukowski fait un pas vers elle, le pistolet toujours pointé.

— Je ne suis pas sourd, mais c'est entre les mains du Homeland Security et du CDC[6] désormais. Désolé Sophie, mais je ne peux prendre aucun risque. Je sais très bien ce que tu tentes de faire ici et je ne peux pas te laisser exposer le DARPA ni même Genetech. Tu n'as aucune idée des répercussions que cela pourrait avoir. On fera tout pour stopper le virus, mais pour le reste…

Il désigne Andrew Clayton, qui s'est écarté et les regarde avec attention.

— Tu l'a enregistré, je parie ? J'imagine que tu projettes de tout diffuser avec l'aide de Dylan, c'est ça ? Pas la peine, ton ami est K.O. Alors donne-moi ce que tu as dans la main.

Sophie lâche un ricanement de dépit.

— C'est vrai, j'ai tout enregistré. Merde, les gens ont le droit de savoir que des tests ont été conduits sur eux. Par une multinationale, par l'armée !

— Donne-moi ce que tu as et épargne-moi ton plaidoyer.

Sophie lève les mains.

---

6 CDC (Centers for Disease Control and Prevention) : agence gouvernementale chargée de la protection de la santé et de la sécurité publiques.

— Rien dans les mains. Mais je porte un micro et j'ai mon téléphone en dessous de la combinaison, tu n'auras qu'à les reprendre une fois que nous serons sortis. En attendant, il faut trouver les lots infectés.

Sophie ressent une vibration de son téléphone coincé dans sa poche arrière, puis deux autres.

C'est le signal qu'elle attendait.

— Désolée Pavel, mais c'est fini.

— Que veux-tu dire ? De quoi parles-tu ?

— Karl n'avait pas tort sur un point. Il faut couper toutes les têtes de l'hydre pour qu'aucune ne repousse.

— Putain, c'est quoi ce charabia ?

— À ton avis, pourquoi je suis ici ? Pourquoi rencontrer Clayton dans ce laboratoire plutôt que n'importe où ailleurs ?

— Pour y trouver des preuves matérielles sur place et les transmettre à Dylan ? Peu importe de toute façon, j'ai détruit le PC portable de ton hacker et lui-même est ligoté dans la chambre, juste à côté de Taggart.

Sophie secoue la tête et poursuit, ignorant la remarque.

— Un laboratoire P4 est surveillé en permanence pour des raisons de sécurité. Chaque recoin est balayé par les caméras. La première chose que j'ai dû faire en venant ici est de créer un accès pour Dylan et ses nombreux amis de Hacker Bay. Le PC portable de Dylan était juste un leurre qui t'était destiné. J'étais certaine que tu viendrais me chercher ici.

Pavel baisse son pistolet, son visage se décompose.

— Oh mon dieu, vous avez hacké les caméras…

Sophie hoche la tête.

— Ma conversation avec Clayton, les documents qui étaient contenus sur la clé USB, la liste des victimes ainsi que cette conversation, tout est dans la main des médias et en stream live sur ma chaîne. Maintenant, tout ce qu'il te reste à faire, c'est de retrouver ces lots d'Advil.

— Bordel, Sophie. Si tout est diffusé... tu imagines la panique ?

— Je sais, dit-elle.

Puis elle tend les mains.

— Tu as besoin de me menotter ?

63. RÉSOLUTION

La main de Noah se fige et sans qu'il puisse les en empêcher, ses doigts se détachent du bras qu'il serre. Puis, à la
manière d'un automate, il relâche la pression qu'il exerce sur
l'omoplate de Sven, se relève et recule d'un pas.

Encore une fois, son corps ne lui appartient plus et il
est devenu une marionnette. Il éprouve la même sensation désagréable que l'on ressent lorsqu'on veut bouger un
membre privé de circulation sanguine pendant le sommeil.
Juste quelques picotements et la frustration d'en avoir perdu
le contrôle.

En pire. Car cette intrusion violente s'apparente à un
viol.

Karl a pris possession de son système nerveux et c'est à
peine si Noah peut ressentir les gouttes de pluie qui viennent
le frapper.

— Désolé Damien, mais ce n'est pas comme cela que la
soirée doit se terminer, hurle Karl. J'avoue que tu m'as surpris.
Je n'aurais jamais pensé que tu puisses prendre le dessus sur
notre ancien instructeur !

Puis il lui fait un signe de la main pour le faire venir à lui,
sans se départir de son sourire triomphant.

Et Noah obéit. Comme un pantin, il avance d'un pas, puis d'un autre, prisonnier de sa propre enveloppe, assis sur le siège passager pendant qu'un conducteur inconnu l'amène à destination.

Il doit bien y avoir un moyen…

Il tente de focaliser son esprit sur le bout de ses doigts et ses gros orteils, mais rien n'y fait.

… Il faut que je l'empêche. Il faut que je le contre.

Chacune de ses tentatives se heurte à un mur. Dans ce bras de fer dont l'enjeu est son propre corps, il a l'impression d'être un petit gringalet face à une montagne de muscles.

Le colosse blond platine est venu se placer à ses côtés et lui pose la main sur l'épaule.

Pas une ombre de colère ne passe sur le visage du titan.

Bien au contraire, Noah y décèle même de la fierté. Celle d'un professeur satisfait des progrès accomplis par son élève.

— Bravo. Je vois que tu as bien retenu mes leçons, dit-il de sa voix légèrement voilée. Cela aurait pu marcher, j'étais à ta merci.

Puis il essuie la terre à la commissure de ses lèvres, dégage la frange de cheveux trempée par la pluie qui lui barre l'œil droit et vient rejoindre son maître.

Depuis qu'ils sont dehors, Karl n'a pas bougé, toujours à l'abri sous son parapluie, toujours en contrôle.

— Sven, viens donc aider cette pauvre fille à se redresser. Et rapproche-la du feu, la pauvre petite doit être transie de froid.

Le géant s'exécute et Noah se rapproche inexorablement de Clémence. Un pas après l'autre, à la manière d'un grand bébé qui vient juste d'apprendre à marcher.

Agir… L'empêcher… Réagis, bon sang. C'est ton système nerveux, tu dois bien pouvoir en reprendre le contrôle.

Comme à chaque fois qu'il se concentre, son esprit s'agite et il ressent les remous qui annoncent l'imminence d'une crise. L'acouphène qui prend possession de son canal auditif, les tremblements de la jambe, le pouls qui s'accélère.

C'est peut-être cela la solution, réalise-t-il. Pousser sa concentration dans ses derniers retranchements, saturer son esprit d'images. Franchir la zone rouge pour s'évanouir et rompre le contact. Quitte à mourir. Quitte à devenir aveugle.

Mais avant tout, lui révéler ses souvenirs et gagner du temps.

— Karl… attends! Je me souviens maintenant, je peux tout expliquer. Je sais pourquoi la bande de Jacob nous est tombée dessus ce jour-là. Ce n'était pas un hasard!

Les mots sont sortis de sa bouche avec difficulté, comme si Noah manquait de souffle.

Un pâle rictus vient perturber la concentration de Karl, et pendant une fraction de seconde, Noah sent de nouveau son corps.

— Non, effectivement. Ce n'était pas un hasard. Cette bande de dégénérés en avait après toi et moi depuis le jour où tu avais voulu jouer avec ton lance-pierre. Tu aurais mieux fait de laisser ce porc de Hunter me refaire le portrait!

Noah n'est plus très loin de Karl, il ne lui reste plus beaucoup de temps pour agir. Sven vient de placer Clémence à un mètre du feu qui se déchaîne dans la tourmente. Il la maintient par les épaules pour éviter qu'elle ne tombe.

Si proche du brasier, elle doit déjà sentir la chaleur lui cuire le dos.

Et Noah continue d'avancer. Il n'est qu'à vingt centimètres de Karl qui le fixe avec intensité. Lui-même peut déjà sentir la chaleur, malgré l'atténuation de ses sens.

*Peut-être… peut-être que si je visualise mes souvenirs…
peut-être pourra-t-il ressentir…*

— Non, écoute-moi Karl! C'est ton père le véritable responsable. Je l'ai entendu parler à Sven. Il l'a envoyé payer ces voyous pour amocher la gamine et l'éloigner de toi. À ses yeux, elle représentait un danger. Elle t'aurait rendu faible. Comme le chaton quand tu étais enfant. J'ai voulu empêcher que cela se produise. Je suis venu la voir à la sortie de son cours de danse pour la prévenir et la mettre à l'abri.

Le regard oblique lancé par Sven et le bref moment de panique qui passe sur son visage confirment à Noah l'exactitude de ses souvenirs.

Il tente de mobiliser les images dans son esprit pour accentuer ses propos. La conversation entendue dans le salon après son entraînement dans le parc. La course effrénée en vélo. Alice Ravenwood à la sortie de son cours de danse.

Mais rien ne se produit et il continue de marcher, et ses bras se lèvent malgré lui. Dans cette position, il est prêt à enlacer Clémence. Prêt à la précipiter dans le brasier pour mieux l'arracher aux flammes au péril de sa vie.

Deux corps unis dans les flammes. C'est ce que veut Karl. Sa vision pervertie de la justice.

— J'ai tenté de te prévenir, poursuit Noah. Mais tu n'étais pas à la maison. Tu l'espionnais. Tu l'attendais toi aussi à son cours. Tu m'as aperçu et tu n'as pas supporté que je l'emmène avec moi, tu étais jaloux. Alors tu nous as suivis et tu nous as retrouvés près de notre endroit habituel, et c'est là qu'ils nous sont tombés dessus. Réfléchis! C'est toi qu'ils ont pisté! Tu sais que j'ai raison. Tu n'étais pas responsable! Ton père, Sven et ces monstres, ce sont eux, les coupables! Nous sommes tous des victimes... Arrête cette folie, bon sang!

Noah a crié à s'en arracher la gorge. Il a fait tout ce qu'il a pu pour infléchir la trajectoire. En vain.

Et désormais il est face à Clémence, les bras toujours tendus, ses doigts à moins de deux centimètres de ses épaules. Elle peine à tenir en équilibre, toujours ligotée aux bras et aux jambes. Elle grelotte, son visage ruisselle de pluie et de larmes. Jamais il ne l'a sentie si vulnérable et fragile. Et pourtant, dans ses yeux, il décèle une lueur noire, l'envie de tuer. Le monstre tapi en elle est prêt à faire surface et à frapper.

Sven évite de le regarder, son regard est fuyant, comme si quelque part la culpabilité le rongeait.

Et soudain Noah se fige, son corps paralysé par une injonction qui n'est pas sienne.

Karl finit par se tourner vers eux et se rapprocher, sans le quitter du regard.

— Tu sais quoi Damien, ou plutôt Noah, puisque c'est désormais comme cela que tu t'appelles? Tu as peut-être bien raison. En fait, je n'ai aucune peine à te croire. C'est tout à fait le genre de mon père. Et à cette époque Sven lui obéissait aveuglément. Nous nous sommes rapprochés depuis. Sûrement parce qu'il estime avoir une dette envers moi. Une dette qu'il ne pourra jamais vraiment rembourser. Mais cela ne change rien à notre situation. Comme le dit l'expression, l'enfer est pavé de bonnes intentions. En prévenant Alice, tu as provoqué sa mort et tu as fait de moi un monstre. Et tout s'est accéléré quand j'ai découvert que tu avais survécu.

Karl marque une pause.

— Sais-tu que tu as aussi provoqué la mort de seize autres filles? Seize filles que j'ai tourmentées, mutilées et tuées.

Sans que cette rage ne puisse disparaître. Mais ce soir, tout va changer. Alors finissons-en.

Karl inspire et ferme les yeux.

— Testons les limites de ton courage, Noah. Seras-tu capable de la sauver du brasier?

Noah crispe ses mâchoires et tente de résister à l'invasion, mais il fait un pas et touche les épaules de Clémence.

Je le ferai. J'irai la chercher dans les flammes.

Et soudain, le visage de Clémence s'éclaire et son regard oblique sur sa gauche. Puis elle secoue la tête avec vigueur.

Elle a vu quelque chose.

Un coup de feu déchire la nuit.

Noah sent le choc au niveau de sa cuisse droite et malgré son système nerveux presque anesthésié, il ressent une vive douleur.

Sous l'impact, il reprend brièvement le contrôle, mais ses jambes se dérobent. Il tombe à genoux et passe sa main sur sa blessure, du sang macule ses doigts avant de se diluer sous la pluie torrentielle.

Un deuxième coup de feu retentit.

Sven hoquette, puis grimace. L'incompréhension sur son visage se transforme en douleur. Un disque rouge se dessine sur son t-shirt blanc détrempé, au niveau de sa poitrine.

Un troisième coup est tiré. Karl hurle.

Et en une fraction de seconde, tout bascule.

Le géant titube, un rictus aux lèvres, puis s'effondre en arrière.

Sa large main s'agrippe toujours à l'épaule de Clémence qui, déséquilibrée par les liens autour de ses chevilles, est entraînée dans sa chute.

Et tout comme il y a vingt-quatre ans, Noah assiste à la scène au ralenti.

Sans prêter attention à Karl à quatre pattes ni au grand type à la barbe rousse qui court vers eux une arme au poing.

Et malgré la douleur, il se redresse, la main tendue vers le feu.

Sven tombe en premier. La tête dans le brasier.

Clémence, bien plus petite que le géant, chute à quelques centimètres du feu.

Mais sous l'intense chaleur, ses cheveux s'embrasent, elle hurle de douleur lorsque les flammes s'attaquent au sommet de son crâne.

De nouveau debout, Noah plonge sur elle, l'agrippe et roule sur le côté pour l'éloigner du brasier et l'entraîner sous la pluie.

Les cheveux de Clémence ne sont plus qu'une poignée de touffes fumantes. Le haut de sa tête et son front sont parcourus de cloques. Ses cils et une partie de ses sourcils ont été brûlés.

Son visage est tordu par la terreur.

Mais peu à peu, elle s'apaise.

— C'est fini, dit-il presque dans un murmure. C'est fini.

Clémence ouvre lentement les yeux.

— Il va falloir l'emmener à l'hôpital, fait une voix derrière eux. Ces brûlures doivent être traitées le plus rapidement possible.

Noah tente de se redresser mais Clémence l'agrippe et le serre davantage contre elle.

— Et une fois qu'elle sera sur pied, je l'emmènerai avec moi. C'est le deal, Clémence, tu le sais, fait la voix.

Noah a l'impression de recevoir un coup de poignard en plein cœur.

L'homme le toise de haut. Un grand roux à la barbe grisonnante, les cheveux trempés.

Abraham Eisik.

— Non! Hors de question. Elle reste avec moi.

— On a passé un marché, et en venant ici j'ai renoncé à un gros pactole. Alors j'attends qu'elle honore sa part du contrat. Et puis je viens de vous sauver la vie, non?

Il désigne le vieil Hansel, toujours dans son fauteuil, ses yeux hallucinés grands ouverts sur le brasier.

— Le fils est en fuite et le vieux à moitié frappadingue, je me demande qui va me payer chez Genetech.

Noah balaie la scène du regard. À environ deux mètres d'eux, Sven se consume. L'odeur de la chair grillée envahit l'atmosphère.

— Karl... où est-il? lâche-t-il.

— Le fiston Engelberg est blessé, mais je ne lui ai pas couru après. Sa capture n'est pas comprise dans le contrat.

Abraham tend la main à Noah pour l'aider à se relever.

Il décline l'offre et se redresse en ahanant.

— Non. Vous ne pouvez pas l'emmener... Je vous en empêcherai.

— Pas la peine de pousser ta chance. Je pourrais te tuer, je m'en contrefous. Si je ne le fais pas, c'est uniquement parce que je sais que ça rendrait la petite moins docile.

Une main se pose sur l'épaule de Noah.

Clémence s'est redressée à son tour et passe sa main sur sa joue.

— C'est bon, Noah. J'ai passé un marché avec lui. Mais on se reverra, je te le promets, dit-elle.

Noah sourit. C'est la première fois que Clémence le tutoie.

64. ÉPILOGUE

« Quelques nouvelles après l'attaque terroriste de grande envergure déjouée il y a trois jours. Pour rappel, plus d'un millier de boîtes d'Advil ont été retirées de la circulation. Mais plus que cette attaque désamorcée par Homeland Security, ce sont les révélations de la jeune journaliste Sophie Lavallée qui ont créé un raz de marée sans précédent dans le pays. Très tôt ce matin, le président des États-Unis a pris la parole lors d'une conférence de presse exceptionnelle pour dénoncer personnellement les agissements de l'armée, et du DARPA en particulier, ainsi que du géant pharmaceutique Genetech. Qualifiant cet épisode d'inadmissible, il s'est engagé à faire la lumière et apporter toute la transparence sur cette affaire. Il a ajouté qu'une commission de justice exceptionnelle et indépendante sera diligentée. Plusieurs personnalités influentes seront amenées à comparaître. Nous venons d'apprendre que Hansel Engelberg, le CEO de la multinationale, ne pourra pas se présenter à la barre, victime de démence. Quant à son fils Karl, le directeur de la recherche de Genetech, il est toujours en fuite et activement recherché par les forces de l'ordre. Ajoutons qu'en plus de son implication dans l'attaque bioterroriste, l'héritier de la famille Engelberg aurait torturé et tué pas loin d'une vingtaine de jeunes filles.

Dans les rues du pays, les manifestations de colère se multiplient. La population exige la cessation immédiate de toute expérience...»

Sophie fait taire le présentateur d'un mouvement du pouce sur la télécommande.

— Et c'est comme ça sur toutes les chaînes, commente-t-elle.

À ses côtés, dans le canapé en cuir crème qui fait face à l'écran de télévision, Louis-Philippe Lavallée la contemple, le sourire aux lèvres.

— Tu n'as rien regardé, papa?

— Si, toi. Je suis très fier de toi, tu sais.

— J'ai fait de mon mieux. Même si je ne suis pas dupe. Ce sont des demi-révélations pour satisfaire l'opinion publique. On va minimiser l'importance du trafic d'organes et de la thérapie génique pour se concentrer sur les virus modifiés. Bien sûr, la commission va faire tomber quelques têtes et des fusibles vont sauter. Au final, il suffira de fragments de vérité et de quelques mensonges pour satisfaire l'opinion publique. Mais je suppose que c'est mieux que rien.

Sophie se penche pour saisir à deux mains la tasse de thé matcha fumante qui repose sur la table basse.

— Ne diminue pas ta part dans cette histoire. Tu as été formidable, tu es une journaliste fantastique.

Formidable, fantastique.

Sophie sourit. Ces mots dans la bouche de son père sont aussi rares qu'une borne kilométrique dans un désert.

— Et sinon, ça va mieux tes blessures ? demande-t-il en désignant ses mains.

— Il m'arrive d'être maladroite, et ce n'est pas l'idéal pour taper sur un clavier. J'ai perdu en vélocité car je me servais de mes petits doigts. Et toi, tu tiens le coup ? Je suis désolée tu sais, je sais ce que tu risques du fait de ton implication. Tu es dans le fichier et tu devras te présenter.

Le général hausse les épaules.

— Ce n'est pas grave. J'ai ma part de responsabilité. J'affronterai toutes ces épreuves avec dignité. Et puis l'essentiel, c'est que tu sois vivante. Durant ces quelques semaines, j'ai senti l'appel de la tombe, tu sais. J'avais perdu la volonté de vivre en te sachant morte.

Son père grimace et se met à fondre en larmes.

Sophie l'enlace et plaque sa joue contre son épaule.

— Je sais… je n'avais pas le choix. Mais je suis là maintenant, enfin encore quelques heures. Après, j'ai un avion à attraper.

Louis-Philippe renifle.

— Tu t'en vas déjà ? demande-t-il, presque implorant.

— Oui, je dois aller voir quelqu'un à l'hôpital.

Le général prend la main de Sophie entre ses paumes et la plaque contre sa joue.

— Tu vas me manquer, ma princesse.

— Toi aussi, papa.

**

Clémence fait quelques pas en direction de la plage de sable blanc.

Même si ce début de mois d'août est caniculaire, la chaleur reste agréable à cette heure, et le vent des tropiques, si brûlant en milieu de journée, apporte une fraîcheur bienvenue.

Le soleil a presque disparu à l'horizon, il a plongé dans les Bermudes et repeint le ciel de couleurs pastel. Les quelques rares nuages épars se sont teintés de mauve et d'orange.

Un dernier rayon vient frapper le phare de Cape Florida, dessinant une fenêtre de lumière sur sa face orientée vers la mer.

Clémence s'assoit, s'étire en fermant les yeux et plonge ses mains dans le sable chaud.

— Je ne connaissais pas ce coin de Miami. Mais c'est décidé, c'est ici que je vais prendre ma retraite, dit Abraham derrière elle. Mais pas avant que ma petite-fille ne soit tirée d'affaire.

Le grand roux, vêtu d'une chemise hawaïenne et d'un bermuda beige, s'installe à côté d'elle et saisit un galet entre ses doigts épais.

— Elle compte beaucoup pour vous ? demande Clémence.

— C'est mon unique raison de vivre, déclare-t-il sans l'ombre d'une hésitation.

Clémence lui répond d'un hochement de tête silencieux et se perd dans l'horizon.

Ils restent plusieurs minutes à fixer le coucher de soleil sans prononcer le moindre mot, avant que le bruit d'un bateau à moteur ne les fasse sortir de leurs bulles contemplatives.

— Dimitri est ponctuel, dit Abraham en regardant sa montre.

— C'est moi, ou il vous rend nerveux ? Vous êtes plus pâle que d'habitude.

— Qui ne le serait pas ? Le célèbre Dimitri Konovalov, ancien Spetsnaz, qui a travaillé pour le SVR pendant quinze ans et est devenu le parrain de la Bratva de Miami...

— C'est bien lui, répond Clémence en jetant un caillou.

— Toi, par contre, tu m'as l'air bien sereine. Je trouve cela plutôt étrange, compte tenu de la situation.

Clémence lui répond par un sourire et un haussement d'épaule.

— T'es vraiment une fille spéciale. Regarde, nos amis sont là.

Abraham désigne le zodiac qui vient d'amarrer près du phare.

Il se lève et chasse le sable de sa chemise et de son bermuda.

— Allez, c'est le moment.

Clémence l'imite et tous deux se dirigent vers les trois hommes qui attendent près du bateau.

Dimitri est au milieu, flanqué de deux sbires en débardeurs noirs. Des types qu'elle a déjà croisés, des amis d'Anton. Les deux sont musclés et bardés de tatouages.

Le parrain détonne, il est plus petit, pas plus d'un mètre soixante-dix. Il est habillé d'un costume gris sur mesure et ses cheveux coupés à ras sont d'un noir corbeau.

Lorsque Clémence s'approche, Dimitri avance vers elle les mains tendues, prêt à l'enlacer.

— Clémence, dit-il. Te voilà enfin.

— Bonjour papa, répond-elle.

Il la prend dans ses bras, la serre contre sa poitrine. Puis il la repousse et la gifle si fort qu'elle manque de tomber.

À côté d'elle, Abraham la regarde comme s'il avait croisé la Vierge en bikini.

Dimitri pose ses mains sur les épaules de Clémence et dit :

— Tu m'a causé du souci. Et on va régler nos différends. Mais avant, je veux que tu saches que je suis désolé et que je comprends ce que tu as fait subir à Anton. Mon dieu, si j'avais su…

Clémence se frotte la joue et hausse les épaules.

— Je suis là maintenant. Alors finissons-en.

Abraham émet un raclement de gorge.

— Je ne vous ai pas oublié, monsieur Eisik. Si vous regardez votre compte, vous verrez que le transfert est effectif.

L'ex-agent du Mossad sort son téléphone de la poche de son bermuda.

Après avoir consulté son compte, il hoche la tête de satisfaction.

— Parfait. Sur ce… je vais vous laisser en famille. Et moi, je vais aller manger dans un bon petit restaurant cubain.

— Attends! l'arrête Clémence.

Abraham se retourne.

— J'ai rempli ma part du contrat, et je te remercie de m'avoir sauvé la vie. Mais il est hors de question que tes actions restent impunies.

— Quoi? Mais qu'est-ce que tu veux dire? peste Abraham.

— Tu es désormais un ennemi déclaré de la Bratva. Dimitri a accepté d'augmenter ta paie, mais je lui ai aussi demandé de t'éliminer. Oh, ne t'inquiète pas, on ne va pas t'exécuter sur-le-champ. Trop de témoins potentiels sur cette plage. Alors profite bien de ton repas.

— Bordel, attends, c'est à cause de Beverly? Je l'ai achevée parce qu'elle souffrait, merde! C'est cet enculé de hacker avec sa bombe qui l'a amochée.

— Je sais, et Dylan paiera aussi, déclare-t-elle froidement. Quant à toi, tu as vingt-quatre heures. Passé ce délai, considère que tu as une cible sur le front. Pas vrai, papa?

Dimitri se tourne vers Abraham.

— C'est ma fille, monsieur Eisik. Je ne peux rien lui refuser.

Abraham émet un ricanement nerveux.

— C'est une sacrée gamine que vous avez là. Et franchement, je ne vous envie pas. Un conseil, méfiez-vous en. C'est une vipère. Sur ce, je m'en vais, et au plaisir de ne jamais vous revoir.

Abraham s'éloigne en trottinant dans le sable. Clémence le fixe jusqu'à ce qu'il disparaisse derrière les palmiers.

Sur ce point, tu as raison, mon cher père a intérêt à se méfier.

— Tu es prête ? J'ai des tas de projets pour toi.

Elle hoche la tête et lui adresse un large sourire.

— Hâte d'en savoir plus, papa.

***

— Entrez, crie Noah depuis son lit.

La porte de sa chambre s'ouvre et laisse entrer Sophie, un bouquet de fleurs à la main.

— Bonjour Noah ! Désolée de ne pas être venue avant ! Je suis tellement contente de vous voir.

— Pas autant que moi, j'en suis sûr. Je n'ai jamais cru à ta mort, mais j'avais deviné que tu avais encore plongé dans la mouise les deux pieds en avant.

Sophie pose le bouquet sur la table de chevet et s'installe sur le rebord du lit.

— Et on dirait que je vous ai éclaboussé au passage. Je suis désolée. D'avoir fait croire à ma mort, de vous avoir entraîné dans cette histoire avec Clémence…

Sophie se mord la lèvre inférieure.

— D'ailleurs, où est-elle ?

Noah soupire et se redresse dans son lit.

— Longue histoire. Il se trouve que son père est un ancien agent des services secrets soviétiques. Sa mère n'a jamais voulu reconnaître sa paternité. Il semblerait que Bernard Tremblay était au courant pour sa sœur et sa nièce. Bref, elle a une affaire de famille à régler. Mais je lui fais confiance, elle a de la ressource. Au fait, je n'ai pas eu l'occasion de te féliciter pour le magnifique scandale qui secoue les médias et les politiques. On dirait que tu t'es encore fait des amis. Mais au fait, c'est quoi ces bandages autour de tes mains ?

— Le résultat d'une semaine passée avec Karl Engelberg.

— Alors tout n'était pas faux sur cette vidéo…

Sophie secoue la tête.

— J'ai commencé à enquêter sur les filles disparues. Je n'ai pas eu à aller bien loin. Ils ont retrouvé les enregistrements vidéo. Il avait tout filmé. Ses entretiens, les mutilations, les exécutions. Il a même fait parvenir des films à certains des parents.

Sophie regarde ses deux mains.

— J'ai eu beaucoup de chance…

— Tu es au courant que Karl était mon demi-frère ? demande Noah.

— J'ai fini par l'apprendre, et une fois que je me suis rendu compte qu'il m'avait dupée, je me suis douté qu'il en aurait après vous. J'ai essayé de vous alerter.

— Je sais. Le message sur le forum.

Sophie grimace.

— J'ai hésité à vous joindre avant. Mais à ce moment-là, j'étais dans le flou. Je ne devais contacter personne.

— Sauf le cousin de Clémence.

— Je l'ai fait en rentrant et avant de saccager mon appartement. C'est la dernière fois que j'ai pu communiquer. Une fois que j'ai réalisé que Karl m'avait manipulée, j'ai tenté de vous joindre sans attirer l'attention. J'avais le numéro de Clémence, j'ai pu le géolocaliser grâce à un contact sur Hacker Bay. Vous étiez à Montréal à ce moment-là. Mais quand j'ai voulu venir à votre rencontre, vous veniez de partir à Saint-Félicien. C'est là que j'ai vu un type un peu louche sortir de l'immeuble, couvert de plâtre. Je l'ai suivi.

— C'est comme ça que tu as fait la rencontre de Dylan...

— Oui, je l'ai pris en pitié. Le pauvre, il mendiait dans les rues. Mais quand j'ai appris que c'était un hacker, j'ai vite mis ses compétences à profit.

— Tu as appris pour Becky aussi ? Je suis désolé, je sais que tu étais très liée à ta voisine.

Le visage de Sophie s'assombrit.

Noah réalise qu'entendre parler de Becky doit lui nouer le ventre et vient appuyer un peu plus fort sur une plaie qui n'a jamais dû se refermer. Comme lui, elle doit vivre avec ses fantômes. Et celui de Becky ira rejoindre Blake, son meilleur ami mort l'année dernière pour avoir tenté de l'aider, Bethany encore internée en unité psychiatrique, Benedict Owen son ex-petit ami exécuté d'une balle dans la tête parce qu'il touchait la vérité de trop près.

— Oui, cela m'a profondément affectée. Mais assez parlé de moi. J'ai appris que vous alliez bientôt passer sur le billard.

— Le professeur Henry m'a convaincu, cette fois-ci. On va retirer la tumeur. Je ne sais pas si tu es au courant, mais je suis aveugle d'un œil. Hémianopsie, cela s'appelle.

— Oh non, je suis vraiment désolée de l'apprendre. L'opération est censée vous guérir ?

Noah hausse les épaules.

— Difficile à dire. Mais je n'ai rien à perdre. Je me console en me disant que cela ne peut pas être pire.

Trois coups sont frappés à la porte et un médecin en blouse blanche entre dans la chambre. Il est chauve et son visage est maigre et long.

— Sophie, je te présente le professeur Henry.

L'homme passe la paume de sa main sur son crâne lisse et se racle la gorge.

— Ahum. Enchanté, mademoiselle, et bonjour monsieur Wallace. Je ne serai pas long. Je viens juste vous annoncer que l'opération se fera demain matin à 10 heures. Je voulais simplement vérifier que tout allait bien de votre côté.

— Je vais m'en aller, dit Sophie en se levant. Je suis dans le coin, je repasserai dans quelques jours.

— Merci d'être venue, ça m'a fait plaisir.

Personne d'autre ne lui a rendu visite, réalise Noah. Steve Raymond était son seul ami. Clémence a déjà fait la route vers Miami.

Sophie ferme la porte de la chambre et le docteur Henry se rapproche du lit.

— Pas de nouveaux épisodes hallucinatoires, monsieur Wallace ? Pas de crises non plus depuis notre dernière visite ?

— Non. Rien à signaler. C'est même plutôt perturbant à vrai dire, voire inquiétant.

Le professeur se racle la gorge.

— Ne soyez pas inquiet. Vous avez fait le bon choix.

Noah hoche la tête, mais le cœur n'y est pas.

Le bon choix ?

Certainement. Le plus logique, en tout cas.

Mais dans ce cas, pourquoi n'arrive-t-il pas à s'ôter de l'esprit l'image de la vieille cartomancienne pointant son index sur l'Arcane sans nom ?

REMERCIEMENTS

L'écriture d'un roman est un long processus, à la fois énergivore et chronophage. Alors ce livre, je le dédie avant tout à ma famille. Tout d'abord, je remercie ma femme Anne-Sophie pour son soutien, et pour avoir su garder la famille sur les rails pendant que je m'isolais de longues heures après le travail. Ensuite, je voudrais remercier mes enfants Clément et Noah, deux garçons formidables, source inépuisable de joie, dont les sourires et les rires m'ont donné l'énergie nécessaire et l'envie de me dépasser.

Je voudrais aussi remercier ma mère, que j'ai toujours connue un livre à la main (une extension naturelle de ses membres supérieurs), même au petit-déjeuner. Alors, merci, maman, de m'avoir initié très tôt à ces univers et ces lectures qui n'étaient pas forcément de mon âge. J'ai certes perdu quelques cases au passage, mais je n'en serais pas là aujourd'hui si je n'avais pas plongé dans la marmite si tôt.

Écrire, c'est aussi lire, relire, corriger, relire, corriger encore. Alors je voudrais également remercier Sophie Leduc qui une fois de plus m'a épaulé et accompagné dans ma phase de relecture, afin d'apporter ses corrections et remarques.

Merci cousine… et on se donne rendez-vous au prochain, OK?

Pour rester sur le sujet de la relecture et des corrections, je voudrais en profiter pour remercier Bertrand Pirel, mon éditeur chez Hugo Thriller. Lorsqu'un auteur confie son manuscrit à son éditeur, ce dernier a pour objectif de le polir, de traquer les incongruités, de proposer des alternatives ou suggestions afin de le rendre plus agréable et plus accessible encore. Alors merci d'avoir rendu le mien plus fluide et de m'avoir prodigué de pertinents conseils.

Et que serait un auteur sans le soutien de ses lecteurs?

Le Brasier est mon deuxième roman. Lorsque j'ai écrit *Le Tricycle rouge*, c'était dans le cadre d'un concours organisé sur la plate-forme Fyctia. Pendant la rédaction du manuscrit, j'étais en relation directe avec mes lecteurs, qui commentaient mes chapitres au fur et mesure qu'ils étaient publiés. Ce ne fut pas le cas pour celui-ci. Mais tout au long de sa rédaction, j'ai pu bénéficier de formidables retours sur mon premier roman, le genre de remontant idéal lorsque l'inspiration est en berne ou que la fatigue pointe son nez. Alors je remercie tous les blogueurs et lecteurs enthousiastes pour leurs encouragements réguliers et leurs mots sympathiques. C'est plus qu'apprécié.

Pour rester sur le sujet de la relation auteur-lecteur, je voudrais aussi dire un grand merci aux administrateurs et membres de nombreuses pages et groupes Facebook consacrés aux livres et en particuliers aux thrillers et polars. Vous donnez une tribune aux auteurs ainsi qu'un espace de discussion qui permet à des milliers de lecteurs de partager leur passion et faire vivre les livres. Merci.

Et enfin, peut-être plus curieusement, je voudrais remercier… la science. Pour les progrès, les espoirs qu'elle suscite, la curiosité qu'elle provoque et surtout… pour me fournir une manne inépuisable de phobies, et alimenter ainsi mes peurs et mes angoisses les plus profondes.